insel taschenbuch 336
Bote
Till Eulenspiegel

Hermann Bote

Ein kurzweiliges Buch von

Till Eulenspiegel

aus dem Lande Braunschweig.
Wie er sein Leben vollbracht hat.
Sechsundneunzig seiner
Geschichten.
Herausgegeben, in die Sprache
unserer Zeit übertragen
und mit Anmerkungen versehen
von Siegfried H. Sichtermann.
Mit zeitgenössischen
Illustrationen.

Insel Verlag

insel taschenbuch 336
Erste Auflage 1978
Zweite, durchgesehene Auflage 1981
© Insel Verlag Frankfurt am Main 1978
Vertrieb durch den Suhrkamp Taschenbuch Verlag
Umschlag nach Entwürfen von Willy Fleckhaus
Typografie: Max Bartholl
Druck: Nomos Verlagsgesellschaft, Baden-Baden
Printed in Germany

4 5 6 7 8 9 - 88 87 86 85 84 83

Inhalt

Einleitung 9
Hermann Botes Eulenspiegelbuch 24
Anmerkungen zu Botes 96 Eulenspiegel-Historien 251
Zur Übertragung und zu den Anmerkungen und
Illustrationen 330
Gegenüberstellungen der alten und neuen
Historien-Zählung 335
Literaturverzeichnis 338
Ergänzungs-Literaturverzeichnis
zur zweiten Auflage 345
Sach- und Namenregister 347
Abkürzungsverzeichnis 358

Einleitung

I

460 Jahre lang war es dem Verfasser des »Eulenspiegel«
gelungen, seinen Namen vor den ungezählten Lesern seines Buches geheimzuhalten. 1971 aber schlug seine
Stunde: Der Zürcher Rechtsanwalt Dr. Peter Honegger
nahm ihm die Maske ab. Zum Vorschein kam der Braunschweiger Zollschreiber Hermann Bote (um 1467- um
1520).

Bis 1971 waren der Wissenschaft als älteste Ausgaben
des sog. Volksbuches[1] vom Eulenspiegel zwei bei Johannes Grüninger in Straßburg erschienene Drucke bekannt:
ein Druck von 1515 (erhalten in nur einem Exemplar,
das sich im Britischen Museum in London befindet –
S 1515 –) und ein Druck von 1519 (ebenfalls nur in
einem Exemplar erhalten, aufbewahrt in der Forschungs-
bibliothek Gotha – S 1519 –). 1969 fand der Bibliophile
Honegger zufällig beim Ablösen des Vorsatzblattes vom
Einband einer lateinischen Reineke-Fuchs-Ausgabe des
16. Jh. 16 Blätter eines Eulenspiegel-Druckes (»kleines
Fragment«), die den Deckelinhalt bildeten. Mit Hilfe umfangreicher Untersuchungen über die Schrifttypen der
Druckerei von Grüninger gelang Honegger die Datierung
seines Fragments auf 1510/11[2]. Angeregt durch seinen
Fund, begann Honegger sich auch mit der ungelösten
Verfasserfrage des Eulenspiegel-Volksbuches zu beschäf-
tigen und konnte Hermann Bote als Verfasser bestimmen.

Bote, dem breiteren Leserpublikum kaum bekannt,
wurde von dem namhaften Literaturhistoriker Josef
Nadler 1939 als »der begabteste Dichter des 15. Jahrhunderts, vielleicht des ganzen niedersächsischen Stam-
mes« bezeichnet. Der Dichter, als Sohn eines Braunschweiger Schmiedemeisters geboren, war um 1488 Zollschreiber in seiner Vaterstadt, um 1493 niederer Land-

richter (Amtsvogt), danach wahrscheinlich Verwalter des Braunschweiger Altstadt-Ratskellers. Von etwa 1497 bis 1513 war er wieder als Zollschreiber tätig. Zwischen 1516 und 1520 wird er als Verwalter einer städtischen Ziegelei genannt. Eine umfassende Biographie Botes fehlt bis heute.

Zu Botes Lebzeiten wurde Braunschweig (ebenso wie andere Städte) zeitweise von heftigen Kämpfen zwischen den Bürgergeschlechtern (Patriziern) sowie den Kaufleuten und Handwerkern (zusammengeschlossen in Gilden und Zünften[3]) geschüttelt. Bote stand auf seiten der Patrizier, nahm in Streit- und Spottliedern gegen die Gildeherrschaft Stellung, verlor beim Handwerkeraufstand von 1488 sein Amt und hätte beim nächsten Aufstand von 1513 fast sein Leben eingebüßt.

Botes umfangreiche schriftstellerische Tätigkeit wurde erst im Laufe der letzten 90 Jahre allmählich bekannt, da er keines seiner Werke mit seinem Namen als Verfasser gekennzeichnet hat. Nur ein handgeschriebenes Zollverzeichnis der Stadt Braunschweig trägt am Schluß seinen Namen. Davon ausgehend gelang es der germanistischen Wissenschaft, Bote als Verfasser des »Radbuches« (um 1493), des »Schichtbuches« (etwa 1510/14), des »Köker« (um 1520) und zweier Weltchroniken zu sichern[4]. Daß es möglich wurde, die genannten Werke Hermann Bote als Verfasser zuzuschreiben, ist teilweise seiner Vorliebe für akrostichische[5] Spielereien zu verdanken. Die Kapitelanfänge 2-10 des »Radbuches« ergeben z. B. als Akrostichon »Hermen Bote«.

Wie gelang Honegger der Nachweis, daß Bote der Verfasser des »Eulenspiegel« ist? Lappenberg[6] hatte 1854 in seiner heute noch grundlegenden und unentbehrlichen Ausgabe des Druckes von 1519 die These aufgestellt, Thomas Murner[7] sei der Autor des Buches. Doch schon bald erwies sich diese Meinung als unzutreffend. Die 1892 erstmalig von Walther[6] geäußerte Vermutung, Hermann Bote sei der Verfasser, konnte zwar nicht schlüssig widerlegt, aber auch nicht bewiesen werden. Honegger fand, als er sich näher mit dem Werk des »verfasserverdächtigen« Bote befaßte, eine »verblüffende Anzahl von Parallelen«[8] zwischen den sonstigen Werken Botes und dem Eulenspiegel-Buch. Und dann kam Honegger auf den genial-einfachen Gedanken (den vor ihm noch niemand gedacht hatte), das Volksbuch daraufhin zu überprüfen, ob in ihm nicht auch akrostichische Angaben über den Verfasser enthalten seien. Er machte die überraschende Entdeckung, daß die Anfangsbuchstaben der Historien des Buches viermal hintereinander das ganze Alphabet, das im Mittelalter aus 24 Buchstaben bestand, durchlaufen (das X ist aus verständlichen Gründen ausgelassen). Dabei mußte Honegger allerdings die Reihenfolge der Historien, wie sie S 1515 und S 1519 liefern, teilweise ändern. Daß solche Umstellungen erforderlich waren, um die ursprüngliche Reihenfolge wiederherzustellen, die der Straßburger Setzer oder ein Bearbeiter[9] verändert hatten, war der Eulenspiegel-Forschung seit langem bekannt. Honegger brauchte aber nur 12 Historien umzustellen (und zwei zu »teilen«), um sie mit dem erkannten akrostichischen Prinzip in Übereinstimmung zu bringen. Den frappierenden Schlußpunkt der Beweisführung erbrachten jedoch die Anfangsbuchstaben der letzten 6 Historien (90-95)[10] des Buches (die nicht umzustellen waren, also seit jeher den Forschern als Erkenntnisquelle offen standen!): ERMAN B[11]. Für Botes Vorsicht, seinen Nachnamen im Akrostichon nur durch den Anfangsbuchstaben »B« anzudeuten, hatte er sicherlich gute Gründe: er wollte sich in seiner Heimatstadt Braunschweig durch sein Eulenspiegel-Buch (es erwies sich als sein bei weitem erfolgreichstes Werk), in dem »Handwerkermeister serienweise lächerlich gemacht werden«[12], nach Möglichkeit keinen neuen Gefahren aussetzen. Es ist ihm ja auch gelungen, seine Anonymität fast ein halbes Jahrtausend zu bewahren! Am 1. Juni 1971 machte Honegger auf der Jahresversammlung des Vereins für niederdeutsche Sprachforschung in Hildesheim die Öffentlichkeit mit seinen sensationellen Forschungsergebnissen bekannt[13]. Für alle ungemein spannenden und reizvollen Einzelheiten der Untersuchungen Honeggers muß hier auf seinen »Ulenspiegel« (1973) verwiesen werden[14].

II

Hermann Bote schrieb seine Werke in mittelniederdeutscher Sprache. Schon früh wurde die Ansicht vertreten[15], daß auch das Volksbuch vom Eulenspiegel, dessen Straßburger Ausgaben von 1510/11, 1515 und 1519 auf hochdeutsch gedruckt sind, ursprünglich niederdeutsch abgefaßt sei. Honegger konnte jedoch nachweisen – ein weiteres unerwartetes Ergebnis seiner Untersuchungen – daß Bote seinen »Eulenspiegel« mit hoher Wahrscheinlichkeit hochdeutsch (wenn auch mit niederdeutschen Ausdrücken durchsetzt) geschrieben hat[16]. Damit erledigte sich eine große Zahl einzelner Streitfragen und die – natürlich erfolglos gebliebene – Suche nach dem »niederdeutschen Original«.

III

Die Wiederherstellung der vermutlich ursprünglichen Reihenfolge der 96 Historien[17] durch Honegger gab diesem die Möglichkeit, auch den Aufbau des Volksbuches mit neuen Ergebnissen zu untersuchen. Honegger teilt das Volksbuch in 4 Abschnitte ein: Eulenspiegels Kindheit (H 1-9), Jünglingsalter (H 10-19(21)), Mannesalter (H 20(88)-89(17)) und in Eulenspiegels Alter und Tod (H 90(89)-96(95)) – eine Verbesserung der auch bisher bereits durchaus erkennbaren biographischen Anlage des Werkes. Kernstück des Buches sind (schon von der Zahl her) die 70 H von Eulenspiegels Mannesalter. Die Historienfolge dieses Abschnitts zeigt, »daß wir eine Art Ständebuch vor uns haben, das vom Adel über den Städter und den Bauern bis zu den Bettlern und Lahmen reicht.«[18] Die Ständeordnung nahm im Mittelalter eine entscheidende Stellung ein. »Den Stand zu wechseln war ... fast unmöglich, da die Stände als von Gott geschaffene Realitäten angesehen wurden.«[19] Die Rangfolge der Ständeordnung ist im Volksbuch allerdings nicht streng eingehalten. Es kommt Bote vielmehr zunächst darauf an, ein abwechslungsreiches, humorvolles[20] und vergnügliches Buch vorzulegen und seinen Helden mit allen Volksschichten zusammenzubringen. Aber Bote will zweifellos mehr, als nur unterhalten. Er will die Mißstände seiner Zeit und darüber hinaus die allgemeinen menschlichen Schwächen bloßlegen, er will belehren, warnen und aufrütteln sowie seine Mitmenschen zur Selbsterkenntnis bringen, indem er ihnen in der Gestalt seines Helden und dessen Worten und Taten einen »Spiegel« vorhält. Sogar Eulenspiegel selbst wird von Bote nicht verschont: auch er wird nicht selten (jedenfalls zunächst) geprellt, und erst im »Gegenzug« bleibt Till (meist) der Sieger. Das Kunstmittel, dessen sich Bote für seine Zwecke bedient, ist die (in seiner Zeit weit verbreitete und beliebte) Satire. Sie will und soll durch Spott, Ironie und Übertreibung Personen, Zustände, Anschauungen und Ereignisse kritisieren. Die Menschen aller Stände werden durch Eulenspiegel satirisch beleuchtet und in ihrer Unzulänglichkeit entlarvt. Botes »geniale Satire«[21] wendet sich gegen eine Fülle menschlicher Fehler, Laster usw., z. B. gegen Hochmut, Eitelkeit, Habgier, Scheinheiligkeit, Hartherzigkeit, Faulheit, Herrschsucht, Aberglaube, Oberflächlichkeit, Bücherweisheit der Gelehrten, Reliquienschwindel, Scharlatanerie, Rachsucht, Bestechlichkeit, Selbstgefälligkeit, Anmaßung und immer wieder gegen die Dummheit. Die satirische Absicht zieht sich durch das ganze Buch und läßt sich auch an den meisten einzelnen Historien erkennen, die ganz überwiegend die Form eines Schwankes haben. »Schwank« ist hier verstanden als Darstellung eines komischen Vorgangs, bei dem der »Held« seinen oder seine Gegenspieler durch »Hereinlegen« oder »Übertrumpfen« dem Gelächter preisgibt[22]. Da die Schwänke hier in eine Art Biographie Eulenspiegels eingebettet sind, hat man das Volksbuch auch als Schwankbiographie (und als eine Frühstufe des Prosaromans) bezeichnet. Bote selbst gebraucht das Wort »Schwank« in der Vorrede und am Anfang von H 17 (15).

Des Dichters farbenreicher Stil ist seinem Thema und seiner Absicht angemessen. Die satirisch angegriffenen Personen werden durchgehend nicht als Karikaturen, sondern als Menschen von Fleisch und Blut dargestellt[23]. In den abwechslungsreich aufgebauten Einzelschwänken wird die Handlung meist frisch und zügig vorwärtsgetrieben. Häufig strebt die Erzählung den Höhepunkten der Handlung und den Brennpunkten der Komik »fast dramatisch« zu, und »die oft epigrammatische Zuspitzung von Rede und Gegenrede wird mit Recht gerühmt«.[24]

IV

Honeggers bahnbrechende Untersuchungen lassen weitere Probleme der Eulenspiegel-Forschung (zusammen mit anderen neueren Erkenntnissen) in neuem Lichte erscheinen, z. B. die Frage nach den Quellen des Volksbuches, mit der sich Lappenberg und Kadlec eingehend befaßt haben. In dieser Ausgabe wird die Quellenfrage nicht näher behandelt, da sie unter Berücksichtigung der folgenden Ausführungen neu durchdacht und geprüft werden muß. Bereits 1932 hatte Hermann Heimpel auf die Erwähnung Eulenspiegels in 2 lateinischen Briefen aus dem Jahre 1411 aufmerksam gemacht. Heimpels Angabe stand jedoch an so versteckter Stelle, daß sie der Eulenspiegel-Forschung jahrzehntelang entging. Der

14

Hinweis von Gerhard Cordes im 4. Band der »Neuen Deutschen Biographie« (1959) auf die beiden Briefstellen kam daher einer Neuentdeckung gleich, die jedoch merkwürdigerweise wiederum kaum beachtet wurde. In dem Briefwechsel aus dem Jahre 1411 zwischen dem westfälischen Historiker Dietrich von Niem (auch Nieheim genannt), der etwa von 1340 bis 1418 lebte (ein fruchtbarer Publizist seiner Zeit), und dem Abbreviator[25] Johannes Stalberg ist vom »Eulenspiegel« ausdrücklich als von einer »Schrift« die Rede[26]. Die Briefpartner setzen die Schrift als bekannt voraus und erwähnen sie in einem Satz zusammen mit den Werken von Sokrates und Cicero. War aber 1411 eine »Eulenspiegel-Schrift« weithin bekannt, wird man ihre Entstehungszeit getrost mindestens um ein Jahrzehnt nach rückwärts verlegen können. Man kann diese Schrift (auch bei vorsichtiger Betrachtungsweise) etwa auf die Wende vom 14. zum 15. Jh. ansetzen. Vielleicht reicht sie sogar noch beträchtlich weiter ins 14. Jh. zurück, wofür z. B. die Angabe der Jahreszahl 1350 als Todesjahr Eulenspiegels in H 96(95) spricht.

Die nächste literarische Erwähnung Eulenspiegels verdanken wir nicht dem auf etwa 1478 angesetzten Druck des »niederdeutschen Originals« (wie lange angenommen wurde)[27], sondern bereits Hermann Bote. In einer seiner beiden umfangreichen handschriftlichen Weltchroniken[28] – geschrieben nach 1493 – meldet Bote u. a. zum Jahre 1350: ». . . dosulffest sterff Ulenspeygel to Möllen . . .«. Es spricht viel dafür, daß Bote diese Angabe der »Eulenspiegel-Schrift« entnommen hat, die 1411 Niem und Stalberg bekannt war.

Unter Berücksichtigung der genannten Tatsachen müssen alle bisher für das Volksbuch in Betracht gezogenen schriftlichen Quellen angezweifelt werden, die nach 1400 entstanden sind. Dann aber bleiben als (in jedem Falle frei bearbeitete) Vorlagen für Bote, die zeitlich hinter die

»Eulenspiegel-Schrift« zurückgehen, wahrscheinlich nur Strickers »Pfaffe Amis« (um 1230) und zwei altitalienische Sammlungen (aus dem letzten Jahrzehnt des 13. Jh.)[29] übrig. Alles in allem könnten aus diesen Vorlagen etwa 10 H des Volksbuches entlehnt sein.

Aus ähnlichen Gründen, wie sie hier für die Quellenfrage dargelegt sind, müssen alle bisherigen Versuche, die im Volksbuch vorkommenden »geschichtlichen« Personen (etwa in H 23 und 24 die Könige von Dänemark und Polen) historisch einzuordnen[30], neu überdacht werden – falls Bote überhaupt die Absicht gehabt haben sollte, im »Eulenspiegel« historische Fakten zu überliefern, was m. E. zu Recht bezweifelt worden ist.

V

Bote hat seinen »Eulenspiegel« nicht als Kinderbuch geschrieben[31]. Das ergibt sich bereits aus dem satirischen Zweck (vgl. oben S. 13). Daneben ist das Buch in seiner Gesamtheit aus mancherlei Gründen für Kinder nicht geeignet. Trotzdem wird es bereits vom 17. Jh. ab als beliebte Jugendlektüre erwähnt[32]. Ab 1833 ist es – in Auswahl – bis heute als Kinder-oder Jugendbuch immer wieder mit großem verlegerischen Erfolg aufgelegt worden. Das ist ein Beweis für den dichterischen Wert und den geistigen Gehalt von Botes Werk: die darin enthaltenen Geschichten sind (teilweise) nach Form und Inhalt so vortrefflich, die darin niedergelegten Gedanken sind (teilweise) so allgemeingültig, daß man aus dieser Vorlage durchaus nützliche und geschätzte Kinder- und Jugendbücher formen kann (man vergleiche etwa die entsprechenden Schicksale von Swifts »Gulliver« oder Cervantes' »Don Quichote«). Es gibt allerdings nur wenige Eulenspiegel-Ausgaben, die den Ansprüchen, die an ein gutes Jugendbuch zu stellen sind, genügen[33]. Auch zu didaktischen Zwecken eignet sich eine Reihe von Eulenspiegel-Schwänken vorzüglich[34].

VI

Das Volksbuch vom Eulenspiegel, der einzige Welterfolg der Dichtung Niedersachsens und zugleich das berühmteste und langlebigste aller deutschen Volksbücher[35], erwies sich als ein ausgesprochener »Bestseller«[36] und trat bereits im 16. Jh. einen Siegeszug in der abendländischen Welt an. Allein in Deutschland erschienen in diesem Zeitraum mindestens 35 Ausgaben[37]. Das Buch wurde (teilweise in Auswahl) schon im 16. Jh. in die meisten Kultursprachen Europas übersetzt: ins Niederländische, Englische, Französische, Lateinische, Dänische, Polnische, Tschechische, wahrscheinlich auch ins Italienische. Vom 17. bis 19. Jh. eroberte sich das Volksbuch weitere Sprachen: Schwedisch, Russisch, Ungarisch, Kroatisch, Slowenisch, Norwegisch, Rumänisch. Im 20. Jh. erschienen Übersetzungen in folgende Sprachen: Afrikaans, Chinesisch, Estnisch, Finnisch, Italienisch, Japanisch, Neugriechisch, Serbisch, Sorbisch, Spanisch, Thailändisch, vier indische Dialekte (Bengali, Hindi, Marathi, Urdu) und Esperanto. Auch in den USA wurde es gedruckt. Alles in allem gibt es über 280 fremdsprachige Ausgaben des Volksbuches.

Im deutschsprachigen Raum, also in Deutschland, Österreich und in der Schweiz, reißt seit den ersten Drucken die Kette der Neuauflagen nicht ab. Ich schätze sie auf Grund verhältnismäßig zuverlässiger Unterlagen bis 1980 auf über 350. Dazu kommen seit der Mitte des vorigen Jh. weit über 250 Jugendbearbeitungen. Insgesamt ist also ein Erfolg zu verzeichnen, wie ihn nur wenige Bücher in deutscher Sprache aufzuweisen haben. Gerade auch in der neuesten Zeit scheint die Erfolgskurve des Volksbuches steiler denn je in die Höhe zu gehen: nach dem 2. Weltkrieg erschienen in Deutschland rd. 150 Ausgaben des Eulenspiegel-Buches (einschließlich der Jugendausgaben).

Der Eulenspiegel-Stoff, wie er im Volksbuch vorliegt,

bzw. einzelne seiner Historien sind von 1522[38] bis 1980 über 500 Male dichterisch bearbeitet worden, und zwar in allen Dichtungsgattungen: Epik, Dramatik, Lyrik. Die einzige Bearbeitung jedoch, die unbestrittene Weltgeltung besitzt, hat der Flame Charles de Coster in seinem 1867 erschienenen Epos vorgelegt: La légende et les aventures héroiques, joyeuses et glorieuses d'Ulenspiegel et de Lamme Goedzak au pays de Flandres et ailleurs. Zu deutsch: Die Legende und die heroischen, heiteren und ruhmreichen Abenteuer Till Eulenspiegels und Lamme Goedzaks im Lande Flandern und anderwärts[39].

Auch auf den Gebieten der bildenden Kunst[40] und der Tonkunst[41] ist Eulenspiegel bis heute immer wieder nachgestaltet worden.

Die Wirkungsgeschichte des Volksbuches ist noch nicht geschrieben worden[42]. Das Buch selbst aber ist ein Meisterwerk des Dichters Hermann Bote, ein großer Wurf, ein Teil der Weltliteratur.

VII

Hat Eulenspiegel wirklich gelebt? Die Frage war lange umstritten. Die neueren Forscher bejahen sie jedoch überwiegend[43]. Eulenspiegel ist also als eine historische Persönlichkeit anzusehen und nicht nur als eine Phantasiegestalt Hermann Botes. Freilich kennen wir diese Gestalt nur so, wie sie uns Bote in seinem Buch vorführt. Was er in der »Eulenspiegel-Schrift« vorfand und was er aus der (sicher reichhaltig vorhandenen) mündlichen Überlieferung übernahm: wir wissen es bisher nicht. Feststellen können wir aber, daß Bote mit seinen schriftlichen Quellen (es sind nur wenige, von denen wir sicher wissen, vgl. S. 14ff.) in jedem Falle frei umgegangen ist und sie so bearbeitet hat, wie es in seinen Gesamtplan paßte[44]. Deshalb werden wir sagen müssen, daß Bote seinem Helden alle entscheidenden Züge aufgeprägt hat[45], mögen sie in dem, was er als Stoff vorfand, bereits vorhanden gewesen sein oder nicht. So gesehen, ist Eulenspiegel, wie er uns aus dem Volksbuch entgegentritt, eine Schöpfung Botes.

Inzwischen aber hat sich Till Eulenspiegel auch von seinem geistigen Vater Hermann Bote losgelöst, sich verselbständigt, als eigene, unverwechselbare Gestalt personifiziert. Er ist, wie Lutz Mackensen sagt, »ein deutscher Mythos geworden, ein lächelnder Mythos, bis auf den heutigen Tag . . .«[46].

VIII

Es ist ein Merkmal großer Dichtung, daß sie zeitlos ist. Aber auch Homers Epen sind uns heute nicht mehr in allen Einzelheiten ohne weiteres verständlich. Und da das Volksbuch vom Eulenspiegel vor rd. 470 Jahren geschrieben wurde, erscheinen einige Erläuterungen angebracht[47]. Sie sind in einem besonderen Anmerkungsteil gedruckt, um den Lesefluß nicht zu stören und Botes Dichtung möglichst unmittelbar wirken zu lassen.

Zum besseren Verständnis des Volksbuches erscheint es jedoch unerläßlich, bereits hier jedenfalls kurz darauf hinzuweisen, daß die Menschen, für die Bote schrieb, in einer anderen Empfindungswelt lebten als wir. Im Mittelalter bildete ein Gefühl allgemeiner Unsicherheit den Hintergrund des Lebens und färbte ihn dunkel[48]. Davor hob sich die Farbigkeit, Abenteuerlichkeit, Fülle und Leidenschaftlichkeit des Lebens selbst um so schärfer ab. Die Stimmung der Leute schwankte damals schnell zwischen »roher Ausgelassenheit, heftiger Grausamkeit und inniger Rührung«[49]; Erregung, Verwirrung, Begeisterung und Verzweiflung wohnten dicht beieinander[50]. Die damaligen Erdenbürger waren reizbarer als heute, ihre Phantasie spielte in märchenhaften und symbolischen Bereichen. Lust und Unlust entluden sich offener, freier und ungebundener nach außen als in unserem zivilisierten Zeitalter[51]. Dieses grundlegend andere Lebensgefühl[52] muß man im Auge behalten, wenn man Botes Buch richtig würdigen und in seiner Absicht, Darstellungsweise und Wirkung auch nur annähernd erfassen will[53]. Den Menschen des ausgehenden Mittelalters muß die vieldeutige Gestalt Eulenspiegels, wie sie Bote gezeichnet hat, außerordentlich fesselnd und reizvoll erschienen sein.

1 Volksbuch wird hier als Bezeichnung für unterhaltende und belehrende Prosaschriften des ausgehenden Mittelalters verwendet (gebräuchlich seit Josef Görres); vgl. zum Begriff auch Schmitz, Physiologie; Lindow, Gewohnheit S. 19; Schmitt und Kreutzer; über Eulenspiegel und Volksbuch in der deutschen Literaturgeschichte vgl. Arendt S. 27 ff.

2 Die Drucke von 1515, 1519 und das Kleine Fragment Honeggers werden in dieser Ausgabe gemeinsam als »Frühdrucke« bezeichnet. – Ende 1975 tauchte bei einer Buchauktion in Hamburg ein einigermaßen vollständiges Exemplar des Druckes von 1510/11 auf (etwas über 75 % des Textes), von dessen Existenz zwar Nachrichten vorlagen (vgl. Honegger S. 32 ff.), das aber als verschollen galt (Näheres bei Schmitz, Eul.-Jb. 1976, 35 und Hucker, Philobiblon). Dieses Exemplar, das sämtliche 16 Seiten des Kleinen Fragmentes Honeggers enthält, wird in dieser Ausgabe als »Großes Fragment« bezeichnet. Es war mir nicht zugänglich. Seine Edition wird von seinem Eigentümer, dem Berliner Historiker Dr. Bernd Ulrich Hucker, vorbereitet. – Sodmann, Eul.-Jb. 1980, 3, hat wahrscheinlich gemacht, daß Grüninger bereits vor dem Druck der auf 1510/11 zu datierenden Fragmente mindestens eine weitere Ausgabe des Eulenspiegel-Volksbuches herausgebracht hat.

3 Über die große Bedeutung der Gilden und Zünfte im Mittelalter vgl. z. B. Scherr S. 230 f. und Le Goff S. 217 ff.

4 Für Näheres muß auf die Spezialliteratur verwiesen werden, vgl. die Nachweise bei Honegger S. 86 ff.; Spiess S. 720 ff.; Arendt S. 60 ff.; vgl. ferner den biographischen Abriß über Bote von Hucker (1976) samt kritischen Anmerkungen von Cordes in Eul.-Jb. 1978, 11 ff.

5 Als Akrostichon bezeichnet man hintereinander zu lesende Anfangsbuchstaben oder -wörter aufeinander folgender Zeilen, Strophen, Abschnitte oder Kapitel, in denen der Autor eine Aussage verborgen hat.

6 Vgl. das Literaturverzeichnis.

7 Thomas Murner (1475–1537), Franziskanermönch, fruchtbarer wissenschaftlicher und satirischer Schriftsteller, Gegner Luthers; u. a. Verfasser der »Narrenbeschwörung« und der »Schelmenzunft« (beide 1512).

8 Honegger S. 88.

9 Wahrscheinlich war Thomas Murner der Bearbeiter von Botes Manuskript, vgl. Honegger S. 119 ff. und Hucker, Bote S. 15; zweifelnd Flood, Besprechung S. 138 und Arendt S. 75.

10 Über die »96. Historie« der Frühdrucke vgl. S. 329.

11 Das fehlende Anfangs-»H« ist durch eine Änderung des Anfangs von Historie 89 zu erklären, vgl. den Rekonstruktionsversuch von Lindow in Korr.-bl. 1973 S. 31

12 Honegger S. 136.

13 Vgl. Eul.-Jb. 1972 S. 54 ff.

14 Ausführliche und gehaltvolle Rezensionen zu Honeggers »Ulenspiegel« schrieben u. a. Lindow, Schmitz und Flood.

15 Vgl. z. B. von Murr S. 106; Goedeke S. 15.

16 Honegger S. 96 ff.; zustimmend und mit weiteren Argumenten stützend Flood, Wigoleis S. 158 ff.; zustimmend ferner Lindow S. 276; Hucker, Eul.-Jb. 1977 S. 17; Rusterholz Fn. 25; Arendt S. 42, 61; Wunderlich S. 9; Petzoldt, Tradition S. 204; kritisch Beckers S. 51; Schmitz, Besprechung S. 176; Wiswe, Bd. 57/1976 S. 28 f.; Cordes, Eul.-Jb. 1978, 12; Virmond S. 148.

17 Die von Honegger aufgestellte »neue« (= ursprüngliche) Reihenfolge erschien mir so wesentlich, daß ich sie für diese Ausgabe übernommen und die Historien auch entsprechend beziffert habe. Soweit sich die Nummern dabei nicht decken, ist die Numerierung der Frühdrucke in Klammern beigefügt. Ein Beispiel: Historie 21 der Frühdrucke steht nach Honegger an 19. Stelle der neuen Reihenfolge. Sie wird in diesem Buche mit H 19 (21) bezeichnet; H wird als Abkürzung für Historie oder Historien verwendet. Vgl. auch die Gegenüberstellung der H-Nummern S. 335 ff.

18 Honegger S. 114 (ähnlich bereits Hankamer S. 106 f.). Über Einzelheiten der kunstvollen Komposition Botes vgl. auch Honegger, Todsünden S. 19 f. und 30 ff. Honegger verweist ferner auf die innere Verwandtschaft des Eulenspiegel-Buches mit Botes »Radbuch«, in dem die damalige ständische Gliederung der Gesellschaft eine große Rolle spielt. Darüber hinaus ist im Eulenspiegelstoff eine Reihe anderer Deutungsmöglichkeiten angelegt, was sich die zahlreichen Bearbeiter von Botes Dichtung zunutze gemacht haben.

19 Friedell S. 87; vgl. Le Goff S. 218; Röcke S. 22 f.; Rosenfeld/Rosenfeld S. 72 ff.; Bobertag S. 11.

20 Zijderveld definiert den Humor als »das Spielen mit . . . institutionalisierten Sinninhalten in der Gesellschaft« (S. 23) und bezeichnet »Witzemachen« als »Humor-in-der-Praxis« (S. 21). »Humor ist ein wichtiger Bestandteil eines Lebensstils« (S. 45).

21 Honegger S. 127; der strenge Kunstkritiker Lessing nannte das Volksbuch ein »sinnreiches Werk« (S. 327); die satirische Absicht des Volksbuches unterstreicht auch Jäckel, Nachwort. Zur Begriffsbestimmung der Satire vgl. z. B. Brummack. Der ökonomische Ansatz von Hildebrandt, Wiswe und Haug ist zu einseitig und berücksichtigt die mehrfachen Absichten und Zwecke, die Bote verfolgt, nicht (zur Kritik an Hildebrandt vgl. auch Rusterholz Fn. 27, zur Kritik an Haug vgl. auch Virmond, Berliner Hefte, und Zöller S. 15 ff.; Schmitt S. 105 verweist auf das »didaktische Gepräge« der mittelalterlichen Literatur und charakterisiert in ihrem Kommentar (S. 5; vgl. auch S. 52) das Eulenspiegelbuch Botes als »geistreich-witzige, humorvoll-satirische Unterhaltung«; die Beweisführung für die von Zöller S. 25 f. referierte Meinung B. U. Huckers, Bote habe »den Schalk (sich) zur diabolischen Figur entfalten« lassen, bleibt abzuwarten.

22 Vgl. zu den schwierigen Versuchen, den »Schwank« zu definieren, Strassner S. 1 ff.; Steiner, Exegese S. 265 unterstreicht mit Recht, daß der Schwank – im hier gebrauchten Sinne – einen dramatischen Zug besitzt, da er weniger schildert als Handlung bietet; Näheres über Schwankdichtung u. a. bei Bodensohn Bd. 1 S. 51 ff. und (besonders für Eulenspiegel) bei Spriewald S. 293 f. und 326; nach Strassner S. 11 besteht die Funktion allen komischen Erzählguts in erster Linie darin, Gelächter oder zumindest Heiterkeit zu erregen. Über die historisch sich

wandelnden Auffassungsbedingungen des Komischen vgl. Rusterholz S. 23 und Zijderveld; besonders zu Witz und Schwank: Röhrich, Witz S. 8 f.

23 Vgl. Steiner, Exegese S. 267.

24 Roloff S. 153. Bobertag (S. 17) bescheinigt dem Verfasser des Volksbuches, er sei ein »geschickter Stilist und glänzender Erzähler«. Eine genauere Analyse des Erzählstils Botes im Volksbuch unter Berücksichtigung der Ergebnisse Honeggers fehlt bis heute; vgl. auch Lindow, Gewohnheit S. 22.

25 Hoher päpstlicher Beamter.

26 Vgl. Näheres in meinem Aufsatz im Eul.-Jb. 1971 S. 30; über den Inhalt der Schrift wissen wir nur, daß darin eine Geschichte gestanden hat, die H 70 (73) entsprach. Sodmann S. 16 meint, es habe sich um eine handschriftliche Sammlung gehandelt.

27 Vgl. noch meinen in Fn. 26 erwähnten Aufsatz, dort Fn. 10.

28 Die hier gemeinte Weltchronik befand sich lange Zeit im Besitz der Familie Hetling in Halberstadt und wird daher als »Hetlingische Chronik« oder »Halberstädter Handschrift« bezeichnet; heute liegt sie in der Stadtbibliothek Braunschweig. Mit Recht bezeichnet Beckers (S. 53) den Zustand, daß wir von den beiden Boteschen Weltchroniken noch keine Edition besitzen, als »beschämend«.

29 Vgl. Kadlec S. 77 ff.; Krogmann, Textausgabe S. XVII schreibt sogar: »Literarische Quellen des Volksbuches sind überhaupt nicht nachweisbar« und zweifelt anschließend auch die Übernahme einzelner H aus dem »Pfaffen Amis« an. Über den Wert oder Unwert des »Aufspürens von Quellen« in grundsätzlicher Hinsicht vgl. Friedell S. 52; vgl. zur Quellenfrage auch Virmond S. 174 ff.

30 Bote kam es hier wohl nur auf den »Stand« an.

31 Ebenso Gath S. 40 f.; vgl. Näheres zum »Kindheits«-Begriff bei Ariès und Elschenbroich; vgl. ferner Theis.

32 Vgl. Scherf, Eul.-Jb. 1972 S. 3.

33 Zu empfehlen sind etwa die Ausgaben von Zacharias, Geisler, Bote/Scherf.

34 Näheres über den Eulenspiegelstoff als Kinder- und Jugendbuch bei Scherf, Eul.-Jb. 1972 S. 3; Doderer, Stichwort Eulenspiegel; Gath S. 41 ff.; Kaiser, Knabe, Wunderlich (Gemüt) u. a.

35 Mackensen, GRM S. 243; Lindow, Gewohnheit S. 21; Könneker S. 242; Arendt S. 73.

36 Zustimmend Schmitt, Kommentar S. 8, 47; a. A. Virmond S. 8, 47.

37 Über frühe Verkaufszahlen vgl. Beyer S. 53 ff.; Mackensen, Volksbücher S. 66 ff.

38 Früheste Bearbeitungen durch Johannes Pauli (1522) und Hans Sachs (1533); auf die Schwierigkeiten, das Volksbuch dichterisch (insbesondere dramatisch oder episch) zu bearbeiten, ist wiederholt hingewiesen worden. Kuckhoff (Nachwort S. 89) schreibt z. B.: »Man könnte sich . . . einen Eulenspiegel vorstellen, der das komisch-tiefsinnige Gegenstück zum Faust wäre, eine jener großen Komödien, die nach dem Wort unseres Tragikers Schillers jede Tragödie überflüssig machten. Nur daß es dazu . . . noch mehr als eines Goethe bedürfte.«

39 Vgl. zur Würdigung des Werkes von de Coster z. B. Meridies, Eul.-Jb. 1961, 7. Mit der Übersetzung des Buches ins Deutsche durch von Oppeln-Bronikowski (1909) wurde es aus seinem Dornröschenschlaf erweckt und begann seinen Siegeszug um die Welt. Übersetzt wurde es u. a. in folgende Sprachen: Bulgarisch, Dänisch, Englisch, Hebräisch, Italienisch, Lettisch, Litauisch, Niederländisch, Polnisch, Portugiesisch, Rumänisch, Russisch, Schwedisch, Serbokroatisch,

Tschechisch, Ungarisch. Über Eulenspiegel aus jetziger flämischer Sicht vgl. die gute Einführungsschrift von Segers/Heyneman/De Decker.

40 Beispielhaft seien genannt: Josef Hegenbarth, Alfred Kubin, Frans Masereel, A. Paul Weber.

41 Vgl. z. B. Richard Strauß' »Till Eulenspiegels lustige Streiche«, op. 28 (1895).

42 Ansätze finden sich in einer großen Zahl von Schriften und Aufsätzen, z. B. bei Roloff und Arendt.

43 Vgl. z. B. Merker/Stammler, Stichwort Schwank S. 210; Haack S. 1; Roloff S. 57ff.; Cordes, Stichwort Eulenspiegel; Krogmann, Textausgabe S. XVII; Krywalski S. 146; zweifelnd Honegger S. 127ff.; Sodmann S. 16; Arendt S. 59; Petzoldt, Historische Sagen Bd. II S. 331.

44 Vgl. Kadlec S. 7ff.; Roloff S. 117ff.

45 Ebenso Wunderlich S. 8; vgl. auch Honegger, Todsünden S. 30; Näheres zur Charakteristik Eulenspiegels in Anm. zu H 20 (88), S. 280ff. und Anm. zu H 96 (95), S. 328.

46 Mackensen, Volksgut S. 73; Petzoldt, Tradition; H. Sichtermann S. 11; schon Benz, Volksbücher S. 2, bezeichnet Eulenspiegel als »mythologisierten Menschen«; Jünger S. 62 schreibt: »Von seiten der Mythe her betrachtet, schimmert bei ihm (Eulenspiegel) eine Verwandtschaft mit dem Loki durch, auch zeigt er Züge, die in ihm einen nordischen Satyr vermuten lassen. Er hat das Launische des Elementargeistes, von dem man nie weiß, wohin er ausschlägt.« Das Wort »Mythos« möchte ich hier nicht im Sinne von nur den Fachleuten verständlichen (und im übrigen unterschiedlichen) Definitionen philosophischer Schriften oder enzyklopädischer Lexika verstanden wissen, sondern etwa in der schlichten Bedeutung von »reales Leitbild« (so Haussig S. V) oder als »Sinnbild« (vgl. Roloff S. 163). – Über Eulenspiegel in anthroposophischer Sicht vgl. Wolfram und Jacobj.

47 Dem Leser, der tiefer in den Stoff eindringen will, seien hier neben den Anmerkungen (S. 251ff.) auch die Ausführungen »Zur Übertragung und zu den Anmerkungen und Illustrationen« empfohlen (S. 330ff.).

48 Vgl. Huizinga S. 10f., 33; ähnlich Jordan S. 188f.; vgl. über die Irrationalität des Mittelalters auch Müller S. 441ff.

49 Huizinga S. 2; ähnlich Friedell S. 83ff. und Lea S. 263.

50 Vgl. Mackensen, Volksgut S. 70; Rosenfeld/Rosenfeld S. 8f.

51 Vgl. Elias, Bd. 2 S. 329.

52 Es kann von uns wohl nur ansatzweise nachempfunden werden. Näheres bei Huizinga und Elias.

53 Auch die Anm. zu den einzelnen H sind im Zusammenhang mit dem anderen Lebensgefühl im ausgehenden Mittelalter zu lesen.

Hermann Botes
Eulenspiegelbuch

Die Originaltitel der Ausgaben von 1515 und 1519 sind abgedruckt S. 251.
Vgl. auch das Titelblatt dieser Ausgabe und S. 25.

Ein kurzweiliges Buch
von Till Eulenspiegel aus dem Lande Braunschweig

Wie er sein Leben vollbracht hat
96 seiner Geschichten

Vorrede

Als man zählte von Christi Geburt 1500 Jahre, bin ich, N.[1], von etlichen Personen gebeten worden, ihnen zuliebe diese Historien und Geschichten zu sammeln und aufzuschreiben: was vor Zeiten ein behender, durchtriebener und listiger Bauernsohn getan und getrieben hat in welschen und deutschen Landen. Er war geboren im braunschweigischen Herzogtum, genannt Till Eulenspiegel. Für solche meine Mühe und Arbeit wollten sie mir ihre Gunst hoch erweisen. Solches und mehr zu tun, wäre ich bereit, antwortete ich. Aber ich hätte nicht soviel Vernunft und Kenntnisse, um es zu vollbringen. Ich legte ihnen mit freundlicher Bitte mannigfache Ursachen dar, mir zu erlassen, von Eulenspiegel etwas zu schreiben, was er in einigen Orten getrieben hat, weil es sie verdrießen möchte. Aber diese meine Antwort wollten sie nicht als Entschuldigung gelten lassen. Sie baten mich weiter und wollten nicht aufhören, und dabei hielten sie mich für verständiger als ich bin.

So habe ich mich denn nach meinem geringen Verstande verpflichtet, mich mit der Sache abgegeben und habe mit der Hilfe Gottes (ohne den nichts geschehen kann) und mit Fleiß angefangen. Und ich will mich auch gegen jedermann entschuldigen. Meine Schrift soll niemandem Verdruß bereiten; auch soll damit niemand herabgesetzt werden: das sei weit von mir! Sie soll allein ein fröhliches Gemüt machen in schweren Zeiten. Die Leser und Zuhörer mögen gute und kurzweilige Unterhaltung und Schwänke daraus ziehen.

Es sind auch in diesem meinem schlichten Schreiben keine Kunst oder besondere Feinheiten zu finden, da ich leider der lateinischen Sprache und Schrift nicht mächtig und ein schlichter Laie bin. Dieses mein Buch ist am allerbesten zu lesen (auf daß der Gottesdienst nicht ver-

---

1 »N.« ist Hermann Bote, vgl. S. 9 ff.

hindert werde), wenn sich die Mäuse unter den Bänken beißen, die Stunden kurz werden und die gebratenen Birnen wohl schmecken bei dem neuen Wein. Und ich bitte hiermit einen jeglichen, meine Schrift von Eulenspiegel zu verbessern, wenn sie zu lang oder zu kurz ist, damit ich kein Mißfallen hervorrufe.

Hiermit ende ich meine Vorrede und beginne mit Till Eulenspiegels Geburt.

Einige Geschichten des Pfaffen Amis und des Pfaffen von dem Kalenberg sind angefügt.

Die 1. Historie sagt, wie Till Eulenspiegel geboren, dreimal an einem Tage getauft wurde und wer seine Taufpaten waren.

Bei dem Wald, Elm genannt, im Dorf Kneitlingen im Sachsenland, wurde Eulenspiegel geboren. Sein Vater hieß Claus Eulenspiegel, seine Mutter Ann Wibcken. Als sie des Kindes genas, schickten sie es in das Dorf Ampleben zur Taufe und ließen es nennen Till Eulenspiegel. Till von Uetzen, der Burgherr von Ampleben, war sein Taufpate. Ampleben ist das Schloß, das die Magdeburger vor etwa 50 Jahren mit Hilfe anderer Städte als ein böses Raubschloß zerstörten. Die Kirche und das Dorf dabei ist nunmehr im Besitze des würdigen Abtes von Sankt Ägidien, Arnolf Pfaffenmeier.

Als nun Eulenspiegel getauft war und sie das Kind wieder

nach Kneitlingen tragen wollten, da wollte die Taufpatin, die das Kind trug, eilig über einen Steg gehen, der
zwischen Kneitlingen und Ampleben über einen Bach
führt. Und sie hatten nach der Kindtaufe zu viel Bier
getrunken (denn dort herrscht die Gewohnheit, daß man
die Kinder nach der Taufe in das Bierhaus trägt, sie ver-
trinkt[1] und fröhlich ist; das mag dann der Vater des Kindes bezahlen). Also fiel die Patin des Kindes von dem Steg
in die Lache und besudelte sich und das Kind so jämmerlich, daß das Kind fast erstickt wäre. Da halfen die anderen Frauen der Badmuhme[2] mit dem Kind wieder heraus,
gingen heim in ihr Dorf, wuschen das Kind in einem
Kessel und machten es wieder sauber und schön.
So wurde Eulenspiegel an einem Tage dreimal getauft:
einmal in der Taufe, einmal in der schmutzigen Lache
und einmal im Kessel mit warmem Wasser.

Die 2. Historie sagt, wie alle Bauern und
Bäuerinnen über den jungen Eulenspiegel
klagten und sprachen, er sei ein Nichtsnutz
und Schalk[3]; und wie er auf einem Pferd hinter
seinem Vater ritt und stillschweigend die Leute
hinten in seinen Arsch sehen ließ.

Als nun Eulenspiegel so alt war, daß er stehen und
gehen konnte, da spielte er viel mit den jungen Kindern. Denn er war munteren Sinnes. Wie ein Affe tummelte er sich auf den Kissen und im Gras so lange, bis er
drei Jahre alt war. Dann befleißigte er sich aller Art
Schalkheit so sehr, daß sich alle Nachbarn miteinander
beim Vater beklagten, sein Sohn Till sei ein Schalk. Da
nahm der Vater sich den Sohn vor und sprach zu ihm:
»Wie geht das doch immer zu, daß alle unsere Nachbarn

1 Auf das Wohl des Kindes trinkt. 2 Gevatterin, Taufpatin, Hebamme.
3 Über die Bedeutung des Wortes »Schalk« vgl. Anm. zu H 2. (S. 256).

sagen, du seist ein Schalk?« Eulenspiegel sagte: »Lieber Vater, ich tue doch niemandem etwas, das will ich dir eindeutig beweisen. Geh hin, setz dich auf dein eigenes Pferd, und ich will mich hinter dich setzen und stillschweigend mit dir durch die Gassen reiten. Dennoch werden sie über mich lügen und sagen, was sie wollen. Gib darauf acht!« Das tat der Vater und nahm ihn hinter sich aufs Pferd. Da hob sich Eulenspiegel hinten auf mit seinem Loch, ließ die Leute in den Arsch sehen und setzte sich dann wieder. Die Nachbarn und Nachbarinnen zeigten auf ihn und sprachen: »Schäme dich! Wahrlich, ein Schalk ist das!« Da sagte Eulenspiegel: »Hör, Vater, du siehest wohl, daß ich stillschweige und niemandem etwas tue. Dennoch sagen die Leute, ich sei ein Schalk.«

Nun tat der Vater dies: er setzte Eulenspiegel, seinen lieben Sohn, vor sich auf das Pferd. Eulenspiegel saß ganz still, aber er sperrte das Maul auf, grinste die Bauern an und streckte ihnen die Zunge heraus. Die Leute liefen hinzu und sprachen: »Seht an, welch ein junger Schalk ist das!« Da sagte der Vater: »Du bist freilich in einer unglückseligen Stunde geboren. Du sitzest still und schweigst und tust niemandem etwas, und doch sagen die Leute, du seist ein Schalk.«

Die 3. Historie sagt, wie Claus Eulenspiegel von Kneitlingen hinweg zog an den Fluß Saale, woher Tills Mutter gebürtig war, dort starb, und wie sein Sohn auf dem Seil gehen lernte.

Danach zog sein Vater mit ihm und seiner Familie von dannen in das magdeburgische Land an den Fluß Saale. Von dorther stammte Eulenspiegels Mutter. Und bald darauf starb der alte Claus Eulenspiegel. Die Mutter blieb bei dem Sohn in ihrem Dorf, und sie verzehrten, was sie hatten. So wurde die Mutter arm. Eulenspiegel wollte kein Handwerk lernen und war doch schon etwa 16 Jahre alt. Aber er tummelte sich und lernte mancherlei Gauklerei.

Eulenspiegels Mutter wohnte in einem Haus, dessen Hof an die Saale ging. Und Eulenspiegel begann, auf dem Seile zu gehen. Das trieb er zuerst auf dem Dachboden des Hauses, weil er es vor der Mutter nicht tun wollte. Denn sie konnte seine Torheit nicht leiden, daß er sich so auf dem Seil tummelte, und drohte, ihn deshalb zu schlagen. Einmal erwischte sie ihn auf dem Seil, nahm einen großen Knüppel und wollte ihn herunterschlagen. Da entrann er ihr zu einem Fenster hinaus, lief oben auf das Dach und setzte sich dort hin, so daß sie ihn nicht erreichen konnte.

Das währte so lange mit ihm, bis er ein wenig älter wurde. Dann fing er wieder an, auf dem Seil zu gehen, und zog das Seil oben von seiner Mutter Hinterhaus über die Saale in ein Haus gegenüber. Viele junge und alte Leute bemerkten das Seil, darauf Eulenspiegel laufen wollte. Sie kamen herbei und wollten ihn darauf gehen sehen; und sie waren neugierig, was er doch für ein seltsames Spiel beginnen oder was er Wunderliches treiben wollte.

Als nun Eulenspiegel auf dem Seil im besten Tummeln war, bemerkte es seine Mutter; und sie konnte ihm nicht viel darum tun. Doch schlich sie heimlich hinten in das Haus auf den Boden, wo das Seil angebunden war, und schnitt es entzwei. Da fiel ihr Sohn Eulenspiegel unter großem Spott ins Wasser und badete tüchtig in der Saale. Die Bauern lachten sehr, und die Jungen riefen ihm laut nach: »Hehe, bade nur wohl aus! Du hast lange nach dem Bade verlangt!«

Das verdroß Eulenspiegel sehr. Das Bad machte ihm nichts aus, wohl aber das Spotten und Rufen der jungen

33

Buben. Er überlegte, wie er ihnen das wieder vergelten und heimzahlen wollte. Und also badete er aus, so gut er es vermochte.

Die 4. Historie sagt, wie Eulenspiegel den Jungen etwa zweihundert Paar Schuhe von den Füßen abschwatzte und machte, daß sich alt und jung darum in die Haare gerieten.

Kurze Zeit danach wollte Eulenspiegel seinen Schaden und den Spott wegen des Bades rächen, zog das Seil aus einem anderen Haus über die Saale und zeigte den Leuten an, daß er abermals auf dem Seil gehen wolle. Das Volk sammelte sich bald dazu, jung und alt. Und Eulenspiegel sprach zu den Jungen: jeder solle ihm seinen linken Schuh geben, er wolle ihnen mit den Schuhen ein hübsches Stück auf dem Seil zeigen. Die Jungen glaubten das, und alle meinten, es sei wahr, auch die Alten. Und die Jungen huben an, die Schuhe auszuziehen, und gaben sie Eulenspiegel. Es waren der Jungen beinahe zwei Schock, das sind zweimal sechzig. Die Hälfte der Schuhe wurde Eulenspiegel gegeben. Da zog er sie auf eine Schnur und stieg damit auf das Seil. Als er nun auf dem Seil war und hatte die Schuhe mit oben, sahen die Alten und die Jungen zu ihm hinauf und meinten, er wolle ein lustig Ding damit tun. Aber ein Teil der Jungen war betrübt, denn sie hätten ihre Schuhe gern wiedergehabt.

Als nun Eulenspiegel auf dem Seil saß und seine Kunststücke machte, rief er auf einmal: »Jeder gebe acht und suche seinen Schuh wieder!« Und damit schnitt er die Schnur entzwei und warf die Schuhe alle von dem Seil auf die Erde, so daß ein Schuh über den anderen purzelte. Da stürzten die Jungen und Alten herzu, einer erwischte hier einen Schuh, der andere dort. Der eine sprach: »Dieser Schuh ist mein!« Der andere sprach: »Du lügst, er ist

mein!« Und sie fielen sich in die Haare und begannen sich zu prügeln. Der eine lag unten, der andere oben; der eine schrie, der andere weinte, der dritte lachte. Das währte so lange, bis auch die Alten Backenstreiche austeilten und sich bei den Haaren zogen.

Derweil saß Eulenspiegel auf dem Seil, lachte und rief: »Hehe, sucht nun die Schuhe, wie ich kürzlich ausbaden mußte!« Und er lief von dem Seil, und ließ die Jungen und Alten sich um die Schuhe zanken.

Danach durfte er sich vier Wochen lang vor den Jungen oder Alten nicht sehen lassen. Er saß deshalb im Hause bei seiner Mutter und flickte Helmstedter Schuhe. Da freute sich seine Mutter sehr und meinte, es würde mit ihm noch alles gut werden. Aber sie kannte nicht die Geschichte mit den Schuhen und wußte nicht, daß er wegen dieses Streichs nicht wagte, vors Haus zu gehen.

Die 5. Historie sagt, wie Till Eulenspiegels Mutter ihn ermahnte, ein Handwerk zu lernen, wobei sie ihm helfen wollte.

Eulenspiegels Mutter war froh, daß ihr Sohn so friedlich war, schalt ihn jedoch, daß er kein Handwerk lernen wollte. Er schwieg dazu, aber die Mutter ließ nicht nach, ihn zu schelten. Schließlich sagte Eulenspiegel: »Liebe Mutter, womit sich einer abgibt, davon wird ihm sein Lebtag genug.«[1] Da sagte die Mutter: »Wenn ich über dein Wort nachdenke: seit vier Wochen habe ich kein Brot in meinem Haus gehabt.« Doch Eulenspiegel sprach: »Das paßt nicht als Antwort auf meine Worte. Ein armer Mann, der nichts zu essen hat, der fastet am Sankt-Nikolaus-Tag, und wenn er etwas hat, so ißt er mit Sankt Martin zu Abend[1]. Also essen wir auch.«

Die 6. Historie sagt, wie Eulenspiegel in der Stadt Staßfurt[2] einen Brotbäcker um einen Sack voll Brot betrog und es seiner Mutter heimbrachte.

Lieber Gott, hilf«, dachte Eulenspiegel, »wie soll ich die Mutter beruhigen? Wo soll ich Brot herbekommen für ihr Haus?« Und er ging aus dem Flecken, in dem seine Mutter wohnte, in die Stadt Staßfurt. Dort fand er eines reichen Brotbäckers Laden, ging hinein und fragte, ob der Bäcker seinem Herrn für zehn Schillinge Roggen- und Weißbrot schicken wolle. Er nannte den Namen eines Herren aus der Gegend und sagte, sein Herr sei hier zu Staßfurt, und benannte auch die Herberge, in der er sei. Der Bäcker solle einen Knaben mit in die Herberge zu seinem Herren schicken, dort wolle er ihm das Geld geben. Der Bäcker sagte: »Ja.« Nun hatte Eulenspiegel einen Sack mit einem verborgenen Loch. In diesen Sack ließ er sich das Brot zählen. Und der Bäcker sandte einen Jungen mit Eulenspiegel, um das Geld zu empfangen. Als Eulenspiegel einen Armbrustschuß weit von des Brotbäckers Haus war, ließ er ein Weißbrot aus dem Loch in den Dreck der Straße fallen. Da setzte Eulenspiegel den Sack nieder und sprach zu dem Jungen: »Ach, das besudelte Brot darf ich nicht vor meinen Herrn bringen. Lauf rasch damit wieder nach Haus und bring mir ein anderes Brot dafür! Ich will hier auf dich warten.«
Der Junge lief hin und holte ein anderes Brot. Inzwischen ging Eulenspiegel weiter in ein Haus in der Vorstadt. Dort stand ein Pferdekarren aus seinem Flecken. Darauf legte er seinen Sack und ging neben dem Kärrner her. So kam er heim ans Haus seiner Mutter.
Als der Bäckerjunge mit dem Brot wiederkam, war Eulenspiegel mit den Broten verschwunden. Da rannte der

1 Über den Sinn dieses Ausspruchs vgl. Anm. zu H 5 (S. 259 f.).
2 Rund 30 km südlich Magdeburg.

Junge zurück und sagte das dem Bäcker. Der Brotbäcker lief sogleich zu der Herberge, die ihm Eulenspiegel genannt hatte. Doch dort fand er niemanden, sondern sah, daß er betrogen war.
Eulenspiegel brachte seiner Mutter das Brot nach Hause und sagte: »Schau her und iß, dieweil du etwas hast, und faste mit Sankt Nikolaus, wenn du nichts hast.«

Die 7. Historie sagt, wie Eulenspiegel das Weck- oder Semmelbrot[1] mit anderen Jungen im Übermaß essen mußte und noch dazu geschlagen wurde.

In dem Flecken, worin Eulenspiegel mit seiner Mutter wohnte, herrschte eine Sitte: wenn ein Hauswirt ein

---

1 Mit Wurstbrühe übergossenes Weizenbrot (Lindow Fn. 1).

Schwein geschlachtet hatte, gingen die Nachbarskinder in das Haus und aßen dort eine Suppe oder einen Brei. Das nannte man das Weckbrot.
Nun wohnte in demselben Flecken ein Gutspächter, der war geizig mit dem Essen und durfte doch den Kindern das Weckbrot nicht versagen. Da erdachte er eine List, mit der er ihnen das Weckbrot verleiden wollte. Er schnitt in eine große Milchschüssel harte Brotrinden. Als die Kinder kamen, Knaben und Mädchen – darunter auch Eulenspiegel –, ließ er sie ein, schloß die Tür zu und begoß das Brot mit Suppe. Der Brotbrocken waren aber viel mehr, als die Kinder essen konnten. Wenn nun eins satt war und davongehen wollte, kam der Hauswirt und schlug es mit einer Rute um die Lenden, so daß ein jedes im Übermaß essen mußte. Und der Hauswirt wußte wohl von Eulenspiegels Streichen, so daß er auf ihn besonders

achtgab. Wenn er einen anderen um die Lenden hieb, so traf er Eulenspiegel noch besser. Das trieb er so lange, bis die Kinder alle Brocken des Weckbrotes aufgegessen hatten. Das bekam ihnen ebenso gut wie dem Hund das Gras[1].

Danach wollte kein Kind mehr in des geizigen Mannes Haus gehen, um Weckbrot oder Metzelsuppe[2] zu essen.

Die 8. Historie sagt, wie Eulenspiegel es machte, daß sich die Hühner des geizigen Bauern um die Lockspeise zerrten.

Als der Hauswirt am nächsten Tage ausging, begegnete er Eulenspiegel und fragte: »Lieber Eulenspiegel, wann willst du wieder zum Weckbrot zu mir kommen?« Eulenspiegel sagte: »Wenn sich deine Hühner um den Köder reißen, je vier um einen Bissen Brot.« Da sprach der Mann: »Dann willst du also lange nicht zu meinem Weckbrot kommen?« Eulenspiegel entgegnete: »Wenn ich aber doch eher käme, als die nächste Zeit für fette Metzelsuppe ist?« Und damit ging er seines Weges.

Eulenspiegel wartete, bis es Zeit war, daß des Mannes Hühner auf der Gasse Futter suchten. Dann knüpfte er zwanzig Fäden oder mehr jeweils zwei und zwei in der Mitte zusammen und band an jedes Ende eines Fadens einen Bissen Brot. Er nahm die Fäden und legte sie verdeckt hin, die Brotstücke aber waren zu sehen. Die Hühner pickten und schluckten nun hier und dort die Brotbissen mit den Fadenenden in ihre Hälse. Aber sie konnten die Bissen nicht herunterschlucken, denn am anderen Ende des Fadens zog ein anderes Huhn, so daß je eins das andere zog. Kein Huhn konnte das Brot ganz hinunterschlucken oder es wieder aus dem Hals herausbekom-

1 Gras wirkt bei Hunden wie ein Abführmittel, vgl. schon Agricola Nr. 173.
2 Vgl. Fn. 1 S. 38.

40

men, da die Brotstücke zu groß waren. So standen mehr als zweihundert Hühner einander gegenüber und würgten und zerrten an der Lockspeise.

Die 9. Historie sagt, wie Eulenspiegel in einen Bienenkorb kroch, zwei Diebe in der Nacht kamen und den Korb stehlen wollten und wie er es machte, daß die beiden sich rauften und den Bienenkorb fallen ließen.

Einmal begab es sich, daß Eulenspiegel mit seiner Mutter in ein Dorf zur Kirchweih[1] ging. Und Eulenspiegel trank, bis er betrunken wurde. Da suchte er einen Ort, wo er friedlich schlafen könne und ihm niemand

1 Kirchweih im Sinne von Kirmes, Jahrmarkt.

etwas täte. Hinten in einem Hof fand er einen Haufen Bienenkörbe, und dabei lagen viele Immenstöcke, die leer waren. Er kroch in einen leeren Korb, der am nächsten bei den Bienen lag, und gedachte, ein wenig zu schlafen. Und er schlief von Mittag bis gegen Mitternacht. Seine Mutter meinte, er sei wieder nach Hause gegangen, da sie ihn nirgends sehen konnte.

In derselben Nacht kamen zwei Diebe und wollten einen Bienenkorb stehlen. Und einer sprach zum anderen: »Ich habe immer gehört, der schwerste Immenkorb ist auch der beste.« Also hoben sie die Körbe und Stöcke einen nach dem anderen auf, und als sie zu dem Korb kamen, in dem Eulenspiegel lag, war das der schwerste. Da sagten sie: »Das ist der beste Immenstock«, nahmen ihn auf die Schultern und trugen ihn von dannen.

Indessen erwachte Eulenspiegel und hörte ihre Pläne. Es war ganz finster, so daß einer den anderen kaum sehen konnte. Da griff Eulenspiegel aus dem Korb dem Vorderen ins Haar und riß ihn kräftig daran. Der wurde zornig auf den Hinteren und meinte, dieser hätte ihn am Haar gezogen, und er begann, ihn zu beschimpfen. Der Hintermann aber sprach: »Träumst du, oder gehst du im Schlaf? Wie sollte ich dich an den Haaren rupfen? Ich kann doch kaum den Immenstock mit meinen Händen halten!« Eulenspiegel lachte und dachte: das Spiel will gut werden! Er wartete, bis sie eine weitere Ackerlänge gegangen waren. Dann riß er den Hinteren auch kräftig am Haar, so daß dieser sein Gesicht schmerzlich verziehen mußte. Der Hintermann wurde noch zorniger und sprach: »Ich gehe und trage, daß mir der Hals kracht, und du sagst, ich ziehe dich beim Haar! Du ziehst mich beim Haar, daß mir die Schwarte kracht!« Der Vordere sprach: »Du lügst dir selbst den Hals voll! Wie sollte ich dich beim Haar ziehen, ich kann doch kaum den Weg vor mir sehen! Auch weiß ich genau, daß du mich beim Haar gezogen hast!«

42

So gingen sie zankend mit dem Bienenkorb weiter und stritten miteinander. Nicht lange danach, als sie noch im größten Zanken waren, zog Eulenspiegel den Vorderen noch einmal am Haar, so daß sein Kopf gegen den Bienenkorb schlug. Da wurde der Mann so zornig, daß er den Immenstock fallen ließ und blindlings mit den Fäusten nach dem Kopf des Hintermannes schlug. Dieser ließ den Bienenkorb auch los und fiel dem Vorderen in die Haare. Sie taumelten übereinander, entfernten sich voneinander, und der eine wußte nicht, wo der andere blieb. Sie verloren sich zuletzt in der Finsternis und ließen den Immenstock liegen.

Nun lugte Eulenspiegel aus dem Korbe, und als er sah, daß es noch finster war, schlüpfte er wieder hinein und blieb darin liegen, bis es heller Tag war. Dann kroch er aus dem Bienenkorb und wußte nicht, wo er war. Er folgte einem Weg nach, kam zu einer Burg und verdingte sich dort als Hofjunge.

Die 10. Historie sagt, wie Eulenspiegel ein Hofjunge wurde und ihn sein Junker lehrte, wo er das Kraut »Henep« fände, solle er hineinscheißen; da schiß er in den Senf (»Senep«) und meinte, »Henep« und »Senep« sei ein Ding.

Bald danach kam Eulenspiegel auf eine Burg zu einem Junker und gab sich als Hofjunge aus[1]. Er mußte gleich mit seinem Junker über Land reiten. Am Weg stand Hanf; den nennt man im Lande Sachsen, aus dem Eulenspiegel stammte, »Henep«. Der Junker sprach zu Eulenspiegel, der die Lanze seines Herrn trug: »Siehst du das Kraut, das da steht? Es heißt Henep.« Eulenspiegel sagte: »Ja, das sehe ich wohl.« Da sprach sein Junker: »Sooft du daran vorbeikommst, so scheiße darein einen

großen Haufen! Denn mit dem Kraut bindet und henkt man die Räuber und die, die sich ohne Herrendienst aus dem Sattel ernähren[2]. Das geschieht mit dem Bast, der aus dem Kraut gesponnen wird.« Eulenspiegel sagte: »Ja gern, das werde ich tun.«

Der Junker (oder Hofmann) ritt mit Eulenspiegel hin und her in viele Städte und half rauben, stehlen und nehmen, wie es seine Gewohnheit war.

Eines Tages begab es sich, daß sie zu Hause waren und still lagen. Als es Imbißzeit wurde, ging Eulenspiegel in die Küche. Da sprach der Koch zu ihm: »Junge, geh in den Keller, da steht ein irdener Hafen oder Topf, darin ist Senep (so auf sächsisch genannt), den bring mir her!« Eulenspiegel sagte ja und hatte doch seinen Lebtag noch keinen Senep oder Senf gesehen. Und als er in dem Keller den Topf mit Senf fand, dachte er: was mag der Koch damit tun wollen? Ich meine, er will mich damit binden. Und er dachte weiter: mein Junker hat mich geheißen, wo ich solches Kraut fände, sollte ich hineinscheißen. Und er hockte sich über den Topf mit Senf, schiß ihn voll, rührte um und brachte ihn so dem Koch.

Was geschah? Der Koch machte sich keine weiteren Gedanken, richtete eilends in einem Schüsselchen den Senf an und schickte ihn zu Tische. Der Junker und seine Gäste tunkten in den Senf: der schmeckte ganz übel. Der Koch wurde geholt und gefragt, was er für Senf gemacht habe. Und der Koch kostete auch den Senf, spie aus und sprach: »Der Senf schmeckt, als wär darein geschissen worden.« Da fing Eulenspiegel an zu lachen. Sein Junker sprach: »Was lachst du so spöttisch? Meinst du, wir können nicht schmecken, was das ist? Willst du es nicht glauben, so komm und schmeck hier den Senf auch!« Eulenspiegel sagte: »Ich esse das nicht. Wißt Ihr nicht, was Ihr mich geheißen habt am Feld auf der Straße? Wo ich das Kraut sähe, so sollte ich darein scheißen, denn

1 Der Satz wiederholt lediglich den Schluß von H 9. 2 D. h. durch Raub.

45

man pflege die Räuber damit zu henken und zu erwürgen. Als mich der Koch in den Keller nach dem Senep schickte, habe ich darein getan nach Eurem Geheiß.« Da sprach der Junker: »Du verwünschter Schalk, das soll dein Unglück sein! Das Kraut, das ich dir zeigte, das heißt Henep oder Hanf. Was dich der Koch bringen ließ, das heißt Senep oder Senf. Du hast das aus Bosheit getan!« Und er nahm einen Knüppel und wollte ihn damit schlagen. Aber Eulenspiegel war behend, entlief ihm von der Burg und kam nicht wieder.

Die 11. (64., 1. Teil) Historie sagt, wie Eulenspiegel sich in Hildesheim bei einem Kaufmann als Koch und Stubenheizer verdingte und sich dort sehr schalkhaftig benahm.

Rechts in der Straße, die in Hildesheim vom Heumarkt führt, wohnte ein reicher Kaufmann. Der ging einmal vor dem Tor spazieren und wollte in seinen Garten gehen. Unterwegs fand er Eulenspiegel auf einem grünen Acker liegen, grüßte und fragte ihn, was er für ein Handwerksgeselle sei und welche Geschäfte er triebe. Eulenspiegel antwortete ihm klüglich und mit heimlichem Spott, er sei ein Küchenjunge und habe keinen Dienst. Da sprach der Kaufmann zu ihm: »Wenn du tüchtig sein willst, nehme ich dich selber auf und gebe dir neue Kleider und einen guten Sold. Denn ich habe eine Frau, die zankt alle Tage wegen des Kochens; deren Dank meine ich wohl zu verdienen.« Eulenspiegel gelobte ihm große Treue und Redlichkeit.

Darauf nahm ihn der Kaufmann in seinen Dienst und fragte ihn, wie er hieße. »Herr, ich heiße Bartholomäus.« Der Kaufmann sprach: »Das ist ein langer Name, man kann ihn nicht gut aussprechen. Du sollst Doll heißen.« Eulenspiegel sagte: »Ja, lieber Junker, es ist mir gleich, wie ich heiße.« »Wohlan«, sprach der Kaufmann, »du bist mir ein rechter Knecht. Komm her, komm her, geh mit mir in meinen Garten. Wir wollen Kräuter mit uns heimtragen und junge Hühner damit füllen. Denn ich habe für den nächsten Sonntag Gäste eingeladen, denen wollte ich gern etwas Gutes antun.« Eulenspiegel ging mit ihm in den Garten und schnitt Rosmarin. Damit wollte er etliche Hühner auf welsche Art füllen, die restlichen Hühner mit Zwiebeln, Eiern und anderen Kräutern. Dann gingen sie miteinander nach Hause.

Als die Frau den seltsam gekleideten Gast sah, fragte sie ihren Mann, was das für ein Gesell sei, was er mit ihm tun wolle und ob er Sorge habe, das Brot im Hause werde schimmlig. Der Kaufmann sagte: »Frau, sei zufrieden. Er soll dein eigner Knecht sein; denn er ist ein Koch.« Die Frau sprach: »Ja, lieber Mann, wenn er gute Dinge kochen könnte!« »Sei zufrieden«, sprach der Mann, »morgen sollst du sehen, was er kann.«

Dann rief er Eulenspiegel: »Doll!« Der antwortete: »Junker!« »Nimm einen Sack und geh mit zu den Fleischbänken. Wir wollen Fleisch und einen Braten holen.« Also folgte er ihm nach. Da kaufte sein Junker Fleisch und einen Braten und sprach zu ihm: »Doll, setze den Braten morgens bald auf und laß ihn kühl[1] und langsam braten, damit er nicht anbrennt. Das andere Fleisch setz auch beizeiten dazu, damit es zum Imbiß gesotten ist.« Eulenspiegel sagte ja, stand früh auf und setzte die Speise aufs Feuer. Den Braten aber steckte er an einen Spieß und legte ihn zwischen zwei Fässer Einbecker Biers in den Keller, damit er kühl liege und nicht anbrenne.

Da der Kaufmann den Stadtschreiber und andere gute Freunde zu Gast geladen hatte, kam er und wollte nachsehen, ob die Gäste schon gekommen und ob die Kost auch bereit sei. Und er fragte seinen neuen Knecht danach. Der antwortete: »Es ist alles bereit außer dem Bra-

1 D. h. auf kleinem Feuer.

ten«. »Wo ist der Braten«? sprach der Kaufmann. »Er
liegt im Keller zwischen zwei Fässern. Ich wußte im ganzen Haus keinen kälteren Ort, um ihn kühl zu legen, wie
Ihr sagtet.« »Ist er denn fertig gebraten?« fragte der
Kaufmann. »Nein«, sprach Eulenspiegel, »ich wußte
nicht, wann Ihr ihn haben wolltet.«
Inzwischen kamen die Gäste; denen erzählte der Kaufmann von seinem neuen Knecht und wie er den Braten in
den Keller gelegt habe. Darüber lachten sie und hielten es
für einen guten Scherz. Aber die Frau war um der Gäste
willen nicht damit zufrieden und sagte dem Kaufmann,
er solle den Knecht gehen lassen. Sie wolle ihn im Hause
nicht länger leiden, sie sähe, daß er ein Schalk sei. Der
Kaufmann sprach: »Liebe Frau, gib dich zufrieden! Ich
brauche ihn für eine Reise nach der Stadt Goslar. Wenn
ich wiederkomme, will ich ihn entlassen.« Kaum konnte
er die Frau dazu überreden, sich damit abzufinden.
Als sie des Abends aßen und tranken und guter Dinge
waren, sprach der Kaufmann: »Doll, richte den Wagen
her und schmiere ihn! Wir wollen morgen nach Goslar
fahren. Ein Pfaffe[2], Herr Heinrich Hamenstede[3], ist dort
zu Hause und will mitfahren.« Eulenspiegel sagte ja und
fragte, was für eine Schmiere er nehmen solle. Der Kaufmann warf ihm einen Schilling zu und sprach: »Geh und
kauf Wagenschmiere, und laß die Frau altes Fett dazu-
tun!« Eulenspiegel tat also; und als alle schliefen, be-
schmierte er den Wagen innen und außen und am aller-
meisten da, wo man zu sitzen pflegt.
Des Morgens früh stand der Kaufmann mit dem Pfaffen auf
und hieß Eulenspiegel, die Pferde anzuspannen. Das tat
er. Sie saßen auf und fuhren ab. Da hob der Pfaffe an und
sagte: »Was, beim Galgen, ist hier so fettig? Ich will mich

2 »Pfaffe« wird hier und im ganzen Volksbuch ohne den heutigen verächtlichen
Nebensinn gebraucht. Das Wort bezeichnet den Geistlichen überhaupt. Im selben
Sinne gebraucht Bote die Worte Pfarrer, Kirchherr und Priester. Die Ausdrücke
werden hier so wiedergegeben, wie Bote sie benutzt.
3 Über Hamenstede vgl. die Anm. (S. 267).

48

festhalten, daß der Wagen mich nicht so rüttelt, und beschmiere mir die Hände überall.« Sie hießen Eulenspiegel anzuhalten und sagten zu ihm, sie seien beide hinten und vorne beschmiert, und wurden zornig über ihn. Währenddem kam ein Bauer mit einem Fuder Stroh vorbei, der zum Markt fahren wollte. Dem kauften sie einige Bündel ab, wischten den Wagen aus und saßen wieder auf. Da sagte der Kaufmann zornerfüllt zu Eulenspiegel: »Du gottverlassener Schalk, daß dir nimmer Glück geschehe! Fahr fort an den lichten Galgen![4]« Das tat Eulenspiegel. Als er unter den Galgen kam, hielt er an und spannte die Pferde aus. Da sprach der Kaufmann zu ihm: »Was willst du machen, oder was meinst du damit, du Schalk?« Eulenspiegel sagte: »Ihr hießet mich, unter den

---

4 Fluch bzw. Verwünschung, vgl. Agricola Nr. 56; Lappenberg S. 445; Röhrich, Galgen.

Galgen zu fahren. Da sind wir. Ich meinte, wir wollten hier rasten.« Der Kaufmann sah aus dem Wagen: sie hielten unter dem Galgen. Was sollten sie tun? Sie lachten über die Narretei, und der Kaufmann sagte: »Spann wieder an, du Schalk, fahr geradeaus und sieh dich nicht um!«

Nun zog Eulenspiegel den Nagel aus dem Landwagen, und als er eine Ackerlänge gefahren war, ging der Wagen auseinander. Das Hintergestell mit dem Verdeck blieb stehen, und Eulenspiegel fuhr allein weiter. Sie riefen ihm nach und liefen, daß ihnen die Zunge aus dem Halse hing, bis sie ihn einholten. Der Kaufmann wollte ihn totschlagen, und der Pfaffe half ihm, so gut er konnte.

Die 12. (64., 2. Teil) Historie sagt, wie Eulenspiegel dem Kaufmann in Hildesheim das Haus räumte[1].

Als sie die Reise vollbracht hatten und wieder nach Hause kamen, fragte die Frau den Kaufmann, wie es ihnen ergangen sei. »Seltsam genug«, sagte er, »doch kamen wir wieder zurück.« Dann rief er Eulenspiegel und sagte: »Kumpan, diese Nacht bleib noch hier, iß und trink dich voll, aber morgen räume mir das Haus! Ich will dich nicht länger haben. Du bist ein betrügerischer Schalk, wo du auch herkommst.« Eulenspiegel sprach: »Lieber Gott, ich tue alles, was man mich heißet; und doch kann ich keinen Dank verdienen. Aber gefallen Euch meine Dienste nicht, so will ich morgen nach Euern Worten das Haus räumen und wandern.« »Ja, das tue nur«, sprach der Kaufmann.

Am andern Tag stand der Kaufmann auf und sagte zu Eulenspiegel: »Iß und trink dich satt und dann trolle

1 Da die hier als 12. H abgedruckte Geschichte der 2. Teil der 64. H der Erstdrucke ist, steht die Überschrift nicht im Volksbuch. Sie stammt von mir.

50

dich! Ich will in die Kirche gehen. Laß dich nicht wieder
sehen!« Eulenspiegel schwieg. Sobald der Kaufmann aus
dem Haus war, begann er zu räumen. Stühle, Tische,
Bänke und was er tragen und schleppen konnte, brachte
er auf die Gasse, auch Kupfer, Zinn und Wachs. Die
Nachbarn wunderten sich, was daraus werden sollte, daß
man alles Gut auf die Gasse brachte.
Davon erfuhr der Kaufmann. Er kam schnell herbei und
sprach zu Eulenspiegel: »Du braver[2] Knecht, was tust du
hier? Find ich dich noch hier?« »Ja, Junker, ich wollte
erst Euren Willen erfüllen, denn Ihr hießet mich, das
Haus zu räumen und danach zu wandern.« Und er
sprach weiter: »Greift mit zu, die Tonne ist mir zu
schwer, ich kann sie allein nicht bewältigen.« »Laß sie
liegen«, sagte der Kaufmann, »und gehe zum Teufel! Das
alles hat zuviel gekostet, als daß man es in den Dreck
werfen könnte.« »Lieber Herrgott«, sprach Eulenspiegel,
»ist das nicht ein großes Wunder? Ich tue alles, was man
mich heißet, und kann doch keinen Dank verdienen. Es
ist wahr: ich bin in einer unglücklichen Stunde geboren.«
Damit ging Eulenspiegel von dannen und ließ den Kaufmann wieder hineinschleifen, was er ausgeräumt hatte,
so daß die Nachbarn noch lange lachten.

Die 13. (11.) Historie sagt, wie sich Eulen-
spiegel bei einem Pfarrer verdingte und wie er
ihm die gebratenen Hühner vom Spieß aß.

In dem Lande Braunschweig liegt im Stift Magdeburg
das Dorf Büddenstedt[3]. Dort kam Eulenspiegel in des
Pfaffen Haus. Der Pfaffe dingte ihn als Knecht, kannte
ihn aber nicht. Und er sprach zu ihm, er solle gute Tage
und einen guten Dienst bei ihm haben; essen und trinken

2 Ironisch gemeint.
3 Vgl. Anm. S. 270.

solle er das Beste, ebensogut wie seine Haushälterin. Alles, was er tun müsse, könne er mit halber Arbeit tun. Eulenspiegel sagte ja dazu, er wolle sich danach richten. Und er sah, daß des Paffen Köchin nur ein Auge hatte. Die Haushälterin schlachtete gleich zwei Hühner, steckte sie zum Braten an den Spieß und hieß Eulenspiegel, sich zum Herd zu setzen und die Hühner umzuwenden. Eulenspiegel war dazu bereit und wendete die zwei Hühner am Feuer um.

Und als sie gar gebraten waren, dachte er: Als der Pfaffe mich dingte, sagte er doch, ich solle so gut essen und trinken wie er und seine Köchin; das könnte bei diesen Hühnern nicht in Erfüllung gehen; und dann würden des Pfaffen Worte nicht wahr sein, und ich äße auch von den gebratenen Hühnern nicht; ich will so klug sein und davon essen, damit seine Worte wahr bleiben. Und er nahm das eine Huhn vom Spieß und aß es ohne Brot.

Als es Essenszeit werden wollte, kam des Pfaffen einäugige Haushälterin zum Feuer und wollte die Hühner beträufeln. Da sah sie, daß nur ein Huhn am Spieß steckte, und sagte zu Eulenspiegel: »Der Hühner waren doch zwei! Wo ist das eine hingekommen?« Eulenspiegel sprach: »Frau, tut Euer anderes Auge auch auf, dann seht Ihr alle beide Hühner.« Als er so über die Köchin wegen ihres einen Auges herzog, wurde sie unwillig und zürnte Eulenspiegel. Sie lief zum Pfaffen und erzählte ihm, wie sein feiner Knecht sie verspottet habe wegen ihres einen Auges. Sie habe zwei Hühner an den Spieß gesteckt, aber nicht mehr als ein Huhn vorgefunden, als sie nachsah, wie er briet.

Der Pfaffe ging in die Küche zum Feuer und sprach zu Eulenspiegel: »Was spottest du über meine Magd? Ich sehe sehr gut, daß nur ein Huhn am Spieß steckt, und es sind ihrer doch zwei gewesen.« Eulenspiegel sagte: »Ja, es sind ihrer zwei gewesen.« Der Pfaffe sprach: »Wo ist denn das andere geblieben?« Eulenspiegel sagte: »Das

steckt doch da! Tut Eure beiden Augen auf, so seht Ihr, daß ein Huhn am Spieß steckt[1]! Das sagte ich auch zu Eurer Köchin; da wurde sie zornig.« Da fing der Pfaffe an zu lachen und sprach: »Meine Magd kann nicht beide Augen aufmachen, denn sie hat nur eins.« Da sprach Eulenspiegel: »Herr, das sagt Ihr, nicht ich.« Der Pfaffe meinte: »Das ist geschehen, und dabei bleibt es; aber das eine Huhn ist dennoch weg.« Eulenspiegel sprach: »Nun ja, das eine ist weg und das andere steckt noch. Ich habe das eine gegessen, da Ihr gesagt hattet, ich sollte ebenso gut essen und trinken wie Ihr und Eure Magd. Es tat mir leid, daß Ihr gelogen haben würdet, wenn Ihr die beiden Hühner miteinander gegessen hättet und ich nichts davon bekommen hätte. Damit Ihr an Euren Worten nicht

1 Nicht ganz gelungenes oder erhaltenes Wortspiel mit: »das eine – das andere«.

zum Lügner würdet, aß ich das eine Huhn auf.« Der
Pfaffe war damit zufrieden und sprach: »Mein lieber
Knecht, es ist mir nicht um einen Braten zu tun; aber
künftig tue nach dem Willen meiner Haushälterin, wie
sie es gern sieht.« Eulenspiegel sagte: »Ja, lieber Herr,
gewiß, wie Ihr mich heißet.«

Was danach die Haushälterin Eulenspiegel tun hieß, das
tat er nur zur Hälfte. Wenn er einen Eimer mit Wasser
holen sollte, so brachte er ihn halb voll, und wenn er zwei
Stücke Holz fürs Feuer holen sollte, so brachte er ein
Stück. Sollte er dem Stier zwei Bunde Heu geben, so gab
er ihm nur eins, sollte er ein Maß Wein aus dem Wirtshaus bringen, so brachte er ein halbes. Dergleichen tat er
in vielen Dingen. Die Köchin merkte wohl, daß er ihr das
zum Verdruß tat. Aber sie wollte ihm selbst nichts sagen,
sondern beklagte sich über ihn bei dem Pfaffen. Da sagte
der Pfaffe zu Eulenspiegel: »Lieber Knecht, meine Magd
klagt über dich, und ich bat dich doch, alles zu tun, was
sie gern sieht.« Eulenspiegel sprach: »Ja, Herr, ich habe
auch nichts anderes getan, als was Ihr mich geheißen
habt. Ihr sagtet mir, ich könne Euren Dienst mit halber
Arbeit tun. Und Eure Magd sähe gern mit beiden Augen,
aber sie sieht doch nur mit einem Auge. Sie sieht nur
halb, also tue ich halbe Arbeit.« Der Pfaffe lachte, aber
die Haushälterin wurde zornig und sprach: »Herr, wenn
Ihr diesen nichtsnutzigen Schalk länger als Knecht behalten wollt, so gehe ich von Euch fort.« So mußte der Pfaffe
seinem Knecht Eulenspiegel gegen seinen Willen den Ab-
schied geben.

Doch verhandelte er mit den Bauern, denn der Küster[1]
des Dorfes war kürzlich gestorben. Und da die Bauern
einen Küster nicht entbehren konnten, beriet und einigte
sich der Pfaffe mit ihnen, daß sie Eulenspiegel zum Küster machten.

1 In den Frühdrucken steht hier »Mesner oder Sigrist«. Die Ausdrücke Küster,
Mesner, Sigrist, Kirchendiener, Glöckner sind im wesentlichen gleichbedeutend.

54

Die 14. (12.) Historie sagt, wie Eulenspiegel in dem Dorf Büddenstedt Küster wurde und wie der Pfarrer in die Kirche schiß, so daß Eulenspiegel eine Tonne Bier damit gewann.

Als Eulenspiegel in dem Dorf Küster geworden war, konnte er laut singen, wie es sich für einen Mesner gehört. Nachdem der Pfaffe mit Eulenspiegel wieder einen Küster hatte, stand er einmal vor dem Altar, zog sich an und wollte die Messe halten. Eulenspiegel stand hinter ihm und ordnete ihm sein Meßgewand. Da ließ der Pfaffe einen großen Furz, so daß es durch die ganze Kirche schallte. Da sprach Eulenspiegel: »Herr, wie ist das? Opfert Ihr dies unserm Herrn statt Weihrauch hier vor dem Altar?« Der Pfaffe sagte: »Was fragst du danach? Das ist meine Kirche. Ich habe die Macht, mitten in die Kirche

55

zu scheißen.« Eulenspiegel sprach: »Das soll Euch und mir eine Tonne Bier gelten, ob Ihr das tun könnt.« Der Pfaffe sagte: »Ja, das soll gelten.« Sie wetteten miteinander und der Pfaffe sprach: »Meinst du, daß ich nicht so keck bin?« Und er kehrte sich um, machte einen großen Haufen in die Kirche und sprach: »Sieh, Herr Küster, ich habe die Tonne Bier gewonnen.« Eulenspiegel sagte: »Nein, Herr, erst wollen wir messen, ob es mitten in der Kirche ist, wie Ihr sagtet.« Eulenspiegel maß es aus: da fehlte wohl ein Viertel bis zu Mitte der Kirche. Also gewann Eulenspiegel die Tonne Bier.

Da wurde die Haushälterin des Pfaffen wiederum zornig und sprach: »Ihr wollt von dem schalkhaftigen Knecht nicht lassen, bis daß er Euch durchaus in Schande bringt.«

Die 15. (13.) Historie sagt, wie Eulenspiegel in der Ostermesse ein Spiel machte, daß sich der Pfarrer und seine Haushälterin mit den Bauern rauften und schlugen.

Als Ostern nahte, sagte der Pfarrer zu seinem Küster Eulenspiegel: »Es ist hier Sitte, daß die Bauern jeweils in der Osternacht ein Osterspiel aufführen, wie unser Herr aus dem Grabe aufersteht.« Dazu müsse er helfen, denn es sei Brauch, daß die Küster es zurichten und leiten. Da dachte Eulenspiegel: Wie soll das Marienspiel vor sich gehen mit den Bauern? Und er sprach zu dem Pfarrer: »Es ist doch kein Bauer hier, der gelehrt ist. Ihr müßt mir Eure Magd dazu leihen. Die kann schreiben und lesen.« Der Pfarrer sagte: »Ja, ja, nimm nur dazu, wer dir helfen kann, es sei Weib oder Mann; auch ist meine Magd schon mehrmals dabei gewesen.« Der Haushälterin war das lieb; sie wollte der Engel im Grabe sein, denn sie konnte den Spruch dazu auswendig. Da suchte

Eulenspiegel zwei Bauern und nahm sie mit sich; er und sie wollten die drei Marien sein. Und Eulenspiegel lehrte den einen Bauern seine Verse auf lateinisch. Der Pfarrer war unser Herrgott und sollte aus dem Grabe auferstehen.

Als Eulenspiegel mit seinen zwei Bauern vor das Grab kam – sie waren als Marien angezogen –, sprach die Haushälterin als Engel im Grab ihren Spruch auf lateinisch: »Quem quaeritis? Wen suchet Ihr hier?« Da sprach der eine Bauer – die vorderste Marie –, wie ihn Eulenspiegel gelehrt hatte: »Wir suchen eine alte, einäugige Pfaffenhure.« Als die Magd hörte, daß sie ihres einen Auges wegen verspottet wurde, ward sie giftig und zornig auf Eulenspiegel, sprang aus dem Grab und wollte ihm mit den Fäusten ins Gesicht hauen. Sie schlug aufs Geratewohl zu und traf den einen Bauern, so daß ihm ein Auge anschwoll. Als das der andere Bauer sah, schlug auch er mit der Faust drein und traf die Haushälterin an den Kopf, daß ihr die Flügel[1] abfielen. Da das der Pfarrer sah, ließ er die Fahne[2] fallen und kam seiner Magd zu Hilfe. Er fiel dem einen Bauern ins Haar und raufte sich mit ihm vor dem Grabe. Als das die anderen Bauern sahen, liefen sie hinzu, und es entstand ein großes Geschrei. Der Pfaffe mit der Köchin lagen unten, die beiden Bauern, die die Marien spielten, lagen auch unten, so daß die Bauern sie auseinander ziehen mußten.

Eulenspiegel aber hatte die Gelegenheit wahrgenommen und sich rechtzeitig davongemacht. Er lief aus der Kirche hinaus, ging aus dem Dorf und kam nicht wieder. Gott weiß, wo sie einen anderen Küster hernahmen!

Die 16. (14.) Historie sagt, wie Eulenspiegel in Magdeburg verkündete, vom Rathauserker fliegen zu wollen, und wie er die Zuschauer mit Spottreden zurückwies.

Bald nach dieser Zeit, als Eulenspiegel ein Küster gewesen war, kam er in die Stadt Magdeburg und vollführte dort viele Streiche. Davon wurde sein Name so bekannt, daß man von Eulenspiegel allerhand zu erzählen wußte. Die angesehensten Bürger der Stadt baten ihn, er solle etwas Abenteuerliches und Gauklerisches treiben. Da sagte er, er wolle das tun und auf das Rathaus steigen und vom Erker herabfliegen. Nun erhob sich ein Geschrei in der ganzen Stadt. Jung und alt versammelten sich auf dem Markt und wollten sehen, wie er flog.

Eulenspiegel stand auf dem Erker des Rathauses, bewegte die Arme und gebärdete sich, als ob er fliegen wolle. Die Leute standen, rissen Augen und Mäuler auf

1 Von ihrem Engelskostüm.
2 Eine Siegesfahne trägt Christus häufig auf mittelalterlichen Auferstehungsbildern (vgl. Lindow Fn. 10).

und meinten tatsächlich, daß er fliegen würde. Da begann Eulenspiegel zu lachen und rief: »Ich meinte, es gäbe keinen Toren oder Narren in der Welt außer mir. Nun sehe ich aber, daß hier die ganze Stadt voller Toren ist. Und wenn ihr mir alle sagtet, daß ihr fliegen wolltet, ich glaubte es nicht. Aber ihr glaubt mir, einem Toren! Wie sollte ich fliegen können? Ich bin doch weder Gans noch Vogel! Auch habe ich keine Fittiche, und ohne Fittiche oder Federn kann niemand fliegen. Nun seht ihr wohl, daß es erlogen ist.«

Damit kehrte er sich um, lief vom Erker und ließ das Volk stehen. Die einen fluchten, die anderen lachten und sagten: »Ist er auch ein Schalksnarr, so hat er dennoch wahr gesprochen!«

Die 17. (15.) Historie sagt, wie Eulenspiegel sich für einen Arzt ausgab und des Bischofs von Magdeburg Doktor behandelte, der von ihm betrogen wurde.

In Magdeburg war ein Bischof namens Bruno, ein Graf von Querfurt[1]. Der hörte von Eulenspiegels Streichen und ließ ihn nach Schloß Giebichenstein[2] kommen. Dem Bischof gefielen Eulenspiegels Schwänke sehr, und er gab ihm Kleider und Geld. Auch die Diener mochten ihn gar wohl leiden und trieben viel Kurzweil mit ihm.

Nun hatte der Bischof einen Doktor bei sich, der sich sehr gelehrt und weise dünkte. Aber des Bischofs Hofgesinde war ihm nicht wohlgesinnt. Dieser Doktor hatte nicht gerne Narren um sich. Deshalb sprach der Doktor zum Bischof und zu seinen Räten: »Man soll weisen Leuten an der Herren Höfe Aufenthalt geben und aus mancherlei Gründen nicht solchen Narren.« Die Ritter und das Hofgesinde erklärten dazu, die Ansicht des Doktors sei nicht richtig. Wer Eulenspiegels Torheiten nicht hören möchte, der könne ja weggehen; niemand sei zu ihm gezwungen. Der Doktor entgegnete: »Narren zu Narren und Weise zu Weisen! Hätten die Fürsten weise Leute bei sich, so stünde ihnen die Weisheit immer vor Augen. Wenn sie Narren bei sich halten, so lernen sie Narretei.« Da sprachen etliche: »Wer sind die Weisen, die weise zu sein glauben? Man findet ihrer viele, die von Narren betrogen worden sind. Es ziemt sich für Fürsten und Herren wohl, allerlei Volk an ihren Höfen zu halten. Denn mit Toren vertreiben sie mancherlei Phantasterei, und wo Herren sind, wollen die Narren auch gern sein.«

Also kamen die Ritter und die Hofleute zu Eulenspiegel und legten es darauf an, daß er einen Plan machte. Sie baten ihn, er möge sich einen Streich ausdenken, und

1 Querfurt liegt rd. 30 km südwestlich von Halle/Saale.
2 Heute innerhalb des Stadtgebietes von Halle/Saale im Ortsteil Kröllwitz.

wollten ihm, ebenso wie der Bischof, dabei helfen. Dem Doktor solle sein Weisheitsdünkel vergolten werden, wie er gehört habe. Eulenspiegel sprach: »Ja, ihr Edlen und Ritter, wenn ihr mir dabei helfen wollt, soll es dem Doktor heimgezahlt werden.« So wurden sie sich einig.

Da zog Eulenspiegel vier Wochen lang über Land und überlegte, wie er mit dem Doktor umgehen wollte. Bald hatte er etwas gefunden und kam wieder zum Giebichenstein. Er verkleidete sich und gab sich als Arzt aus, denn der Doktor bei dem Bischof war oft krank und nahm viele Arzneien. Die Ritter sagten dem Doktor des Bischofs, ein Doktor der Medizin sei gekommen; der sei vieler Arzneikünste kundig. Der Doktor erkannte Eulenspiegel nicht und ging zu ihm in seine Herberge. Schon nach kurzer Unterhaltung nahm er ihn mit sich auf die Burg. Sie kamen miteinander ins Gespräch, und der Doktor sagte zum Arzt: »Könnt Ihr mir helfen von meiner Krankheit, so will ich es Euch wohl lohnen.« Eulenspiegel antwortete ihm mit Worten, wie sie die Ärzte in solchen Fällen zu sagen pflegen. Er gab vor, er müsse eine Nacht bei ihm liegen, damit er desto besser feststellen könne, wie er von Natur geartet sei. »Denn ich möchte Euch gern etwas geben, bevor Ihr schlafen geht, damit Ihr davon schwitzt. Am Schweiß werde ich merken, was Eure Krankheit ist.« Der Doktor ging mit Eulenspiegel zu Bett und meinte, alles, was ihm Eulenspiegel gesagt hatte, sei wahr.

Eulenspiegel gab dem Doktor ein scharfes Abführmittel[3] ein. Der glaubte, er solle davon schwitzen, und wußte nicht, daß es zum Abführen war. Eulenspiegel nahm ein Steingefäß und tat einen Haufen seines Kotes hinein. Und er stellte den Topf mit dem Dreck zwischen die Wand und den Doktor auf die Bettkante. Der Doktor lag an der Wand, und Eulenspiegel lag vorn im Bett. Der Doktor hatte sich gegen die Wand gekehrt. Da stank ihm der

3 In S 1515 steht »Purgation«, in S 1519 »Purgatz«.

Dreck im Topf in die Nase, so daß er sich umwenden mußte zu Eulenspiegel. Sobald sich der Doktor aber zu Eulenspiegel gekehrt hatte, ließ dieser einen lautlosen Furz, der sehr übel stank. Da drehte sich der Doktor wieder um, und der Dreck aus dem Topf stank ihn wieder an. So trieb es Eulenspiegel mit dem Doktor fast die halbe Nacht.

Dann wirkte das Abführmittel und trieb so scharf, schnell und stark, daß sich der Doktor ganz verunreinigte und ekelhaft stank. Da sprach Eulenspiegel zum Doktor: »Wie nun, würdiger Doktor? Euer Schweiß hat schon lange abscheulich gestunken. Wie kommt es, daß Ihr solchen Schweiß schwitzt? Er stinkt sehr übel!«

Der Doktor lag und dachte: das rieche ich auch! Und er war des Gestankes so voll geworden, daß er kaum reden konnte. Eulenspiegel sprach: »Liegt nur still! Ich will gehen und ein Licht holen, damit ich sehen kann, wie es um Euch steht.« Als sich Eulenspiegel aufrichtete, ließ er noch einen starken Furz schleichen und sagte: »O weh, mir wird auch schon ganz schwach; das habe ich von Eurer Krankheit und von Eurem Gestank bekommen.« Der Doktor lag und war so krank, daß er sein Haupt kaum aufrichten konnte, und dankte dem allmächtigen Gott, daß der Arzt von ihm ging. Jetzt bekam er ein wenig Luft. Denn wenn der Doktor in der Nacht aufstehen wollte, hatte ihn Eulenspiegel festgehalten, so daß er sich nicht aufrichten konnte, und gesagt, vorher müsse er erst genügend schwitzen.

Als Eulenspiegel aufgestanden und aus der Kammer gegangen war, lief er hinweg von der Burg.

Indessen wurde es Tag. Da sah der Doktor den Topf an der Wand stehen mit dem Dreck. Und er war so krank, daß sein Gesicht vom Gestank ganz angegriffen aussah. Die Ritter und Hofleute sahen den Doktor und boten ihm einen guten Morgen. Der Doktor redete ganz schwächlich, konnte ihnen kaum antworten und legte

sich in den Saal auf eine Bank und ein Kissen. Da holten die Hofleute den Bischof hinzu und fragten den Doktor, wie es ihm mit dem Arzt ergangen sei. Der Doktor antwortete: »Ich bin von einem Schalk überrumpelt worden. Ich wähnte, es sei ein Doktor der Medizin, doch es ist ein Doktor der Betrügerei.« Und er erzählte ihnen alles, wie es ihm ergangen war.

Da begannen der Bischof und alle Hofleute sehr zu lachen und sprachen: »Es ist ganz nach Euern Worten geschehen. Ihr sagtet, man solle sich nicht um Narren kümmern, denn der Weise würde töricht bei Toren. Aber Ihr seht, daß einer wohl durch Narren klug gemacht wird. Denn der Arzt ist Eulenspiegel gewesen. Den habt Ihr nicht erkannt und habt ihm geglaubt; von dem seid Ihr betrogen worden. Aber wir, die wir uns mit seiner Narrheit abgaben, kannten ihn wohl. Wir mochten Euch aber nicht warnen, zumal Ihr gar so klug sein wolltet. Niemand ist so weise, daß er nicht auch Toren kennen sollte. Und wenn nirgendwo ein Narr wäre, woran sollte man dann die Weisen erkennen?« Da schwieg der Doktor still und wagte nicht mehr zu klagen.

Die 18. Historie sagt, wie Eulenspiegel Brot kaufte nach dem Sprichwort: »Wer Brot hat, dem gibt man Brot«.

Treue gibt Brot. Als Eulenspiegel den Doktor betrogen hatte, kam er danach gen Halberstadt. Er ging auf dem Markt umher und sah, daß es ein harter und kalter Winter war. Da dachte er: der Winter ist hart, und der Wind weht dazu scharf; du hast doch oft gehört: Wer

Brot hat, dem gibt man Brot. Und er kaufte für zwei Schillinge Brot, nahm einen Tisch und stellte sich vor dem Dom von Sankt Stephan auf. Er hielt sein Brot feil und trieb solange Gauklerei, bis ein Hund kam, ein Brot vom Tisch nahm und damit den Domhof hinauflief. Eulenspiegel lief dem Hund nach. Unterdessen kam eine Sau mit zehn jungen Ferkeln und stieß den Tisch um; ein jegliches Tier nahm ein Brot ins Maul und lief damit hinweg.

Da fing Eulenspiegel an zu lachen und sagte: »Nun sehe ich klar, daß die Worte falsch sind, wenn man spricht: wer Brot hat, dem gibt man Brot. Ich hatte Brot, und das wurde mir genommen.« Und er sprach weiter: »O Halberstadt, Halberstadt, du führst deinen Namen mit Recht[1]. Dein Bier und deine Kost schmecken wohl, aber deine Geldbeutel sind von Saulleder gemacht.« Und er zog wieder gen Braunschweig[2].

Die 19. (21.) Historie sagt, wie Eulenspiegel immer ein falbes Pferd ritt und nicht gerne war, wo Kinder waren.

Eulenspiegel war allezeit gern in Gesellschaft. Aber zeit seines Lebens gab es drei Dinge, die er floh. Erstens ritt er kein graues, sondern immer ein falbes Pferd, trotz des Spottes[3]. Zweitens wollte er nirgends bleiben, wo Kinder waren, denn man beachtete die Kinder wegen ihrer Munterkeit mehr als ihn. Und drittens war er nicht gern bei einem allzu freigebigen Wirt zur Herberge. Denn ein solcher Wirt achtet nicht auf sein Gut und ist gewöhnlich ein Tor. Dort war auch nicht die Gesellschaft, von der Gewinn zu erwarten war usw.

1 Vgl. dazu die Anm. S. 278.
2 Mit »Braunschweig« ist das Fürstentum Braunschweig gemeint. Dort war Eulenspiegel in H 13 (11) – H 15(13).
3 Wörtlich: des Gespöttes wegen (Näheres in der Anm. S. 279).

Auch bekreuzigte sich Eulenspiegel alle Morgen vor gesunder Speise, vor großem Glück und vor starkem Getränk. Denn gesunde Speise, das sei doch nur Kraut, so gesund es auch sein möge. Ferner bekreuzigte er sich vor der Speise aus der Apotheke, denn obwohl auch sie gesund sei, sei sie doch ein Zeichen von Krankheit. Und das sei das große Glück: wenn irgendwo ein Stein von dem Dach fiele oder ein Balken von dem Haus, pflege man zu sagen: »Hätte ich dort gestanden, so hätte mich der Stein oder der Balken erschlagen. Das war mein großes Glück.« Solches Glück wollte er gern entbehren. Das starke Getränk sei das Wasser. Denn das Wasser treibe mit seiner Stärke große Mühlräder, auch trinke sich mancher gute Geselle den Tod daran.

Die 20. (88.) Historie sagt, wie ein Bauer Eulenspiegel auf einen Karren setzte, darin er Pflaumen zum Markt nach Einbeck[1] fahren wollte, die Eulenspiegel beschiß.

Die durchlauchtigen und hochgeborenen Fürsten von Braunschweig hielten einmal in der Stadt Einbeck ein Turnierfest mit Rennen und Stechen ab. Dazu kamen viele fremde Fürsten und Herren, Ritter und Knechte mit ihren Hintersassen. Das war im Sommer, als die Pflaumen und anderes Obst reif waren. In Oldendorf[2] bei Einbeck lebte ein braver, einfältiger Bauersmann, der hatte einen Garten mit Pflaumenbäumen. Er ließ einen Karren voll Pflaumen pflücken und wollte damit nach Einbeck fahren, weil dort viel Volks war und er deshalb meinte, die Pflaumen besser zu verkaufen als zu anderen Zeiten.

Als er vor die Stadt kam, lag da Eulenspiegel unter einem grünen Baum im Schatten. Er hatte sich am Hof der Herren so überfressen und betrunken, daß er weder essen noch trinken konnte und eher einem toten Menschen als einem lebendigen glich. Als nun der brave Mann an ihm vorbeifuhr, da redete Eulenspiegel den Mann so kläglich an, wie er es zuwege brachte, und sprach: »Ach, guter Freund, sieh her, ich liege hier so krank drei Tage und Nächte ohne aller Menschen Hilfe. Wenn ich noch einen Tag so liegen soll, muß ich vor Hunger und Durst sterben. Darum fahre mich um Gottes willen nach der Stadt.« Der gute Mann sprach: »Ach, lieber Freund, ich wollte das recht gern tun. Aber ich habe Pflaumen auf dem Karren. Wenn ich dich darauf setze, so machst du sie mir alle zuschanden.« Eulenspiegel sagte: »Nimm mich mit, ich will mich vorn auf dem Karren behelfen.«

1 In den Frühdrucken steht fälschlich »Lübeck«.
2 In den Frühdrucken steht »Oldenburg«. Einen Ort dieses Namens gibt es jedoch bei Einbeck nicht. Gemeint ist anscheinend Markoldendorf (6 km westlich von Einbeck) oder Stadtoldendorf (18 km nordwestlich von Einbeck).

Der Mann war alt und mußte sich sehr anstrengen, ehe er den Schalk, der sich möglichst schwer machte, auf den Karren brachte. Um des Kranken willen fuhr der Bauer desto langsamer.

Als nun Eulenspiegel eine Weile gefahren war, zog er das Stroh von den Pflaumen, erhob sich heimlich etwas hinter dem Rücken des Bauern und beschiß dem armen Mann die Pflaumen ganz schändlich. Dann zog er das Stroh wieder darüber.

Als der Bauer an die Stadt kam, rief Eulenspiegel: »Halt, halt! Hilf mir von dem Karren, ich will hier draußen vor dem Tor bleiben!« Der gute Mann half dem argen Schalk von dem Karren und fuhr seine Straße weiter, den nächsten Weg zum Markt. Als er dort angekommen war, spannte er sein Pferd aus und ritt es in die Herberge.

Indessen kamen viele Bürger auf den Markt. Unter ihnen war einer, der immer der erste war, wenn etwas auf den Markt gebracht wurde, und doch selten etwas kaufte. Der kam gleich hinzu, zog das Stroh halb herab und beschmutzte sich die Hände und den Rock. Währenddessen kam der Bauersmann wieder aus seiner Herberge. Eulenspiegel hatte sich inzwischen verkleidet, kam auch auf einem anderen Weg gegangen und fragte den Bauern: »Was hast du auf den Markt gebracht?« »Pflaumen«, sagte der Bauer. Eulenspiegel sprach: »Du hast sie als ein arger Schalk gebracht, die Pflaumen sind beschissen, man sollte dir mit den Pflaumen das Land verbieten.« Der Bauer sah nach, erkannte, daß es so war, und sagte: »Vor der Stadt lag ein kranker Mensch, der sah ebenso aus wie der, der hier steht. Nur hatte er andere Kleider an. Den fuhr ich um Gottes willen bis vor das Tor. Der Schuft hat mir den Schaden angetan.« Eulenspiegel sprach: »Der Schuft verdiente Prügel.«

Der brave Mann aber mußte die Pflaumen wegfahren auf die Abfallgrube und durfte sie nirgends verkaufen.

Die 21. (22.) Historie sagt, wie Eulenspiegel sich bei dem Grafen von Anhalt als Turmbläser verdingte; und wenn Feinde kamen, so blies er sie nicht an, und wenn keine Feinde da waren, so blies er sie an.

Nicht lange danach kam Eulenspiegel zum Grafen von Anhalt und verdingte sich bei ihm als Turmbläser. Der Graf hatte viele Feindschaften und hielt deshalb in dem Städtchen und auf dem Schloß zu dieser Zeit viele Reiter und Hofvolk, die man alle Tage speisen mußte.

Darüber wurde Eulenspiegel auf dem Turm vergessen, so daß ihm keine Speise gesandt wurde. Und am selben Tage kam es dazu, daß des Grafen Feinde vor das Städtlein und das Schloß ritten, die Kühe nahmen und sie alle hinwegtrieben. Eulenspiegel lag auf dem Turme, sah durch das Fenster und machte keinen Lärm, weder mit Blasen noch mit Schreien. Als die Nachricht von den Feinden vor den Grafen kam, damit er ihnen mit den Seinen nacheilte, sahen einige, daß Eulenspiegel auf dem Turm im Fenster lag und lachte. Da rief ihm der Graf zu: »Warum liegst du im Fenster und bist still?« Eulenspiegel rief herab: »Vor dem Essen rufe oder tanze ich nicht gern.« Der Graf rief ihm zu: »Willst du nicht die Feinde anblasen?« Eulenspiegel rief zurück: »Ich darf keine Feinde heranblasen, das Feld wird sonst voll von ihnen, und ein Teil ist schon mit den Kühen hinweg. Bliese ich noch mehr Feinde heran, sie schlügen Euch zu Tode.« Für diesmal blieb es bei den Worten.

Der Graf eilte den Feinden nach und stritt mit ihnen. Und Eulenspiegel wurde erneut mit seiner Speise vergessen. Der Graf kehrte zufrieden zurück: er hatte seinen Feinden einen Haufen Rindvieh wieder abgenommen. Das schlachteten und zerlegten sie, sotten und brieten. Eulenspiegel dachte auf dem Turm, wie er auch etwas von der

Beute erhielte, und gab darauf acht, wann es Essenszeit sein würde. Da fing er an zu rufen und zu blasen: »Feindio, Feindio![1]« Der Graf lief mit den Seinen eilends von dem Tisch, auf dem schon das Essen stand. Sie legten ihre Harnische an, nahmen die Waffen in die Hände und eilten sogleich dem Tore zu, um im Felde nach den Feinden Ausschau zu halten. Dieweil lief Eulenspiegel behend und schnell von dem Turm, kam über des Grafen Tisch und nahm sich von den Tafeln Gesottenes und Gebratenes und was ihm sonst gefiel; dann ging er schnell wieder auf den Turm. Als die Reiter und das Fußvolk hinauskamen, sahen sie keine Feinde und sprachen miteinander: »Der Türmer hat das aus Schalkheit getan« und zogen wieder heim, dem Tore zu.

Der Graf rief zu Eulenspiegel hinauf: »Bist du unsinnig und toll geworden?« Eulenspiegel sprach: »Ich bin ohne Arglist. Aber Hunger und Not erdenken manche List.« Der Graf sagte: »Warum hast du ›Feindio‹ geblasen, obwohl keiner da war?« Eulenspiegel antwortete: »Weil keine Feinde da waren, mußte ich etliche heranblasen.« Da sprach der Graf: »Du krauest dich mit Schalksnägeln[2]. Wenn Feinde da sind, willst du sie nicht anblasen, und wenn keine Feinde da sind, so bläst du sie an. Das könnte wohl Verräterei werden!« Und er setzte ihn ab und dingte an seiner Statt einen anderen Turmbläser.

Eulenspiegel mußte nun als Fußknecht mit den anderen herauslaufen. Das verdroß ihn sehr, und er wäre gern von dannen gegangen, konnte aber mit Anstand nicht ohne weiteres davonkommen. Wenn sie gegen die Feinde auszogen, so blieb er stets zurück und war immer der letzte zum Tore hinaus. Wenn sie den Streit beendet hatten und wieder heimkehrten, war er immer der erste zum Tore hinein. Da fragte ihn der Graf, wie er das verstehen

---

1 Das heißt: »Die Feinde sind da!«
2 Sprichwörtliche Redensart für »unrechte Dinge tun«, vgl. Lappenberg S. 454; Lindow Fn. 10.

sollte: wenn er mit ihm gegen die Feinde auszöge, so sei er stets der letzte, und wenn man heimzöge, sei er der erste. Eulenspiegel sprach: »Ihr solltet mir darüber nicht zürnen. Denn wenn Ihr und Euer Hofgesinde schon aßet, saß ich auf dem Turm und hungerte; davon bin ich kraftlos geworden. Soll ich nun der erste an den Feinden sein, so müßte ich die Zeit wieder einholen und besonders eilen, daß ich auch der erste an der Tafel und der letzte beim Aufstehen sei, damit ich wieder stark werde. Dann will ich wohl der erste und der letzte an den Feinden sein.«

»So höre ich wohl« sprach der Graf, »daß du es nur so lange bei mir aushalten wolltest, als du auf dem Turme saßest?« Da sagte Eulenspiegel: »Was jedermanns Recht ist, das nimmt man ihm gern.« Und der Graf sprach: »Du sollst nicht länger mein Knecht sein«, und gab ihm den Laufpaß. Darüber war Eulenspiegel froh, denn er hatte nicht viel Lust, jeden Tag mit den Feinden zu fechten.

Die 22. (63.) Historie sagt, wie Eulenspiegel ein Brillenmacher wurde und in allen Landen keine Arbeit bekommen konnte.

Zornig und zwieträchtig waren die Kurfürsten untereinander, so daß kein römischer Kaiser oder König gewählt wurde. Endlich wurde der Graf von Supplinburg[1] von allen Kurfürsten zum römischen König gekoren. Es waren aber auch andere da, die meinten, sie könnten mit Gewalt in das Reich eindringen. So mußte sich der neu gekorene König sechs Monate vor Frankfurt legen und warten, ob ihn jemand von dort hinwegschlüge.

Als er nun soviel Volk zu Roß und Fuß beieinander hatte, überlegte Eulenspiegel, was es für ihn da zu tun gäbe: Dahin kommen viele fremde Herren, die lassen mich nicht unbeschenkt; werde ich in den Kreis ihres Gefolges aufgenommen, so stehe ich mich gut. Und er machte sich auf den Weg dorthin.

Da zogen die Herren aus allen Landen heran. Und es begab sich in der Wetterau bei Friedberg, daß der Bischof von Trier mit seinem Gefolge Eulenspiegel auf dem Weg nach Frankfurt begegnete. Weil er seltsam gekleidet war, fragte ihn der Bischof, was er für ein Geselle sei. Eulenspiegel antwortete und sagte: »Gnädiger Herr, ich bin ein Brillenmacher und komme aus Brabant. Aber da ist nichts für mich zu tun; darum wandere ich nach Arbeit. Mit unserm Handwerk steht es schlecht.« Der Bischof sprach: »Ich glaubte, mit deinem Handwerk müßte es von Tag zu Tag besser werden. Die Leute werden doch

1 Die Supplinburg, später Süpplingenburg genannt, war die Stammburg Kaiser Lothars III. (1075–1137). Sie lag etwa 6 km nordwestlich von Helmstedt und ist heute verschwunden (näheres bei Tillmann).

von Tag zu Tag kränker und können schlechter sehen, weshalb man vieler Brillen bedarf.«
Eulenspiegel antwortete dem Bischof und sagte: »Ja, gnädiger Herr, Euer Gnaden sprechen wahr, aber eine Sache verdirbt unser Handwerk.« Der Bischof fragte: »Was ist das?« Eulenspiegel sprach: »Darf ich das sagen, ohne daß Euer Gnaden mir deshalb zürnen?« »Ja«, sagte der Bischof, »wir sind das wohl gewohnt von dir und deinesgleichen. Sag's nur frei heraus und scheue nichts!« »Gnädiger Herr, das verdirbt das Brillenmacherhandwerk, und es ist zu befürchten, daß es noch ausstirbt: daß Ihr und andere große Herren, Papst, Kardinal, Bischof, Kaiser, König, Fürst, Rat, Regierer und Richter der Städte und Länder (Gott erbarm's!) zu dieser Zeit durch die Finger sehen, was recht ist, und das nur um des Gel-

des und der Gaben willen. Aber man findet geschrieben,
daß vor alten Zeiten die Herren und Fürsten, soviel es
ihrer gab, in den Rechtsbüchern zu lesen und zu studie-
ren pflegten, auf daß niemandem Unrecht geschehe.
Dazu brauchten sie viele Brillen, und da ging's unserm
Handwerk gut. Auch studierten die Pfaffen damals mehr
als jetzt; so gingen die Brillen hinweg. Jetzt sind sie so
gelehrt geworden von den Büchern, die sie kaufen, daß
sie das auswendig können, was sie für ihre Verhältnisse
brauchen. Ihre Bücher aber schlagen sie in vier Wochen
nicht mehr als einmal auf. Deshalb ist unser Handwerk
verdorben, und ich laufe aus einem Land in das andere
und kann nirgends Arbeit finden. Der Niedergang ist so
weit verbreitet, daß dies die Bauern auf dem Land auch
schon zu tun pflegen und durch die Finger sehen.«
Der Bischof verstand den Text ohne Glosse[2] und sprach
zu Eulenspiegel: »Folge uns nach Frankfurt, wir wollen
dir unser Wappen und unsere Kleidung[3] geben.« Das tat
Eulenspiegel und blieb bei dem Herrn so lange, bis der
Graf als Kaiser bestätigt war. Dann zog er wieder nach
Sachsen.

Die 23. Historie sagt, wie Eulenspiegel seinem Pferd goldene Hufeisen aufschlagen ließ, die der König von Dänemark bezahlen mußte.

Eulenspiegel war ein solcher Hofmann[4] geworden,
daß der Ruf seiner Trefflichkeit vor manchen Fürsten
und Herren kam und daß man vieles von ihm zu erzählen
wußte. Das mochten die Herren und Fürsten wohl leiden
und gaben ihm Kleider, Pferde, Geld und Kost. So kam er
auch zu dem König von Dänemark. Der hatte ihn sehr

2 Auslegung, Erklärung.
3 Dadurch wurde Eulenspiegel zum Höfling, zum Hofmann.
4 So Lappenberg S. 30 Fn. 1; Virmond S. 239 will mit beachtlicher Begründung
»gaufman« = »Gaukler« lesen.

gern und bat ihn, etwas Abenteuerliches zu tun, er wolle ihm auch sein Pferd mit dem allerbesten Hufbeschlag beschlagen lassen. Eulenspiegel fragte den König, ob er seinen Worten glauben könne. Der König bejahte das, wenn er nach seinen Worten täte.

Da ritt Eulenspiegel mit seinem Pferde zum Goldschmied und ließ es mit goldenen Hufeisen und silbernen Nägeln beschlagen. Dann ging er zum König und bat, daß er ihm den Hufbeschlag bezahlte. Der König sagte ja und wies den Schreiber an, den Beschlag zu bezahlen. Nun meinte der Schreiber, es sei ein schlichter Hufschmied zu bezahlen. Aber Eulenspiegel brachte ihn zu dem Goldschmied, und der Goldschmied wollte hundert dänische Mark haben. Der Schreiber wollte das nicht bezahlen, ging hin und sagte das dem König.

Der König ließ Eulenspiegel holen und sprach zu ihm: »Eulenspiegel, was für einen teuren Hufbeschlag ließest du machen? Wenn ich alle meine Pferde so beschlagen ließe, müßte ich bald Land und Leute verkaufen. Das war nicht meine Meinung, daß man das Pferd mit Gold beschlagen ließe.« Eulenspiegel sagte: »Gnädiger König, Ihr sagtet, es sollte der beste Hufbeschlag sein, und ich sollte Euern Worten nachkommen. Nun dünkt mich, es gebe keinen besseren Beschlag als von Silber und Gold.« Da sprach der König: »Du bist mir mein liebster Hofmann, du tust, was ich dich heiße.« Und fing an zu lachen und bezahlte die hundert Mark für den Hufbeschlag.

Da ließ Eulenspiegel die goldenen Hufeisen wieder abreißen, zog vor eine Schmiede und ließ sein Pferd mit Eisen beschlagen. Bei dem König blieb er bis zu dessen Tod.

Die 24. Historie sagt, wie Eulenspiegel den Schalksnarren des Königs von Polen mit grober Schalkheit überwand.

Bei dem hochgeborenen Fürsten Kasimir, König von Polen, war ein Abenteurer, der voller seltsamer Schwänke und Gauklereien war und gut auf der Fiedel spielen konnte. Eulenspiegel kam auch nach Polen zu dem König. Dieser hatte schon viel von Eulenspiegel sagen gehört, der ihm ein lieber Gast war. Der König hätte ihn und seine Abenteuer schon lange gerne gesehen und gehört. Aber auch seinen Spielmann hatte er sehr gern. Nun kamen Eulenspiegel und des Königs Narr zusammen. Da geschah es, wie man sagt: zwei Narren in einem Haus tun selten gut.

Des Königs Schalksnarr konnte Eulenspiegel nicht leiden, und Eulenspiegel wollte sich nicht vertreiben lassen. Das merkte der König, und er ließ sie beide in seinen Saal kommen. »Wohlan«, sprach er, »wer von euch beiden den abenteuerlichsten Narrenstreich tut, den ihm der an-

dere nicht nachmacht, den will ich neu kleiden und will ihm zwanzig Gulden dazu geben. Und das soll jetzt in meiner Gegenwart geschehen.«

Also rüsteten sich die beiden für ihre Torheiten und trieben viel Affenspiel[1] mit krummen Mäulern und seltsamen Reden und was einer sich ausdenken konnte, um den anderen zu übertreffen. Aber was des Königs Narr tat, das tat ihm Eulenspiegel immer nach, und was Eulenspiegel tat, das tat ihm der Narr nach. Der König und seine Ritterschaft lachten, und sie sahen mancherlei Abenteuerliches. Sie waren gespannt darauf, wer das Kleid und die zwanzig Gulden gewinnen würde.

Da dachte Eulenspiegel: zwanzig Gulden und neue Kleidung, das ist schon sehr gut; ich will darum etwas machen, was ich ungern tue. Und er sah wohl, was des

1 Narrenwerk.

Königs Meinung war: daß es ihm gleich sei, wer von ihnen den Preis gewönne. Da ging Eulenspiegel mitten in den Saal, hob sich hinten auf und schiß mitten in den Saal einen Haufen. Dann nahm er einen Löffel, teilte den Dreck genau in der Mitte, rief den anderen und sprach: »Narr, komm her, und tu mir die Schalkheit nach, die ich dir vormachen will!« Und er nahm den Löffel, faßte den halben Dreck damit und aß ihn auf. Dann bot er den Löffel dem Schalksnarren und sprach: »Sieh her, iß du die andere Hälfte! Danach mach auch du einen Haufen, teile ihn auseinander, und ich will dir nachessen.« Da sagte des Königs Narr: »Nein, das tue dir der Teufel nach! Und sollte ich mein Lebtag nackend gehn, ich esse so von dir oder von mir nicht.«

Also gewann Eulenspiegel die Meisterschaft in der Schalkheit. Der König gab ihm die neue Kleidung und die zwanzig Gulden. Da ritt Eulenspiegel hinweg und trug den vom König versprochenen Preis davon.

Die 25. Historie sagt, wie Eulenspiegel das Herzogtum Lüneburg verboten wurde und wie er sein Pferd aufschnitt und sich hineinstellte.

Zu Celle im Lande Lüneburg verübte Eulenspiegel einen abenteuerlichen Schalksstreich. Darum verbot ihm der Herzog von Lüneburg das Land: wenn er darin gefunden würde, sollte man ihn fangen und dann henken. Dennoch mied Eulenspiegel das Land nicht. Wenn ihn sein Weg dahin trug, so ritt oder ging er nichtsdestoweniger durch das Land, so oft er wollte.

Einmal begab es sich, daß Eulenspiegel durch das Lüneburger Land ritt. Da begegnete ihm der Herzog. Als Eulenspiegel sah, daß es der Herzog war, dachte er: ist es der Herzog und wirst du flüchtig, so holen sie dich mit ihren Gäulen ein und stechen dich vom Pferd; der Herzog

78

kommt dann zornerfüllt und läßt dich an einen Baum hängen. Er faßte einen kurzen Entschluß, sprang von seinem Pferd ab und schnitt ihm rasch den Bauch auf. Dann schüttete er das Eingeweide heraus und stellte sich in den Rumpf.
Als der Herzog mit seinen Reitern an die Stelle geritten kam, wo Eulenspiegel in seines Pferdes Bauch stand, sagten die Diener zu dem Herzog: »Sehet, Herr, hier steht Eulenspiegel in eines Pferdes Haut.« Da ritt der Fürst zu ihm und sprach: »Eulenspiegel, bist du das? Was tust du in dem Aas hier? Weißt du nicht, daß ich dir mein Land verboten habe? Und wenn ich dich darin fände, so wollte ich dich an einen Baum hängen lassen?« Da sprach Eulenspiegel: »O gnädigster Herr und Fürst, ich hoffe, Ihr wollt mir das Leben schenken. Ich habe doch nichts so Übles getan, was des Henkens wert wäre!« Der Herzog

sprach zu ihm: »Komm her zu mir und beweise mir doch deine Unschuld! Und was meinst du damit, daß du so in der Pferdehaut stehst?« Eulenspiegel kam hervor und antwortete: »Gnädigster und hochgeborener Fürst! Ich mache mir Sorge wegen Eurer Ungnade und fürchte mich gar sehr. Aber ich habe all mein Lebtag gehört, daß jeder Frieden haben soll in seinen vier Pfählen[1].«

Da fing der Herzog an zu lachen und sprach: »Willst du nun auch künftig meinem Lande fernbleiben?« Eulenspiegel antwortete: »Gnädiger Herr, wie es Eure Fürstliche Gnaden will.« Der Herzog ritt von dannen und sagte: »Bleib, wie du bist.«

Und Eulenspiegel sprang eilends aus dem toten Pferde und sprach zu ihm: »Hab Dank, mein liebes Pferd, du hast mir geholfen und mir mein Leben gerettet; und hast mir noch dazu wieder einen gnädigen Herren gemacht. Liege nun hier! Es ist besser, daß dich die Raben fressen, als daß sie mich gefressen hätten.« Und er lief zu Fuß davon.

Die 26. Historie sagt, wie Eulenspiegel im Lüneburger Land einem Bauern einen Teil seines Ackers abkaufte und darin in einem Sturzkarren saß.

K urz danach kam Eulenspiegel wieder, ging bei Celle in ein Dorf und wartete darauf, daß der Herzog nach Celle ritte. Da ging ein Bauer auf seinen Acker. Eulenspiegel hatte ein anderes Pferd erworben und einen Sturzkarren[2]. Er fuhr zu dem Bauern und fragte ihn, wessen Acker es sei, den er bestelle. Der Bauer sprach: »Er ist mein, ich hab ihn geerbt.« Da fragte Eulenspiegel, was er

1 Vgl. die Anm. S. 284.
2 Nach Lindow (Fn. 1) eine »hohe zweirädrige Karre mit klappbarem Aufbau«; nach Grimm ein »Karren, der umgekippt wird, um ihn zu leeren«.

ihm für einen Schüttkarren[3] voll Erde von dem Acker geben müßte. Der Bauer sprach: »Dafür nehme ich einen Schilling.« Eulenspiegel gab ihm einen Schilling in Pfennigen[4], warf den Karren voll Erde von dem Acker, kroch darein und fuhr vor die Burg von Celle an der Aller.
Als der Herzog geritten kam, wurde er Eulenspiegels gewahr, wie er in dem Karren saß, bis an die Schultern in der Erde. Da sprach der Herzog: »Eulenspiegel, ich hatte dir mein Land verboten. Wenn ich dich darin fände, wollte ich dich henken lassen.« Eulenspiegel sagte: »Gnädiger Herr, ich bin nicht in Euerm Land, ich sitze in meinem Land, das ich gekauft habe für einen Schilling. Ich kaufte es von einem Bauern, der mir sagte, es sei sein Erbteil.« Der Herzog sprach: »Fahr hin mit deinem Erd-

3 Dasselbe wie ein Sturzkarren (Bobertag S. 50).
4 Auf einen Schilling gingen 12 Pfennige.

reich aus meinem Erdreich! Komm aber nicht wieder, ich werde dich sonst mit Pferd und Karren henken lassen!«

Da stieg Eulenspiegel eilends aus dem Karren, sprang auf das Pferd und ritt aus dem Land. Den Karren ließ er vor der Burg stehen. Also liegt Eulenspiegels Erdreich noch vor der Brücke.

Die 27. Historie sagt, wie Eulenspiegel für den Landgrafen von Hessen malte und ihm weismachte, wer unehelich sei, könne das Bild nicht sehen.

Abenteuerliche Dinge trieb Eulenspiegel im Lande Hessen. Nachdem er das Land Sachsen um und um durchzogen hatte und dort so gut bekannt war, daß er sich mit seinen Streichen nicht mehr ernähren konnte, begab er sich in das Land Hessen und kam nach Marburg an des Landgrafen Hof. Und der Herr fragte ihn, was er für ein Abenteurer sei. Er antwortete: »Gnädiger Herr, ich bin ein Künstler.« Darüber freute sich der Landgraf, weil er meinte, Eulenspiegel sei ein Artist und verstünde die Alchimie[1]. Denn der Landgraf bemühte sich sehr um die Alchimie. Also fragte er ihn, ob er ein Alchimist sei. Eulenspiegel sprach: »Gnädiger Herr, nein. Ich bin ein Maler, desgleichen in vielen Landen nicht gefunden wird, da meine Arbeit andere Arbeiten weit übertrifft.« Der Landgraf sagte: »Laß uns etwas davon sehen!« Eulenspiegel sprach: »Ja, gnädiger Herr.« Und er hatte etliche auf Leinen gemalte Bilder, die er in Flandern gekauft hatte; die zog er hervor aus seinem Sack und zeigte sie dem Landgrafen. Sie gefielen dem Herrn gar wohl, und er sprach zu ihm: »Lieber Meister, was wollt Ihr nehmen, wenn Ihr uns unsern Saal ausmalt mit Bildern von der Herkunft der Landgrafen von Hessen? Und wie sie be-

1 Hier wohl verstanden als die Kunst, Gold zu machen (vgl. A. Schultz S. 448).

freundet waren mit dem König von Ungarn und anderen
Fürsten und Herren, und wie lange das bestanden hat?
Und wollt Ihr uns das auf das allerköstlichste machen, so
gut Ihr es immer könnt?« Eulenspiegel antwortete:
»Gnädiger Herr, wie mir Euer Gnaden das aufgibt, wird
es wohl vierhundert Gulden kosten.« Der Landgraf
sprach: »Meister, macht uns das nur gut! Wir wollen es
Euch wohl belohnen und Euch ein gutes Geschenk dazu
geben.«
Eulenspiegel nahm den Auftrag also an. Doch mußte ihm
der Landgraf hundert Gulden Vorschuß geben, damit er
Farben kaufen und Gesellen einstellen konnte. Als Eulenspiegel mit drei Gesellen die Arbeit anfangen wollte, be-
dingte er sich vom Landgrafen aus, daß niemand in den
Saal gehen dürfe, während er arbeite, als allein seine Gesellen, damit er in seiner Kunst nicht aufgehalten würde.
Das bewilligte ihm der Landgraf.
Nun wurde Eulenspiegel mit seinen Gesellen einig und
vereinbarte mit ihnen, daß sie schwiegen und ihn gewähren ließen. Sie brauchten nicht zu arbeiten und sollten
dennoch ihren Lohn haben. Ihre größte Arbeit sollte im
Brett- und Schachspiel bestehen. Darin willigten die Gesellen ein und waren es zufrieden, daß sie mit Müßigge-
hen gleichwohl Lohn verdienen sollten.
Es währte ungefähr vier Wochen, bis der Landgraf zu
wissen verlangte, was der Meister mit seinen Kumpanen
malte und ob es so gut werden würde wie die Proben.
Und er sprach Eulenspiegel an: »Ach, lieber Meister, uns
verlangt gar sehr, Eure Arbeit zu sehen. Wir begehren,
mit Euch in den Saal zu gehen und Eure Gemälde zu
betrachten.« Eulenspiegel antwortete: »Ja, gnädiger
Herr, aber eins will ich Euer Gnaden sagen: wer mit Euer
Gnaden geht und das Gemälde beschaut und nicht ehelich geboren ist, der kann mein Gemälde nicht sehen.«
Der Landgraf sprach: »Meister, das wäre etwas
Großes.«

83

Währenddem gingen sie in den Saal. Eulenspiegel hatte ein langes leinenes Tuch an die Wand gespannt, die er bemalen sollte. Das zog er ein wenig zurück, zeigte mit einem weißen Stab an die Wand und sprach also: »Seht, gnädiger Herr, dieser Mann, das ist der erste Landgraf von Hessen, ein Columneser aus Rom. Er hatte zur Fürstin und Frau eine Herzogin von Bayern, des reichen Justinians Tochter, der hernach Kaiser wurde. Seht, gnädiger Herr, von dem da wurde erzeugt Adolfus. Adolfus zeugte Wilhelm den Schwarzen. Wilhelm zeugte Ludwig den Frommen und also weiter bis auf Eure Fürstliche Gnaden. Ich weiß fürwahr, daß niemand meine Arbeit tadeln kann, so kunstvoll und meisterlich ist sie und auch von so schönen Farben.« Der Landgraf sah nichts anderes als die weiße Wand und dachte bei sich selbst: Und wenn ich ein Hurenkind bin, ich sehe nichts anderes als eine weiße Wand. Jedoch sprach er, um den Anstand zu wahren: »Lieber Meister, uns genügt Eure Arbeit wohl. Doch haben wir nicht genug Verständnis dafür, um es richtig zu erkennen.« Und damit ging er aus dem Saal.

Als der Landgraf zu der Fürstin kam, fragte sie ihn: »Ach, gnädiger Herr, was malt denn Euer freier[2] Maler? Ihr habt es gesehen, wie gefällt Euch seine Arbeit? Ich habe wenig Vertrauen zu ihm, er sieht aus wie ein Schalk.« Der Fürst sprach: »Liebe Frau, mir gefällt seine Arbeit durchaus und genügt mir.« »Gnädiger Herr«, sagte sie, »dürfen wir es nicht auch ansehen?« »Ja, mit des Meisters Willen.«

Die Landgräfin ließ Eulenspiegel zu sich kommen und begehrte auch, das Gemälde zu sehen. Eulenspiegel sprach zu ihr wie zu dem Fürsten: wer nicht ehelich geboren sei, könne seine Arbeit nicht sehen. Da ging sie mit acht Jungfrauen und einer Hofnärrin in den Saal. Eulenspiegel zog wieder das Tuch zurück wie vorher und erzählte auch der Gräfin die Herkunft der Landgrafen, ein Stück nach dem anderen. Aber die Fürstin und die Jungfrauen schwiegen alle still, niemand lobte oder tadelte das Gemälde. Jede fürchtete sich davor, vom Vater oder von der Mutter her unehelich zu sein. Schließlich hob die Närrin an und sprach: »Liebster Meister, ich sehe nichts von einem Gemälde, und sollte ich all mein Lebtag ein Hurenkind sein.« Da dachte Eulenspiegel: das kann nicht gut werden; wenn die Toren die Wahrheit sagen, so muß ich wahrlich wandern. Und er zog die Worte ins Lächerliche.

Indessen ging die Fürstin hinweg und wieder zu ihrem Herrn. Der fragte sie, wie ihr das Gemälde gefallen habe. Sie antwortete ihm: »Gnädiger Herr, es gefällt mir ebenso wie Euer Gnaden. Aber unserer Närrin gefällt es

---

2 Die freien Künstler wurden den zunftmäßig gebundenen Handwerkern gegenübergestellt.

gar nicht. Sie meint, sie sähe auch kein Gemälde, desgleichen unsere Jungfrauen. Ich befürchte, es ist eine Büberei im Spiel.« Das ging dem Fürsten zu Herzen, und er bedachte, ob er nicht schon betrogen sei. Dennoch ließ er Eulenspiegel sagen, er solle seine Sache vollenden, das ganze Hofgesinde solle seine Arbeit betrachten. Der Fürst meinte, er könne bei dieser Gelegenheit sehen, wer von seinen Rittersleuten ehelich oder unehelich sei. Die Lehen der Unehelichen seien ihm verfallen. Da ging Eulenspiegel zu seinen Gesellen und entließ sie. Er forderte noch hundert Gulden von dem Rentmeister, erhielt sie und ging auch davon.

Des anderen Tags fragte der Landgraf nach seinem Maler, aber der war hinweg. Da ging der Fürst in den Saal mit allem seinem Hofgesinde, ob jemand etwas Gemaltes sehen könne. Aber niemand konnte sagen, daß er etwas sähe. Und da sie alle schwiegen, sprach der Landgraf: »Nun erkennen wir wohl, daß wir betrogen sind. Mit Eulenspiegel habe ich mich nie befassen wollen, dennoch ist er zu uns gekommen. Die zweihundert Gulden wollen wir zwar verschmerzen. Er aber wird ein Schalk bleiben und muß darum unser Fürstentum meiden.«

Also war Eulenspiegel aus Marburg fortgekommen und wollte sich künftig mit Malen nicht mehr befassen.

Die 28. Historie sagt, wie Eulenspiegel zu Prag in Böhmen auf der Hohen Schule mit den Studenten disputierte[1] und wohl bestand.

Eulenspiegel zog nach Böhmen gen Prag, als er von Marburg kam. Zu der Zeit wohnten dort noch gute Christen, und das war vor der Zeit, als Wiclif aus England die Ketzerei nach Böhmen brachte, die durch Johan-

1 Ein gelehrtes Streitgespräch führte.

86

nes Hus weiter verbreitet wurde. Und Eulenspiegel gab
sich da aus als großen Gelehrten, der schwere Fragen
beantworten könne, auf die andere Gelehrte keine Erklärung abgeben und keine Erwiderung geben könnten. Das
ließ er auf Zettel schreiben und schlug sie an die Kirchtüren und Collegien[2] an. Das begann, den Rektor zu verdrießen. Die Collegaten, Doktoren und Magister[3] mit-
samt der ganzen Universität waren übel dran. Sie kamen
zusammen, um zu beratschlagen, wie sie Eulenspiegel
Fragen aufgäben, die er nicht beantworten könne. Wenn
er dann schlecht dastehe, könnten sie mit guter Begründung an ihn herankommen und ihn beschämen.
Das wurde unter ihnen so beschlossen und für richtig
gehalten. Und sie kamen überein und legten fest, daß der
Rektor die Fragen stellen sollte. Sie ließen Eulenspiegel
durch ihren Pedell ausrichten, des anderen Tages zu erscheinen und die Fragen, die man ihm schriftlich gäbe,
vor der ganzen Universität zu beantworten, damit er also
geprüft und sein Wissen anerkannt würde. Sonst sollte
ihm seine Stellung nicht zugestanden werden. Eulenspiegel antwortete dem Pedell: »Sage deinen Herren, ich will
das so tun und hoffe, als ein tüchtiger Mann zu bestehn,
wie ich es bisher schon lange getan habe.«
Am anderen Tag versammelten sich alle Doktoren und
Gelehrten. Währenddessen kam auch Eulenspiegel und
brachte mit sich seinen Wirt, einige andere Bürger und
etliche gute Gesellen, um einem Überfall widerstehen zu
können, den vielleicht die Studenten gegen ihn planten.
Als er in ihre Versammlung kam, hießen sie ihn auf einen
Lehrstuhl steigen und auf die Fragen antworten, die ihm
vorgelegt würden.
Die erste Frage, die der Rektor an ihn stellte, war, daß er
sagen und als wahr erweisen sollte, wieviel Ohm[4] Wasser

2 Wohnhäuser der großen studentischen Verbände, die eine Universität bildeten
(vgl. A. Schultz S. 158; Schulz, Deutsches Fremdwörterbuch, Stichwort Kolleg).
3 Personen des Lehrkörpers einer Universität (Lindow Fn. 8).
4 Altes Flüssigkeitsmaß, 130-160 l.

im Meere seien. Wenn er die Frage nicht lösen und darauf keinen Bescheid geben könnte, wollten sie ihn als einen ungelehrten Widersacher der Wissenschaft verdammen und bestrafen. Auf diese Frage antwortete Eulenspiegel schlau: »Würdiger Herr Rektor, heißet die Wasser stillstehen, die an allen Enden in das Meer laufen. Dann will ich es Euch messen, beweisen und davon die Wahrheit sagen; und das ist leicht zu tun.« Dem Rektor war es unmöglich, die Wasser aufzuhalten. Also nahm er von der Frage Abstand und erließ ihm das Messen.

Der Rektor stand beschämt da und stellte seine zweite Frage: »Sage mir, wieviel Tage sind vergangen von Adams Zeiten bis auf diesen Tag?« Eulenspiegel antwortete kurz: »Nur sieben Tage; und wenn die herum sind, so heben sieben andere Tage an. Das währt bis zum Ende der Welt.«

Dann stellte ihm der Rektor die dritte Frage: »Sage mir sogleich: wo ist der Mittelpunkt der Welt?« Eulenspiegel antwortete: »Der ist hier. Diese Stelle ist genau in der Mitte der Welt. Und daß das wahr ist: laßt es mit einer Schnur nachmessen, und wenn auch nur ein Strohhalm daran fehlt, so will ich Unrecht haben.« Der Rektor erließ Eulenspiegel lieber die Frage, ehe er es nachmessen ließ.

Dann stellte er ganz im Zorn die vierte Frage an Eulenspiegel und sprach: »Sag an, wie weit ist es von der Erde bis zum Himmel?« Eulenspiegel antwortete: »Es ist nahe von hier. Wenn man im Himmel redet oder ruft, das kann man hienieden wohl hören. Steigt Ihr hinauf, so will ich hier unten leise rufen: das werdet Ihr im Himmel hören. Und wenn Ihr das nicht hört, so will ich wiederum Unrecht haben.«

Der Rektor mußte mit der Antwort zufrieden sein und stellte die fünfte Frage: wie groß der Himmel sei? Eulenspiegel antwortete ihm sogleich und sprach: »Er ist tausend Klafter breit und tausend Ellenbogen hoch, da irre

ich mich nicht. Wollt Ihr das nicht glauben, so nehmt Sonne, Mond und alle Sterne vom Himmel und meßt es gut nach. Ihr werdet finden, daß ich recht habe, obwohl Ihr Euch nicht gern darauf einlassen werdet.«

Was sollten sie sagen? Eulenspiegel gab ihnen über alles Bescheid, sie mußten ihm alle recht geben. Und nachdem er so die Gelehrten mit Schalkheit überwunden hatte, wartete er nicht lange. Denn er befürchtete, sie würden ihm etwas zu trinken geben, wodurch er umkäme. Deshalb zog er den langen Rock[5] aus, wanderte davon und kam nach Erfurt.

---

5 Universitätstracht, Talar.

Die 29. Historie sagt, wie Eulenspiegel in Erfurt einen Esel in einem alten Psalter lesen lehrte.

Eulenspiegel hatte große Eile, nach Erfurt zu kommen, nachdem er in Prag die Schalkheit getan hatte, denn er befürchtete, daß sie ihm nacheilten.

Als er nach Erfurt kam, wo ebenfalls eine recht große und berühmte Universität ist, schlug Eulenspiegel auch dort seine Zettel an. Und die Lehrpersonen der Universität hatten von seinen Listen viel gehört. Sie beratschlagten, was sie ihm aufgeben könnten, damit es ihnen nicht so erginge, wie es denen zu Prag mit ihm ergangen war, und damit sie nicht mit Schande bestünden. Und sie beschlossen, daß sie Eulenspiegel einen Esel in die Lehre geben wollten, denn es gibt viele Esel in Erfurt, alte und junge. Sie schickten nach Eulenspiegel und sprachen zu ihm: »Magister, Ihr habt gelehrte Schreiben angeschlagen, daß Ihr eine jegliche Kreatur in kurzer Zeit Lesen und Schreiben lehren wollt. Darum sind die Herren von der Universität hier und wollen Euch einen jungen Esel in die Lehre geben. Traut Ihr es Euch zu, auch ihn zu lehren?« Eulenspiegel sagte ja, aber er müsse Zeit dazu haben, weil es eine des Redens unfähige und unvernünftige Kreatur sei. Darüber wurden sie mit ihm einig auf zwanzig Jahre.

Eulenspiegel dachte: Unser sind drei; stirbt der Rektor, so bin ich frei; sterbe ich, wer will mich mahnen? Stirbt mein Schüler, so bin ich ebenfalls ledig. Er nahm das also an und forderte fünfhundert alte Schock dafür. Und sie gaben ihm etliches Geld im voraus.

Eulenspiegel nahm den Esel und zog mit ihm in die Herberge »Zum Turm«, wo zu der Zeit ein seltsamer Wirt war. Er bestellte einen Stall allein für seinen Schüler, besorgte sich einen alten Psalter und legte den in die Futterkrippe. Und zwischen jedes Blatt legte er Hafer. Dessen wurde der Esel inne und warf um des Hafers willen die

Blätter mit dem Maul herum. Wenn er dann keinen Hafer mehr zwischen den Blättern fand, rief er: »I – A, I – A!« Als Eulenspiegel das bei dem Esel bemerkte, ging er zu dem Rektor und sprach: »Herr Rektor, wann wollt Ihr einmal sehen, was mein Schüler macht?« Der Rektor sagte: »Lieber Magister, will er die Lehre denn annehmen?« Eulenspiegel sprach: »Er ist von unmäßig grober Art, und es wird mir sehr schwer, ihn zu lehren. Jedoch habe ich es mit großem Fleiß und vieler Arbeit erreicht, daß er einige Buchstaben und besonders etliche Vokale kennt und nennen kann. Wenn Ihr wollt, so geht mit mir, Ihr sollt es dann hören und sehen.«

Der gute Schüler hatte aber den ganzen Tag gefastet bis gegen drei Uhr nachmittags. Als nun Eulenspiegel mit dem Rektor und einigen Magistern kam, da legte er seinem Schüler ein neues Buch vor. Sobald dieser es in der

Krippe bemerkte, warf er die Blätter hin und her und suchte den Hafer. Als er nichts fand, begann er mit lauter Stimme zu schreien: »I – A, I – A!« Da sprach Eulenspiegel: »Seht, lieber Herr, die beiden Vokale I und A, die kann er jetzt schon; ich hoffe, er wird noch gut werden.«

Bald danach starb der Rektor. Da verließ Eulenspiegel seinen Schüler und ließ ihn als Esel gehen, wie ihm von Natur bestimmt war. Eulenspiegel zog mit dem erhaltenen Geld hinweg und dachte: solltest du alle Esel zu Erfurt klug machen, das würde viel Zeit brauchen. Er mochte es auch nicht gerne tun und ließ es also bleiben.

Die 30. Historie sagt, wie Eulenspiegel bei Sangerhausen im Lande Thüringen den Frauen die Pelze wusch.

Eulenspiegel kam in das Land Thüringen in das Dorf Nienstedt[1] und bat dort um Herberge. Da kam die Wirtin heraus und fragte ihn, welches Handwerk er ausübe. Eulenspiegel sprach: »Ich bin kein Handwerksgesell, sondern ich pflege die Wahrheit zu sagen.« Die Wirtin entgegnete: »Denen, die die Wahrheit sagen, bin ich besonders günstig gesonnen und beherberge sie gern.« Und als Eulenspiegel umherblickte, sah er, daß die Wirtin schielte. Er sprach: »Schielende Frau, schielende Frau, wo soll ich sitzen, und wo lege ich meinen Stab und Sack hin?« Die Wirtin sagte: »Ach, daß dir nimmer Gutes geschehe[2]! All mein Lebtag hat mir niemand vorgeworfen, daß ich schiele.« Eulenspiegel sprach: »Liebe Wirtin, soll ich allezeit die Wahrheit sagen, so kann ich das nicht verschweigen.« Die Wirtin war damit zufrieden und lachte darüber.

1 Vgl. Anm. S. 288.
2 Nach Agricola (Nr. 626) soll dies ein Fluch besonders der Frauen gewesen sein.

Als Eulenspiegel die Nacht dablieb, kam er mit der Wirtin ins Gespräch. Dabei kam die Rede darauf, daß er alte Pelze waschen könne. Das gefiel der Frau wohl, und sie bat ihn, er möge die Pelze waschen. Sie wolle es ihren Nachbarinnen sagen, daß sie alle ihre Pelze brächten, damit er sie wüsche. Eulenspiegel sagte: »Ja.« Die Frau rief ihre Nachbarinnen zusammen, und sie brachten alle ihre Pelze. Eulenspiegel sprach: »Ihr müßt Milch dazu haben.« Die Frauen hatten Verlangen und Lust nach den neuen Pelzen und holten alle die Milch, die sie in den Häusern hatten. Eulenspiegel setzte drei Kessel aufs Feuer und goß die Milch hinein, warf die Pelze dazu und ließ sie sieden und kochen.

Als es ihm gut dünkte, sprach er zu den Frauen: »Ihr müßt jetzt in den Wald gehen und mir weißes, junges Lindenholz holen und die kleinen Äste davon abreißen.

Wenn ihr wiederkommt, will ich die Pelze herausneh-
men, denn sie sind dann genug eingeweicht. Ich will sie
alsdann auswaschen, und dazu muß ich das Holz
haben.«

Die Weiber gingen willig in den Wald, und ihre Kinder
liefen neben ihnen her. Sie nahmen sie bei den Händen
und sprangen und sangen: »Oho, gute neue Pelze! Oho,
gute neue Pelze!« Eulenspiegel stand und lachte und
sprach: »Ja, wartet, die Pelze sind noch nicht fertig!«

Als die Frauen im Wald waren, legte Eulenspiegel noch
mehr Feuerholz unter und ließ dann die Kessel mit den
Pelzen stehn. Er ging aus dem Dorfe fort und soll noch
wiederkommen und die Pelze auswaschen. Und die
Frauen kamen wieder mit dem Lindenholz, fanden Eulenspiegel nicht und glaubten, daß er hinweg sei. Da
wollte immer eine vor der anderen ihren Pelz aus dem
Kessel nehmen: aber die waren ganz verdorben, so daß
sie auseinanderfielen. Also ließen sie die Pelze stehen und
meinten, er käme noch wieder und würde ihnen die Pelze
auswaschen. Eulenspiegel aber dankte Gott, daß er so
glimpflich davongekommen war.

Die 31. Historie sagt, wie Eulenspiegel mit einem Totenkopf umherzog, um die Leute damit zu berühren, und dadurch viele Opfergaben erhielt.

In allen Landen hatte sich Eulenspiegel mit seiner
Schalkheit bekannt gemacht. Wo er früher einmal gewesen war, da war er nicht mehr willkommen, es sei
denn, daß er sich verkleidete und man ihn nicht erkannte.
Schließlich erging es ihm so, daß er sich mit Müßiggang
nicht mehr zu ernähren traute, und war doch von Jugend
auf guter Dinge gewesen und hatte Geld genug verdient
mit allerlei Gaukelspiel. Als aber seine Schalkheit in allen
Landen bekannt wurde und sein Erwerb ausblieb, da be-

dachte er, was er treiben sollte, um doch mit Müßiggang
Geld zu erwerben. Und er nahm sich vor, sich für einen
Reliquienhändler auszugeben und mit einer Reliquie im
Lande umherzureiten.

Er verkleidete sich zusammen mit einem Schüler in eines
Priesters Gestalt und nahm einen Totenkopf und ließ ihn
in Silber fassen. Er kam in das Land Pommern, wo sich
die Priester mehr an das Saufen halten als an das Predigen. Und wo dann in einem Dorfe Kirchweih oder Hochzeit oder eine andere Versammlung der Landleute war,
da machte sich Eulenspiegel an den Pfarrer heran: er
wolle predigen und den Bauern das Heil der Reliquie
verkünden, auf daß sie sich damit berühren ließen. Von
den frommen Gaben, die er bekäme, wolle er ihm die
Hälfte abgeben. Die ungelehrten Pfaffen waren wohl damit zufrieden, wenn sie nur Geld bekamen.

Und wenn das allermeiste Volk in der Kirche war, stieg
Eulenspiegel auf den Predigtstuhl und sagte etwas von
dem Alten Testament und zog das Neue Testament auch
heran mit der Arche[1] und dem goldenen Eimer, darin das
Himmelsbrot lag[2], und sprach dazu, daß es das größte
Heiligtum sei. Zwischendurch sprach er von dem Haupte
des Sankt Brandanus, der ein heiliger Mann gewesen sei.
Dessen Haupt habe er da, und ihm sei befohlen worden,
damit zu sammeln, um eine neue Kirche zu bauen. Und
das dürfe nur mit reinem Gut geschehen. Bei seinem Leben dürfe er kein Opfergeld nehmen von einer Frau, die
eine Ehebrecherin sei. »Und wenn solche Frauen hier
sind, so sollen sie stehen bleiben. Denn wenn sie mir
etwas opfern wollen und des Ehebruchs schuldig sind, so
nehme ich das nicht, und sie werden vor mir beschämt
stehen. Danach wisset euch zu richten!«

Und er gab den Leuten das Haupt zu küssen, das vielleicht eines Schmiedes Haupt gewesen war, das er von
einem Kirchhof genommen hatte. Dann gab er den Bau-

1 Vgl. 1. Mose 6. 2 Vgl. 2. Mose 16.

ern und Bäuerinnen den Segen, ging von der Kanzel und stellte sich vor den Altar. Und der Pfarrer fing an zu singen und mit einer Schelle zu klingeln. Da gingen die bösen mit den guten Weibern zum Altar mit ihren frommen Gaben; sie drängten sich zum Altar, so daß sie keuchten. Und die Frauen mit üblem Leumund, an dem auch etwas Wahres war, die wollten die ersten sein mit ihrem Opfer. Da nahm er die Opfergaben von Bösen und von Guten und verschmähte nichts. Und so fest glaubten die einfältigen Frauen an seine listige, schalkhafte Sache, daß sie meinten: eine Frau, die stehengeblieben wäre, wäre nicht ehrsam gewesen. Diejenigen Frauen, die kein Geld hatten, opferten einen goldenen oder silbernen Ring. Jede achtete auf die andere, ob sie auch opferte. Und die geopfert hatten, meinten, sie hätten damit ihre Ehre bestätigt und ihren bösen Ruf hinweggenommen.

Auch gab es einige, die zwei- oder dreimal opferten, damit das Volk es sehen und sie aus ihrem schlechten Leumund entlassen sollte. Und Eulenspiegel bekam die schönsten Opfergaben, wie es nie zuvor gehört worden war. Wenn er das Opfer genommen hatte, gebot er unter Androhung des Kirchenbannes allen, die geopfert hatten, keinen Frevel mehr zu begehen, denn sie wären jetzt ganz frei davon. Wären etliche von ihnen schuldig gewesen, hätte er kein Opfer von ihnen entgegengenommen.

Also wurden die Frauen allenthalben froh. Und wo Eulenspiegel hinkam, da predigte er und wurde dadurch reich. Die Leute hielten ihn für einen frommen Prediger, so gut konnte er seine Schalkheit verhehlen.

Die 32. Historie sagt, wie Eulenspiegel die Stadtwächter in Nürnberg munter machte, die ihm über einen Steg nachfolgten und ins Wasser fielen.

Eulenspiegel war erfindungsreich in seinen Schalkheiten. Als er mit dem Totenhaupt weit umhergezogen war und die Leute tüchtig betrogen hatte, kam er nach Nürnberg und wollte da sein Geld verzehren, das er mit der Reliquie gewonnen hatte. Und als er sich eine Zeitlang dort aufgehalten und alle Verhältnisse kennengelernt hatte, konnte er von seiner Natur nicht lassen und mußte auch dort eine Schalkheit tun.

Er sah, daß die Stadtwächter in einem Wächterhaus unterhalb des Rathauses im Harnisch schliefen. Eulenspiegel hatte in Nürnberg Weg und Steg genau kennengelernt. Besonders gut hatte er sich den Brückensteg zwischen dem Saumarkt und dem Wächterhaus angesehen. Darüber ist des Nachts schlecht zu wandeln. Denn manche gute Dirne, wenn sie Wein holen wollte, wurde dort belästigt.

Eulenspiegel wartete also mit seinem Streich, bis die Leute schlafen gegangen waren und es ganz still war. Dann brach er aus diesem Steg drei Bohlen und warf sie in das Wasser, genannt die Pegnitz. Und er ging vor das Rathaus, begann zu fluchen und hieb mit einem alten Messer auf das Pflaster, daß das Feuer daraus sprang. Als die Wächter das hörten, waren sie schnell auf den Beinen und liefen ihm nach. Da Eulenspiegel hörte, daß sie ihm nachliefen, rannte er vor den Wächtern her und nahm die Flucht zu dem Saumarkt hin, die Wächter immer hinter ihm her. Er kam mit knapper Not vor ihnen an die Stelle, wo er die Bohlen herausgebrochen hatte, und behalf sich, so gut er konnte, um über den Steg zu kommen. Und als er hinübergekommen war, rief er mit lauter Stimme: »Hoho, wo bleibt ihr denn, ihr verzagten Bösewichter?« Da das die Wächter hörten, liefen sie ihm eilends und ohne allen Argwohn nach, und jeder wollte der erste sein. Also fiel einer nach dem anderen in die Pegnitz. Die Lücke im Steg war so eng, daß sie sich an allen Stellen die Mäuler zerschlugen. Da rief Eulenspiegel: »Hoho, lauft ihr noch nicht? Morgen laufet mir weiter nach! Zu diesem Bad wäret ihr morgen noch früh genug gekommen. Du hättest nicht halb so schnell zu jagen brauchen, du wärst noch immer zur rechten Zeit gekommen.« Also brach sich der eine ein Bein, der andere einen Arm, der dritte schlug sich ein Loch in den Kopf, so daß keiner ohne Schaden davonkam.

Als Eulenspiegel diese Schalkheit vollbracht hatte, blieb er nicht mehr lange in Nürnberg, sondern zog wieder weiter. Denn es war ihm nicht lieb, geschlagen zu werden, wenn sein Streich herauskäme: die Nürnberger würden ihn nicht als Spaß angesehen haben.

Die 33. Historie sagt, wie Eulenspiegel in Bamberg um Geld aß.

Als Eulenspiegel von Nürnberg kam, verdiente er mit List einmal Geld in Bamberg. Er war sehr hungrig und kam in einer Wirtin Haus, die hieß Frau Küngine. Sie war eine fröhliche Wirtin und hieß ihn willkommen, denn sie sah an seinen Kleidern, daß er ein seltsamer Gast war.

Als man morgens essen wollte, fragte ihn die Wirtin, wie er es halten möchte: ob er ein vollständiges Frühstück einnehmen oder nur einzelne Kleinigkeiten essen wolle. Eulenspiegel antwortete, er sei ein armer Gesell und bitte sie, ihm etwas um Gottes Lohn zu essen zu geben. Die Wirtin sprach: »Freund, an den Fleisch- und Brotbänken gibt man mir nichts umsonst, ich muß Geld dafür zahlen. Darum muß ich für das Essen auch Geld bekommen.« Eulenspiegel sagte: »Ach, Frau, es dient auch mir wohl, um Geld zu essen. Um was oder um wieviel soll ich hier essen und trinken?« Die Frau sprach: »An der Herren Tisch um 24 Pfennige, an dem Tisch daneben um 18 Pfennige und mit meinem Gesinde um 12 Pfennige.« Darauf antwortete Eulenspiegel: »Frau, das meiste Geld dient mir am allerbesten.« Und er setzte sich an die Herrentafel und aß sich sogleich satt.

Als er fertig war und gut gegessen und getrunken hatte, sagte er zur Wirtin, sie möge ihn abfertigen; er müsse wandern, denn er habe nicht viel Reisegeld. Die Frau sprach: »Lieber Gast, gebt mir das Essensgeld, 24 Pfennige, und geht, wohin Ihr wollt, Gott geleite Euch!« »Nein«, sagte Eulenspiegel. »Ihr sollt mir 24 Pfennige geben, wie Ihr gesagt habt. Denn Ihr sprach, an der Tafel esse man das Mahl um 24 Pfennige. Das habe ich so verstanden, daß ich damit Geld verdienen sollte, und

es wurde mir schwer genug. Ich aß, daß mir der Schweiß ausbrach und als ob es Leib und Leben gegolten hätte. Mehr hätte ich nicht essen können. Darum gebt mir meinen sauer verdienten Lohn.« »Freund«, sprach die Wirtin, »das ist wahr: Ihr habet wohl für drei Mann gegessen. Aber daß ich Euch dafür auch noch lohnen soll, das reimt sich nicht zusammen. Doch ist es mir nicht um diese Mahlzeit zu tun, Ihr mögt damit hinweggehen. Ich gebe Euch aber nicht noch Geld dazu, denn das wäre verloren; doch begehre ich auch kein Geld von Euch. Kommt mir aber nicht wieder her! Denn sollte ich meine Gäste das Jahr über also speisen und nicht mehr Geld einnehmen als von Euch, so müßte ich auf solche Weise von Haus und Hof lassen.«
Da schied Eulenspiegel von dannen und erntete nicht viel Dank.

Die 34. Historie sagt, wie Eulenspiegel nach Rom zog und den Papst sah, der ihn für einen Ketzer hielt.

Mit durchtriebener Schalkheit war Eulenspiegel reich ausgestattet[1]. Als er nun alle listigen Schelmenstreiche versucht hatte, dachte er an das alte Sprichwort: Geh nach Rom, frommer Mann, komme wieder nequam[2].
Also zog er nach Rom. Dort betrieb er seine Schalkheit auch und nahm Herberge bei einer Witwe. Die sah, daß Eulenspiegel ein schöner Mann war, und fragte ihn, woher er komme. Eulenspiegel sagte, er sei aus dem Lande Sachsen und ein Osterling[3]. Nach Rom sei er gekommen,

1 Die Frühdrucke haben »geweihet«.
2 Nequam (lateinisch) = als Taugenichts.
3 Der von Osten kommende (gemeint waren mit »Osterlingen« besonders die nach der Ostsee Handel treibenden Hanseaten), so nach Grimm. Honegger S. 89 übersetzt Osterling mit »Hanseat.«; vgl. ferner Hucker, Eul.-Jb. 1978, 21.

101

um mit dem Papst zu sprechen. Da sagte die Frau: »Freund, den Papst mögt Ihr wohl sehen können, aber ob Ihr mit ihm reden könnt, daß weiß ich nicht. Ich bin hier geboren und erzogen und stamme von den obersten Geschlechtern, aber ich habe noch nie mit ihm sprechen können. Wie wolltet Ihr denn das so bald zuwege bringen? Ich gäbe wohl hundert Dukaten darum, daß ich mit ihm reden könnte.« Eulenspiegel antwortete: »Liebe Wirtin, wenn ich die Gelegenheit finde, Euch vor den Papst zu bringen, so daß Ihr mit ihm reden könnt, wollt Ihr mir dann die hundert Dukaten geben?« Die Frau war eilfertig und gelobte ihm die hundert Dukaten bei ihrer Ehre, wenn er das zuwege bringe. Aber sie meinte, es sei ihm unmöglich, solches zu tun, denn sie wußte wohl, daß es viel Mühe und Arbeit kosten würde. Eulenspiegel sprach: »Liebe Wirtin, wenn es nun also geschieht, so begehre ich die hundert Dukaten.« Sie sagte: »Ja«, aber sie dachte: Du bist noch nicht vor dem Papst.

Eulenspiegel wartete, denn alle vier Wochen einmal mußte der Papst eine Messe lesen in der Kapelle, die da heißt Jerusalem zu Sankt Johannis Lateranen. Als nun der Papst die Messe las, drängte sich Eulenspiegel in die Kapelle und so nahe wie möglich an den Papst heran. Als dieser die Stillmesse[4] hielt, kehrte Eulenspiegel dem Sakrament den Rücken. Das sahen die Kardinäle. Und als der Papst den Segen über den Kelch sprach, da kehrte sich Eulenspiegel abermals um.

Als nun die Messe zu Ende war, sagten die Kardinäle zum Papst, daß eine Person, nämlich ein schöner Mann, bei der Messe gewesen sei, die während der Stillmesse seinen Rücken gegen den Altar gekehrt habe. Der Papst sprach: »Es ist notwendig, daß man das untersucht, denn es geht die heilige Kirche an. Wenn man den Unglauben

---

4 Stillmesse ist der mit dem Sanctus anfangende und mit dem Pater noster endigende Teil der Messe, die die Wandlung (Transsubstantiation) umfaßt. Dieser Teil ist vom Priester zu flüstern (nach Lindow Fn. 10).

nicht straft, ist das Unrecht gegen Gott. Und hat der Mensch solches getan, so ist zu befürchten, daß er im Unglauben lebt und kein guter Christ ist.« Und er ordnete an, man solle den Menschen vor ihn bringen.

Die Boten kamen zu Eulenspiegel und sprachen, er müsse vor den Papst kommen. Eulenspiegel ging sogleich mit ihnen vor den Papst. Da fragte der Papst, was er für ein Mann sei. Eulenspiegel antwortete, er sei ein guter Christenmensch. Der Papst fragte weiter, was er für einen Glauben habe. Eulenspiegel sagte, er habe denselben Glauben, den seine Wirtin habe, und nannte sie beim Namen, der wohlbekannt war. Da bestimmte der Papst, daß auch die Frau vor ihn kommen solle.

Der Papst fragte die Frau, was sie für einen Glauben habe. Die Frau antwortete, sie glaube den Christenglauben und was ihr die heilige christliche Kirche gebiete und

103

verbiete. Sie habe keinen anderen Glauben. Eulenspiegel
stand dabei und begann, den Mund listig zum Lachen zu
verziehen. Er sprach: »Allergnädigster Vater, du Knecht
aller Knechte[5], denselben Glauben habe ich auch, ich bin
ein guter Christenmensch.« Der Papst sagte: »Warum
kehrst du dann dem Altar den Rücken während der Stillmesse?« Eulenspiegel sprach: »Allerheiligster Vater, ich
bin ein armer, großer Sünder und zeihe mich solcher Sünden, daß ich des Altars nicht würdig bin, bis ich meine
Sünden gebeichtet habe.« Damit war der Papst zufrieden,
verließ Eulenspiegel und ging in seinen Palast.
Eulenspiegel ging in seine Herberge und mahnte seine
Wirtin um die hundert Dukaten; die mußte sie ihm geben. Und Eulenspiegel blieb Eulenspiegel nach wie vor
und wurde durch die Romfahrt nicht viel gebessert.

Die 35. Historie sagt, wie Eulenspiegel die Juden in Frankfurt am Main um tausend Gulden betrog, indem er ihnen seinen Dreck als Prophetenbeere verkaufte.

Niemand soll betrübt sein, wenn den listigen Juden
ein Auge zugehalten wird[1]. Als Eulenspiegel von
Rom kam, reiste er nach Frankfurt am Main. Dort war
gerade Messezeit. Eulenspiegel ging hin und her und sah,
welches Kaufmannsgut jeder feilbot. Da gewahrte er einen jungen, starken Mann, der trug gute Kleider und
hatte einen kleinen Krämerstand mit Bisam[2] aus Alexandria, den er über die Maßen teuer anbot. Da dachte Eulenspiegel: Ich bin auch ein fauler, starker Kerl, der nicht
gerne arbeitet; könnte ich mich auch so leicht ernähren
wie dieser, so gefiele mir das wohl.

5 Vgl. Anm. S. 291.
1 Bildliche Redensart für betrügen, vgl. Lappenberg S. 459.
2 Mit Bisam wird der Duftstoff des salbenähnlichen Drüsensekrets männlicher
Moschustiere bezeichnet. In früherer Zeit als Arznei- und Parfummittel verwandt;
heute nur noch in der Parfumherstellung gebraucht.

Des Nachts lag er schlaflos und dachte über seinen Nahrungserwerb nach. Da biß ihn ein Floh in den Hintern. Nach dem grappelte er eilig und fand etliche Knötlein im Hintern. Da dachte er: das müssen die kleinen Dinger sein, die man »Lexulvander«[3] nennt, von denen der Bisam herkommt. Als er des Morgens aufgestanden war, kaufte er grauen und roten Zendel[4] und band die Knötlein darein. Er besorgte sich eine Bank, wie sie die Krämer zu haben pflegen, kaufte sich andere Spezereien hinzu und stellte sich mit seinem Kram vor dem Römer[5] auf. Da kamen viele Leute zu ihm, besahen seine seltsamen

---

3 So S 1515; S 1519 bietet »Levuluonder«; eine unklare Stelle. Lappenberg S. 49 Fn. 2, Pannier S. 70, Bobertag S. 67 und Lindow Fn. 10 vermuten wohl mit Recht einen derben Ausdruck, etwa »Leck-selbander« (mit Anspielung auf scharfen Geruch); vgl. auch Virmond S. 139.
4 Leichter Seidenstoff, eine Art Taft (vgl. Grimm, Zendel).
5 Name des Rathauses in Frankfurt/Main (erbaut im 14. Jh.).

Waren und fragten ihn, was er Sonderbares feilböte. Denn es war eine merkwürdige Kaufmannsware: sie war in einem Bündel gebunden, wie Bisam, und roch gar sonderbar. Aber Eulenspiegel gab niemandem rechten Bescheid über sein Kaufmannsgut, bis drei reiche Juden zu ihm kamen und nach seiner Ware fragten. Denen gab er zur Antwort, es seien echte Prophetenbeeren. Wer eine davon in den Mund nähme und danach in die Nase stecke, der könne von Stund an wahrsagen. Da gingen die Juden beiseite und beratschlagten eine Weile unter sich. Zuletzt sprach der alte Jude: »Damit könnten wir wohl weissagen, wann unser Messias kommt, was uns Juden ein nicht kleiner Trost wäre.« Und sie beschlossen, daß sie die Ware kaufen wollten, wieviel sie auch dafür geben müßten.

Also gingen sie wieder zu Eulenspiegel und sprachen: »Kaufherr, was soll, mit einem Wort gesagt, eine Prophetenbeere kosten?« Eulenspiegel bedachte sich kurz: Fürwahr, wenn ich Ware habe, beschert mir unser Herrgott auch Käufer; den Juden dient diese Kost wohl. Und er sagte: »Ich gebe eine für tausend Gulden. Wenn ihr die nicht geben wollt, ihr Hunde, so geht nur hinweg und laßt mir den Dreck stehn.« Um Eulenspiegel nicht zu erzürnen und seine Ware zu bekommen, zahlten sie ihm sogleich das Geld und nahmen eine der Beeren. Eilends gingen sie damit nach Hause und ließen alle Juden, alt und jung, zusammenrufen[6].

Als sie beisammen waren, stand der älteste Rabbi auf, genannt Alpha, und erzählte, wie sie durch den Willen Gottes eine Prophetenbeere bekommen hätten. Die sollte einer von ihnen in den Mund nehmen und dann die Ankunft des Messias verkündigen, damit ihnen Heil und Trost davon komme. Sie alle sollten sich darauf vorbereiten mit Fasten und Beten. Und nach drei Tagen sollte Isaak die Beere mit großer Feierlichkeit einnehmen.

6 Wohl in der Synagoge, vgl. Bobertag S. 65.

Das geschah also. Als er sie im Munde hatte, fragte ihn
Moses: »Lieber Isaak, wie schmeckt es denn?« »Gottes
Diener, wir sind von dem Goj[7] betrogen, es ist nichts
anderes als Menschendreck.« Da rochen sie alle so lange
an der Prophetenbeere, bis sie das Holz erkannten, auf
dem die Beere gewachsen war.
Aber Eulenspiegel war hinweg und schlemmte tüchtig, so
lange das Geld der Juden reichte.

Die 36. Historie sagt, wie Eulenspiegel zu Quedlinburg Hühner kaufte und der Bäuerin für das Geld ihren eigenen Hahn zum Pfande ließ.

Früher waren die Leute nicht so gewitzt wie jetzt, besonders nicht die Landleute. Einmal kam Eulenspiegel nach Quedlinburg, da war gerade Wochenmarkt, und
Eulenspiegel hatte nicht viel Zehrgeld. Denn wie er sein
Geld gewann, so zerrann es wieder. Und er dachte nach,
wie er wieder zu Geld kommen könnte.
Nun saß eine Bäuerin auf dem Markte und hielt einen
Korb voll guter Hühner samt einem Hahn feil. Eulenspiegel fragte, was ein Paar Hühner kosten solle. Sie antwortete ihm: »Das Paar zwei Stephansgroschen.« Eulenspiegel sprach: »Wollt Ihr sie nicht billiger geben?« Die Frau
sagte: »Nein.« Da nahm Eulenspiegel den Korb mit den
Hühnern und ging auf das Burgtor zu. Die Frau lief ihm
nach und sprach: »Käufer, wie soll ich das verstehen?
Willst du mir die Hühner nicht bezahlen?« Eulenspiegel
sagte: »Ja, gern, ich bin der Äbtissin Schreiber.« »Danach frage ich nicht«, sprach die Bäuerin, »willst du die
Hühner haben, so bezahle sie. Ich will mit deinem Abt
oder deiner Äbtissin nichts zu tun haben. Mein Vater hat
mich gelehrt: ich soll von denen nichts kaufen noch ihnen

7 S 1519 bietet »Gohen« = Goi, Goj, neuhebräisch »Nichtjude«; S 1515 druckt
»Gecken«.

etwas verkaufen oder borgen, vor denen man sich neigen oder die Kappe ziehen muß. Darum bezahl mir die Hühner, hörst du wohl?« Eulenspiegel sagte: »Frau, Ihr seid kleingläubig! Es wäre nicht gut, wenn alle Kaufleute so wären! Sonst müßten alle guten Kameraden schlecht bekleidet einhergehen. Aber damit Ihr des Eurigen gewiß seid, so nehmt hier den Hahn zum Pfand, bis ich Euch den Korb und das Geld bringe.«

Die gute Frau meinte, sie sei wohl versorgt, und nahm ihren eigenen Hahn zum Pfand. Aber sie wurde betrogen. Denn Eulenspiegel blieb mit den Hühnern und mit dem Geld aus. Da ging es ihr wie denen, die bisweilen ihre Sachen aufs allergenaueste besorgen wollen: die betrügen sich manchmal zuallererst selbst[1].

---

[1] In Luthers Sprichwörtersammlung ist verzeichnet: »Er hat sich mit seiner Klugheit beschissen« (Müller-Jabusch S. 59). Der Sinn ist: die Übervorsichtigen werden bestraft (Lindow Fn. 13).

So schied Eulenspiegel von dannen und ließ die Bäuerin sich sehr erzürnen über den Hahn, der sie um die Hühner gebracht hatte.

Die 37. Historie sagt, wie der Pfarrer von Hoheneggelsen[1] Eulenspiegel eine Wurst wegfraß, die ihm danach nicht gut bekam.

Als Eulenspiegel in Hildesheim war, kaufte er eine gute rote Wurst am Fleischstand und ging weiter nach Hoheneggelsen. Dort war er mit dem Pfarrer gut bekannt. Und es war an einem Sonntagmorgen, als er dort ankam. Der Pfarrer hielt die Frühmesse, damit er zeitig essen konnte. Eulenspiegel ging in die Pfarre und bat die Köchin, ihm die rote Wurst zu braten. Die Köchin sagte ja. Dann ging Eulenspiegel in die Kirche. Die Frühmesse war gerade aus, und ein anderer Priester begann mit dem Hochamt, das Eulenspiegel zu Ende hörte. Inzwischen war der Pfarrer nach Hause gegangen und sagte zu der Magd: »Ist hier noch nichts gar gekocht, daß ich einen Bissen essen könnte?« Die Köchin sprach: »Hier ist nichts gekocht als eine rote Wurst, die Eulenspiegel gebracht hat; die ist gar. Er wollte sie essen, wenn er aus der Kirche käme.« Der Pfarrer sagte: »Lang mir die Wurst her, ich will einen Bissen davon essen.« Die Magd reichte ihm die Wurst. Dem Pfarrer schmeckte die Wurst so gut, daß er sie ganz auffraß und zu sich selber sprach: »Segne mir es Gott, es hat mir wohl geschmeckt, die Wurst ist gut gewesen.« Und er sagte zu der Magd: »Gib Eulenspiegel Speck und Kohl zu essen, wie er es gewöhnt ist! Das bekommt ihm viel besser.« Und als das Hochamt zu Ende war, ging Eulenspiegel wieder in den Pfarrhof und wollte von seiner Wurst essen. Da hieß ihn der Pfarrer willkommen, dankte ihm für die Wurst und sagte, wie sie ihm so gut geschmeckt habe,

1 15 km nordöstlich Hildesheim.

und setzte ihm Speck und Kohl vor. Eulenspiegel schwieg still, aß, was da gekocht war, und ging am Montag wieder hinweg. Der Pfarrer rief Eulenspiegel nach: »Höre, wenn du wieder hierher kommst, so bring zwei Würste mit, eine für mich und eine für dich. Was du dafür zahlst, das will ich dir wiedergeben. Und dann wollen wir redlich schlemmen, daß uns die Mäuler vor Fett triefen.« Eulenspiegel sprach: »Ja, Herr Pfarrer, es soll geschehen nach Euern Worten. Ich will Eurer wohl gedenken mit den Würsten.«

Dann ging er wieder nach der Stadt Hildesheim. Und es geschah gerade wie nach seinem Willen, daß der Abdecker eine tote Sau zur Abfallgrube fuhr. Da bat Eulenspiegel den Abdecker, er möge Geld nehmen und ihm von der Sau zwei rote Würste machen; und er zahlte ihm dafür etliche Silberpfennige. Der Abdecker tat das und machte

ihm zwei schöne, rote Würste. Die nahm Eulenspiegel und sott sie halb gar, wie man mit Würsten zu tun pflegt.

Am nächsten Sonntag ging er wieder nach Hoheneggelsen, und es traf sich, daß der Pfarrer abermals die Frühmesse hielt. Da ging Eulenspiegel auf den Pfarrhof, brachte der Köchin die zwei Würste und bat sie, die Würste für den Imbiß zu braten. Der Pfarrer solle die eine haben und er die andere. Dann ging er in die Kirche.

Also setzte die Magd die Würste auf das Feuer und briet sie. Als die Messe zu Ende war, wurde der Pfarrer Eulenspiegels gewahr, ging sogleich aus der Kirche in den Pfarrhof und sprach: »Eulenspiegel ist hier. Hat er auch die Würste mitgebracht?« Die Köchin sagte: »Ach ja, zwei so schöne Würste, wie ich sie kaum gesehen habe. Und gleich sind alle beide fertig gebraten.« Sie ging und nahm die eine von der Glut, und es gelüstete sie auch nach der Wurst, so gut wie dem Pfarrer. Und sie setzten sich beide zusammen nieder. Während sie so begierig die Wurst aßen, begannen ihnen die Mäuler vor Fett zu schäumen. Ein anderer Mann sah und hörte, daß der Pfarrer zu der Köchin sprach: »Ach, meine liebe, traute Magd, sieh, wie schäumt dir der Mund!« Und die Magd sprach wieder zu dem Pfarrer: »Ach, lieber Herr, sogleich ist Euer Mund auch so!«

Darüber kam Eulenspiegel von der Kirche hereingegangen. Da sprach ihn der Pfarrer an: »Sieh, was du für Würste gebracht hast! Schau, wie mir und meiner Haushälterin die Münder triefen!« Eulenspiegel lachte und sprach: »Gott segne es Euch, Herr Pfarrer! Euch geschieht nach Euerm Begehren, da Ihr mir nachrieft, ich solle zwei Würste mitbringen. Davon wolltet Ihr essen, daß Euch der Mund schäume. Aber des Schäumens achte ich nicht, wenn nur nicht das Speien hinterher kommt. Ich bin sicher, es wird bald hinterher kommen. Denn wovon die zwei Würste gemacht sind, das war eine verendete Sau, die schon vier Tage tot war. Darum mußte ich das Fleisch sauber seifen, und davon kommt Euch der Schaum.«

Die Köchin fing an zu zürnen und spie über den Tisch hin, desgleichen auch der Pfarrer. Der rief: »Geh schnell aus meinem Haus, du Schalk und Bube!« und ergriff einen Knüttel und wollte ihn damit werfen und schlagen. Eulenspiegel sprach: »Das stehet einem frommen Mann nicht wohl an! Ihr hießet mich doch die Würste bringen, habt sie beide gegessen und wollt mich jetzt mit Knütteln schlagen und werfen. Bezahlt mir doch zuerst die beiden Würste, ich schweige von der dritten!«

Der Pfarrer wurde zornig und tobte sehr. Er sprach, Eulenspiegel solle künftig seine faulen Würste, die er aus der Abfallgrube geholt habe, selber essen und sie ihm nicht in sein Haus bringen. Eulenspiegel sagte: »Ich habe sie Euch doch ohne Euren Willen nicht in den Leib gesteckt. Freilich hätte ich diese Würste nicht essen mögen. Aber die erste Wurst hätte ich wohl gemocht. Die habt Ihr mir ohne meine Erlaubnis aufgegessen. Habt Ihr nun die gute erste Wurst gefressen, so eßt auch die schlechten Würste hinterher!« Und er sprach: »Ade, gute Nacht!«

Die 38. Historie sagt, wie Eulenspiegel dem Pfarrer zu Kissenbrück sein Pferd mit einer falschen Beichte abschwatzte.

Eine böse Schalkheit ließ sich Eulenspiegel nicht entgehen in dem Dorfe Kissenbrück im Asseburger Gerichtsbezirk. Da wohnte ein Pfarrer, der eine gar schöne Haushälterin hatte und dazu ein kleines, hübsches, munteres Pferd. Die hatte der Pfarrer alle beide sehr gern, das Pferd und auch die Magd. Nun war der Herzog von Braunschweig zu dieser Zeit in Kissenbrück gewesen und hatte den Pfarrer durch andere Leute mehrfach gebeten, ihm das Pferd zu überlassen, er wolle ihm dafür mehr geben, als es wert sei. Der Pfarrer schlug es aber dem Fürsten allezeit ab. Er wollte das Pferd nicht verlieren, weil er es so gern hatte. Der Fürst wagte auch nicht, ihm das Pferd wegnehmen zu lassen, denn das Gericht unterstand dem Rat von Braunschweig[1].

Eulenspiegel hatte diese Dinge gehört und wohl verstanden und sprach zu dem Fürsten: »Gnädiger Herr, was wollt Ihr mir schenken, wenn ich Euch das Pferd des Pfaffen zu Kissenbrück herbeischaffe?« »Wenn du das tust«, sprach der Herzog, »will ich dir den Rock geben, den ich jetzt anhabe.« Und das war ein roter, mit Perlen bestickter Schamlot[2].

Eulenspiegel nahm das an und ritt von Wolfenbüttel in das Dorf zur Herberge beim Pfarrer. Er war in des Pfarrers Haus wohlbekannt, denn er war oft vorher bei ihm gewesen und ihm willkommen. Als er nun etwa drei Tage dort gewesen war, da gebärdete er sich, als ob er ganz krank sei, ächzte laut und legte sich nieder. Dem Pfaffen und seiner Haushälterin tat es leid, und sie wußten keinen Rat, was sie tun sollten. Zuletzt wurde Eulenspiegel so krank, daß ihn der Pfaffe anredete und ihn bat, er möge beichten und das Abendmahl nehmen. Eulenspiegel war durchaus dazu geneigt. Der Pfarrer wollte ihm selbst die Beichte abnehmen und ihn aufs schärfste befragen. Er sprach, Eulenspiegel möge an seine Seele denken, denn er habe sein Leben lang viel Abenteuer getrieben. Er sorge sich, ob ihm Gott der Allmächtige seine Sünden vergeben werde. Eulenspiegel sprach ganz kränklich zu dem Pfarrer: er wisse nichts, das er getan habe, außer einer Sünde; die aber dürfe er ihm nicht beichten. Er möge ihm einen anderen Pfaffen holen, dem wolle er sie beichten. Denn wenn er sie ihm offenbare, so besorge er, daß er ihm darum zürnen würde.

1 Der Herzog konnte also keine Willkür walten lassen.
2 Wollrock aus Kamelhaar, vgl. Näheres bei Grimm.

113

Als der Pfarrer das hörte, meinte er, dahinter sei etwas verborgen, und das wollte er wissen. Er sprach: »Lieber Eulenspiegel, der Weg ist weit, ich kann den anderen Pfaffen nicht so schnell erreichen. Wenn du aber inzwischen stirbst, so hätten du und ich vor Gott dem Herrn die Schuld, wenn es deshalb mit dir versäumt würde. Sage es mir! Die Sünde wird so schwer nicht sein, ich will dich davon lossprechen. Was hülfe es auch, wenn ich böse würde? Ich darf doch die Beichte nicht offenbaren.« Da sagte Eulenspiegel: »So will ich das wohl beichten.« Die Sünde sei auch nicht so schwer. Sondern ihm sei es nur leid, daß der Pfarrer zornig werden würde, denn es beträfe ihn. Da verlangte es den Pfarrer noch mehr, es zu wissen. Und er sprach: wenn er ihm etwas gestohlen, sonst etwas angetan, ihn geschädigt habe oder was es auch sei, Eulenspiegel möge es ihm beichten. Er wolle es ihm vergeben und ihn nimmer darum hassen.

Eulenspiegel sprach: »Ach, lieber Herr, ich weiß, Ihr werdet mir darum zürnen. Doch ich fühle und fürchte, daß ich bald von hinnen scheiden muß. Ich will es Euch sagen. Gott weiß, ob Ihr zornig oder böse werdet. Lieber Herr, das ist es: ich habe bei Eurer Magd geschlafen.« Der Pfaffe fragte, wie oft das geschehen sei. Eulenspiegel antwortete: »Nur fünfmal.« Der Pfaffe dachte: dafür soll sie fünf Hiebe bekommen.

Er absolvierte[3] Eulenspiegel sogleich, ging in die Kammer und ließ seine Magd zu sich kommen. Er fragte sie, ob sie bei Eulenspiegel geschlafen habe. Die Köchin sprach nein, das sei gelogen. Der Pfaffe sagte, Eulenspiegel habe es ihm doch gebeichtet, und er glaube es ihm auch. Die Haushälterin sprach: »Nein«, der Pfaffe sprach: »Ja« und erwischte einen Stecken und schlug sie braun und blau. Eulenspiegel lag im Bett, lachte und dachte bei sich selbst: Nun will das Spiel gut werden und ein rechtes Ende nehmen. Und er lag den ganzen Tag so.

3 Sprach ihn seiner Sünden ledig.

In der Nacht aber wurde er gesund, stand des Morgens auf und sprach, es gehe ihm besser, er müsse in ein anderes Land. Der Pfarrer möge berechnen, was er während der Krankheit verzehrt habe. Der Pfaffe rechnete mit ihm ab, war aber so irr in seinem Sinn, daß er nicht wußte, was er tat. Er berechnete Geld und nahm doch kein Geld und war mit allem zufrieden, wenn Eulenspiegel nur von dannen ritte. Ebenso ging es der Köchin, die um seinetwillen geschlagen worden war.

Als Eulenspiegel bereit war und gehen wollte, sprach er zu dem Pfaffen: »Herr, seid daran erinnert, daß Ihr die Beichte offenbart habt[4]! Ich will nach Halberstadt zum Bischof gehn und ihm das von Euch berichten.« Der Pfaffe vergaß seinen Zorn, als er hörte, daß Eulenspiegel ihn in Schwierigkeiten bringen wollte. Er fiel ihm zu Fü-

4 Und damit das Beichtgeheimnis verletzt habt!

ßen und bat ihn mit großem Ernst zu schweigen. Es sei im Jähzorn geschehen. Er wolle ihm zwanzig Gulden geben, damit er ihn nicht anzeige. Eulenspiegel sprach: »Nein, ich wollte nicht einmal hundert Gulden nehmen, um das zu verschweigen. Ich will gehen und es vorbringen, wie es sich gebührt.« Der Pfaffe bat die Magd mit tränenden Augen, sie solle Eulenspiegel fragen, was er von ihm haben möchte; das wolle er ihm geben. Schließlich sagte Eulenspiegel, wenn der Pfaffe ihm sein Pferd geben wolle, so wolle er schweigen, und es solle ungemeldet bleiben. Er wolle aber nichts anderes nehmen als das Pferd. Der Pfaffe hatte das Pferd sehr gern und hätte Eulenspiegel lieber seine ganze Barschaft gegeben, als von dem Pferde zu lassen. Und doch trennte er sich von ihm, wenn auch gegen seinen Willen, denn die Not brachte ihn dazu.

Er gab Eulenspiegel das Pferd und ließ ihn damit fortreiten. Also ritt Eulenspiegel mit des Pfaffen Pferd nach Wolfenbüttel. Als er auf den Stadtwall kam, stand der Herzog auf der Zugbrücke und sah Eulenspiegel mit dem Pferd dahertraben. Sogleich zog der Fürst den Rock aus, den er Eulenspiegel versprochen hatte, ging zu ihm und sprach: »Schau her, mein lieber Eulenspiegel, hier ist der Rock, den ich dir versprochen habe!« Da sprang Eulenspiegel vom Pferd und sagte: »Gnädiger Herr, hier ist Euer Pferd.« Er hatte sich den großen Dank des Herzogs verdient und mußte ihm erzählen, wie er das Pferd von dem Pfaffen an sich gebracht hatte. Darüber lachte der Fürst und war fröhlich und gab Eulenspiegel ein anderes Pferd zu dem Rock.

Der Pfarrer aber trauerte um das Pferd und schlug die Köchin noch oft und heftig darum, so daß sie ihm entlief. Da war er ihrer beide ledig, des Pferdes und der Magd.

Die 39. (16.) Historie sagt, wie Eulenspiegel in dem Dorfe Peine[1] einem kranken Kinde zum Scheißen verhalf und großen Dank verdiente.

Recht bewährte Arznei scheut man zuweilen wegen eines kleinen Geldbetrages, und man muß den herumziehenden Händlern oft noch viel mehr geben. So geschah es einmal im Stift Hildesheim. Dahin kam einst auch Eulenspiegel, und zwar in eine Herberge, deren Wirt nicht daheim war. Eulenspiegel war dort gut bekannt. Die Wirtin hatte ein krankes Kind. Eulenspiegel fragte die Wirtin, was dem Kinde fehle und was es für eine Krankheit habe. Da sprach die Wirtin: »Das Kind kann nicht zu Stuhl gehen. Könnte es zu Stuhl gehen, so würde es mit ihm besser werden.« Eulenspiegel sagte: »Da gibt es noch guten Rat.« Die Frau sprach, wenn er

117

etwas dazu tun könne und dem Kinde hülfe, so wolle sie ihm geben, was er haben wolle. Eulenspiegel sagte, dafür wolle er nichts nehmen, das sei ihm eine leichte Kunst: »Wartet eine kleine Weile, es soll bald geschehen.«

Nun hatte die Frau hinten im Hof etwas zu tun und ging dorthin. Derweilen schiß Eulenspiegel einen großen Haufen an die Wand, stellte gleich des Kindes Kackstühlchen darüber und setzte das kranke Kind darauf. Als die Frau wieder aus dem Hof zurückkam, sah sie das Kind auf dem Stühlchen sitzen und sprach: »Ach, wer hat das getan?« Eulenspiegel sagte: »Das habe ich getan. Ihr sagtet, das Kind könne nicht zu Stuhl gehn, also habe ich es darauf gesetzt.« Da wurde sie gewahr, was unter dem Stuhle lag, und sprach: »Ach, lieber Eulenspiegel, seht her, das hat dem Kind im Leibe gelegen! Habt Dank, daß Ihr dem Kind geholfen habt!« Eulenspiegel sagte: »Von dieser Arznei kann ich viel machen mit Gottes Hilfe.«

Die Frau bat ihn freundlich, daß er auch sie diese Kunst lehre, sie wolle ihm dafür geben, was er haben wolle. Da sagte Eulenspiegel, daß er reisefertig sei. Wenn er aber wiederkäme, so wolle er sie die Kunst lehren.

Er sattelte sein Pferd und ritt gen Rosenthal[2]. Doch kehrte er wieder um, ritt wieder auf Peine zu und wollte hindurch reiten nach Celle[3]. Da standen halbnackte Bankerte[4] von der Burg und fragten Eulenspiegel, welchen Weg er daherkäme. Eulenspiegel sprach: »Ich komme von Koldingen[5].« Denn er sah wohl, daß sie nicht viel anhatten. Sie sagten: »Höre, wenn du von Kol-

1 20 km nordwestlich von Braunschweig.
2 Etwa 5 km südwestlich von Peine.
3 Etwa 35 km nordwestlich von Peine.
4 Die Stelle ist unklar oder jedenfalls mehrdeutig. In den Frühdrucken steht »Bankressen«. Das kann »Bankerte« (Bastarde) bedeuten, d. h. uneheliche Kinder des Adels (Näheres bei Grimm). Lindow (Fn. 11) bietet als weitere Deutungsmöglichkeiten: »Bankriese« = nicht uniformierte, dürftig gekleidete Wächter; »Bankrese« = fauler Schlingel, der auf der Bank liegt.
5 Wortspiel mit »kold« (niederdeutsch für kalt) und dem Namen Koldingen. Dieser Ort liegt rd. 30 km südwestlich von Peine (südlich Hannover an der B 443).

118

dingen kommst, was läßt uns denn der Winter sagen?«
Eulenspiegel sprach: »Der will euch nichts sagen lassen,
er will euch selber ansprechen.« Und er ritt weiter und
ließ die halbnackten Buben stehn.

Die 40. (39.) Historie sagt, wie Eulenspiegel sich bei einem Schmied verdingte und wie er ihm die Bälge in den Hof trug.

Eulenspiegel kam nach Rostock im Lande Mecklenburg und verdingte sich dort als Schmiedegeselle.
Der Schmied hatte eine Redensart: wenn der Geselle
kräftig den Blasebalg treten sollte, sprach er: »Haho,
folge mit den Bälgen nach!«[1] Nun stand Eulenspiegel
auf den Bälgen und blies. Da sprach der Schmied zu
Eulenspiegel mit harten Worten: »Haho, folg mit den
Bälgen nach!« Und mit diesen Worten ging er hinaus in
den Hof und wollte sich seines Wassers entledigen. Also
nahm Eulenspiegel den einen Balg auf den Nacken, folgte
dem Meister nach in den Hof und sprach: »Meister, hier
bring ich den einen Balg, wo soll ich ihn hintun? Ich will
gehen und den anderen auch holen.« Der Meister sah
sich um und sagte: »Lieber Geselle, ich meinte es nicht
so. Geh hin und leg den Balg wieder an seine Stelle, wo er
vorher lag!« Das tat Eulenspiegel und trug ihn wieder an
seinen Ort.
Da überlegte der Meister, wie er ihm das vergelten
könnte, und wurde mit sich selber einig: fünf Tage lang
wollte er um Mitternacht aufstehen, den Gesellen wek-
ken und ihn arbeiten lassen. So weckte er die Gesellen
und ließ sie schmieden. Eulenspiegels Mitgeselle begann
zu fragen: »Was meint unser Meister damit, daß er uns
so früh weckt? Das pflegte er sonst nicht zu tun.« Da
sprach Eulenspiegel: »Willst du, so will ich ihn fragen.«

1 Sinn: Bediene die Bälge so, wie es die Arbeit erfordert.

Der Geselle sagte ja. Nun sprach Eulenspiegel: »Lieber Meister, wie geht es zu, daß Ihr uns so früh weckt? Es ist erst Mitternacht.« Der Meister antwortete: »Es ist meine Art, daß zu Anfang meine Gesellen acht Tage auf meinen Betten nicht länger liegen sollen als eine halbe Nacht.« Eulenspiegel schwieg still, und sein Kumpan wagte nicht zu sprechen.

In der nächsten Nacht weckte sie der Meister wieder um Mitternacht. Da ging Eulenspiegels Mitgeselle zum Arbeiten. Eulenspiegel aber nahm das Bett und band es sich auf den Rücken. Und als das Eisen heiß war, kam er eilends vom Dachboden zum Amboß gelaufen und schlug mit zu, daß die Funken ins Bett stoben. Der Schmied sprach: »Nun sieh doch, was tust du da? Bist du toll geworden? Mag das Bett nicht liegen bleiben, wo es liegen soll?« Eulenspiegel sagte: »Meister, zürnet nicht, es ist meine Art in der ersten Woche, daß ich eine halbe Nacht auf dem Bette liegen will, und die andere halbe Nacht soll das Bett auf mir liegen.« Der Meister wurde zornig und sprach zu ihm, er solle das Bett wieder dahin tragen, wo er es hergenommen habe. Und weiter sprach er zu ihm in jähem Ärger: »Und geh mir da oben aus meinem Haus, du wahnwitziger Schalk!« Eulenspiegel sagte ja, ging auf den Dachboden und legte das Bett wieder dorthin, woher er es genommen hatte. Er holte eine Leiter, stieg in den Dachfirst, brach das Dach oben auf und ging auf die Dachlatten. Dann nahm er die Leiter, zog sie nach sich, setzte sie vom Dach aus auf die Straße, stieg hinab und ging davon.

Der Schmied hörte, daß er polterte, ging ihm mit dem anderen Gesellen auf den Dachboden nach und sah, daß Eulenspiegel das Dach aufgebrochen hatte und dadurch hinausgestiegen war. Da wurde er noch zorniger, suchte den Spieß und lief aus dem Hause ihm nach. Der Geselle hielt den Meister zurück und sprach zu ihm: »Meister, nicht also! Laßt Euch sagen: er hat doch nichts anderes getan, als was Ihr ihn geheißen habt. Denn Ihr spracht zu ihm, er solle Euch da oben aus dem Hause gehn. Das hat er getan, wie Ihr seht.« Der Schmied ließ sich belehren. Und was sollte er auch tun? Eulenspiegel war fort, und der Meister mußte das Dach wieder flicken lassen und dessen zufrieden sein. Der Geselle sprach: »An solchen Kumpanen ist nicht viel zu gewinnen. Wer Eulenspiegel nicht kennt, der habe nur mit ihm zu tun, dann lernt er ihn kennen.«

Die 41. (40.) Historie sagt, wie Eulenspiegel einem Schmied Hämmer und Zangen und andres Werkzeug zusammenschmiedete.

Als Eulenspiegel von dem Schmied[1] kam, da ging es dem Winter entgegen, und der Winter war kalt. Es fror hart, und dazu kam eine teure Zeit, so daß viele Dienstleute ohne Arbeit waren. Und auch Eulenspiegel hatte kein Geld mehr zu verzehren. Da wanderte er weiter und kam in ein Dorf, wo auch ein Schmied wohnte. Der nahm ihn als Schmiedegeselle auf. Eulenspiegel hatte zwar keine große Lust, dort als Schmiedegeselle zu bleiben; doch der Hunger und des Winters Not zwangen ihn dazu. Er dachte: halte aus, was du aushalten kannst; so lange, bis der Finger wieder in die lockere Erde geht, tu, was der Schmied will. Der Schmied wollte ihn wegen der teuren Zeit nicht gern aufnehmen. Da bat Eulenspiegel den Schmied, daß er ihm zu arbeiten gebe. Er wolle alles tun, was der Schmied wolle, und dazu essen, was sonst niemand essen wolle.

Der Schmied war ein geiziger Mann, dazu spottlustig. Er dachte: nimm ihn auf, versuche es mit ihm acht Tage lang, in dieser Zeit kann er dich nicht arm essen. Des Morgens begannen sie zu schmieden. Der Schmied trieb Eulenspiegel heftig an, mit dem Hammer und mit den Bälgen zu arbeiten, bis es Mittag und Zeit zum Essen wurde. Im Hof hatte der Schmied einen Abtritt. Als sie zu Tisch gehen wollten, nahm der Schmied Eulenspiegel, führte ihn zum Abtritt in den Hof und sagte dort zu ihm: »Sieh her, du sprachst, du wolltest essen, was niemand essen wolle, damit ich dir zu arbeiten gebe. Dies mag niemand essen, das iß du nun alles!« Und er ging in das Haus, aß etwas und ließ Eulenspiegel bei dem Abtritt stehen.

Eulenspiegel schwieg still und dachte: Du hast dich ver-

1 Aus Rostock, vgl. H 40 (39).

122

rannt, du hast solches und Böseres vielen anderen Leuten getan. Mit dem Maße wird dir nun wieder gemessen[2]. Doch wie willst du ihm das heimzahlen? Denn heimgezahlt muß es werden, und wäre der Winter noch so hart. Eulenspiegel arbeitete allein bis an den Abend. Da gab der Schmied ihm etwas zu essen, denn er hatte den Tag über gefastet. Und es ging ihm nicht aus dem Kopf, daß der Schmied ihn zum Abort gewiesen hatte. Als Eulenspiegel zu Bett gehen wollte, sprach der Schmied zu ihm: »Steh morgen auf, die Magd soll den Blasebalg ziehen, und schmiede eins nach dem anderen, was du hast, und haue Hufnägel ab[3], solange bis ich aufstehe.« Da ging Eulenspiegel schlafen. Und als er aufstand, dachte er, er

2 Vgl. Matthäus 7, 2 und Markus 4, 24.
3 Gemeint ist, die Nägel von einem dünnen Eisendraht abzutrennen.

wolle es ihm heimzahlen, und sollte er bis an die Knie im Schnee laufen.

Er machte ein heftiges Feuer, nahm die Zange, schweißte sie an den Sandlöffel und fügte sie so zusammen. Desgleichen tat er mit zwei Hämmern, dem Feuerspieß und dem Speerhaken[4]. Dann nahm er das Gefäß, in dem die Hufnägel lagen, schüttete sie heraus, hieb ihnen die Köpfe ab und legte die Köpfe zusammen und die Stifte ebenfalls. Als er hörte, daß der Schmied aufstand, nahm er seinen Schurz und ging hinweg.

Der Schmied kam in die Werkstatt und sah, daß den Hufnägeln die Köpfe abgehauen und Hämmer und Zangen und anderes Werkzeug zusammengeschmiedet waren. Da wurde er sehr zornig und rief die Magd, wo der Geselle hingegangen sei. Die Magd sagte, er sei vor die Tür gegangen. Der Schmied fluchte und sprach: »Er ist gegangen als ein niederträchtiger Schalk. Wüßte ich, wo er außerhalb des Ortes ist, ich wollte ihm nachreiten und ihm einen guten Schlag in das Genick geben.« Die Magd sagte: »Er schrieb etwas über die Tür, als er wegging. Es ist ein Antlitz, das sieht aus wie eine Eule.« Denn Eulenspiegel hatte diese Gewohnheit: wo er eine Büberei tat und man ihn nicht kannte oder seinen Namen nicht wußte, da nahm er Kreide oder Kohle, malte über die Tür eine Eule und einen Spiegel und schrieb darüber auf Lateinisch: »Hic fuit«[5]. Und das malte Eulenspiegel auch auf des Schmiedes Tür.

Als der Schmied des Morgens aus dem Hause ging, da fand er das also, wie ihm die Magd gesagt hatte. Aber der Schmied konnte die Schrift nicht lesen. Da ging er zu dem Kirchherrn und bat ihn, daß er mitgehe und die Schrift über seiner Tür lese. Der Kirchherr ging mit dem

4 Sandlöffel = großer eiserner Löffel, der zum Sanden des Eisens (um es vor Überhitzung zu schützen) gebraucht wird; Feuerspies = lange, spitze Stange zum Schüren des Feuers; Speerhaken = Haken für das Aufhängen des Schürhakens (nach Lindow Fn. 11-13).
5 »Er ist hier gewesen.« Vgl. auch Anm. zu H 27.

Schmied vor seine Tür und sah die Schrift und das Gemalte. Da sprach er zu dem Schmied: »Das bedeutet soviel als: Hier ist Eulenspiegel gewesen.«
Der Kirchherr hatte viel von Eulenspiegel gehört und was dieser für ein Geselle war. Er schalt den Schmied, daß er es ihn nicht habe wissen lassen, weil er doch Eulenspiegel gern gesehen hätte. Da wurde der Schmied böse auf den Kirchherrn und sagte: »Wie sollte ich Euch zu wissen tun, was ich selber nicht wußte? Doch ich weiß nun wohl, daß er in meinem Hause gewesen ist; das sieht man gut an meinem Werkzeug. Aber daß er wiederkommt, daran ist mir wenig gelegen.« Und er nahm die Kohlenquaste, wischte alles über der Tür aus und sagte: »Ich will keines Schalkes Wappen an meiner Tür haben.« Da ging der Kirchherr von dannen und ließ den Schmied stehen.
Aber Eulenspiegel blieb aus und kam nicht wieder.

Die 42. (41.) Historie sagt, wie Eulenspiegel einem Schmied, seiner Frau, seinem Knecht und seiner Magd je eine Wahrheit draußen vor dem Hause sagte.

An einem Feiertag gelangte Eulenspiegel nach Wismar, als er von dem Schmied kam[1]. Dort sah er vor einer Schmiede eine hübsche Frau mit ihrer Magd stehn; das war die Frau des Schmiedes. Er kehrte in der Herberge gegenüber ein, riß in der Nacht seinem Pferde alle vier Hufeisen ab und zog am anderen Tage vor die Schmiede. Und es wurde bekannt, daß er Eulenspiegel war. Als er vor die Schmiede kam und sie sehen konnten, daß es Eulenspiegel war, da kamen die Frau und die Magd vor das Haus auf die Diele[2], damit sie Eulenspie-

1 Vgl. H 41 (40).
2 Hier ein mit Lehm fest gemachter Platz vor dem Haus (vgl. Lindow Fn. 1).

125

gels Tun hören und sehen konnten. Eulenspiegel fragte den Schmied, ob er ihm sein Pferd beschlagen wolle. Der Schmied bejahte, und es war ihm lieb, daß er mit Eulenspiegel reden konnte.

Und unter vielen Worten sprach der Schmied zu ihm: wenn er ihm ein wahres Wort sagen könne, so wolle er seinem Pferd ein Hufeisen geben. Eulenspiegel sagte ja und sprach: »Wenn Ihr habt Eisen und Kohlen/und Wind in den Balg holet,/so könnt Ihr wohl schmieden.« Der Schmied sagte: »Das ist wirklich wahr« und gab ihm ein Hufeisen.

Der Knecht schlug dem Pferd das Eisen auf und sprach zu Eulenspiegel am Notstall[3]: könne er ihm ebenfalls ein wahres Wort sagen, das ihn betreffe, so wolle auch er

3 Notstall = starkes Holzgestell, worin unbändige Pferde zum Stillstehen gezwungen werden (Näheres bei Grimm, Nothstall).

dem Pferd ein Hufeisen geben. Eulenspiegel sagte ja und sprach: »Ein Schmiedeknecht und sein Gesell/müssen beide kräftig zupacken,/wenn sie zu Werke gehen wollen.« Der Knecht sagte: »Das ist auch wahr« und gab ihm ein Hufeisen.

Als das die Frau und die Magd sahen, drängten sie sich herzu, damit sie auch mit Eulenspiegel ins Gespräch kämen. Sie fragten ihn, ob er ihnen beiden auch ein wahres Wort sagen könne, jede von ihnen wolle ihm ebenfalls ein Hufeisen geben. Eulenspiegel sagte wieder ja und sprach zu der Frau: »Eine Frau, die viel vor der Türe steht/und bei der viel Weißes im Auge zu sehn ist:/Hätte sie Zeit und Gelegenheit, /die wär kein Fisch bis auf die Gräten.« Die Frau sprach: »Das ist wirklich wahr« und gab ihm ein Hufeisen.

Danach sagte er zu der Magd: »Mägdlein, wenn du issest, so hüte dich vor Rindfleisch. Dann brauchst du nicht in den Zähnen zu stochern, und es tut dir auch der Bauch nicht weh.« Die Magd sprach: »Ei, behüt uns Gott, was für ein wahres Wort das ist.« Und sie gab ihm auch ein Hufeisen.

Also ritt Eulenspiegel von dannen, und sein Pferd war ihm wohl beschlagen worden.

Die 43. Historie sagt, wie Eulenspiegel einem Schuhmacher diente und wie er ihn fragte, welche Formen er zuschneiden solle. Der Meister sprach: »Groß und klein, wie es der Schweinehirt aus dem Tore treibt.« Also schnitt er zu Ochsen, Kühe, Kälber, Böcke usw. und verdarb das Leder.

Einst diente Eulenspiegel bei einem Schuhmacher. Der schlenderte viel lieber auf dem Markt umher, als daß er arbeitete. Er hieß Eulenspiegel, Leder zuzuschneiden.

Eulenspiegel fragte, was für eine Form er haben wolle. Der Schuhmacher sagte: »Schneide zu, groß und klein, wie es der Schweinehirt aus dem Dorf treibt.«Eulenspiegel sagte: »Ja, Meister, gern.«

Der Schuhmacher ging aus, und Eulenspiegel schnitt zu. Er machte von dem Leder Schweine, Ochsen, Kälber, Schafe, Ziegen, Böcke und allerlei Vieh. Der Meister kam des Abends heim und wollte sehen, was sein Geselle zugeschnitten hatte. Da fand er aus dem Leder diese Tiere geschnitten. Er wurde böse und sprach zu Eulenspiegel: »Was hast du daraus gemacht? Warum hast du mir das Leder so unnütz zerschnitten?« Eulenspiegel sagte: »Lieber Meister, ich habe es gemacht, wie Ihr es gern habt.« Der Meister sprach: »Das lügst du, ich wollte es nicht haben, daß du das Leder verderben solltest. Das habe ich dich nicht geheißen.« Eulenspiegel sagte: »Meister, was ist die Ursache Eures Zornes? Ihr sagtet zu mir, ich solle von dem Leder zuschneiden klein und groß, wie es der Schweinehirt aus dem Tor treibt. Das habe ich getan, wie Ihr seht.« Der Meister sprach: »So meinte ich das nicht. Ich meinte das so, daß es kleine und große Schuhe sein sollten. Die solltest du nähen, einen nach dem andern.« Eulenspiegel sagte: »Hättet Ihr mich das so geheißen, so hätte ich das gern getan und tue es auch noch gern.«

Nun, Eulenspiegel und sein Meister vertrugen sich wieder miteinander. Der Meister vergab ihm das Zuschneiden, denn Eulenspiegel gelobte ihm: er wolle es fortan so machen, wie der Meister es haben wolle und wie er es ihn hieße. Da schnitt der Schuhmacher Sohlenleder zu, legte es vor Eulenspiegel hin und sagte: »Sieh her, nähe die kleinen mit den großen, einen durch den andern[1].« Eu-

---

1 Das von Bote beabsichtigte Wortspiel ist aus dem Wortlaut der Frühdrucke nicht eindeutig herzuleiten und in der Übertragung wiederzugeben. Was der Meister meinte und was Eulenspiegel »verstand«, ergibt sich indessen mit hinreichender Deutlichkeit aus dem folgenden Text. – Bobertag (S. 77) deutet »einen durch den andern« als »alle durcheinander« (im Sinne von: in beliebiger Reihenfolge).

lenspiegel sagte ja und fing an zu nähen. Sein Meister zögerte mit dem Ausgehen, wollte Eulenspiegel beobachten und sehen, wie er das machen würde. Denn er hatte erkannt: was er ihn geheißen hatte, das würde er hernach tun.
Und Eulenspiegel tat auch nach des Meisters Gebot. Er nahm einen kleinen Schuh und einen großen, steckte den kleinen in den großen und nähte sie zusammen. Da der Meister wieder umherschlendern gehen wollte, war es ihm leid, was Eulenspiegel tun wollte und auch tat: er sah, daß Eulenspiegel einen Schuh durch den andern nähte. Da sprach er: »Du bist mein rechter Geselle, du tust alles, was ich dich heiße.« Eulenspiegel sagte: »Wer tut, was man ihn heißt, der wird nicht geschlagen, was anderenfalls wohl möglich ist.« Der Meister sprach: »Ja,

mein lieber Geselle, das ist so: meine Worte waren also, nicht aber meine Meinung. Ich meinte, du solltest zuerst ein kleines Paar Schuhe machen und danach ein großes Paar. Oder die großen zuerst und die kleinen danach. Du tust nach den Worten, nicht nach der Meinung.« Und er wurde zornig, nahm ihm das zugeschnittene Leder weg und sagte: »Sei vernünftig, sieh her, da hast du anderes Leder; schneide Schuhe zu über einen Leisten!« Und er dachte nicht mehr weiter darüber nach, denn er mußte ausgehen.

Der Meister ging seinem Gewerbe nach und war beinahe eine Stunde fort. Dann erst dachte er daran, daß er seinen Gesellen geheißen hatte, die Schuhe über einen Leisten zu schneiden. Er ließ alle seine Geschäfte stehn und liegen und lief eilig nach Hause. Eulenspiegel hatte derweilen gesessen, das Leder genommen und alles über den kleinen Leisten geschnitten. Als der Meister kam, sah er, daß Eulenspiegel alle Schuhe über den kleinen Leisten geschnitten hatte. Da sagte er zu ihm: »Wie gehört der große Schuh zu dem kleinen Leisten[2]?« Eulenspiegel sprach: »Ja, wollt Ihr das auch noch haben, so will ich das noch hernach machen und den größeren noch nachschneiden.« Der Meister sagte: »Besser könnte ich einen kleineren Schuh aus dem größeren zuschneiden, als einen größeren aus dem kleinen. Du nimmst nur einen Leisten und der andere Leisten wird nicht benutzt.« Eulenspiegel sagte: »Wahrhaftig, Meister, Ihr hießet mich, die Schuhe über einen Leisten zuzuschneiden.«

Der Meister sprach: »Ich heiße dich wohl so lange etwas, bis ich mit dir an den Galgen laufen muß.« Und er sprach weiter, er solle ihm das Leder bezahlen, das er ihm verdorben habe; wo solle er anderes Leder hernehmen? Eulenspiegel sagte: »Der Gerber kann des Leders wohl mehr machen.« Dann stand er auf, ging zur Tür, kehrte

2 Der Sinn ist wohl: »Wie willst du große Schuhe machen, wenn du über den kleinen Leisten zuschneidest?«

130

sich auf der Schwelle noch einmal um und sprach: »Komm ich auch in dieses Haus nicht wieder, so bin ich doch hier gewesen.« Damit ging er zur Stadt hinaus.

Die 44. (46.) Historie sagt, wie Eulenspiegel einem Schuhmacher in Wismar Dreck, der gefroren war, als Talg verkaufte.

Eulenspiegel hatte einmal einem Schuhmacher in Wismar beim Zuschneiden viel Leder verdorben[1] und ihm damit großen Schaden angetan, so daß der gute Mann ganz traurig war. Das vernahm Eulenspiegel, und als er abermals nach Wismar kam, sprach er denselben Schuhmacher, dem er den Schaden zugefügt hatte, wieder an: er würde eine Ladung Leder und Schmalz bekommen, die wolle er ihm zu einem vorteilhaften Kauf anbieten, damit ihm sein Schaden wieder ersetzt würde. Der Schuhmacher sagte: »Ja, das tust du zu Recht, denn du hast mich zu einem armen Mann gemacht. Wenn du die Ware bekommst, so zeige mir das an.« Damit schieden sie voneinander.

Nun war es in der Winterszeit, und die Abdecker reinigten die heimlichen Gemächer[2]. Zu denen kam Eulenspiegel und versprach ihnen bares Geld, wenn sie ihm zwölf Tonnen mit der Materie[3] füllten, die sie sonst ins Wasser zu fahren pflegten. Die Abdecker taten dies, füllten ihm die Tonnen bis vier Finger unter den Rand und ließen sie so lange stehn, bis sie hart gefroren waren. Dann holte Eulenspiegel sie ab. Sechs Tonnen begoß er oben dick mit Talg und schlug sie fest zu; die anderen sechs Tonnen begoß er mit Schmer und schlug auch sie fest zu. Er ließ sie alle zum »Güldnen Stern«, seiner Herberge, fahren und gab dem Schuhmacher Nachricht. Als dieser kam, schlugen sie das Gut oben auf, und es gefiel dem Schuh-

1 Vgl. H 43.   2 Abtritte, Aborte und deren Sinkgruben.
3 So S 1515; S 1519 bietet »Materi«; gemeint sind Kot, Exkremente.

macher wohl. Sie einigten sich über den Kauf dahin, daß der Schuhmacher Eulenspiegel für die Ladung 24 Gulden geben solle, davon 12 Gulden sogleich in bar, den Rest in einem Jahr.

Eulenspiegel nahm das Geld und wanderte davon, denn er fürchtete das Ende. Der Schuhmacher empfing sein Gut und war fröhlich wie einer, der für einen Verlust entschädigt worden ist. Und er suchte Hilfe, weil er am anderen Tag Leder schmieren wollte. Viele Schuhmacherknechte kamen zu ihm, weil sie gutes Essen und Trinken erwarteten, gingen ans Werk und begannen laut zu singen, wie es ihre Art ist.

Als sie nun die Tonnen zum Feuer brachten und diese anfingen, warm zu werden, gewannen sie ihren natürlichen Geruch zurück. Da sagte jeweils einer zum andern: »Ich glaube, du hast in die Hosen geschissen.« Der Mei-

ster sprach: »Einer von Euch hat in den Dreck getreten. Wischt die Schuhe ab, es riecht über alle Maßen übel.« Sie suchten alle umher, aber sie fanden nichts. Da begannen sie, das Schmalz in einen Kessel zu tun und wollten das Leder schmieren. Je tiefer sie kamen, um so übler stank es. Zuletzt wurde ihnen alles klar, und sie ließen die Arbeit stehn.

Der Meister und die Gesellen liefen, um Eulenspiegel zu suchen und ihn für den Schaden haftbar zu machen. Aber er war mit dem Geld hinweg und soll noch wiederkommen nach den andern 12 Gulden. Also mußte der Schuhmacher seine Tonnen mit dem Talg zur Abfallgrube fahren und war so zu zweifachem Schaden gekommen.

Die 45. (47.) Historie sagt, wie Eulenspiegel in Einbeck ein Brauergeselle wurde und einen Hund, der Hopf hieß, anstelle von Hopfen sott.

Eifrig machte sich Eulenspiegel wieder an seine Arbeit. Zu einer Zeit, als in Einbeck sein Streich mit den Pflaumen, die er beschissen hatte[1], vergessen war, kam er wieder nach Einbeck und verdingte sich bei einem Bierbrauer[2]. Da begab es sich, daß der Brauer zu einer Hochzeit gehen wollte. Er befahl Eulenspiegel, derweilen mit der Magd Bier zu brauen, so gut er könne. Später wolle er ihm zu Hilfe kommen. Vor allen Dingen solle er mit besonderem Eifer darauf achten, den Hopfen wohl zu sieden, damit das Bier davon einen kräftigen Geschmack bekomme, so daß er es gut verkaufen könne. Eulenspiegel sagte: »Ja, gern«, er wolle sein Bestes tun. Damit ging der Brauer zusammen mit seiner Frau zur Tür hinaus. Eulenspiegel begann, tüchtig zu sieden. Die Magd unterwies ihn, denn sie verstand mehr davon als er. Als es nun

1 Vgl. H 20 (88).
2 Über das Einbecker Bier vgl. Anm. S. 300.

soweit war, daß man den Hopfen sieden sollte, sprach die Magd: »Ach, Lieber, den Hopfen siedest du wohl allein. Vergönne mir, daß ich für eine Stunde weggehe und beim Tanzen zuschaue.« Eulenspiegel sagte ja und dachte: Geht die Magd auch weg, so hast du Gelegenheit zu einem Streich; was willst du nun diesem Brauer für eine Schalkheit antun?
Nun hatte der Brauer einen großen Hund, der hieß Hopf. Den nahm er, als das Wasser heiß war, warf ihn hinein und ließ ihn tüchtig darin sieden, daß ihm Haut und Haar abgingen und das ganze Fleisch von den Knochen fiel. Als die Magd dachte, daß es Zeit sei, heimzugehen und der Hopfen genug gekocht sei, kam sie und wollte Eulenspiegel helfen. Sie sagte: »Sieh, mein lieber Bruder, der Hopfen hat genug gesiedet, laß ablaufen!« Als sie nun das Sieb vorsetzten und mit einer großen Kelle zu

134

schöpfen begannen, da sagte die Magd: »Hast du auch Hopfen hinein getan? Ich merke noch nichts davon in meiner Kelle!« Eulenspiegel sprach: »Auf dem Grund wirst du ihn finden.« Die Magd fischte danach, bekam das Gerippe auf die Kelle und begann laut zu schreien: »Ei, behüte mich Gott, was hast du darein getan? Der Henker trinke das Bier!« Eulenspiegel sagte: »Wie mich unser Brauer geheißen hat, Hopf, unsern Hund.«

Währenddessen kam der Brauer betrunken nach Hause und sprach: »Was macht ihr, meine lieben Kinder, seid ihr guter Dinge?« Die Magd sagte: »Ich weiß nicht, was den Teufel wir tun. Ich ging eine halbe Stunde, dem Tanz zuzusehen, und hieß unsern neuen Knecht, den Hopfen derweilen gar zu sieden. Da hat er unseren Hund gesotten, hier könnt Ihr noch sein Rückgrat sehen.« Eulenspiegel sprach: »Ja, Herr, Ihr habt mich das so geheißen. Ist das nicht eine große Plage? Ich tue alles, was man mich heißet, aber ich kann keinen Dank verdienen. Welche Brauer man auch nehmen will: wenn ihr Gesinde nur die Hälfte von dem tut, was man es heißt, sind sie damit zufrieden.«

Also nahm Eulenspiegel seine Entlassung, ging davon und verdiente nirgends großen Dank.

Die 46. (48.) Historie sagt, wie Eulenspiegel sich bei einem Schneider verdingte und unter einer Bütte nähte.

Eulenspiegel kam nach Berlin und verdingte sich als Schneidergeselle. Als er in der Werkstatt saß, sagte der Meister zu ihm: »Geselle, wenn du nähst, so nähe gut und nähe so, daß man es nicht sieht[1].« Eulenspiegel sagte ja, stand auf, nahm Nadel und Gewand und kroch damit

1 Der Meister meint, Eulenspiegel solle mit verdeckter, sog. französischer Naht nähen, vgl. Lindow Fn. 3.

unter eine Bütte. Er steppte eine Naht übers Knie und begann, darüber zu nähen. Der Schneider stand, sah das an und sprach zu ihm: »Was willst du tun? Das ist ein seltsames Nähwerk.« Eulenspiegel sprach: »Meister, Ihr sagtet, ich sollte nähen, daß man es nicht sieht; so sieht es niemand.« Der Schneider sprach: »Nein, mein lieber Geselle, höre auf und nähe nicht mehr also! Beginne so zu nähen, daß man es sehen kann!«

Das währte etwa drei Tage. Da geschah es am späten Abend, daß der Schneider müde wurde und zu Bett gehen wollte. Ein grauer Bauernrock lag noch halb ungenäht da. Den warf er Eulenspiegel zu und sagte: »Sieh her, mach den Wolf[2] fertig und geh danach auch zu Bett.« Eulenspiegel sprach: »Ja, geht nur, ich will es schon recht tun.« Der Meister ging zu Bett und dachte an nichts Böses. Eulenspiegel nahm den grauen Rock, schnitt ihn auf und machte daraus einen Kopf wie von einem Wolf, dazu Leib und Beine und spreizte alles mit Stecken auseinander, daß es wie ein Wolf aussah. Dann ging er zu Bett.

Des Morgens stand der Meister auf, weckte Eulenspiegel und fand den Wolf im Zimmer stehen. Der Schneider war bestürzt, doch sah er wohl, daß es ein nachgemachter Wolf war. Unterdessen kam Eulenspiegel dazu. Da sprach der Schneider: »Was, zum Teufel, hast du daraus gemacht?« Er sagte: »Einen Wolf, wie Ihr mich geheißen habt.« Der Schneider sprach: »Solchen Wolf meinte ich nicht. Ich nannte nur den grauen Bauernrock einen Wolf.« Eulenspiegel sagte: »Lieber Meister, das wußte ich nicht. Hätte ich aber gewußt, daß so Eure Meinung war, ich hätte lieber den Rock gemacht als den Wolf.« Der Schneider gab sich damit zufrieden, denn es war einmal geschehen.

2 »Wolf« bezeichnet neben dem Tier auch Wolfsfell sowie Kleid oder Jacke aus Wolfsfellen, vgl. Grimm, Wolf, Sp. 1251. Das Wortspiel mit »Wolf« wird in H 52 (54) wiederholt.

Nun ergab es sich nach vier Tagen, daß der Meister wieder abends müde war und gerne zeitig geschlafen hätte. Ihm dünkte jedoch, es sei noch zu früh, daß auch der Geselle zu Bett ging. Und es lag da ein Rock, der war fertig bis auf die Ärmel. Der Schneider nahm den Rock und die losen Ärmel, warf sie Eulenspiegel zu und sagte: »Wirf noch die Ärmel an den Rock und geh danach zu Bett.« Eulenspiegel sagte ja. Der Meister ging zu Bett, und Eulenspiegel hing den Rock an den Haken. Dann zündete er zwei Lichter an, auf jeder Seite des Rockes ein Licht, nahm einen Ärmel und warf ihn an den Rock, ging dann auf die andere Seite und warf den zweiten auch daran. Und wenn zwei Lichter heruntergebrannt waren, so zündete er zwei andere an und warf die Ärmel an den Rock die ganze Nacht bis an den Morgen.

Da stand sein Meister auf und kam in das Zimmer, aber

Eulenspiegel kümmerte sich nicht um den Meister und warf weiter mit den Ärmeln nach dem Rock. Der Schneider stand, sah das an und sprach: »Was, zum Teufel, machst du jetzt für ein Gaukelspiel?« Eulenspiegel sagte ganz ernst: »Das ist für mich kein Gaukelspiel, ich habe diese ganze Nacht gestanden und die widerspenstigen Ärmel an diesen Rock geworfen, aber sie wollen daran nicht kleben. Es wäre wohl besser gewesen, daß Ihr mich hättet schlafen gehen heißen, als daß Ihr mich hießet, sie anzuwerfen. Ihr wußtet doch, daß es verlorene Arbeit war.« Der Schneider sprach: »Ist das nun meine Schuld? Wußte ich, daß du das so verstehen würdest? Ich meinte das nicht so, ich meinte, du solltest die Ärmel an den Rock nähen.« Da sagte Eulenspiegel: »Das soll Euch der Teufel lohnen! Pflegt Ihr ein Ding anders zu nennen, als Ihr es meint, wie könnt Ihr das zusammenreimen? Hätte ich Eure Meinung gewußt, so wollte ich die Ärmel gut angenäht haben und hätte auch noch ein paar Stunden geschlafen. So mögt Ihr nun den Tag sitzen und nähen, ich will gehen und mich hinlegen und schlafen.« Der Meister sprach: »Nein, nicht also, ich will dich nicht als einen Schläfer unterhalten.«

So zankten sie miteinander. Und der Schneider sprach im Streit Eulenspiegel wegen der Lichter an: er solle ihm die Lichter bezahlen, die er ihm verbrannt hätte. Da raffte Eulenspiegel seine Sachen zusammen und wanderte davon.

Die 47. (49.) Historie sagt, wie Eulenspiegel drei Schneiderknechte von einem Fensterladen fallen ließ und den Leuten sagte, der Wind habe sie herabgeweht.

Während eines Marktes in Bernburg war Eulenspiegel wohl 14 Tage in einer Herberge. Dicht daneben wohnte ein Schneider, der hatte drei Knechte auf

einem Laden¹ sitzen, die dort saßen und nähten. Und wenn Eulenspiegel bei ihnen vorbeiging, spotteten sie über ihn oder warfen ihm Fetzen nach. Eulenspiegel schwieg still und wartete auf einen Markttag, an dem der Markt voller Leute war. In der Nacht davor sägte Eulenspiegel die Ladenpfosten unten ab, ließ sie aber auf den untersten Steinen stehn. Des Morgens legten die Schneiderknechte den Laden auf die Pfosten, setzten sich darauf und nähten.

Als nun der Schweinehirt blies, damit jedermann seine Schweine austreiben lasse, da kamen auch des Schneiders Schweine aus seinem Hause, liefen unter das Fenster und begannen, sich an den Ladenpfosten zu reiben. Die Pfosten unter dem Fenster wurden von dem Reiben heraus-

---

1 Laden = ein von den Fensteröffnungen heruntergeklappter Holzverschlag, der als Fensterladen und Verkaufsstelle diente, vgl. Lindow Fn. 3.

gedrückt, so daß die drei Knechte von dem Fensterladen auf die Gasse purzelten. Eulenspiegel sah sie, und als sie fielen, begann er laut zu rufen: »Seht, seht! Der Wind weht drei Schneider vom Fenster!«

Und er rief so laut, daß man es über den ganzen Markt hörte. Die Leute liefen herzu, lachten und spotteten. Die Knechte schämten sich und wußten nicht, wie sie von dem Fensterladen heruntergekommen waren. Zuletzt wurden sie gewahr, daß die Ladenpfosten angesägt waren, und merkten wohl, daß Eulenspiegel ihnen das angetan hatte. Sie schlugen andere Pfähle ein und wagten nicht mehr, seiner zu spotten.

Die 48. (50.) Historie sagt, wie Eulenspiegel die Schneider im ganzen Sachsenlande zusammenrief; er wolle sie eine Kunst lehren, die ihnen und ihren Kindern zugute kommen solle.

Eine Zusammenkunft und eine Versammlung der Schneider schrieb Eulenspiegel aus in den wendischen Städten und im Lande Sachsen und besonders in den Ländern Holstein, Pommern, Stettin und Mecklenburg, auch in Lübeck, Hamburg, Stralsund und Wismar. Er entbot ihnen in dem Brief große Gunst. Sie sollten zu ihm kommen, er sei in der Stadt Rostock. Er wolle sie eine Kunst lehren, die ihnen und ihren Kindern zugute kommen solle für ewige Zeiten, solange die Welt stünde. Die Schneider in den Städten, Flecken und Dörfern schrieben einander, was ihre Meinung dazu sei. Alle schrieben, sie wollten zu einer bestimmten Zeit in die Stadt kommen. Als sie dort versammelt waren, verlangte jeder zu wissen, was das wohl sein möchte, das Eulen-

spiegel ihnen sagen und welche Kunst er sie lehren wolle, nachdem er sie so eindringlich angeschrieben hatte.
Nach ihrer Vereinbarung kamen sie alle zur bestimmten Zeit in Rostock zusammen. Viele Leute wunderten sich, was die Schneider da tun wollten. Als Eulenspiegel hörte, daß ihm die Schneider Folge geleistet hatten, ließ er sie zusammen kommen, bis sie alle beieinander waren. Da sprachen die Schneider Eulenspiegel an: sie seien seinem Schreiben zufolge hergekommen. Darin habe er erwähnt, er wolle sie eine Kunst lehren, die ihnen und ihren Kindern zugute kommen solle, solange die Welt stünde. Sie bäten ihn, daß er sie fördere und die Kunst offenbare und verkünde; sie wollten ihm auch ein Geschenk machen. Eulenspiegel sagte: »Ja, kommt alle zusammen auf eine Wiese, daß ein jeder das von mir hören kann.«
Sie kamen denn auch alle zusammen auf einem weiten

Plan. Eulenspiegel stieg in ein Haus, sah da zum Fenster hinaus und sprach: »Ehrbare Männer des Handwerks der Schneider! Ihr sollt merken und verstehn: wenn ihr habt eine Schere, eine Elle, einen Faden und einen Fingerhut, dazu eine Nadel, so habt ihr Werkzeug genug zu euerm Handwerk. Das zu erlangen, ist euch keine Kunst, sondern es fügt sich von selbst, wenn ihr euer Handwerk ausübt. Aber diese Kunst lernt von mir und gedenket meiner dabei: Wenn ihr die Nadel eingefädelt habt, so vergeßt nicht, an das andere Ende des Fadens einen Knoten zu machen, sonst macht ihr manchen Stich umsonst. So aber hat der Faden keine Gelegenheit, aus der Nadel zu entwischen.«

Ein Schneider sah den andern an, und sie sprachen zueinander: »Diese Kunst wußten wir schon vorher und auch alle die andern Sachen, die er uns gesagt hat.« Und sie fragten Eulenspiegel, ob er nicht etwas mehr zu sagen habe. Denn solcher Faselei wollten sie nicht 10 oder 12 Meilen lang nachgezogen sein und zueinander Boten geschickt haben. Diese Kunst hätten die Schneider lange gewußt, schon vor mehr als tausend Jahren. Darauf antwortete ihnen Eulenspiegel: »Was vor tausend Jahren geschehen ist, daran kann sich heute niemand mehr erinnern.« Auch sagte er: sei es ihnen nicht zu Willen und zu Dank, dann sollten sie es mit Unwillen und mit Undank aufnehmen; und jeder möge nur wieder dahingehen, woher er gekommen sei.

Da wurden die Schneider, die von weither gekommen waren, zornig auf ihn und wären ihm gern zu Leibe gerückt, aber sie konnten nicht an ihn herankommen. Also gingen die Schneider wieder auseinander. Teilweise waren sie wütend und fluchten und waren ganz unwillig, weil sie den weiten Weg umsonst gegangen waren und sich nichts als müde Beine geholt hatten. Die aber dort zu Hause waren, lachten und spotteten der anderen, daß sie sich so hatten äffen lassen. Sie sagten, es sei ihre eigene

142

Schuld, daß sie dem Landtoren[1] und Narren geglaubt hätten und ihm gefolgt seien. Denn sie hätten doch seit langem gewußt, was Eulenspiegel für ein Vogel sei.

Die 49. (51.) Historie sagt, wie Eulenspiegel an einem Feiertag Wolle schlug, weil der Tuchmacher ihm verboten hatte, am Montag zu feiern.

Als Eulenspiegel nach Stendal kam, gab er sich als Wollweber aus. Eines Sonntags sagte der Wollweber zu ihm: »Lieber Knecht, ihr Gesellen feiert gern am Montag[2]. Wer das zu tun pflegt, den habe ich nicht gern in meinem Dienst; bei mir muß er die Woche durcharbeiten.« Eulenspiegel sprach: »Ja, Meister, das ist mir sehr lieb.« Da stand er am Montagmorgen auf und schlug Wolle[3], desgleichen am Dienstag. Das gefiel dem Wollweber wohl.

Am Mittwoch war ein Aposteltag[4], so daß sie feiern mußten. Aber Eulenspiegel tat, als ob er von dem Feiertag nichts wüßte, stand des Morgens auf, spannte eine Schnur und schlug Wolle, daß man es über die ganze Straße hörte. Der Meister fuhr sogleich aus dem Bett und sagte zu ihm: »Hör auf! Hör auf! Es ist heute ein Feiertag, wir dürfen nicht arbeiten.« Eulenspiegel sprach: »Lieber Meister, Ihr kündigtet mir doch am Sonntag keinen Feiertag an, sondern Ihr sagtet, ich solle die ganze Woche durcharbeiten.« Der Wollweber sprach: »Lieber Geselle, das meinte ich nicht so. Hör auf und schlag keine

1 Weithin bekannter Tor.
2 Im späten Mittelalter hatten teilweise die Handwerksgesellen Anspruch darauf, am Montag nicht für ihren Meister zu arbeiten. Über die nicht eindeutig geklärte Bezeichnung »blauer« Montag vgl. Röhrich, Montag.
3 Das Schlagen der Wolle bezweckte, sie zu reinigen und geschmeidig zu machen, vgl. Lindow Fn. 6; Näheres bei de la Platière S. 28 f.
4 Also ein kirchlicher Feiertag.

Wolle mehr! Was du den Tag verdienen könntest, will ich dir gleichwohl geben.«
Eulenspiegel war damit zufrieden und arbeitete an diesem Tage nicht. Am Abend unterhielt er sich mit seinem Meister. Da sagte der Wollweber zu ihm, daß ihm das Wolleschlagen wohl gelinge, aber er müsse die Wolle ein wenig höher schlagen[5]. Eulenspiegel sagte ja, stand des Morgens früh auf, spannte den Bogen oben an die Latte[6] und setzte eine Leiter daran. Er stieg hinauf und richtete es so ein, daß der Schlagstock bis oben auf die Darre[7]

---

[5] Über die Bedeutung des »höher schlagen« (und den darauf gegründeten Wortwitz Eulenspiegels) vgl. Anm. S. 302.
[6] Eulenspiegel richtete damit eine Vorrichtung zum Wolleschlagen her (vgl. Lindow Fn. 12), die »höher« stand als üblicherweise.
[7] Mit dem heute noch gebräuchlichen Wort »Darre« ist der in den Frühdrucken stehende Ausdruck »Hurt« übersetzt worden. Darre ist hier ein aus Weidengeflecht errichtetes Gestell, auf dem die Wolle geschlagen wurde; Näheres bei de la Platière, Lindow Fn. 14 und Grimm unter »Hurt« und »Darre«.

hinaufreichte[8]. Dann holte er unten von der Darre, die vom Fußboden bis zum Dachboden reichte, Wolle nach oben und schlug sie, daß sie über das Haus stob. Der Wollweber lag im Bett und hörte schon am Schlag, daß Eulenspiegel es nicht richtig machte. Er stand auf und sah nach ihm. Eulenspiegel sprach: »Meister, was dünkt Euch, ist das hoch genug?« Der Meister sagte zu ihm: »Meiner Treu! Stündest du auf dem Dach, so wärst du noch höher. Wenn du so die Wolle schlagen willst, so kannst du sie ebenso gut auf dem Dach sitzend schlagen, als daß du hier auf der Leiter stehst.« Damit ging er aus dem Haus in die Kirche.

Eulenspiegel merkte sich die Rede, nahm den Schlagstock, stieg auf das Dach und schlug die Wolle auf dem Dache. Dessen wurde der Meister draußen auf der Gasse gewahr, kam sogleich zurückgelaufen und sprach: »Was, zum Teufel, machst du? Hör auf! Pflegt man die Wolle auf dem Dach zu schlagen?« Eulenspiegel sagte: »Was sagt Ihr jetzt? Ihr spracht doch vorhin, es sei besser auf dem Dach als auf der Leiter, denn das sei noch höher als die Balken!« Der Wollweber sprach: »Willst du Wolle schlagen, so schlage sie! Willst du Narretei treiben, so treibe sie! Steig von dem Dach und scheiß in die Darre[9]!« Damit ging der Wollweber in das Haus und in den Hof. Eulenspiegel stieg eilig vom Dach, ging in das Haus in die Stube und schiß dort einen großen Haufen Dreck in die Darre. Der Wollweber kam aus dem Hof, sah, daß er in die Stube schiß, und sagte: »Daß dir nimmer Gutes geschehe! Du tust, wie alle Schälke zu tun pflegen.« Eulenspiegel sprach: »Meister, ich tue doch nichts anderes, als was Ihr mich geheißen habt. Ihr sagtet, ich solle vom Dach steigen und in die Darre scheißen. Warum zürnt Ihr darum? Ich tue, wie Ihr mich heißet.« Der Wollweber

8 Eulenspiegel legte sich also den Schlagstock so zurecht, daß er ihn auf der Leiter stehend ergreifen konnte.
9 Vgl. dazu die Anm. S. 303.

145

sagte: »Du schissest mir wohl auf den Kopf, auch unge-
heißen. Nimm den Dreck und trag ihn an einen Ort, wo
ihn niemand haben will!«

Eulenspiegel sagte ja, nahm den Dreck auf ein Stück Holz
und trug ihn in die Speisekammer. Da sprach der Wollweber: »Laß ihn draußen, ich will ihn nicht darin haben!« Eulenspiegel sagte: »Das weiß ich wohl, daß Ihr
ihn da nicht haben wollt. Niemand will ihn da haben,
aber ich tue, wie Ihr mich heißet.« Der Wollweber wurde
zornig, lief zum Stall und wollte Eulenspiegel ein Scheit
Holz an den Kopf werfen. Da ging Eulenspiegel aus der
Türe zum Haus hinaus und sagte: »Kann ich denn nirgends Dank verdienen?« Der Wollweber wollte nun das
Holz mit dem Dreck rasch ergreifen, aber er besudelte
sich die Finger. Da ließ er den Dreck fallen, lief zum
Brunnen und wusch sich die Hände. Inzwischen ging Eulenspiegel hinweg.

Die 50. (52.) Historie sagt, wie Eulenspiegel
sich bei einem Kürschner verdingte und bei ihm
in der Stube furzte, damit ein Gestank den
anderen vertriebe.

Einmal kam Eulenspiegel nach Aschersleben. Es war
Wintersnot und teure Zeit. Er dachte: was willst du
nun anfangen, um durch den Winter und die teure Zeit
zu kommen? Es gab niemanden, der eines Gesellen bedurfte. Nur ein dort wohnender Kürschner wollte einen
Gesellen annehmen, wenn einer von seinem Handwerk
vorbeigewandert käme. Da dachte Eulenspiegel: was
willst du tun? Es ist Winter und dazu teure Zeit; du mußt
leiden, was du leiden kannst, und mußt es eben die ganze
Winterzeit über aushalten. Und er verdingte sich bei dem
Kürschner als Geselle.

Als er nun in der Werkstatt saß und Pelze nähen wollte,

da war er des Geruches ungewohnt und sagte: »Pfui, pfui! Du bist so weiß wie Kreide und stinkst so übel wie Dreck!« Der Kürschner sagte: »Riechst du das nicht gern und setzt dich doch hierher? Daß es stinkt, das ist natürlich; es kommt von der Wolle, die das Schaf auf der Außenseite des Felles hat.« Eulenspiegel schwieg und dachte: ein Übel pflegt das andere zu vertreiben. Und er ließ einen so übelriechenden Furz, daß sich der Meister und seine Frau die Nase zuhalten mußten. Der Kürschner sprach: »Was machst du? Willst du üble Fürze lassen, so geh aus der Stube in den Hof und furze, soviel du willst.« Eulenspiegel sagte: »Das ist für einen Menschen viel natürlicher und gesünder als der Gestank von den Schaffellen.« Der Kürschner sprach: »Das sei gesund oder nicht, willst du furzen, so geh in den Hof!« Eulenspiegel sagte: »Meister, das wäre vergeblich; alle Fürze wollen nicht gern in der Kälte sein, denn sie sind immer in der Wärme. Und um das zu beweisen: laßt einen Furz, er geht Euch gleich wieder in die Nase in die Wärme, aus der er gekommen ist.«

Der Kürschner schwieg. Er merkte wohl, daß er genarrt wurde, und gedachte, Eulenspiegel nicht lange zu behalten. Dieser saß danach ruhig da, nähte, räusperte sich, spuckte aus und hustete die Haare aus dem Munde. Der Kürschner saß, sah ihn an und schwieg, bis sie abends gegessen hatten. Da sprach der Meister zu ihm: »Lieber Geselle, ich sehe wohl, daß du bei diesem Handwerk nicht gern bist. Mich dünkt, du seiest kein rechter Kürschnergeselle. Das merke ich an deinem Gebaren. Oder du bist nicht lange bei der Kürschnerei gewesen, denn du bist die Arbeit nicht gewohnt. Hättest du dabei auch nur vier Tage geschlafen, so ekeltest du dich nicht so darüber und fragtest auch nicht danach, und es wäre dir nicht so zuwider. Darum, mein lieber Geselle, hast du keine Lust, hier zu bleiben, so kannst du morgen dahin gehen, wo dein Pferd steht.« Eulenspiegel sagte: »Lieber Meister, Ihr sprecht die Wahrheit, ich bin noch nicht lange dabei gewesen. Wenn Ihr mir nun gestatten wollt, vier Nächte bei den Pelzen zu schlafen, damit ich ihrer gewohnt werde, dann sollt Ihr sehen, was ich leisten kann.« Damit war der Kürschner einverstanden, denn er bedurfte seiner, und Eulenspiegel konnte auch gut nähen.

Die 51. (53.) Historie sagt, wie Eulenspiegel bei einem Kürschner in trocknen und nassen Pelzen schlief, wie ihn der Kürschner geheißen hatte.

Der Kürschner ging fröhlich mit seiner Hausfrau zu Bett. Eulenspiegel nahm die zubereiteten Felle, die auf den Trockengestellen[1] hingen – er nahm die trockenen Felle, die gegerbt waren, und die nassen – und trug

1 In den Frühdrucken steht »Ricken«, ein mundartlich auch heute noch gebrauchtes Wort.

148

sie auf dem Dachboden zusammen. Er kroch mitten hinein und schlief bis an den Morgen. Da stand der Meister auf und sah, daß die Felle von den Gestellen weg waren. Er lief hastig auf den Dachboden und wollte Eulenspiegel fragen, ob er nichts von den Fellen wüßte. Doch er fand Eulenspiegel nicht, sah aber, daß die trockenen und die nassen Pelze auf dem Dachboden ganz durcheinander auf einem großen Haufen lagen. Da wurde er sehr bekümmert und rief mit weinender Stimme die Magd und die Frau.

Von dem Rufen erwachte Eulenspiegel, fuhr aus den Pelzen empor und sagte: »Lieber Meister, was ist mit Euch, daß Ihr so heftig ruft?« Der Kürschner verwunderte sich und wußte nicht, was in dem Haufen von Fellen und Pelzen war. Er sprach: »Wo bist du?« Eulenspiegel sagte: »Hier bin ich.« Der Meister sprach: »Daß dir nimmer Glück zuteil werde! Hast du mir die Pelze von den Gestellen genommen, die trocknen Felle und die nassen aus dem Kalk, sie hier zusammengelegt und verdirbst mir die einen mit den andern? Was ist das für ein Unsinn?« Eulenspiegel sagte: »Warum, Meister, werdet Ihr darum böse? Ich habe doch nicht mehr als eine Nacht darin gelegen! Ihr würdet viel böser sein, wenn ich die ganzen vier Nächte darin geschlafen hätte, von denen Ihr gestern abend spracht, da ich des Handwerks nicht gewohnt sei.« Der Kürschner sagte: »Du lügst wie ein böser Schalk! Ich habe dich nicht geheißen, mir die fertigen Pelze auf den Dachboden zu tragen, die nassen Felle aus der Beize zu holen, sie zusammenzulegen und darin zu schlafen!« Und er suchte einen Knüttel und wollte ihn schlagen.

Derweilen eilte Eulenspiegel die Stiege herab und wollte zur Tür hinauslaufen. Aber die Frau und die Magd kamen vor die Treppe und wollten ihn festhalten. Da rief er ungestüm: »Laßt mich nach dem Arzt gehn, mein Meister hat ein Bein gebrochen!« Also ließen sie ihn gehen.

Sie liefen die Stiege hinauf, und der Meister kam die Stiege herunter, Eulenspiegel hastig nachlaufend. Er strauchelte und riß Frau und Magd im Fallen mit zu Boden, so daß sie alle drei beieinander lagen. Da lief Eulenspiegel zur Tür hinaus und ließ sie im Haus zusammen zurück.

Die 52. (54.) Historie sagt, wie Eulenspiegel in Berlin einem Kürschner Wölfe statt Wolfspelze machte.

Sehr schlaue und kluge Leute sind die Schwaben. Wo die zuerst hinkommen und kein Auskommen finden, da verdirbt ein anderer ganz. Doch sind etliche von ihnen mehr den Bierkrügen und dem Saufen zugeneigt als ihrer Arbeit. Deshalb liegen ihre Werkstätten oft wüst usw. Einmal wohnte ein Kürschner in Berlin, der war in

Schwaben geboren und in seinem Gewerbe sehr kunstreich. Er hatte auch gute Einfälle, war reich und unterhielt eine einträgliche Werkstatt. Denn er zählte zu seinem Kundenkreis den Fürsten des Landes, die Ritterschaft und viele gute Leute und Bürger. Nun begab es sich, daß der Fürst des Landes zur Winterszeit ein großes Turnier mit Rennen und Stechen abhalten wollte, wozu er seine Ritterschaft und andere Herren einlud. Da keiner als altmodisch gelten wollte, wurden zu dieser Zeit viele Wolfspelze bei dem genannten Kürschner bestellt.

Das bemerkte Eulenspiegel, kam zu dem Meister und bat ihn um Arbeit. Der Meister, der zu dieser Zeit des Gesindes bedurfte, war froh über sein Kommen und fragte ihn, ob er auch Wölfe machen könne. Eulenspiegel sagte ja, darin sei er nicht als der schlechteste im Sachsenland bekannt. Der Kürschner sprach: »Lieber Geselle, du kommst mir eben recht. Komm her, über den Lohn werden wir uns wohl einigen.« Eulenspiegel sagte: »Ja, Meister, ich halte Euch für so redlich; Ihr sollt selbst den Lohn bestimmen, wenn Ihr meine Arbeit seht. Ich arbeite aber nicht bei den anderen Gesellen; ich muß allein sein, nur so kann ich meine Arbeit nach meinem Kopf und unbeirrt tun.« Da gab ihm der Kürschner ein Stübchen und legte ihm viele Wolfshäute vor, die gehärt[1] und zu Pelzen zugerichtet waren. Und er gab ihm die Maße von etlichen Pelzen, großen und kleinen. Da begann Eulenspiegel, sich mit den Wolfsfellen an die Arbeit zu machen. Er schnitt sie zu, machte aus allen Fellen nichts als Wölfe, füllte sie mit Heu und gab ihnen Beine von Stecken, als ob sie lebten.

Als er nun die Felle alle verschnitten und nur Wölfe daraus gemacht hatte, sprach er: »Meister, die Wölfe sind fertig. Ist noch mehr zu tun?« Der Meister sagte: »Ja,

---

1 Hären = Haare abschaben, vgl. Grimm, haaren, Sp. 26 f.; hier bedeutet »häaren« eine besondere Bearbeitung der Felle bei der Pelzbereitung, vgl. Lindow Fn. 10.

151

mein Geselle, nähe Wölfe, so viel du nur immer kannst.«
Damit ging er hinaus in Eulenspiegels Stube. Da lagen die
Wölfe auf der Erde, kleine und große. Die sah der Meister an und sagte: »Was soll das sein? Daß dich das
Fieber schüttle! Was hast du mir für einen großen Schaden getan! Ich will dich einsperren und bestrafen lassen.«
Eulenspiegel sprach: »Meister, ist das mein Lohn und
Dank? Ich habe das nach Euren eigenen Worten gemacht. Ihr hießet mich doch, Wölfe zu machen. Hättet
Ihr gesagt: ›Mach mir Wolfspelze!‹ so hätte ich das auch
getan. Und hätte ich gewußt, daß ich nicht mehr Dank
verdienen würde, ich hätte so großen Fleiß nicht darauf
verwendet.«

Also schied Eulenspiegel von Berlin, ließ nirgends einen
guten Ruf zurück und zog nach Leipzig.

Die 53. (55.) Historie sagt, wie Eulenspiegel in Leipzig den Kürschnern eine lebende Katze in ein Hasenfell nähte und sie in einem Sack als lebendigen Hasen verkaufte.

Eulenspiegel konnte sich schnell einen guten Streich ausdenken, was er den Kürschnern in Leipzig am Fastnachtsabend bewies, als sie zusammen ihr Zechgelage abhielten. Diesmal hätten sie gern Wildbret dazu gehabt. Das vernahm Eulenspiegel und dachte in seinem Sinn: der Kürschner in Berlin hat dir nichts für deine Arbeit gegeben; das sollen dir diese Kürschner bezahlen. Also ging er in seine Herberge. Dort hatte sein Wirt eine schöne, fette Katze. Diese nahm Eulenspiegel unter seinen Rock und bat den Koch um ein Hasenfell, er wolle damit einen hübschen Schelmenstreich ausführen.

153

Der Koch gab ihm ein Hasenfell, darin nähte Eulenspiegel die Katze ein. Dann zog er Bauernkleider an, stellte sich vor das Rathaus und hielt sein Wildbret so lange unter der Joppe verborgen, bis einer der Kürschner daherkam. Den fragte Eulenspiegel, ob er nicht einen guten Hasen kaufen wolle und ließ ihn den Hasen unter der Joppe sehen. Da einigten sie sich, daß er ihm vier Silbergroschen für den Hasen gab und sechs Pfennige für den alten Sack, in dem der Hase steckte. Den trug der Kürschner in seines Zunftmeisters Haus, wo sie beieinander waren mit großem Lärmen und viel Fröhlichkeit, und sagte, daß er den schönsten lebendigen Hasen gekauft habe, den er seit Jahren gesehen habe. Alle betasteten ihn der Reihe nach.

Da sie nun den Hasen erst zur Fastnacht haben wollten, ließen sie ihn in einem eingezäunten Grasgarten umherlaufen, holten Jagdhunde und wollten Kurzweil bei der Hasenjagd haben.

Als nun die Kürschner zusammenkamen, ließen sie den Hasen los und die Hunde dem Hasen nachlaufen. Da der Hase nicht schnell laufen konnte, sprang er auf einen Baum, rief: »Miau!« und wäre gern wieder zu Hause gewesen. Als das die Kürschner vernahmen, riefen sie ungestüm: »Kommt, kommt! Lauft schnell, ihr lieben, guten Zunftgenossen! Der uns mit der Katze geäfft hat: schlagt ihn tot!«

Dabei blieb es aber. Denn Eulenspiegel hatte seine Kleider ausgezogen und sich so verändert, daß sie ihn nicht erkannten.

Die 54. (56.) Historie sagt, wie Eulenspiegel in Braunschweig auf dem Damme einem Ledergerber Leder sott mit Stühlen und Bänken.

Als Eulenspiegel von Leipzig wegreiste, kam er nach Braunschweig zu einem Gerber, der Leder für die Schuhmacher gerbte. Es war Winterszeit, und Eulenspiegel dachte: du sollst es bei diesem Gerber diesen Winter aushalten. Und er verdingte sich bei dem Gerber als Geselle. Als er nun acht Tage bei dem Gerber gewesen war, da fügte es sich, daß der Gerber als Gast essen wollte. Eulenspiegel sollte an diesem Tag Leder gar machen[1]. Da sagte der Gerber zu Eulenspiegel: »Siede den Zuber voll Leder gar!« Eulenspiegel sprach: »Ja, was soll ich für Holz dazu nehmen?« Der Gerber sagte: »Was soll diese Frage? Wenn ich kein Holz in den Holzstapeln hätte, so hätte ich wohl noch so viele Stühle und Bänke, womit du das Leder gar machen könntest.« Eulenspiegel sagte ja, es sei gut.

Der Gerber ging zu Gast. Eulenspiegel hängte einen Kessel übers Feuer, steckte das Leder hinein, eine Haut nach der andern, und sott das Leder so gar, daß es unter den Fingern zerfiel. Während Eulenspiegel das Leder gar sott, zerschlug er alle Stühle und Bänke, die im Hause waren, steckte sie unter den Kessel und sott das Leder noch mehr. Als das geschehen war, nahm er das Leder aus dem Kessel und legte es auf einen Haufen. Dann ging er aus dem Hause vor die Stadt und wanderte hinweg.

Der Gerber dachte an nichts Böses, trank den ganzen Tag und ging des Abends trunken zu Bett. Am Morgen verlangte ihn zu wissen, wie sein Geselle das Leder gegerbt hatte. Er stand auf und ging in das Gerbhaus. Da

---

1 »Gar machen« (so die Frühdrucke) wird von Bote wohl als Wortspiel benutzt. Es bedeutet in der allgemeinen Umgangssprache »fertig kochen«, in der Gerbersprache aber einfach »gerben« (vgl. Grimm, gar Sp. 1313/14).

155

fand er das Leder übergar gesotten und in Haus und Hof weder Bänke noch Stühle. Er wurde ganz verzweifelt, ging in die Kammer zu seiner Frau und sprach: »Frau, hier ist Schlimmes zu sehen! Ich glaube, unser Geselle ist Eulenspiegel gewesen, denn er pflegt alles das zu tun, was man ihn heißet. Er ist hinweg, hat aber alle unsere Stühle und Bänke ins Feuer geworfen und das Leder damit zersotten.« Die Frau fing an zu weinen und sagte: »Folge ihm geschwind und eilig nach und hole ihn wieder zurück!« Der Gerber sprach: »Nein, ich begehre seiner nicht wieder. Er bleibe nur aus, bis ich nach ihm schicke.«

Die 55. (57.) Historie sagt, wie Eulenspiegel in Lübeck den Weinzäpfer betrog, als er ihm eine Kanne Wasser für eine Kanne Wein gab.

Eulenspiegel sah sich klüglich vor, als er nach Lübeck kam, und verhielt sich gebührlich, damit er dort niemandem einen Streich spielte, denn es herrschte in Lübeck ein strenges Recht. Nun war zu der Zeit im Ratskeller in Lübeck ein Weinzäpfer, der war ein sehr hochmütiger und stolzer Mann. Ihn dünkte, niemand sei so klug wie er. Er war dreist genug, von sich selber zu sagen und von sich sagen zu lassen: ihn gelüste es, den Mann zu sehen, der ihn betrügen und in seiner Klugheit überlisten könne. Darum war er bei vielen Bürgern unbeliebt.
Als nun Eulenspiegel von diesem Übermut des Weinzäpfers hörte, konnte er den Schalk nicht länger verbergen und dachte: das mußt du versuchen, was er kann. Und er nahm zwei Kannen, die beide gleich waren, und goß in eine Kanne Wasser und ließ die andere Kanne leer. Die Kanne, in der das Wasser war, trug er unter dem Rock verborgen, die leere trug er offen. Mit den Kannen ging er in den Weinkeller und ließ sich ein Maß Wein einmessen. Die Kanne mit dem Wein nahm er unter den Rock, zog die Kanne mit dem Wasser hervor und setzte sie auf die Zapfbank, ohne daß es der Weinzäpfer sah. Dann sprach er: »Weinzäpfer, was kostet das Maß Wein?« Der Weinzäpfer sagte: »Zehn Pfennige.« Eulenspiegel sprach: »Der Wein ist mir zu teuer, ich habe nicht mehr als sechs Pfennige, kann ich ihn dafür haben?« Der Weinzäpfer wurde zornig und sagte: »Willst du meinen Ratsherren den Weinpreis vorschreiben? Das ist hier ein Kauf nach festgesetzten Preisen. Wem das nicht gefällt, der lasse den Wein im Ratskeller.« Eulenspiegel sprach: »Das muß ich wohl lernen. Ich habe sechs Pfennige, wollt Ihr die nicht, so gießt den Wein wieder aus!«
Da nahm der Weinzäpfer in seinem Zorn die Kanne und

157

meinte, es sei der Wein. Aber es war das Wasser, und er goß es oben zum Spundloch wieder hinein und sprach: »Was bist du für ein Tor! Lässest dir Wein einmessen und kannst ihn nicht bezahlen!« Eulenspiegel nahm die Kanne, ging hinaus und sagte: »Ich sehe wohl, daß du ein Tor bist. Es ist niemand so klug, daß er nicht von Toren betrogen würde[1], auch wenn er ein Weinzäpfer ist.« Und damit ging er hinweg. Die Kanne mit dem Wein trug er unter dem Mantel, und die leere Kanne, in der das Wasser gewesen war, trug er offen.

---

1 Vgl. den Schluß von H 17 (15).

Die 56. (58.) Historie sagt, wie man Eulenspiegel in Lübeck henken wollte und wie er mit behender Schalkheit davonkam.

Lambrecht, der Weinzäpfer, dachte über die Worte nach, die Eulenspiegel sagte, als er den Keller verließ. Er ging hin, nahm sich einen Stadtwächter, lief Eulenspiegel nach und holte ihn auf der Straße ein. Der Büttel griff ihn an, und sie fanden die zwei Kannen bei ihm, die leere Kanne und die Kanne, worin der Wein war. Da klagten sie ihn als einen Dieb an und führten ihn in das Gefängnis.

Etliche meinten, er habe den Galgen verdient; etliche sprachen, es sei nicht mehr als ein ausgeklügelter Streich, und sie meinten, der Weinzäpfer hätte sich vorsehen sollen, denn er habe ja gesagt, daß ihn niemand betrügen könne. Eulenspiegel habe das nur getan wegen der großen Vermessenheit des Weinzäpfers. Aber diejenigen, die Eulenspiegel nicht leiden konnten, sprachen, es sei Diebstahl, er müsse deshalb hängen. So wurde über ihn das Urteil gesprochen: Tod durch den Galgen.

Als der Tag der Urteilsvollstreckung kam und man Eulenspiegel vor die Stadt führen und henken sollte, da entstand eine lärmende Unruhe über die ganze Stadt. Jedermann war zu Roß oder zu Fuß auf der Straße. Der Rat von Lübeck befürchtete, daß er um Freigabe des Gefangenen gebeten und veranlaßt werde, Eulenspiegel nicht henken zu lassen. Etliche wollten sehen, was für ein Ende er nähme, nachdem er ein so abenteuerlicher Mensch gewesen war. Andere meinten, er verstünde etwas von der schwarzen Kunst[1] und würde sich damit befreien. Aber der größte Teil gönnte ihm, daß er frei würde. Während der Ausfahrt vor die Stadt war Eulenspiegel ganz still und sprach kein Wort, so daß sich jedermann

1 Magie, Zauberkunst.

über ihn wunderte und meinte, er sei verzweifelt. Das dauerte bis an den Galgen. Da tat er den Mund auf, rief den ganzen Rat zu sich und bat ihn demütig, ihm eine Bitte zu gewähren. Er wolle weder um Leib noch um Leben bitten noch um Geld oder Gut; weder um sonst eine Wohltat, noch um ewige Messen, ewige Spenden oder ewiges Gedenken; sondern nur um eine geringe Sache, die ohne Schaden zu tun sei und die der ehrbare Rat von Lübeck leichtlich tun könne ohne einen Pfennig Kosten. Die Ratsherren traten zusammen und gingen zur Seite, um darüber Rat zu halten. Und sie einigten sich, ihm seine Bitte zu gewähren, nachdem er vorher ausdrücklich gesagt hatte, worum er nicht bitten wolle. Manche von ihnen verlangte es sehr zu erfahren, um was er bitten würde. Sie sprachen zu ihm: seine Bitte solle erfüllt werden, sofern er nichts von den Dingen erbäte,

Die 59. (61.) Historie sagt, wie Eulenspiegel in Erfurt einen Metzger noch einmal um einen Braten betrog.

Nach acht Tagen kam Eulenspiegel wieder zu den Fleischbänken. Da sprach derselbe Metzger[1] Eulenspiegel mit Spottreden an: »Komm wieder her und hol dir einen Braten!« Eulenspiegel sagte ja und wollte nach dem Braten greifen. Da war der Metzger flink und nahm den Braten schnell an sich. Eulenspiegel sagte: »Warte, laß den Braten liegen, ich will ihn bezahlen.« Der Metzger legten den Braten wieder auf die Bank.

Da sprach Eulenspiegel zu ihm: »Wenn ich dir ein Wort sage, das dir von Nutzen ist, soll dann der Braten mein sein?« Der Metzger sagte: »Du könntest mir solche

1 Vgl. H 58 (60).

165

Worte sagen, die mir nichts nützen. Du könntest mir aber auch Worte sagen, die mir von Nutzen sind, und dabei den Braten hinwegnehmen.« Eulenspiegel sprach: »Ich will den Braten nicht anrühren, wenn dir meine Worte nicht gefallen.« Und er sagte weiter: »Ich spreche jetzt dies: ›Wohlauf, her, mein Säckel, und bezahle die Leute!‹ Wie gefällt dir das? Gefällt dir das etwa nicht?« Da sagte der Metzger: »Die Worte gefallen mir wohl, sie behagen mir sehr.« Da sprach Eulenspiegel zu denen, die umherstanden: »Liebe Freunde, das hörtet ihr wohl, also ist der Braten mein.«

Eulenspiegel nahm den Braten, ging damit hinweg und sagte spöttisch zu dem Metzger: »Nun habe ich mir wieder einen Braten geholt, wie du mich ansprachst.« Der Metzger stand da und wußte nicht, was er darauf antworten sollte. Zweimal war er genarrt worden und hatte zu seinem Schaden den Spott seiner Nachbarn, die bei ihm standen und über ihn lachten.

Die 60. (62.) Historie sagt, wie Eulenspiegel in Dresden ein Schreinerknecht wurde und nicht viel Dank verdiente.

Alsbald zog Eulenspiegel aus dem Lande Hessen nach Dresden vor dem Böhmerwald an der Elbe und gab sich als Schreinergeselle aus. Dort nahm ihn ein Schreiner auf, der einen Gesellen zur Aushilfe benötigte. Denn seine Gesellen hatten ausgedient und waren auf Wanderschaft gegangen.

Nun fand in der Stadt eine Hochzeit statt; zu der war der Schreiner eingeladen. Da sprach der Schreiner zu Eulenspiegel: »Lieber Geselle, ich muß zur Hochzeit gehn und werde heute bei Tage nicht mehr wiederkommen. Sei tüchtig, arbeite fleißig und bringe die vier Bretter für den Schreibtisch auf das genaueste zusammen in den Leim.«

Eulenspiegel sagte: »Ja, welche Bretter gehören zusammen?« Der Meister legte ihm die Bretter aufeinander, die zusammengehörten, und ging mit seiner Frau zur Hochzeit.

Der brave Geselle Eulenspiegel, der sich allezeit mehr befleißigte, seine Arbeit verkehrt zu tun, als richtig, fing an und durchbohrte die schön gemaserten Tischbretter, die ihm sein Meister aufeinandergelegt hatte, an drei oder vier Enden. Dann schlug er Holzpflöcke hindurch und verband sie so miteinander. Danach siedete er Leim in einem großen Kessel und steckte die Bretter da hinein. Schließlich trug er sie oben ins Haus, legte sie dort ans offene Fenster, damit der Leim an der Sonne trocknete, und machte zeitig Feierabend.

Abends kam der Meister von der Hochzeit, hatte viel getrunken und fragte Eulenspiegel, was er den Tag über

gearbeitet habe. Eulenspiegel sagte: »Lieber Meister, ich habe die vier Tischbretter auf das genaueste zusammen in den Leim gebracht und zu einer guten Zeit Feierabend gemacht.« Das gefiel dem Meister wohl, und er sagte zu seiner Frau: »Das ist ein rechter Geselle, behandle ihn gut, den will ich lange behalten.« Und damit gingen sie schlafen.

Am nächsten Morgen, als der Meister aufgestanden war, hieß er Eulenspiegel den Tisch bringen, den er fertig gemacht habe. Da kam Eulenspiegel mit seiner Arbeit vom Dachboden herunter. Als der Meister sah, daß ihm der Schalk die Bretter verdorben hatte, sprach er: »Geselle, hast du auch das Schreinerhandwerk gelernt?« Eulenspiegel antwortete, warum er danach frage. »Ich frage darum, weil du mir so gute Bretter verdorben hast.« Eulenspiegel sagte: »Lieber Meister, ich habe getan, wie Ihr mich hießet. Ist es verdorben, dann ist das Eure Schuld.« Der Meister wurde zornig und sprach: »Du bist ein Schalksnarr, darum hebe dich hinweg aus meiner Werkstatt; ich habe von deiner Arbeit keinen Nutzen.« Also schied Eulenspiegel von dannen und verdiente keinen großen Dank, obwohl er alles das tat, was man ihn hieß.

Die 61. (19.) Historie sagt, wie sich Eulenspiegel in Braunschweig bei einem Brotbäcker als Bäckergeselle verdingte und wie er Eulen und Meerkatzen backte.

Als Eulenspiegel wieder nach Braunschweig in die Bäckerherberge kam, wohnte nahe dabei ein Bäkker. Der rief ihn in sein Haus und fragte ihn, was er für ein Geselle sei. Er sprach: »Ich bin ein Bäckergeselle.« Der Brotbäcker sagte: »Ich habe eben keinen Gesellen. Willst du mir dienen?« Eulenspiegel sagte: »Ja.«

Als er nun zwei Tage bei ihm gewesen war, hieß ihn der

168

Bäcker, am Abend zu backen, denn er konnte ihm bis zum Morgen nicht helfen. Eulenspiegel sprach: »Ja, was soll ich denn backen?« Der Bäcker war ein leicht erregbarer Mann, er wurde zornig und sagte im Spott: »Bist du ein Bäckergeselle und fragst erst, was du backen sollst? Was pflegt man denn zu backen? Eulen oder Meerkatzen!« Und damit legte er sich schlafen.

Da ging Eulenspiegel in die Backstube und machte aus dem Teig nichts als Eulen und Meerkatzen, die ganze Backstube voll, und backte sie.

Der Meister stand des Morgens auf und wollte ihm helfen. Doch als er in die Backstube kam, fand er weder Wecken noch Semmeln, sondern lauter Eulen und Meerkatzen. Da wurde der Meister zornig und sprach: »Daß dich das jähe Fieber packe![1] Was hast du da gebacken?«

[1] Fluch, vgl. Agricola Nr. 478.

169

Eulenspiegel sagte: »Was Ihr mich geheißen habt, Eulen und Meerkatzen.« Der Bäcker sprach: »Was soll ich nun mit dem Narrenzeug tun? Solches Brot ist mir zu nichts nütze. Ich kann das nicht zu Geld machen.« Und er ergriff Eulenspiegel beim Hals und sagte: »Bezahl mir meinen Teig!« Eulenspiegel sprach: »Ja, wenn ich Euch den Teig bezahle, soll dann die Ware mein sein, die davon gebacken ist?« Der Meister sagte: »Was frage ich nach solcher Ware! Eulen und Meerkatzen kann ich nicht gebrauchen in meinem Laden.«

Also bezahlte Eulenspiegel dem Bäcker seinen Teig, packte die gebackenen Eulen und Meerkatzen in einen Korb und trug sie aus dem Haus in die Herberge »Zum Wilden Mann«. Und Eulenspiegel dachte bei sich selbst: Du hast oft gehört, man könnte keine so seltsamen Dinge nach Braunschweig bringen, daß man nicht Geld daraus löste. Und es war am Vortage des Sankt-Nikolaus-Abends. Da stellte sich Eulenspiegel mit seiner Ware vor die Kirche, verkaufte alle Eulen und Meerkatzen und löste viel mehr Geld daraus, als er dem Bäcker für den Teig gegeben hatte.

Das wurde dem Bäcker kundgetan. Den verdroß das sehr, und er lief vor die Sankt-Nikolaus-Kirche und wollte von Eulenspiegel auch die Kosten für das Holz und für das Backen verlangen. Aber da war Eulenspiegel gerade hinweg mit seinem Geld, und der Bäcker hatte das Nachsehen.

Die 62. (20.) Historie sagt, wie Eulenspiegel im Mondschein das Mehl in den Hof beutelte[1].

Eulenspiegel wanderte im Land umher, kam in das Dorf[2] Uelzen und wurde dort wieder ein Bäckergeselle. Als er nun im Hause eines Meisters war, da rich-

1 Beuteln = Mehl mit Hilfe eines Leinenbeutels sieben.
2 Da Uelzen seit 1270 Stadtrechte hatte (Lindow Fn. 2), liegt hier ein Irrtum Botes, des Bearbeiters oder des Setzers vor.

170

tete der Meister alles her, um zu backen. Eulenspiegel sollte das Mehl in der Nacht beuteln, damit es am Morgen früh fertig wäre. Eulenspiegel sprach: »Meister, Ihr solltet mir ein Licht geben, damit ich beim Beuteln sehen kann.« Der Bäcker sagte zu ihm: »Ich gebe dir kein Licht. Ich habe meinen Gesellen zu dieser Zeit nie ein Licht gegeben. Sie mußten im Mondschein beuteln; also mußt du es auch tun.« Eulenspiegel sprach: »Haben sie bei Mondschein gebeutelt, so will ich es auch tun.« Der Meister ging zu Bett und wollte ein paar Stunden schlafen.

Derweilen nahm Eulenspiegel den Beutel, hielt ihn zum Fenster hinaus und siebte das Mehl in den Hof, wohin der Mond schien, immer dem Scheine nach. Als der Bäcker des Morgens früh aufstand und backen wollte, stand Eulenspiegel immer noch da und beutelte. Da sah der

Bäcker, daß Eulenspiegel das Mehl in den Hof siebte, der vom Mehl auf der Erde ganz weiß war. Da sprach der Meister: »Was, zum Teufel, machst du hier? Hat das Mehl nicht mehr gekostet, als daß du es in den Dreck beutelst?« Eulenspiegel antwortete: »Habt Ihr es mich nicht geheißen, in dem Mondschein zu sieben ohne Licht? Also habe ich getan.« Der Brotbäcker sprach: »Ich hieß dich, du solltest beuteln bei dem Mondschein.« Eulenspiegel sagte: »Wohlan, Meister, seid nur zufrieden, es ist beides geschehen: in und bei dem Mondschein. Und da ist auch nicht mehr verloren als eine Handvoll. Ich will das bald wieder aufraffen, das schadet dem Mehl nur ganz wenig.« Der Brotbäcker sprach: »Während du das Mehl aufraffst, kann man keinen Teig machen. So wird es zu spät zum Backen.« Eulenspiegel sagte: »Mein Meister, ich weiß guten Rat. Wir werden so schnell bakken wie unser Nachbar. Sein Teig liegt im Backtrog. Wollt Ihr den haben, so will ich ihn sogleich holen und unser Mehl an dieselbe Stelle tragen.«

Der Meister wurde zornig und sprach: »Du wirst den Teufel holen! Geh an den Galgen, du Schalk, und hole den Dieb herein[3], aber laß mir des Nachbarn Teig liegen!« »Ja«, sprach Eulenspiegel und ging aus dem Haus an den Galgen. Da lag der Leichnam von einem Diebe, der war herabgefallen. Er nahm ihn auf die Schulter, trug ihn in seines Meisters Haus und sagte: »Hier bringe ich, was am Galgen lag. Wozu wollt Ihr das haben? Ich wüßte nicht, wozu es gut wäre.« Der Bäcker sprach: »Bringst du sonst nichts mehr?« Eulenspiegel antwortete: »Wäre mehr dagewesen, hätte ich Euch mehr gebracht. Aber es war nicht mehr da.« Der Bäcker wurde böse und sprach voller Zorn: »Du hast das Gericht des

3 Lindow Fn. 8 hält diesen Ausspruch des Meisters für eine derbe, zurechtweisende Redensart, etwa im Sinne von: »Scher dich zum Teufel!«. Im Mittelalter hingen am Galgen »gewöhnlich ein paar halbvertrocknete Leichen« (A. Schultz S. 12). Über die Aufforderung, an den Galgen zu gehen, als Fluch oder Verwünschung vgl. H 11 (64, 1. Teil) Fn. 4.

Rats bestohlen und seinen Galgen beraubt[4]. Ich werde das vor den Bürgermeister bringen, das sollst du sehen!« Und der Bäcker ging aus dem Hause auf den Markt, und Eulenspiegel ging ihm nach. Der Bäcker hatte es so eilig, daß er sich nicht umsah und auch nicht wußte, daß Eulenspiegel ihm nachging. Der Bürgermeister stand auf dem Markt. Da ging der Bäcker zu ihm und fing an, sich zu beschweren. Eulenspiegel war behende: sobald sein Meister, der Bäcker, anfing zu reden, stand Eulenspiegel dicht neben ihm und riß seine beiden Augen weit auf. Als der Bäcker Eulenspiegel sah, wurde er so wütend, daß er vergaß, worüber er sich beklagen wollte, und sprach ergrimmt zu Eulenspiegel: »Was willst du?« Eulenspiegel antwortete: »Ich will nur Eure Worte erfüllen: Ihr sagtet, ich sollte sehen, daß Ihr mich vor dem Bürgermeister verklagen würdet. Wenn ich das nun sehen soll, so muß ich die Augen nahe heranbringen, damit ich es auch sehen kann.« Der Bäcker sprach zu ihm: »Geh mir aus den Augen, du bist ein Schalk!« Eulenspiegel sagte: »So wurde ich schon oft genannt. Aber säße ich Euch in den Augen, so müßte ich Euch aus den Nasenlöchern kriechen, wenn Ihr die Augen zumacht.«

Da ging der Bürgermeister von ihnen fort und ließ sie beide stehen. Denn er hörte wohl, daß es alles Torheit war. Als Eulenspiegel das sah, lief er zurück und sprach: »Meister, wann wollen wir backen? Die Sonne scheint nicht mehr[5].« Und er ging hinweg und ließ den Bäcker stehn.

---

4 Nach Petzoldt Bd. II S. 331 wurde das Bestehlen des Galgens bestraft.
5 Eulenspiegel verspottet hier noch einmal seinen Meister, der ihn nicht wiedersehen will: er fragt ihn scheinheilig, ob sie nicht backen wollen, denn »Die Sonne scheint nicht mehr«. Es ist also inzwischen Abend geworden, und damit beginnt die Arbeitszeit der Bäcker.

Die 63. (65.) Historie sagt, wie Eulenspiegel in Wismar ein Pferdehändler wurde, und ein Kaufmann Eulenspiegels Pferd den Schwanz auszog.

Eine listige Schalkheit tat Eulenspiegel in Wismar an der See einem Pferdekaufmann an. Denn dahin kam allezeit ein Pferdehändler, der kaufte kein Pferd, ohne daß er darum feilschte und dann das Pferd beim Schwanz zog. Das tat er auch bei den Pferden, die er nicht kaufte. Beim Ziehen wollte er merken, ob das Roß lange leben würde, und er merkte es angeblich daran[1]: stand dem Pferd das lange Haar locker im Schweif, so kaufte er es nicht, weil er glaubte, daß es nicht lange leben würde; stand dem Pferd aber das Haar fest im Schwanz, so kaufte er es, denn er hatte den gewissen Glauben, daß es lange leben und von harter Natur sein würde. Dies war in der ganzen Stadt Wismar allgemeine Meinung, so daß sich jedermann danach richtete.

Das bekam Eulenspiegel zu wissen, und er dachte: dem mußt du eine Schalkheit tun, sei es, was es wolle, damit der Irrtum aus dem Volk kommt. Nun verstand Eulenspiegel ein wenig von der schwarzen Kunst[2]. Er nahm ein Pferd und richtete es mit der schwarzen Kunst so her, wie er es haben wollte. Damit zog er zu Markte und bot das Pferd den Leuten teuer an, damit sie es ihm nicht abkauften. Das tat er so lange, bis der Kaufmann kam, der die Pferde beim Schwanz zog. Dem bot er das Pferd billig an. Der Kaufmann sah wohl, daß das Pferd schön und das Geld wert war, und er ging hinzu und wollte es fest am Schwanz ziehen. Aber Eulenspiegel hatte das so hergerichtet: sobald der Kaufmann das Roß am Schweif zog, behielt er ihn in der Hand; das sah dann so aus, als ob er dem Pferd den Schwanz ausgezogen habe. Der Pferde-

1 Ein wiederholender Satz ist hier in der Übertragung ausgelassen.
2 Zauberkunst, Magie.

174

händler stand und wurde kleinlaut, aber Eulenspiegel rief: »Schande[3] über diesen Bösewicht! Seht, liebe Bürger, wie er mir mein Pferd verunstaltet und verdorben hat!« Die Bürger kamen hinzu und sahen, daß der Kaufmann den Pferdeschweif in der Hand hatte. Das Pferd hatte keinen Schwanz mehr, und der Kaufmann fürchtete sich sehr.

Da mischten sich die Bürger ein und erreichten, daß der Pferdehändler Eulenspiegel zehn Gulden gab und dieser sein Pferd behielt. Und Eulenspiegel zog mit seinem Roß hinweg und setzte ihm den Schweif wieder an.

Der Kaufmann aber zog von dieser Zeit an kein Pferd mehr beim Schwanze.

---

3 In den Frühdrucken steht »Rabio«, wohl von italienisch rabbiare = erbost sein, wütend sein.

Die 64. (66.) Historie sagt, wie Eulenspiegel in Lüneburg einem Pfeifendreher[1] eine große Schalkheit antat.

In Lüneburg wohnte ein Pfeifendreher, der ein Landfahrer gewesen und mit dem Zauberstab[2] umhergezogen war. Er saß beim Bier mit zahlreicher Gesellschaft, als Eulenspiegel zu dem Gelage kam.

Da lud der Pfeifendreher Eulenspiegel zu Gast in der Absicht, ihn zum besten zu haben, und sagte zu ihm: »Komm morgen zu Mittag und iß mit mir, wenn du kannst!« Eulenspiegel sagte ja und dachte sich nichts bei dem Wort. Er kam am andern Tage und wollte als Gast zu dem Pfeifenmacher gehen. Als er vor die Tür kam, war sie oben und unten zugesperrt, und auch alle Fenster waren geschlossen. Eulenspiegel ging vor der Tür zwei-

oder dreimal hin und her, so lange, bis es Nachmittag wurde, aber das Haus blieb zu. Da merkte er wohl, daß er betrogen worden war. Er ließ die Sache auf sich beruhen und schwieg still bis zum nächsten Tag.

Da kam Eulenspiegel zu dem Pfeifendreher auf den Markt und sprach zu ihm: »Seht, lieber Mann, wenn Ihr Gäste ladet, pflegt Ihr dann selber auszugehen und die Tür oben und unten zu schließen?« Der Pfeifenmacher sprach: »Hörtest du nicht, wie ich dich bat? Ich sagte: komm morgen zu Mittag und iß mit mir, wenn du kannst! Nun fandest du die Tür zugesperrt, da konntest du nicht hineinkommen.« Eulenspiegel sagte: »Habt Dank dafür, das wußte ich noch nicht, ich lerne noch alle Tage.«

Der Pfeifenmacher lachte und sprach: »Ich will es mit dir nicht übertreiben. Geh nun hin, meine Tür steht offen! Du findest Gesottenes und Gebratenes beim Feuer. Geh schon vor, ich komme dir nach! Du sollst allein sein, ich will keinen Gast außer dir haben.«

Eulenspiegel dachte: Das wird gut. Und er ging schnell zu des Pfeifenmachers Haus und fand es so, wie dieser ihm gesagt hatte. Die Magd wendete den Braten, und die Frau ging umher und richtete an. Als Eulenspiegel ins Haus kam, sagte er zu der Frau, sie solle eilends mit ihrer Magd zu ihrem Mann kommen. Dem sei ein großer Fisch geschenkt worden, ein Stör, den sollten sie ihm heimtragen helfen. Er wolle solange den Braten wenden. Die Frau sagte: »Ja, lieber Eulenspiegel, tut das, ich will mit der Magd gehen und schnell wiederkommen.« Eulenspiegel sprach: »Geht nur rasch!«

Die Frau und die Magd eilten zum Markt. Der Pfeifendreher traf sie unterwegs und fragte sie, was sie zu laufen hätten. Sie sprachen, Eulenspiegel sei in das Haus gekommen und habe gesagt, dem Hausherrn sei ein großer Stör

---

1 Verfertiger von Blasinstrumenten (Lappenberg S. 267; Lindow Fn. 1).
2 Wörtlich: Lotterholz, vgl. Anm. S. 313.

geschenkt worden, den sollten sie heimtragen helfen. Der Pfeifenmacher wurde zornig und sprach zu der Frau: »Konntest du nicht im Hause bleiben? Er hat das nicht umsonst getan, dahinter steckt eine Schalkheit.«

Inzwischen hatte Eulenspiegel das Haus oben und unten zugeschlossen, ebenso alle Fenster. Als der Pfeifendreher mit seiner Frau und der Magd vor das Haus kamen, fanden sie die Türe zu. Da sprach er zu seiner Frau: »Nun siehst du wohl, was für einen Stör du holen solltest!« Und sie klopften an die Tür. Eulenspiegel ging an die Tür und sagte: »Lasset Euer Klopfen, ich lasse niemanden ein! Der Hausherr hat mir befohlen und zugesagt, ich solle allein hierinnen sein, er wolle keinen andern Gast haben als mich. Geht nur weg und kommt nach dem Essen wieder!« Der Pfeifenmacher sprach: »Das ist wahr, ich sagte es, aber ich meinte es nicht so. Nun laßt ihn essen, ich will es ihm mit einer anderen Schalkheit vergelten.« Und er ging mit der Frau und der Magd in das Haus des Nachbarn und wartete so lange, bis Eulenspiegel fertig war.

Eulenspiegel kochte das Essen gar, setzte es auf den Tisch, aß kräftig und füllte sich wieder nach, solange es ihm gut dünkte. Dann machte er die Tür auf und ließ sie offen stehen. Der Pfeifendreher kam mit seiner Frau und seiner Magd und sprach: »Das pflegen keine redlichen Leute zu tun, daß ein Gast vor dem Wirt die Tür abschließt, der ihn eingeladen hat.« Da sagte Eulenspiegel: »Sollte ich das zu zweit tun, was ich allein machen sollte? Würde ich allein zu Gast gebeten und brächte ich dann noch mehr Gäste mit, das würde dem Hauswirt nicht gefallen.« Mit diesen Worten ging er aus dem Haus. Der Pfeifenmacher sah ihm nach: »Nun, ich zahle es dir wieder heim, wie schalkhaftig du auch bist.« Eulenspiegel sprach: »Wer es am besten kann, der sei der Meister.«

Da ging der Pfeifendreher alsbald zum Abdecker und sagte, in der Herberge sei ein redlicher Mann, der heiße

Eulenspiegel. Dem sei ein Pferd gestorben, das solle er abholen; und er zeigte ihm das Haus. Der Abdecker sah, daß es der ihm bekannte Pfeifenmacher war, und er sagte ja, er wolle das tun. Er fuhr mit dem Schinderkarren vor die Herberge, die ihm der Pfeifendreher gezeigt hatte, und fragte nach Eulenspiegel. Dieser kam vor die Tür und fragte, was er wolle. Der Abdecker antwortete, der Pfeifenmacher sei bei ihm gewesen und habe ihm gesagt, daß Eulenspiegel ein Pferd gestorben sei; das solle er abholen. Und ob er Eulenspiegel heiße und ob sich das also verhalte?

Eulenspiegel kehrte sich um, zog seine Hosen herunter und riß den Arsch auf: »Sieh her und sag dem Pfeifendreher: wenn Eulenspiegel nicht in dieser Gasse sitzt, so weiß ich nicht, in welcher Straße er sonst ist.« Der Abdecker wurde zornig, fluchte und fuhr mit dem Schinderkarren vor des Pfeifenmachers Haus. Da ließ er den Karren stehn und verklagte ihn vor dem Rat, so daß der Pfeifendreher dem Abdecker zehn Gulden geben mußte.

Eulenspiegel aber sattelte sein Pferd und ritt aus der Stadt.

Die 65. (67.) Historie sagt, wie Eulenspiegel von einer alten Bäuerin verspottet wurde, als er seine Tasche verloren hatte.

Vor alten Zeiten wohnte zu Gerdau im Lande Lüneburg ein Paar alter Leute, die an die 50 Jahre im ehelichen Stand miteinander gelebt hatten. Sie hatten schon große Kinder, die versorgt und verheiratet waren. Nun war dort zu der Zeit auf der Pfarrstelle ein ganz schlauer Pfaffe, der allzeit gern dabei war, wo man praßte und schlemmte. Dieser Pfaffe machte es mit seinen Pfarrkindern so: wenigstens einmal im Jahr mußte ihn jeder Bauer zu Gast haben und ihn samt seiner Magd einen Tag oder zwei verpflegen und aufs beste bewirten.

Nun hatten die zwei alten Leute viele Jahre lang keine Kirchweih[1], Kindtaufe oder eine sonstige Gasterei abgehalten, auf der der Pfaffe schlemmen konnte. Das verdroß ihn, und er dachte darüber nach, wie er den Bauern dazu brächte, daß er ihm eine Einladung schicke. Er sandte ihm einen Boten und ließ ihn fragen, wie lange er mit seiner Frau im ehelichen Stande gelebt habe. Der Bauer antwortete dem Pfarrer: »Lieber Herr Pfarrer, das ist so lange, daß ich es vergessen habe.« Darauf antwortete der Pfarrer: »Das ist ein gefährlicher Zustand für euer Seelenheil. Wenn ihr 50 Jahre beieinander gewesen seid, so ist das Ehegelöbnis erloschen, wie das Gelübde eines Mönches in einem Kloster[2]. Besprich das mit deiner Frau, komm dann zu mir und berichte mir über die Dinge, damit ich euch raten helfe zu eurer Seelen Seligkeit, wozu ich euch und allen meinen Pfarrkindern verpflichtet bin.«

Der Bauer tat dies und überlegte das mit seiner Frau, aber er konnte doch dem Pfarrer nicht genau die Zahl der Jahre ihres ehelichen Standes anzeigen. Sie kamen beide in großer Sorge zum Pfarrer, damit er ihnen in ihrer unwürdigen Lage einen guten Rat gäbe. Der Pfarrer sagte: »Da ihr keine genaue Zahl wißt, so will ich euch aus Sorge um eure Seelen am nächsten Sonntag aufs neue zusammengeben, damit ihr, falls ihr nicht mehr im ehelichen Stande seid, wieder hineinkommt. Und deshalb schlachtet einen guten Ochsen, ein Schaf und ein Schwein, bitte deine Kinder und guten Freunde zu deinem Mahl und bewirte sie gut; ich will dann auch bei dir sein.« »Ach ja, lieber Pfarrer, tut also! Es soll mir an einem Schock Hühner nicht liegen. Sollten wir so lange

1 Hier in der Bedeutung von häuslichem Festschmaus.
2 Was keineswegs den Tatsachen entspricht, vgl. Lindow Fn. 9.

180

ehelich beieinander gewesen sein und jetzt außerhalb des ehelichen Standes leben, das wäre nicht gut.«
Damit ging der Bauer nach Hause und begann mit den Vorbereitungen. Der Pfarrer lud zu dem Fest etliche Prälaten und Pfaffen ein, mit denen er bekannt war. Unter ihnen war auch der Probst von Ebstorf, der allezeit ein gutes Pferd oder sogar zwei Pferde hatte und auch gerne beim Essen dabei war. Bei dem war Eulenspiegel eine Zeitlang gewesen, und der Probst sprach zu ihm: »Steige auf meinen jungen Hengst und reite mit, du sollst willkommen sein!« Das tat Eulenspiegel. Als sie ankamen, aßen und tranken sie und waren fröhlich. Die alte Frau, die die Braut sein sollte, saß oben am Tisch, wo die Bräute zu sitzen pflegen. Als sie müde und abgespannt wurde, ließ man sie hinaus. Sie ging hinter ihren Hof an das Flüßchen Gerdau und setzte ihre Füße in das Wasser.

Währenddessen ritten der Probst und Eulenspiegel heim nach Ebstorf. Da machte Eulenspiegel auf dem jungen Hengst der »Braut« mit schönen Sprüngen den Hof und trieb das so lange, daß ihm seine Tasche und sein Gürtel, die man zu dieser Zeit zu tragen pflegte, von der Seite fielen. Als das die gute alte Frau sah, stand sie auf, nahm die Tasche, ging wieder zum Wasser und setzte sich auf die Tasche. Als Eulenspiegel eine Ackerlänge weitergeritten war, vermißte er seine Tasche. Er ritt kurzerhand wieder nach Gerdau und fragte die gute alte Bäuerin, ob sie nicht eine alte, rauhe Tasche gesehen oder gefunden habe. Die alte Frau sprach: »Ja, Freund, bei meiner Hochzeit bekam ich eine rauhe Tasche, die habe ich noch und sitze darauf. Ist es die?« »Oho, das ist lange her, daß du eine Braut warst«, sprach Eulenspiegel. »Das muß jetzt notwendigerweise eine alte, rostige Tasche sein. Ich begehre deine alte Tasche nicht.«

Und so schalkhaft und listig Eulenspiegel sonst war, so wurde er dennoch von der alten Bäuerin genarrt und büßte seine Tasche ein.

Dieselben rauhen Brauttaschen haben die Frauen in Gerdau heute noch. Ich glaube, daß dort die alten Witwen sie in Verwahrung haben. Wem etwas daran liegt, der mag dort danach fragen.

Die 66. (68.) Historie sagt, wie Eulenspiegel bei Uelzen einen Bauern um ein grünes Londoner Tuch betrog und ihn überredete, daß es blau sei.

Gesottenes und Gebratenes wollte Eulenspiegel allezeit essen, darum mußte er sehen, woher er das nahm. Einmal kam er auf den Jahrmarkt nach Uelzen, wohin auch viele Wenden und anderes Landvolk kamen. Da ging er hin und her und sah sich überall danach um,

was dort zu tun oder zu schaffen sei. Unter anderem sah
er, daß ein Landmann ein grünes Londoner Tuch kaufte
und damit nach Hause wollte. Da überlegte Eulenspiegel,
wie er den Bauern um das Tuch betrügen könne, und
fragte nach dem Dorf, wo der Bauer daheim war. Und er
nahm einen Schottenpfaffen[1] und einen anderen losen
Gesellen mit sich und ging mit ihnen aus der Stadt auf
den Weg, den der Bauer entlang kommen mußte. Eulenspiegel machte einen Plan, was sie tun sollten, wenn der
Bauer mit dem grünen Tuch käme, das blau sein sollte.
Einer sollte immer eine halbe Ackerlänge Weges von dem
anderen entfernt stadtwärts gehen.
Als der Bauer mit dem Tuch aus der Stadt kam und es
heimtragen wollte, sprach ihn Eulenspiegel an, wo er das
schöne, blaue Tuch gekauft habe. Der Bauer antwortete,
es sei grün und nicht blau. Eulenspiegel sagte, das Tuch
sei blau, darauf wolle er 20 Gulden setzen. Der nächste
Mensch, der des Weges käme und der grün und blau
unterscheiden könne, solle ihnen das sagen, damit sie
sich einig werden könnten.
Dann gab Eulenspiegel dem ersten seiner Gesellen ein
Zeichen zu kommen. Zu dem sprach der Bauer:
»Freund, wir zwei sind uneinig über die Farbe dieses
Tuches. Sag die Wahrheit, ob dies grün oder blau ist.
Was du sagst, dabei wollen wir es bewenden lassen.« Da
sagte der: »Das ist ein recht schönes, blaues Tuch.« Der
Bauer sprach: »Nein, ihr seid zwei Schälke. Ihr habt es
vielleicht miteinander darauf angelegt, mich zu betrügen.« Da sagte Eulenspiegel: »Wohlan, damit du siehst,
daß ich recht habe, will ich nachgeben und es dem frommen Priester überlassen, der daherkommt; was er uns
sagt, das soll entscheidend sein.« Damit war auch der
Bauer zufrieden.

1 Bezeichnung für Benediktiner-Mönche, die (ursprünglich aus Irland gekommen) in der Rheingegend Klöster hatten (Näheres bei Lappenberg S. 269 f.). Der
hier vorkommende »Schottenpfaffe« ist als »herabgesunkener Wanderprediger
gekennzeichnet« (Lindow Fn. 6).

Als der Pfaffe nähergekommen war, sprach Eulenspiegel: »Herr, sagt recht, welche Farbe hat dieses Tuch?« Der Pfaffe sprach: »Freund, das seht Ihr wohl selber.« Der Bauer sprach: »Ja, Herr, das ist wahr. Aber die beiden wollen mir etwas einreden, von dem ich weiß, daß es gelogen ist.« Der Pfaffe sagte: »Was habe ich mit euerm Hader zu schaffen? Was frage ich danach, ob es schwarz oder weiß ist?« »Ach, lieber Herr«, sagte der Bauer, »entscheidet zwischen uns, ich bitte Euch darum.« »Wenn Ihr es haben wollt,« sprach der Pfaffe, »so kann ich nichts anderes erkennen, als daß das Tuch blau ist.« »Hörst du das wohl?« sagte Eulenspiegel, »das Tuch ist mein.« Der Bauer sprach: »Fürwahr, Herr, wenn Ihr nicht ein geweihter Priester wärt, so meinte ich, daß Ihr lügt und daß Ihr alle drei Schälke seid. Aber da Ihr Priester seid, muß ich Euch das glauben.« Und er überließ

184

Eulenspiegel und seinen Gesellen das Tuch, mit dem sie sich für den Winter einkleideten. Der Bauer mußte in seinem zerrissenen Rock davongehen.

Die 67. (69.) Historie sagt, wie Eulenspiegel zu Hannover in eine Badestube schiß und meinte, sie sei ein Haus der Reinheit.

In der Badestube zu Hannover vor dem Leinetor wollte der Bader nicht, daß sie »Badestube« genannt werde, sondern ein »Haus der Reinheit«. Davon vernahm Eulenspiegel, und als er nach Hannover kam, ging er in diese Badestube, zog sich aus und sprach, als er in die Stube trat: »Gott grüß Euch, Herr, und Euer Hausgesinde und alle, die ich in diesem reinen Hause finde.« Dem Bader war das lieb, er hieß ihn willkommen und sprach: »Herr Gast, Ihr sagt mit Recht, das ist ein reines Haus. Es ist auch ein ›Haus der Reinheit‹ und keine ›Badestube‹. Denn der Staub ist in der Sonne und auch in der Erde, in der Asche und im Sand[1].«
Eulenspiegel sprach: »Daß dies ein ›Haus der Reinheit‹ ist, das ist offenbar. Denn wir gehen unrein herein und rein wieder heraus.« Mit diesen Worten schiß Eulenspiegel einen großen Haufen an den Wassertrog mitten in der Badestube, so daß es in der ganzen Stube stank. Da sprach der Bader: »Nun sehe ich wohl, daß deine Worte und Werke nicht gleich sind. Deine Worte waren mir angenehm, aber deine Werke taugen mir nicht; deine Worte waren gediegen, aber deine Werke stinken übel. Pflegt man dies in einem ›Haus der Reinheit‹ zu tun?« Eulenspiegel sagte: »Ist das nicht ein ›Haus der Rein-

1 Möglicherweise fehlt vor diesem Satz in den Frühdrucken eine Zeile, da ein Bezug auf den vorhergehenden Satz nicht recht deutlich wird (so Lappenberg S. 270 und Lindow Fn. 4). Vielleicht aber wollte der Bader nur ausdrücken, daß Staub überall vorhanden und daher Baden stets zweckmäßig ist (so Bobertag S. 111).

heit‹? Ich hatte innen ein größeres Bedürfnis nach Reinigung als außen, sonst wäre ich nicht hereingekommen.«
Der Bader sprach: »Diese Reinigung pflegt man auf dem Abtritt zu tun. Dies aber ist ein Haus der Reinigung durch Schwitzen, und du machst daraus ein Scheißhaus.« Eulenspiegel sagte: »Ist das nicht Dreck, der vom Menschenleib kommt? Soll man sich reinigen, so muß man sich innen und außen reinigen.« Der Bader wurde zornig und sprach: »So etwas pflegt man auf dem Scheißhaus zu reinigen, und der Abdecker fährt es hinaus zur Abfallgrube, nicht ich. Das pflege ich auch nicht wegzufegen und wegzuwaschen.«
Nach diesen Worten hieß der Bader Eulenspiegel, aus der Badestube zu gehn. Eulenspiegel sprach: »Herr Wirt, laßt mich vorher für mein Geld baden. Ihr wollt viel Geld haben, so will ich auch gut baden.« Der Bader sagte, er

solle nur aus seiner Stube gehn. Er wolle sein Geld nicht
haben. Wolle er aber nicht gehen, so würde er ihm bald
die Tür zeigen. Da dachte Eulenspiegel: Hier ist schlecht
zu fechten, nackend gegen Rasiermesser. Und er ging zur
Tür hinaus und sprach: »Was habe ich für einen Dreck
so wohl gebadet.«
Er zog sich in einer Stube an, wo der Bader mit seinem
Hausgesinde zu essen pflegte. Dort sperrte ihn der Bader
ein. Er wollte ihn erschrecken, als ob er ihn gefangenneh-
men lassen wollte, drohte aber nur damit. Derweilen
meinte Eulenspiegel, er habe sich in der Badestube noch
nicht genug gereinigt. Er sah einen zusammengelegten
Tisch, machte ihn auf, schiß einen Dreck hinein und
machte ihn wieder zu.
Sogleich danach ließ ihn der Bader hinaus, und sie vertrugen sich wieder. Dann sprach Eulenspiegel also zu
ihm: »Lieber Meister, in dieser Stube habe ich mich erst
ganz gereinigt. Gedenket meiner freundlich, ehe es Mittag wird. Ich scheide von hinnen.«

Die 68. (70.) Historie sagt, wie Eulenspiegel in
Bremen von den Landfrauen Milch kaufte und
sie zusammenschüttete.

Seltsame und spaßhafte Dinge trieb Eulenspiegel in
Bremen. Denn einst kam Eulenspiegel dort auf den
Markt und sah, daß die Bäuerinnen viel Milch zu Markte
brachten. Da wartete er einen neuen Markttag ab, als
wieder viel Milch zusammenkam. Er verschaffte sich eine
große Bütte, setzte sie auf den Markt und kaufte alle
Milch, die auf den Markt kam. Die Milch ließ er in die
Bütte schütten. Und er schrieb jeder Frau reihum die
Menge Milch an, der einen so viel, der anderen so viel
und so immer weiter. Zu den Frauen sagte er, sie möch-
ten so lange warten, bis er die Milch beieinander habe;
dann wolle er jeder Frau ihre Milch bezahlen.

Die Frauen saßen auf dem Markt in einem Kreis um ihn herum. Eulenspiegel kaufte so viel Milch, bis keine Frau mehr mit Milch kam und der Zuber beinahe voll war. Da kam Eulenspiegel mit seinem Scherz heraus und sagte: »Ich habe diesmal kein Geld. Wer nicht 14 Tage warten will, mag die Milch wieder aus der Bütte nehmen.« Damit ging er hinweg.

Die Bäuerinnen machten ein Geschrei und großen Lärm. Eine behauptete, sie habe so viel gehabt, die andere so viel, die dritte desgleichen, und so ging es weiter. Darüber warfen und schlugen sich die Frauen mit den Eimern, Fäßchen und Flaschen an die Köpfe. Sie gossen sich die Milch in die Augen und in die Kleider und schütteten sie auf die Erde, so daß es aussah, als habe es Milch geregnet.

Die Bürger und alle, die das sahen, lachten über den Spaß, daß die Frauen also zu Markte gingen. Und Eulenspiegel wurde sehr gelobt wegen seiner Schalkheit.

Die 69. (72.) Historie sagt, wie Eulenspiegel in Bremen seinen Gästen aus dem Hintern den Braten beträufelte, den niemand essen wollte.

Als Eulenspiegel diesen Streich in Bremen vollbracht hatte, wurde er dort wohl bekannt, so daß ihn die Bürger gut leiden mochten und ihn seiner Streiche wegen bei sich behalten wollten. Und Eulenspiegel blieb lange in der Stadt.
Dort gab es eine Vereinigung von Bürgern und anderen Einwohnern, wie Kaufleuten. Die hielten miteinander

Gelage in der Weise ab, daß einer nach dem andern Braten, Käse und Brot gab. Wer ohne triftigen Grund nicht kam, der mußte dem Gastgeber die Zeche zu Bremer Marktpreisen bezahlen. Auf ein solches Gelage kam Eulenspiegel. Sie nahmen ihn zu sich als einen Spaßmacher, damit er mit ihnen an den Zusammenkünften teilnahm.

Da das Gelage reihum ging, fiel es auch auf Eulenspiegel. Er lud seine Zechbrüder in seine Herberge, kaufte ihnen einen Braten und legte ihn aufs Feuer. Als nun die Imbißzeit heranrückte, kamen die Tischgenossen auf dem Markt zusammen und besprachen untereinander, wie sie Eulenspiegel die Ehre ihres Besuches geben wollten. Einer fragte den anderen, ob jemand wüßte, ob er auch etwas gekocht habe oder nicht, damit sie nicht vergebens zu ihm kämen. Und sie wurden sich einig, daß sie zusammen zu ihm gehen wollten. Es sei besser, sie empfingen den Spott zusammen, als einer allein.

Als die Zechbrüder vor die Tür von Eulenspiegels Herberge kamen, nahm er ein Stück Butter und steckte das hinten in seine Kerbe. Dann kehrte er den Arsch zu dem Feuer über den Braten und beträufelte so den Braten mit der Butter aus der Kerbe. Und als die Gäste an der Tür standen und feststellen wollten, ob er etwas gekocht habe, da sahen sie, daß er also beim Feuer stand und den Braten beträufelte. Da sprachen sie: »Der Teufel sei dein Gast, ich esse den Braten nicht!«

Und Eulenspiegel erinnerte sie an die Zahlung der Zeche, die sie ihm alle gern leisteten, damit sie von dem Braten nicht zu essen brauchten.

Die 70. (73.) Historie sagt, wie Eulenspiegel in einer Stadt im Sachsenland Steine säte und, als er darauf angesprochen wurde, antwortete, er säe Schälke.

Bald danach kam Eulenspiegel in eine Stadt an der Weser[1] und sah alle Händel unter den Bürgern und was ihre Vorhaben waren, so daß er alle ihre Handlungsweisen kennenlernte und wußte, wie es um ihr Geschäft und ihren Handel stand. Er hatte dort 14 Unterkünfte, und was er in dem einen Haus entlieh, das fand er in dem andern wieder[2]; und er hörte und sah bald nichts mehr,

1 Die Stadt wird nicht genannt. Vermutlich aber handelt es sich (wie in den beiden vorhergehenden H) um Bremen, was man aus der verhältnismäßig großen Zahl von 14 Herbergen und aus den Entfernungsangaben schließen kann, vgl. Lappenberg S. 274, Bobertag S. 117, Lindow Fn. 1.

was er noch nicht wußte. Die Bürger wurden seiner überdrüssig, und er wurde ihrer auch müde.

Da sammelte er am Fluß kleine Steine. Damit ging er auf der Gasse vor dem Rathaus auf und ab und säte seine Saat nach beiden Seiten. Da kamen fremde Kaufleute hinzu und fragten ihn, was er säe. Eulenspiegel sagte: »Ich säe Schälke.« Die Kaufleute sprachen: »Die brauchst du hier nicht zu säen, davon gibt es hier jetzt mehr, als gut ist.« Eulenspiegel sagte: »Das ist wahr, aber sie wohnen hier in den Häusern, sie sollten herauslaufen.« Sie sprachen: »Warum säest du hier nicht auch redliche Leute?« Eulenspiegel sagte: »Redliche Leute, die wollen hier nicht aufgehen.«

Diese Worte kamen vor den Rat. Man ließ Eulenspiegel holen und befahl ihm, seinen Samen wieder aufzusammeln und die Stadt zu verlassen. Das tat er, kam zehn Meilen von dort in eine andere Stadt[3] und wollte mit der Saat nach Dithmarschen. Aber die Gerüchte über ihn waren vor ihm in der Stadt angelangt. Er durfte nur in die Stadt kommen, wenn er gelobte, durch die Stadt mit seiner Saat hindurchzuziehen, ohne dort zu essen und zu trinken. Da es nun nicht anders sein konnte, mietete er ein Schifflein und wollte seinen Sack mit der Saat und seinem sonstigen Kram auf das Schiff heben lassen. Als der Sack aber von der Erde aufgewunden wurde, riß er mitten entzwei, und Saat und Sack blieben liegen.

Eulenspiegel lief hinweg und soll noch wiederkommen.

2 »Umschreibung für die Tatsache, daß Eulenspiegel überall in der Stadt bekannt war« (Lindow Fn. 5).
3 Wohl Stade, vgl. Lappenberg S. 274, Bobertag S. 117, Lindow, Vortrag.

Die 71. (45.) Historie sagt, wie ein Stiefelmacher[1] in Braunschweig Eulenspiegels Stiefel spickte und Eulenspiegel ihm die Stubenfenster einstieß.

Christoffer hieß ein Stiefelmacher in Braunschweig auf dem Kohlmarkt[2]. Zu dem ging Eulenspiegel und wollte seine Stiefel schmieren lassen. Als er nun zu dem Stiefelmacher in das Haus kam, sprach er: »Meister, wollt Ihr mir diese Stiefel spicken[3], daß ich sie am Montag wiederhaben kann?« Der Meister sagte: »Ja, gern.« Eulenspiegel ging wieder aus dem Haus und dachte an nichts Böses.

Als er fort war, sagte der Geselle: »Meister, das war Eulenspiegel, der treibt mit jedermann seine Schalkheit. Wenn Ihr ihn das geheißen hättet, was er Euch geheißen hat, so täte er es wörtlich und ließe es nicht.« Der Meister sprach: »Was hat er mich denn geheißen?« Der Geselle sagte: »Er hieß Euch die Stiefel spicken und meinte schmieren. Nun würde ich sie nicht schmieren, sondern spicken, wie man die Braten spickt.« Der Meister sprach: »Höre, das ist gut! Wir wollen tun, wie er uns geheißen hat.«

Er nahm Speck, schnitt ihn in Streifen und spickte damit die Stiefel mit einer Spicknadel wie einen Braten. Eulenspiegel kam am Montag und fragte, ob die Stiefel fertig seien. Der Meister hatte sie an einen Haken an die Wand gehängt, zeigte sie ihm und sagte: »Siehe, da hängen sie!« Eulenspiegel sah, daß die Stiefel »gespickt« waren, fing an zu lachen und sprach: »Was seid Ihr für ein tüchtiger Meister! Ihr habt mir das so gemacht, wie ich es Euch

---

1 Stiefelmacher ist nicht gleich Schuhmacher. Im Mittelalter war die Spezialisierung innerhalb der einzelnen Handwerkerzünfte sehr weitgehend, vgl. Lindow Fn. 1; Honegger S. 105.
2 Der Kohlmarkt ist auch heute noch in Braunschweig ein Geschäftsmittelpunkt (vgl. auch Walther S. 52).
3 Spicken = schmieren.

193

geheißen habe. Was wollt Ihr dafür haben?« Der Meister antwortete: »Einen alten Groschen.« Eulenspiegel gab ihm den alten Groschen, nahm seine gespickten Stiefel und ging aus dem Haus. Der Meister und sein Geselle sahen und lachten ihm nach und sprachen zueinander: »Wie konnte ihm das geschehen? Nun ist er geäfft!«
Währenddem stieß Eulenspiegel mit dem Kopf und den Schultern durch das Glasfenster – denn die Stube lag zu ebener Erde und ging auf die Straße – und sprach zu dem Stiefelmacher: »Meister, was ist das für ein Speck, den Ihr zu meinen Stiefeln gebraucht habt? Ist es Speck von einer Sau oder von einem Eber?« Der Meister und der Geselle waren ratlos. Schließlich sah der Meister, daß es Eulenspiegel war, der in dem Fenster lag und mit Kopf und Schultern die Butzenscheiben wohl zur Hälfte hinausstieß, so daß sie zu ihm in die Stube fielen. Da wurde

der Stiefelmacher zornig und sagte: »Willst du Schurke
das nicht lassen? Sonst will ich dir mit diesem Querholz
vor den Kopf schlagen!« Eulenspiegel sprach: »Lieber
Meister, erzürnt Euch nicht, ich wüßte nur gern, was das
für Speck ist, womit Ihr meine Stiefel gespickt habt. Ist er
von einer Sau oder von einem Eber?« Der Meister wurde
noch zorniger und rief, er solle ihm seine Fenster unzer-
brochen lassen. »Wollt Ihr mir das nicht sagen, was es
für Speck ist, so muß ich gehen und einen andern fragen.« Damit sprang Eulenspiegel wieder aus dem Fenster
heraus.
Der Meister wurde nunmehr zornig auf seinen Gesellen
und sprach zu ihm: »Den Rat hast du mir gegeben. Nun
gib mir Rat, wie meine Fenster wieder ganz gemacht werden!« Der Geselle schwieg. Der Meister aber war unwillig und sagte: »Wer hat nun den andern genarrt? Ich
habe alleweil gehört: wer von Schalksleuten heimgesucht
wird, der soll die Schlinge[4] abschneiden und die Schälke
gehen lassen[5]. Hätte ich das auch getan, so wären meine
Fenster ganz geblieben.« Der Geselle mußte darum wandern, denn der Meister wollte von ihm die Fenster bezahlt haben, weil er den Rat gegeben hatte, daß man die
Stiefel »spicken« sollte.

Die 72. (87.) Historie sagt, wie es Eulenspiegel fertigbrachte, daß eine Frau auf dem Markt in Bremen alle ihre Töpfe entzweischlug.

Als Eulenspiegel diese Schalkheit vollbracht hatte, reiste er wieder nach Bremen zum Bischof. Der hatte
Eulenspiegel gern und hatte auch viel Kurzweil mit ihm.
Allezeit richtete ihm Eulenspiegel ein scherzhaftes Abenteuer her, so daß der Bischof lachte und ihm sein Pferd

4 In den Frühdrucken: »Schlupf«.
5 Sinn: man soll die Verbindung mit den Schälken lösen; vgl. auch Anm. S. 316f.

195

kostfrei hielt. Da tat Eulenspiegel so, als ob er der Narrenstreiche müde sei und lieber in die Kirche gehen wolle. Deshalb verspottete ihn der Bischof sehr, aber Eulenspiegel kehrte sich nicht daran und ging beten, so daß ihn der Bischof zuletzt bis aufs äußerste reizte.

Nun hatte sich Eulenspiegel heimlich mit einer Frau verabredet, die die Frau eines Töpfers war. Sie saß auf dem Markt und hielt Töpfe feil. Die Töpfe bezahlte er der Frau allesamt und vereinbarte mit ihr, was sie tun solle, wenn er ihr winkte oder ein Zeichen gäbe.

Dann kam Eulenspiegel wieder zum Bischof und tat so, als sei er in der Kirche gewesen. Der Bischof überfiel ihn wieder mit seinem Spott. Schließlich sprach Eulenspiegel zum Bischof: »Gnädiger Herr, kommt mit mir auf den Markt! Da sitzt eine Töpfersfrau mit irdenem Geschirr. Ich will mit Euch wetten: ich werde weder mit ihr sprechen noch ihr mit den Augen einen Wink geben. Ohne Worte werde ich sie dahin bringen, daß sie aufsteht, einen Stecken nimmt und die irdenen Töpfe alle selbst entzweischlägt.« Der Bischof sprach: »Es gelüstet mich wohl, das zu sehen.« Und er wollte mit ihm um 30 Gulden wetten, daß die Frau das nicht täte. Die Wette wurde durch Handschlag bekräftigt, und der Bischof ging mit Eulenspiegel auf den Markt. Eulenspiegel zeigte ihm die Frau, und dann gingen sie auf das Rathaus. Eulenspiegel blieb bei dem Bischof und machte Gebärden mit Worten und Zeichen, als ob er die Frau dazu bringen wollte, daß sie das Gesagte tue. Zuletzt gab er der Frau das verabredete Zeichen. Da stand sie auf, nahm einen Stecken und schlug die irdenen Töpfe sämtlich entzwei, so daß alle Leute darüber lachten, die auf dem Markt waren.

Als der Bischof wieder in seinen Hof kam, nahm er Eulenspiegel beiseite und forderte ihn auf, ihm zu sagen, wie er das gemacht habe, daß die Frau ihr eigenes Geschirr entzweischlug. Dann wolle er ihm die 30 Gulden geben, die er in der Wette verloren habe. Eulenspiegel sagte:

196

»Ja, gnädiger Herr, gern.« Und er erzählte ihm, wie er zuerst die Töpfe bezahlt und es mit der Frau verabredet hatte; mit der schwarzen Kunst habe er es nicht getan, und er berichtete ihm alles. Da lachte der Bischof und gab ihm die 30 Gulden. Doch mußte Eulenspiegel ihm geloben, daß er es niemandem weitersagen wolle. Dafür wollte ihm der Bischof zusätzlich einen fetten Ochsen geben. Eulenspiegel sagte ja, er wolle das gern verschweigen, machte sich reisefertig und zog von dannen.

Als Eulenspiegel fort war, saß der Bischof mit seinen Rittern und Knechten bei Tisch und sagte ihnen, auch er verstünde die Kunst, die Frau dazu zu bringen, daß sie alle ihre Töpfe entzweischlüge. Die Ritter und Knechte begehrten nicht zu sehen, daß sie die Töpfe zerschlug, sondern wollten nur die Kunst wissen. Der Bischof sprach: »Will mir jeder von euch einen guten, fetten Ochsen für meine Küche geben, so will ich euch alle die Kunst lehren.« Das war im Herbst, wenn die Ochsen fett sind, und jeder dachte: du solltest ein paar Ochsen wagen – sie werden dich nicht hart treffen –, damit du die Kunst lernst. Und jeder Ritter und Knecht bot dem Bischof einen fetten Ochsen. Sie brachten sie zusammen, so daß der Bischof 16 Ochsen bekam. Ein jeder Ochse war vier Gulden wert, so daß die 30 Gulden, die er Eulenspiegel gegeben hatte, zweifach[1] bezahlt waren.

Als die Ochsen beieinander standen, kam Eulenspiegel dahergeritten und sprach: »Von dieser Beute gehört mir die Hälfte.« Der Bischof sagte zu Eulenspiegel: »Halt du mir, was du mir gelobt hast; ich will dir auch halten, was ich dir gelobt habe. Laß deinen Herren auch ihr Brot!« Und er gab ihm einen fetten Ochsen. Den nahm Eulenspiegel und dankte dem Bischof.

Danach versammelte der Bischof seine Diener um sich. Er hob an und sprach, sie sollten ihm zuhören, er wolle ihnen jetzt die Kunst sagen. Und er erzählte ihnen alles: wie sich Eulenspiegel zuvor mit der Frau verabredet und wie er ihr die Töpfe vorher bezahlt hatte. Als das der Bischof gesagt hatte, saßen alle seine Diener da, als ob sie mit einer List betrogen worden wären. Aber keiner von ihnen wagte es, vor dem andern etwas zu reden. Der eine kratzte sich den Kopf, der andere den Nacken. Der Handel reute sie allesamt, denn die ärgerten sich alle wegen ihrer Ochsen. Schließlich aber mußten sie sich zufriedengeben und trösteten sich damit, daß der Bischof ihr gnädiger Herr sei. Wenn sie ihm auch die Ochsen gegeben hatten, so blieben sie dabei, es sei alles im Scherz geschehen. Aber sie ärgerte nichts so sehr daran, als daß sie so große Toren gewesen waren und ihre Ochsen für eine solch wertlose Kunst hingegeben hatten. Und daß Eulenspiegel auch einen Ochsen bekommen hatte!

1 In den Frühdrucken steht fälschlich »dreifach«.

Die 73. (74.) Historie sagt, wie sich Eulenspiegel in Hamburg bei einem Barbier verdingte, dem Meister durch die Fenster in die Stube ging usw.

Einmal kam Eulenspiegel nach Hamburg auf den Hopfenmarkt[1], blieb dort stehen und sah sich um. Da kam ein Bartscherer gegangen, der fragte ihn, woher er komme. Eulenspiegel sagte: »Ich komme von dort her.« Der Meister fragte ihn: »Was bist du für ein Handwerksgeselle?« Eulenspiegel antwortete: »Ich bin, kurz gesagt, ein Barbier.« Der Meister dingte ihn. Und der Bartscherer wohnte auf dem Hopfenmarkt, gerade gegenüber, wo sie standen. Das Haus hatte dort, wo die Barbierstube war, bis zum Erdboden reichende Fenster nach der Straße zu. Da sagte der Meister zu Eulenspiegel: »Sieh, das Haus gegenüber, wo die hohen Fenster sind, da geh hinein! Ich komme gleich nach.«

Eulenspiegel sagte ja, ging geradeswegs zu dem Haus hin und durch die hohen Fenster hinein und sagte: »Gott zur Ehr! Gott grüße das Handwerk!« Die Frau des Bartscherers saß in der Stube und spann. Sie erschrak und sprach: »Dich führt wohl der Teufel! Warum kommst du durch die Fenster? Ist dir die Tür nicht weit genug?« Eulenspiegel sagte: »Liebe Frau, zürnt mir nicht! Euer Ehemann hat mich das geheißen und hat mich gedingt als Geselle.« Die Frau sprach: »Das ist mir ein getreuer Geselle, der seinem Meister Schaden tut.« Eulenspiegel sagte: »Liebe Frau, soll ein Geselle nicht das tun, was ihn sein Meister heißet?«

Derweilen kam der Meister und hörte und sah, was Eulenspiegel getan hatte. Da sprach der Meister: »Wie, Geselle, konntest du nicht zur Tür hineingehn und mir

---

1 Der Hopfenmarkt (nahe der Nikolaikirche), ein alter Markt Hamburgs, wird schon 1353 urkundlich erwähnt, vgl. Lappenberg S. 275 und Lindow, Gewohnheit S. 28.

meine Fenster ganz lassen? Welchen Grund hast du gehabt, daß du mir durch die Fenster hereingekommen bist?« »Lieber Meister, Ihr hießet mich, da hineinzugehen, wo die hohen Fenster seien; Ihr wolltet bald nachkommen. So habe ich nach Eurem Geheiß getan; aber Ihr seid mir da nicht nachgekommen, wo Ihr sagtet, daß ich vorausgehen sollte.« Der Meister schwieg still, denn er bedurfte Eulenspiegels und dachte: Wenn ich mit ihm mein Geschäft verbessern kann, so will ich das hingehen lassen und ihm das von seinem Lohn abziehn.

Also ließ der Meister Eulenspiegel etwa drei Tage arbeiten. Dann hieß er Eulenspiegel die Rasiermesser schleifen. Eulenspiegel sprach: »Ja, gern.« Der Meister sagte:

2 Die Stelle ist unklar. Steiner (S. 334) erläutert: »Der Meister wollte damit sagen, wie die Messer beim Schleifen gehalten werden sollen: Rücken und Schneide nahezu parallel (›gleich‹) zum Schleifstein.«

»Schleife sie glatt auf dem Rücken gleich der Schneide[2].«
Eulenspiegel sagte ja und begann, den Schermessern die
Rücken ebenso wie die Schneiden zu schleifen. Der Meister kam und wollte zusehen, was er machte. Da sah er,
daß bei den Messern, die Eulenspiegel geschliffen hatte,
der Rücken ebenso wie die Schneide war. Und die Messer, die er auf dem Schleifstein hatte, die schliff er nach
derselben Weise. Da sagte der Meister: »Was machst du
bloß? Das wird ein böses Ding!« Eulenspiegel sprach:
»Wie sollte das ein böses Ding werden? Es tut ihnen doch
nicht weh, ich tue, wie Ihr mich geheißen habt.« Der
Meister wurde zornig und sagte: »Ich hieß dich einen
bösen, heimtückischen Schalk. Hör auf und laß dein
Schleifen! Und gehe wieder hin, wo du hergekommen
bist!« Eulenspiegel sagte ja, ging in die Stube und sprang
da zum Fenster wieder heraus, wo er hineingekommen
war.
Da wurde der Bartscherer noch zorniger und lief ihm
nach mit dem Büttel und wollte ihn fangen, damit er ihm
die Fenster bezahle, die er zerbrochen hatte. Aber Eulenspiegel war schneller, er entkam in ein Schiff und fuhr
von Land.

Die 74. (44.) Historie sagt, wie Eulenspiegel
einem Bauern die Suppe begoß, übelriechenden
Fischtran als Bratenschmalz hinzutat und
meinte, es sei für den Bauern gut genug.

Viel Schalkheit hatte Eulenspiegel den Schuhmachern
angetan, nicht allein an einem Ort, sondern an vielen Stätten. Nachdem er seinen letzten Streich verübt
hatte, kam er nach Stade. Da verdingte er sich bei einem
Schuhmacher. Als er am ersten Tage zu arbeiten begann,
ging sein Meister auf den Markt und kaufte ein Fuder
Holz. Er versprach dem Bauern, ihm außer dem Geld

noch eine Suppe zu geben, und brachte ihn mit dem Holz vor sein Haus. Da fand er niemanden in seinem Haus – Frau und Magd waren ausgegangen – als Eulenspiegel. Der war allein und nähte Schuhe. Nun mußte der Meister noch einmal auf den Markt gehen. Er befahl deshalb Eulenspiegel, er möge nehmen, was er habe, und dem Bauern eine Suppe machen; er habe ihm dafür einiges im Schrank gelassen.

Eulenspiegel sagte ja, der Bauer warf das Holz ab und kam in das Haus. Eulenspiegel schnitt ihm Brotstücke in die Schüssel, fand aber nirgends Fett im Schrank. Da kam er zu dem Behälter, worin übelriechender Fischtran war, und begoß damit die Suppe des Bauern. Der Bauer begann sie zu essen und roch, daß sie übel stank. Er war jedoch hungrig und aß die Suppe aus.

Inzwischen kam der Schuhmacher hereingegangen und

fragte den Bauern, wie ihm die Suppe geschmeckt habe.
Der Bauer sagte: »Das schmeckte alles gut, nur hatte es
beinahe den Geschmack von neuen Schuhen.« Damit
ging der Bauer aus dem Haus.
Da mußte der Schuhmacher lachen und fragte Eulenspiegel, womit er dem Bauern die Suppe begossen habe. Eulenspiegel sprach: »Ihr sagtet mir, ich sollte nehmen, was
ich hätte. Nun hatte ich kein anderes Fett als Seefisch-
tran. Ich suchte im Schrank in der Küche, aber ich fand
nirgends Fett. Da nahm ich, was ich hatte.« Der Schuhmacher sagte: »Nun, das ist gut so; für den Bauern ist es
gut genug.«

Die 75. (76.) Historie sagt, wie Eulenspiegel ein Weißmus[1] allein ausaß, weil er einen Klumpen aus der Nase hineinfallen ließ.

Große Schalkheit tat Eulenspiegel einer Bäuerin an,
um ein Weißmus allein zu essen. Er war hungrig
und ging in ein Haus. Dort fand er die Frau allein vor. Sie
saß beim Feuer und kochte ein Weißmus. Das duftete
Eulenspiegel so wohl in die Nase, daß es ihn gelüstete,
davon zu essen. Er bat die Frau, ihm das Weißmus zu
geben. Die Frau sagte: »Ja, mein lieber Eulenspiegel,
gern! Und wenn ich es selber entbehren müßte, so will
ich es dennoch Euch geben, damit Ihr es allein eßt.« Eulenspiegel sagte: »Meine liebe Frau, das möchte wohl
nach Euren Worten geschehen.«
Die Frau gab ihm das Weißmus und setzte die Schüssel
mit dem Mus samt Brot auf den Tisch. Eulenspiegel war
hungrig und begann zu essen. Die Frau kam dazu und
wollte mit ihm essen, wie es bei den Bauern üblich ist. Da
dachte Eulenspiegel: wenn sie auch kommt und ißt, so
wird hier nicht lange für mich etwas übrigbleiben. Und er

1 Brei aus Mehl und Milch, vgl. Grimm, Weißmus.

hustete einen großen Klumpen und spuckte ihn in die Schüssel mit dem Weißmus. Da wurde die Frau zornig und sagte: »Pfui über dich! Dieses Weißmus friß du Schalk nun allein!«
Eulenspiegel sprach: »Meine liebe Frau, Eure ersten Worte waren also: Ihr wolltet das Weißmus selber entbehren, und ich sollte es allein essen. Nun kommt Ihr und wollt mit mir essen. Ihr hättet das Weißmus wohl mit drei Bissen aus der Schüssel geholt.« Die Frau sagte: »Daß dir nimmer Gutes geschehe...![2] Gönnest du mir meine eigene Kost nicht? Wie solltest du mir dann deine Kost geben?« Eulenspiegel sprach: »Frau, ich tue nur nach Eueren Worten.« Und er aß das ganze Weißmus auf, wischte sich den Mund und ging hinweg.

2 Vgl. H 30 Fn. 2.

Die 76. (77.) Historie sagt, wie Eulenspiegel in ein Haus schiß und den Gestank durch die Wand in eine Gesellschaft blies, die ihn nicht leiden konnte.

In großen Tagesreisen wanderte Eulenspiegel nach Nürnberg und blieb da 14 Tage. In der Nähe der Herberge, in der er sich aufhielt, wohnte ein frommer Mann, der war reich und ging gern in die Kirche. Er verabscheute jedoch die Spielleute[1]. Wo die waren oder wenn die dorthin kamen, wo er war, da ging er davon. Dieser Mann hatte die Gewohnheit, einmal im Jahr seine Nachbarn zu Gast zu laden. Dann tat er ihnen gütlich mit Kost und Wein und mit den besten Getränken. Und wenn in den Häusern seiner Nachbarn fremde Gäste waren, etwa zwei oder drei Kaufleute, die lud er allezeit mit ein, und sie waren ihm willkommen. Da kam die Zeit, in der jedermann Gäste einlud. Eulenspiegel wohnte zur Herberge nebenan im Nachbarhaus. Und der reiche Mann lud, wie es seine Gewohnheit war, seine Nachbarn und ihre Gäste ein, soweit es ehrbare Leute waren. Aber Eulenspiegel lud er nicht ein; den betrachtete er als Gaukler und Spielmann, die er nicht einzuladen pflegte.

Als nun die Nachbarn zu dem frommen Mann zu Gast in sein Haus gingen zusammen mit den ehrbaren Leuten, die er ebenfalls eingeladen hatte und die sie in ihren Häusern beherbergten, da ging auch der Wirt, bei dem Eulenspiegel zur Herberge war, mit seinen sonstigen Gästen, die gebeten worden waren, dorthin zu Tisch. Und der Wirt sagte zu Eulenspiegel, daß ihn der reiche Mann als einen Gaukler ansehe; darum habe er ihn nicht zu Gast geladen. Eulenspiegel gab sich damit zufrieden. Er dachte aber: Bin ich ein Gaukler, so sollte ich ihm die Gaukelei beweisen. Und ihn ärgerte doch, daß der Mann ihn so verschmäht hatte.

1 Vgl. Anm. zu H 16 (14) und H 24.

Es war bald nach Sankt-Martins-Tag[2], als das Gastmahl stattfand. Der Wirt saß mit seinen Gästen in einem köstlichen Gemach, wo er ihnen das Mahl gab. Und das Zimmer war unmittelbar neben der Wand des Hauses, wo Eulenspiegel wohnte. Als sie beim Mahl saßen und sehr guter Dinge waren, kam Eulenspiegel und bohrte ein Loch durch die Wand, die an das Gemach stieß, in dem die Gäste saßen. Dann nahm er einen Blasebalg, machte einen großen Haufen seines Drecks und blies mit dem Blasebalg durch das von ihm gebohrte Loch in das Zimmer. Das stank so übel, daß niemand in dem Gemach bleiben wollte. Einer sah den andern an: Der erste meinte, der zweite rieche so, der zweite meinte, es sei der dritte. Eulenspiegel aber hörte mit dem Blasebalg nicht auf, so daß die Gäste aufstehen mußten und vor Gestank nicht länger bleiben konnten. Sie suchten unter den Bänken, sie kehrten in allen Winkeln, nichts half. Niemand wußte, wo der Gestank herkam, so daß jedermann nach Hause ging.

Auch Eulenspiegels Wirt kam zurückgegangen. Ihm war von dem Gestank so schlecht geworden, daß er alles ausbrach, was er im Leibe hatte. Er erzählte, wie übel es in dem Gemach nach Menschendreck gestunken habe. Eulenspiegel fing an zu lachen und sagte: »Wenn mich der reiche Mann auch nicht zu Gast laden und mir seine Kost gönnen wollte, so bin ich ihm doch viel günstiger und getreuer gesonnen als er mir: Ich gönne ihm meine Kost. Wäre ich da gewesen, hätte es nicht so übel gestunken.« Und sogleich rechnete er mit seinem Wirt ab und ritt hinweg, denn er befürchtete, daß es herauskäme.

Der Wirt merkte an seinen Worten, daß er von dem Gestank etwas wußte. Aber er konnte nicht begreifen, wie Eulenspiegel das gemacht hatte, und wunderte sich sehr.

2 11. November, vgl. Anm. zu H 5; nach diesem Tag pflegten im Mittelalter die Privatfeste stattzufinden, vgl. Pannier S. 149.

Als Eulenspiegel aus der Stadt heraus war, begann der Wirt, in seinem Haus zu suchen, und fand den Blasebalg, der arg beschissen war. Er fand auch das Loch, das Eulenspiegel durch die Wand in seines Nachbarn Haus gebohrt hatte. Da durchschaute er die Sache sogleich, holte seinen Nachbarn dazu und erzählte ihm, wie Eulenspiegel dies alles getan habe und wie seine Worte gewesen seien.

Der reiche Mann sprach: »Lieber Nachbar, von Toren und Spielleuten hat niemand einen Vorteil. Darum will ich sie nicht in meinem Haus haben. Ist mir nun diese Büberei durch Euer Haus geschehn, so kann ich nichts dabei tun. Ich sah Euern Gast als einen Schalk an, das las ich an seinem Wahrzeichen[3]. So ist es besser in Euerm

---

3 Eulenspiegel scheint hier sein in H 41 (40) erwähntes Zeichen (Eule und Spiegel) benutzt zu haben.

Haus als in meinem Haus geschehen, vielleicht hätte er mir noch schädlichere Dinge angetan.«

Eulenspiegels Wirt sagte: »Lieber Nachbar, Ihr habt es wohl gehört, und also ist es auch: Vor einen Schalk soll man zwei Lichter setzen[4], und das muß ich wohl auch tun, denn ich muß immer allerlei Gäste beherbergen. Wenn ein Schalk kommt, muß man ihn aufs beste bewirten.«

Damit schieden sie voneinander. Eulenspiegel war dagewesen und kam nicht wieder.

Die 77. (78.) Historie sagt, wie Eulenspiegel in Eisleben[1] einen Wirt erschreckte mit einem toten Wolf, den er zu fangen versprochen hatte.

In Eisleben wohnte ein spöttischer und stolzer Wirt. Der glaubte fest, daß er ein großer Gastwirt sei. Da kam Eulenspiegel in seine Herberge. Es war in den Wintertagen, und es lag viel Schnee. Dann kamen drei Kaufleute aus Sachsen, die nach Nürnberg wollten und bei finstrer Nacht in der Herberge eintrafen. Der Wirt war sehr redselig, hieß die drei Kaufleute mit schnell gesprochenen Worten willkommen und fragte, wo sie, zum Teufel, so lange gewesen seien, daß sie so spät zur Herberge kämen. Die Kaufleute sprachen: »Herr Wirt, Ihr dürft nicht so mit uns zanken! Uns ist unterwegs ein Abenteuer widerfahren: Ein Wolf hat uns viel Ungemach zugefügt. Der begegnete uns im Schnee, so daß wir uns mit ihm herumschlagen mußten, das hielt uns so lange auf.«

Als der Wirt das hörte, spottete er über sie und sagte, es sei eine Schande, daß sie sich von einem Wolf aufhalten

4 Damit man ihn erkennt; mehrfach belegtes Sprichwort, vgl. Wander, Schalk Nr. 54, 72.
1 30 km nordwestlich von Halle/Saale.

ließen. Und wenn er allein auf dem Felde sei und ihm
zwei Wölfe begegneten, so wolle er sie schlagen und ver-
jagen, davor solle ihm nicht grauen! Und sie seien zu dritt
gewesen und hätten sich von einem Wolf erschrecken
lassen! Es währte den ganzen Abend, daß der Wirt die
Kaufleute verächtlich behandelte, bis sie zu Bett gingen.
Eulenspiegel saß dabei und hörte sich das Gespött an.
Als sie nun zu Bett gingen, wurden die Kaufleute und
Eulenspiegel in eine Kammer gelegt. Da sprachen die
Kaufleute untereinander, was sie tun könnten, um es dem
Wirt heimzuzahlen und ihm den Mund zu stopfen. Denn
sonst würde das Gespött kein Ende haben, wenn einer
von ihnen wieder in die Herberge käme. Da sagte Eulen-
spiegel: »Liebe Freunde, ich merke wohl, daß der Wirt
ein Aufschneider ist. Wollt Ihr auf mich hören, will ich es
ihm so besorgen, daß er Euch nie mehr ein Wort von dem
Wolf sagt.« Den Kaufleuten gefiel das wohl, und sie ver-
sprachen, ihm Zehrung und Geld zu geben. Da sprach
Eulenspiegel, sie sollten hinreiten zu ihren Geschäften
und auf der Rückreise wieder zu dieser Herberge kommen. Er wolle auch da sein, und dann wollten sie an dem
Wirt Vergeltung üben.
Das geschah. Als die Kaufleute reisefertig waren, bezahlten sie ihren und Eulenspiegels Verzehr und ritten aus der
Herberge. Der Wirt rief den Kaufleuten spöttisch nach:
»Ihr Kaufleute, seht zu, daß Euch kein Wolf auf der
Wiese begegnet!« Die Kaufleute sprachen: »Herr Wirt,
habt Dank, daß Ihr uns warnt! Fressen uns die Wölfe, so
kommen wir nicht wieder, und fressen Euch die Wölfe,
so finden wir Euch nicht mehr hier.« Damit ritten sie
hinweg.
Da ritt Eulenspiegel in den Wald und stellte den Wölfen
nach. Und Gott gab ihm das Glück, daß er einen fing.
Den tötete er und ließ ihn hart frieren. Zu der Zeit, als
die Kaufleute wieder nach Eisleben in die Herberge kommen wollten, tat Eulenspiegel den toten Wolf in einen

Sack und ritt wieder nach Eisleben. Dort fand er die drei Kaufleute, wie sie verabredet hatten. Von Eulenspiegels Wolf wußte niemand etwas.

Abends während des Essens spottete der Wirt wieder über die Kaufleute wegen des Wolfs. Sie sagten, ihnen sei es eben mit dem Wolf so ergangen; wenn ihm zwei Wölfe auf der Wiese begegneten, würde er sich dann eines Wolfes zuerst erwehren und hernach den anderen erschlagen? Der Wirt sprach große Worte, wie er zwei Wölfe in Stücke schlagen wolle. Das ging so den ganzen Abend, bis sie zu Bett gehen wollten. Eulenspiegel schwieg so lange still, bis er zu den Kaufleuten in die Kammer kam. Dann sagte er zu ihnen: »Gute Freunde, seid still und wacht! Was ich will, das wollt ihr auch. Laßt mir ein Licht brennen!«

Als nun der Wirt mit all seinem Gesinde zu Bett war, schlich Eulenspiegel leise aus der Kammer und holte den toten, hartgefrorenen Wolf. Er trug ihn an den Herd, unterstellte ihn mit Stecken, so daß er aufrecht stand, und sperrte ihm das Maul weit auf. Dann steckte er ihm zwei Kinderschuhe ins Maul, ging wieder zu den Kaufleuten in die Kammer und rief laut: »Herr Wirt!« Der Wirt hörte das, denn er war noch nicht eingeschlafen, und rief zurück, was sie wollten und ob sie etwa wieder ein Wolf beißen wolle. Da riefen sie: »Ach, lieber Herr Wirt, sendet uns die Magd oder den Knecht, damit er uns etwas zu trinken bringt! Wir wissen nicht, wohin vor Durst!« Der Wirt wurde zornig und sprach: »Das ist der Sachsen Art, die saufen Tag und Nacht!« Und er rief die Magd, sie möge aufstehen und den Kaufleuten etwas zum Trinken in die Kammer bringen.

Die Magd stand auf, ging zum Feuer und wollte ein Licht anzünden. Da sah sie hoch und schaute dem Wolf gerade in das Maul. Sie erschrak, ließ das Licht fallen, lief in den Hof und meinte nichts anderes, als daß der Wolf die Kinder schon aufgefressen habe.

Eulenspiegel und die Kaufleute aber riefen weiter nach etwas zum Trinken. Der Wirt glaubte, die Magd sei wieder eingeschlafen, und rief den Knecht. Der Knecht stand auf und wollte auch ein Licht anzünden. Da sah auch er den Wolf dastehen und meinte, er habe die Magd gefressen, ließ das Licht fallen und lief in den Keller. Eulenspiegel und die Kaufleute hörten, was geschah, und Eulenspiegel sagte: »Seid guter Dinge, das Spiel will heute gut werden!«

Die Kaufleute und Eulenspiegel riefen zum dritten Male, wo der Knecht und die Magd blieben, weil sie ihnen nichts zu trinken brächten; der Wirt solle doch selber kommen und ein Licht bringen; sie könnten im Dunkeln nicht aus der Kammer kommen, sonst wollten sie wohl selbst hinuntergehen. Der Wirt meinte nichts anderes, als daß der Knecht auch eingeschlafen sei, stand auf, wurde

211

zornig und sprach: »Hat der Teufel die Sachsen gemacht mit ihrem Saufen?« Er entzündete ein Licht bei dem Feuer und sah den Wolf am Herd stehen mit den Schuhen im Maul. Da fing er an zu schreien und rief: »Mordenio[2]! Rettet, liebe Freunde!« Und er lief zu den Kaufleuten, die in der Kammer waren, und rief: »Liebe Freunde, kommt mir zur Hilfe, ein schreckliches Tier steht bei dem Feuer und hat mir die Kinder, die Magd und den Knecht aufgefressen!«

Die Kaufleute und Eulenspiegel waren sofort bereit und gingen mit dem Wirt zum Feuer. Der Knecht kam aus dem Keller, die Magd aus dem Hof, und die Frau brachte die Kinder aus der Kammer, so daß man sah, daß sie noch alle lebten. Eulenspiegel ging herzu und stieß den Wolf mit dem Fuß um. Der lag da und rührte kein Glied. Eulenspiegel sagte: »Das ist ein toter Wolf. Macht Ihr deshalb so ein Geschrei? Was seid Ihr für ein Angsthase! Beißt Euch ein toter Wolf in Euerm Haus und jagt Euch und all Euer Gesinde in die Ecken? Vor noch nicht langer Zeit wolltet Ihr zwei lebendige Wölfe auf dem Felde erschlagen. Aber Ihr habt nur in Worten, was mancher im Sinn hat[3].«

Der Wirt hörte und merkte, daß er genarrt worden war, und ging in die Kammer zu Bett. Er schämte sich seiner großen Worte und daß ein toter Wolf ihn und all sein Gesinde in Schrecken versetzt hatte. Die Kaufleute waren lustig, lachten und bezahlten, was sie und Eulenspiegel verzehrt hatten. Dann ritten sie von dannen. Und nach dieser Zeit sagte der Wirt nicht mehr so viel über seine Mannhaftigkeit.

---

2 Mordenio (so S 1519; S 1515 bietet »Mordigio«) = Mordio = allgemeiner Klage-, Wehe- und Hilferuf (»Zeter und Mordio«); Näheres bei Grimm, Mordio. Ähnliche Bildung wie »Feindio«, vgl. H 21 (22) Fn. 1.
3 Von Agricola als Sprichwort (Nr. 43) unter ausdrücklicher Bezugnahme auf H 77 (78) in seine Sammlung aufgenommen.

Die 78. (79.) Historie sagt, wie Eulenspiegel in Köln dem Wirt auf den Tisch schiß und ihm sagte, er möge kommen, damit er es fände.

Bald danach kam Eulenspiegel nach Köln in eine Herberge, und er drückte sich zwei oder drei Tage herum, um sich nicht zu erkennen zu geben. In diesen Tagen merkte er, daß der Wirt ein Schalk war. Da dachte er: Wo der Wirt ein Schalk ist, da haben es die Gäste nicht gut, du solltest dir eine andere Herberge suchen. Am Abend merkte es der Wirt Eulenspiegel an, daß er eine andere Herberge suchte. Er wies den anderen Gästen ihre Betten an, nicht aber Eulenspiegel. Da sprach dieser: »Wie, Herr Wirt, ich bezahle meine Kost ebenso teuer wie die, denen Ihr ein Bett anweist, und ich soll hier auf der Bank schlafen?« Der Wirt sagte: »Siehe, da hast du ein paar Bettlaken!« und ließ einen Furz. Und auf der Stelle ließ er noch einen und sprach: »Siehe, da hast du ein Kopfkissen!« Und zum dritten Male ließ er einen fahren, daß es stank, und sagte: »Siehe, da hast du ein ganzes Bett! Behilf dich bis morgen und lege sie mir auf einen Haufen, damit ich sie beieinander wiederfinde!« Eulenspiegel schwieg still und dachte: Sieh, das merkest du wohl: du mußt den Schalk mit einem Schalk bezahlen. Und er lag die Nacht auf der Bank.

Nun hatte der Wirt einen schönen Klapptisch. Die Flügel klappte Eulenspiegel auf, schiß auf den Tisch einen großen Haufen und klappte ihn wieder zu. Am Morgen stand er früh auf, ging vor des Wirtes Kammer und sprach: »Herr Wirt, ich danke Euch für die Nachtherberge.« Und damit ließ er einen großen Furz und sagte: »Seht, das sind die Federn von dem Bett. Das Kopfkissen, die Bettlaken und die Decken mit dem Bett habe ich zusammen auf einen Haufen gelegt.« Der Wirt sprach: »Herr Gast, das ist gut, ich will danach sehen, wenn ich aufstehe.« Eulenspiegel sagte: »Das tut! Schaut Euch um,

Ihr werdet das schon finden!« Und damit ging er aus dem Haus.

Der Wirt sollte zu Mittag viele Gäste haben und sagte, die Gäste sollten auf dem hübschen Klapptisch essen. Als er nun den Tisch aufmachte, zog ihm ein böser Gestank in die Nase, er fand den Dreck und sprach: »Er gibt den Lohn nach den Werken, einen Furz hat er mit einem Scheißen bezahlt.«

Dann ließ der Wirt Eulenspiegel zurückholen, weil er ihn noch besser kennenlernen wollte. Eulenspiegel kam auch wieder, und er und der Wirt vertrugen sich in ihrer Schalkheit so, daß Eulenspiegel fortan ein gutes Bett bekam.

Die 79. (80.) Historie sagt, wie Eulenspiegel den Wirt mit dem Klange des Geldes bezahlte.

Lange Zeit blieb Eulenspiegel in Köln in der Herberge[1]. Einmal begab es sich, daß man das Essen so spät zum Feuer brachte, daß es später Mittag wurde, ehe die Kost fertig war. Eulenspiegel verdroß es sehr, daß er so lange fasten sollte. Der Wirt sah es ihm wohl an, daß es ihn verdroß, und er sprach zu ihm: wer nicht warten könne, bis die Kost zubereitet sei, der möge essen, was er habe. Eulenspiegel ging in eine Ecke und aß eine trockene Semmel auf. Dann setzte er sich an den Herd und beträufelte den Braten, bis er gar war.

Als es zwölf schlug, wurde der Tisch gedeckt, und das Essen wurde gebracht. Der Wirt setzte sich zu den Gästen, aber Eulenspiegel blieb in der Küche am Herd. Der Wirt sprach: »Wie, Eulenspiegel, willst du nicht mit am Tisch sitzen?« »Nein«, sagte er, »ich mag nichts mehr essen, ich bin durch den Geruch des Bratens satt geworden.« Der Wirt schwieg und aß mit den Gästen, die nach dem Essen ihre Zeche bezahlten. Der eine ging

1 Vgl. H 78 (79).

214

fort, der andere blieb, und Eulenspiegel saß bei dem Feuer.

Da kam der Wirt mit dem Zahlbrett, war zornig und sprach zu Eulenspiegel, er möge zwei kölnische Weißpfennige für das Mahl darauflegen. Eulenspiegel sagte: »Herr Wirt, seid Ihr ein solcher Mann, daß Ihr Geld von einem nehmt, der Eure Speise nicht gegessen hat?« Der Wirt sprach feindlich, er müsse das Geld geben. Habe Eulenspiegel auch nichts gegessen, so sei er doch von dem Geruch satt geworden. Er habe bei dem Braten gesessen, das sei soviel, als habe er an der Tafel gesessen und habe gegessen. Das müsse er ihm für eine Mahlzeit anrechnen.

Da zog Eulenspiegel einen kölnischen Weißpfennig hervor, warf ihn auf die Bank und sprach: »Herr Wirt, hört Ihr diesen Klang?« Der Wirt sagte: »Diesen Klang höre ich wohl.« Eulenspiegel nahm schnell wieder den Pfennig auf, steckte ihn in seinen Säckel und sprach: »Soviel Euch der Klang des Pfennigs hilft, soviel hilft mir der Geruch des Bratens in meinem Bauch.« Der Wirt wurde unwirsch, denn er wollte den Weißpfennig haben, aber Eulenspiegel wollte ihm den nicht geben und das Gericht entscheiden lassen. Der Wirt gab es auf und wollte nicht vor das Gericht. Er befürchtete, daß Eulenspiegel es ihm so heimzahlen würde wie mit dem Klapptisch, ließ ihn im guten fortgehen und schenkte ihm die Zeche.

Eulenspiegel zog von dannen, wanderte fort vom Rhein und zog wieder in das Land Sachsen.

Die 80. (81.) Historie sagt, wie Eulenspiegel von Rostock[1] schied und dem Wirt an das Feuer schiß.

Mit Eifer reiste Eulenspiegel von Rostock weg, als er die Schalkheit verübt hatte, und ging zur Herberge in einen Flecken. In dem Haus war nicht viel zu essen,

1 Ein Anschluß an die vorhergehende H 79 (80) ist nicht vorhanden, da Rostock nicht in Sachsen lag.

215

denn dort herrschte eitel Armut. Der Wirt im Haus hatte viele Kinder, und bei ihnen war Eulenspiegel nur ungern[2]. Eulenspiegel band sein Pferd im Stall fest, ging in das Haus, kam zur Feuerstelle und fand einen kalten Herd und eine leere Wohnung. Da begriff er, daß hier nichts als Armut war. Er sprach: »Herr Wirt, Ihr habt böse Nachbarn.« Der Wirt sagte: »Ja, Herr Gast, das habe ich; sie stehlen mir alles, was ich im Hause habe.«
Da mußte Eulenspiegel lachen und dachte: hier ist der Wirt wie der Gast. Er hatte wohl Lust dazubleiben, aber die Kinder mochte er nicht leiden, denn er sah, daß sie ihre Notdurft hinter der Haustür verrichteten, ein Kind nach dem andern. Da sprach Eulenspiegel zu dem Wirt: »Wie sind doch Eure Kinder unsauber! Haben sie keine Stelle, wo sie ihre Notdurft verrichten können als hinter

2 Vgl. H 19 (21).

216

der Haustür?« Der Wirt sagte: »Herr Gast, was scheltet Ihr darüber? Mir mißfällt nichts daran, ich schaffe es morgen hinweg.«

Eulenspiegel schwieg. Später, als er seinen Drang verspürte, schiß er einen großen Haufen Dreck an das Feuer. Als er bei seinem Werke war, kam der Wirt und sprach: »Daß dich das Fieber schüttle! Scheißt du an das Feuer? Ist der Hof nicht groß genug?« Eulenspiegel sagte: »Herr Wirt, was scheltet Ihr darüber? Das macht mir nichts aus, ich schaffe es täglich weg.«

Und er setzte sich auf sein Pferd und ritt zum Tor hinaus. Der Wirt rief ihm nach: »Halt, und schaffe den Dreck von dem Herd weg!« Eulenspiegel sprach: »Wer der letzte ist, der kehre das Haus! So wird mein Dreck und Euer Dreck zugleich ausgekehrt.«

Die 81. (82.) Historie sagt, wie Eulenspiegel einen Hund schund und das Fell der Wirtin als Bezahlung gab, weil er mit ihm aß.

N nun begab es sich, daß Eulenspiegel in ein Dorf in der Nähe von Staßfurt[1] kam. In einem Haus fand er die Wirtin allein. Die Wirtin hatte ein zierliches Hündlein, das sie sehr liebte. Es mußte ihr allezeit auf dem Schoß liegen, wenn es nichts anderes vorhatte.

Eulenspiegel saß am Feuer und trank aus der Kanne. Die Frau hatte den Hund daran gewöhnt: Wenn sie Bier trank, gab sie dem Hund auch Bier in eine Schüssel, damit er ebenfalls trinken konnte. Als nun Eulenspiegel dasaß und trank, stand der Hund auf, schmeichelte sich an Eulenspiegel heran und sprang an seinem Hals empor. Das sah die Wirtin, und sie sprach: »Ach, gebt ihm auch zu trinken in der Schüssel! Das ist sein Wunsch.« Eulen-

1 Die Frühdrucke sprechen hier nur von einem »Ort«. Aus H 82 (83) kann man aber die näheren Angaben ableiten.

spiegel sagte zu ihr: »Gern«. Die Wirtin ging und tat die Dinge, die sie zu erledigen hatte. Eulenspiegel trank und gab dem Hund auch zu trinken in der Schüssel und legte darein noch einen Bissen Fleisch, so daß der Hund satt wurde, sich ans Feuer legte und sich ausstreckte, so lang er war.

Dann sagte Eulenspiegel zu der Wirtin: »Wir wollen abrechnen« und sprach weiter: »Liebe Wirtin, wenn ein Gast Eure Kost ißt und von Eurem Bier trinkt und kein Geld hat, borgt Ihr dem Gast?« Die Wirtin dachte nicht daran, daß er den Hund meinen könnte, sondern glaubte, er selbst sei dieser Gast, und sagte zu ihm: »Herr Gast, man borgt hier nicht, man muß Geld geben oder ein Pfand.« Eulenspiegel sprach: »Damit bin ich für meinen Teil zufrieden; ein anderer sorge für das Seine!« Dann ging die Wirtin fort. Und sobald Eulenspiegel es zuwege

bringen konnte, nahm er den Hund unter den Rock und ging mit ihm in den Stall. Dort zog er ihm das Fell ab und ging wieder in das Haus zum Feuer und hatte das Fell des Hundes unter dem Rock. Dann hieß Eulenspiegel die Wirtin kommen und sagte wiederum: »Laßt uns abrechnen.«

Die Wirtin rechnete, und Eulenspiegel legte die halbe Zeche hin. Da fragte die Wirtin, wer die andere Hälfte bezahlen solle, er habe das Bier doch allein getrunken. Eulenspiegel sagte: »Nein, ich habe es nicht allein getrunken, ich hatte einen Gast. Der trank mit, und der hat kein Geld, aber er hat ein gutes Pfand; der soll die andere Hälfte bezahlen.« Die Wirtin sprach: »Was ist das für ein Gast? Was habt Ihr für ein Pfand?« Eulenspiegel antwortete: »Das ist sein allerbester Rock, den er anhatte.« Und er zog das Hundefell unter dem Rock hervor und sprach: »Seht, Wirtin, das ist der Rock des Gastes, der mit mir trank.«

Die Wirtin erschrak und sah, daß es ihres Hundes Fell war. Sie wurde zornig und sprach: »Daß dir nimmer Glück geschehe!² Warum hast du mir meinen Hund abgezogen?« Und sie fluchte. Eulenspiegel antwortete: »Wirtin, das ist Eure eigene Schuld, also laß ich Euch fluchen. Ihr sagtet mir selbst, ich solle dem Hund einschenken. Und ich sagte, der Gast habe kein Geld. Ihr wolltet ihm nicht borgen, Ihr wolltet Geld oder Pfand haben. Da er kein Geld hatte und das Bier bezahlt werden mußte, so mußte er den Rock als Pfand lassen. Den nehmt jetzt für sein Bier, das er getrunken hat.«

Die Wirtin wurde noch zorniger und hieß ihn aus dem Haus gehen; und er solle niemals wiederkommen. Eulenspiegel sprach: »Ich will aus Euerm Haus nicht gehn, sondern reiten.« Und er sattelte sein Pferd, ritt zum Tor hinaus und sagte: »Wirtin, bewahrt das Pfand so lange auf, bis ich Euer Geld zusammengebracht habe, dann

2 Vgl. H 30 Fn. 2.

will ich noch einmal ungeladen wiederkommen. Wenn ich dann nicht mit Euch trinke, brauche ich auch kein Bier zu bezahlen.«

Die 82. (83.) Historie sagt, wie Eulenspiegel derselben Wirtin[1] einredete, Eulenspiegel liege auf dem Rad.

Hört, was Eulenspiegel weiter in dem Dorf bei Staßfurt[2] getrieben hat! Er zog andere Kleider an und ging wieder in seine vorige Herberge. In dem Haus sah er ein Rad stehen. Da legte er sich oben auf das Rad, bot der Wirtin einen guten Tag und fragte sie, ob sie nicht etwas von Eulenspiegel gehört habe. Sie antwortete, was sie wohl von dem Schalk hören solle, am liebsten möchte sie ihn gar nicht nennen hören.

220

Eulenspiegel sprach: »Frau, was hat er Euch getan, daß Ihr ihm so gram seid? Wo er hinkam, da schied er freilich nicht ohne Schalkheit.« Die Frau sagte: »Das habe ich wohl gemerkt. Er kam auch hierher, schund mir meinen Hund und gab mir das Fell für das Bier, das er getrunken hatte.« Eulenspiegel sprach: »Frau, das war nicht wohl getan.« Die Wirtin sagte: »Es wird ihm auch schändlich ergehen.« Er sprach: »Frau, das ist schon geschehn, er liegt auf dem Rad[3].« Die Wirtin sagte: »Dafür sei Gott gelobt!« Eulenspiegel sprach: »Ich bin es. Ade, ich fahre dahin.«

Die 83. (84.) Historie sagt, wie Eulenspiegel eine Wirtin mit bloßem Arsch in die heiße Asche setzte.

B oshafte und zornige Nachreden bringen bösen Lohn. Als Eulenspiegel von Rom[1] zurückreiste, kam er in ein Dorf, in dem eine große Herberge war. Der Wirt war nicht zu Hause. Da fragte Eulenspiegel die Wirtin, ob sie Eulenspiegel kenne. Die Wirtin antwortete: »Nein, ich kenne ihn nicht. Aber ich habe von ihm gehört, daß er ein auserlesener Schalk ist.« Eulenspiegel sprach: »Liebe Wirtin, warum sagt Ihr, daß er ein Schalk ist, wenn Ihr ihn nicht kennt?« Die Frau sagte: »Was ist daran gelegen, daß ich ihn nicht kenne? Das macht doch nichts; die Leute sagen eben, er sei ein böser Schalk.« Eulenspiegel sprach: »Liebe Frau, hat er Euch je ein Leid angetan?

1 Vgl. H 81 (82).
2 Vgl. H 81 (82) Fn. 1.
3 Die Strafe des Rades (»Rädern«) war eine im späten Mittelalter gebräuchliche Todesstrafe, bei der dem Verurteilten die Glieder durch ein Rad, mit einer Keule oder in anderer Weise zerschlagen wurden. Vielfach wurde der noch Lebende mit gebrochenen Gliedern in die Speichen eines Rades geflochten und öffentlich zur Schau gestellt. Gerädert wurden jedoch nur Mordbrenner und besonders schwere Verbrecher.
1 Vgl. H. 34.

Wenn er ein Schalk ist, so wißt Ihr das nur vom Hörensagen[2]; darum wißt Ihr nichts Eigentliches von ihm zu sagen.« Die Frau sprach: »Ich sage es so, wie ich es von den Leuten gehört habe, die bei mir aus- und eingehen.«
Eulenspiegel schwieg. Des Morgens stand er ganz früh auf und scharrte die heiße Asche auseinander. Dann ging er zum Bett der Wirtin und nahm sie aus dem Schlaf. Er setzte sie mit dem bloßen Arsch auf die heiße Asche, verbrannte ihr den Arsch gar sehr und sprach: »Seht, Wirtin, nun könnt Ihr von Eulenspiegel sagen, daß er ein Schalk ist. Ihr empfindet es jetzt, und Ihr habt ihn gesehen. Hieran mögt Ihr ihn erkennen.« Das Weib fing an zu jammern, aber Eulenspiegel ging aus dem Haus, lachte und sprach: »Also soll man die Romfahrt vollbringen.«

2 Vgl. Agricola Nr. 179.

Die 84. (85.) Historie sagt, wie Eulenspiegel einer Wirtin in das Bett schiß und ihr einredete, das habe ein Pfaffe getan.

Böse Schalkheit verübte Eulenspiegel in Frankfurt an der Oder. Dorthin wanderte er mit einem Pfaffen, und beide zogen in dieselbe Herberge. Am Abend behandelte sie der Wirt sehr freundlich und gab ihnen Fisch und Wildbret. Als sie zu Tisch gingen, setzte die Wirtin den Pfaffen obenan, und das Gute in den Schüsseln legte sie dem Pfaffen vor. Sie sagte: »Herr, esset das um meinetwillen.« Eulenspiegel saß unten am Tisch, sah den Wirt und die Wirtin dauernd an, aber niemand legte ihm etwas vor oder hieß ihn essen, obwohl er doch gleichviel bezahlen mußte.

Als das Mahl beendet und es Schlafenszeit war, wurden Eulenspiegel und der Pfaffe in die gleiche Kammer gelegt. Für jeden wurde ein schönes, sauberes Bett bereitet, in dem sie schliefen. Am Morgen stand der Pfaffe zu passender Stunde auf, betete die ihm vorgeschriebene Zeit, bezahlte danach den Wirt und zog weiter.

Eulenspiegel blieb liegen, bis es neun Uhr schlagen wollte, dann schiß er in das Bett, darin der Pfaffe gelegen hatte, einen großen Haufen. Die Wirtin fragte den Hausknecht, ob der Pfaffe und die anderen Gäste aufgestanden seien und ob sie abgerechnet und bezahlt hätten. Der Knecht sprach: »Ja, der Pfaffe stand frühzeitig auf, betete seine Zeit, bezahlte und wanderte weiter. Aber den anderen Gesellen habe ich heute noch nicht gesehen.« Die Frau befürchtete, er sei krank, ging in die Kammer und fragte Eulenspiegel, ob er nicht aufstehen wolle. Er sagte: »Ja, Wirtin, mir war bisher nicht recht wohl.«

Indessen wollte die Frau die Bettlaken vom Bett des Pfaffen nehmen. Als sie es aufdeckte, lag ein großer Dreck mitten im Bett. »Ei, behüte mich Gott«, sprach sie, »was liegt hier?« »Ja, liebe Wirtin, das wundert mich nicht«,

223

sagte Eulenspiegel, »denn was zum Abendessen an Gutem auf den Tisch kam: davon wurde das Allerbeste dem Pfaffen vorgelegt. Und den ganzen Abend wurde nur gesagt: ›Herr, eßt das auf!‹ Da der Pfarrer so viel gegessen hatte, wundert es mich, daß es bei dem Haufen im Bett geblieben ist und daß er die Kammer nicht auch noch voll geschissen hat.« Die Wirtin fluchte dem unschuldigen Pfaffen und sagte, wenn er wiederkomme, müsse er weitergehn; aber Eulenspiegel, den braven Knecht, den wolle sie gern wieder beherbergen.

Die 85. (86.) Historie sagt, wie ein Holländer aus einer Schüssel einen gebratenen Apfel aß, darein Eulenspiegel ein Brechmittel[1] getan hatte.

R echt und redlich rächte sich Eulenspiegel an einem Holländer. In einer Herberge in Antwerpen[2], in der holländische Kaufleute waren, begab es sich einmal, daß Eulenspiegel ein wenig krank wurde. Er konnte kein Fleisch essen und ließ sich weiche Eier kochen. Als die Gäste zu Tisch saßen, kam auch Eulenspiegel an den Tisch und brachte die weichen Eier mit.

Der eine Holländer hielt Eulenspiegel für einen Bauern und sprach: »Wie, Bauer, magst du des Wirtes Kost nicht, daß man dir Eier kochen muß?« Damit nahm er die beiden Eier, schlug sie auf und schlürfte sie eins nach dem andern aus. Die Schalen legte er vor Eulenspiegel hin und sagte: »Sieh hin, leck das aus, der Dotter ist heraus!«

1 S 1515 bietet hier »Saffonie«, S 1519 »faffonie«. »Saffonie« bedeutet die weiße Nießwurz, eine Pflanze, die als Brech- und Abführmittel benutzt wurde (vgl. Lindow Fn. 2 und Rosenfeld, Muttersprache S. 10). Die Überschrift stimmt mit dem Text nicht überein.
2 Die Frühdrucke bringen »Antdorf« bzw. »Antdorff«. Dies ist eine im 16. Jahrhundert gebrauchte deutsche Bezeichnung für Antwerpen, vgl. Lindow Fn. 4; A. Schultz S. 96; Honegger S. 123.

224

Die anderen Gäste lachten darüber, und Eulenspiegel lachte mit ihnen.

Am Abend kaufte Eulenspiegel einen hübschen Apfel, den höhlte er inwendig aus und füllte ihn mit Fliegen und Mücken. Dann briet er langsam den Apfel, schälte ihn und bestreute ihn außen mit Ingwer. Als sie nun des Abends wieder zu Tisch saßen, brachte Eulenspiegel auf einem Teller den gebratenen Apfel und wendete sich vom Tisch ab, als ob er noch mehr holen wolle. Als er den Rücken wandte, griff der Holländer zu, nahm ihm den gebratenen Apfel vom Teller und schlang ihn schnell hinunter. Sogleich mußte der Holländer brechen und brach alles aus, was er im Leibe hatte. Ihm wurde so übel, daß der Wirt und die anderen Gäste meinten, Eulenspiegel habe ihn mit dem Apfel vergiftet.

Doch Eulenspiegel sagte: »Das ist keine Vergiftung, es ist nur eine Reinigung seines Magens. Denn einem gierigen Magen bekommt keine Kost gut. Hätte er mir gesagt, daß er den Apfel so gierig hinunterschlucken wollte, so hätte ich ihn davor gewarnt. Denn in den weichen Eiern waren keine Mücken, aber in dem gebratenen Apfel lagen sie. Die mußte er wieder ausbrechen.«

Unterdessen kam der Holländer wieder ganz zu sich und merkte, daß es ihm nicht weiter schadete. Er sprach zu Eulenspiegel: »Iß und brate, ich esse nicht mehr mit dir, und wenn du auch Krammetsvögel[3] hättest.«

Die 86. (75.) Historie sagt, wie Eulenspiegel von einer Frau zu Gast geladen wurde, der der Rotz aus der Nase hing.

E s begab sich einmal, daß ein Hoffest gehalten werden sollte, und Eulenspiegel wollte dahin reiten. Da fing sein Pferd an zu hinken, und er mußte zu Fuß gehen. Es

3 Krammetsvogel = Wacholderdrossel, die als Delikatesse gilt.

225

war sehr heiß, und ihn begann zu hungern. Unterwegs lag ein kleines Dorf, aber es war kein Wirtshaus darin. Um die Mittagszeit kam er in das Dorf, in dem er wohlbekannt war. Er ging in ein Haus, wo die Frau saß und Käse machte, und sie hatte einen Klumpen Molke in den Händen. Als die Frau über der Molke saß, hatte sie keine Hand frei, und ein großer Schnudel[1] hing ihr unter der Nase.

Da bot ihr Eulenspiegel einen guten Tag und sah den Schnudel wohl. Das merkte sie zwar, aber sie konnte die Nase nicht an den Ärmeln abwischen und sich auch nicht schneuzen. Da sprach sie zu ihm: »Lieber Eulenspiegel, setzt Euch hin und wartet, ich will Euch gute, frische Butter geben.« Da machte Eulenspiegel kehrt und ging wieder zur Tür hinaus. Die Frau rief ihm nach: »Wartet

1 Heraushängender Nasenschleim; vgl. Schnodder.

doch und eßt erst etwas!« Eulenspiegel sagte: »Liebe Frau, später, wenn er gefallen ist!« Denn er befürchtete, der Schnudel fiele in die Molke.
Er ging in ein anderes Haus und dachte: Die Butter magst du nicht; wer dazu ein wenig Teig hätte, brauchte keine Eier hineinzuschlagen, er würde von dem Rotz fett genug.

Die 87. (71., 1. Teil) Historie sagt, wie Eulenspiegel 12 Blinden 12 Gulden gab, so daß sie meinten, sie könnten sie frei verzehren, zuletzt aber ganz schlecht dabei wegkamen.

Als Eulenspiegel landauf und landab zog, kam er einmal wieder nach Hannover, und da trieb er viele

seltsame Abenteuer. Eines Tages ritt er eine Ackerlänge Weges vor dem Tor spazieren. Da begegneten ihm 12 Blinde. Als Eulenspiegel zu ihnen kam, sprach er: »Woher, ihr Blinden?« Die Blinden blieben stehen und hörten wohl, daß er auf einem Pferd saß. Da meinten sie, es sei ein ehrbarer Mann, zogen ihre Hüte und Kappen und sagten: »Lieber Junker, wir sind in der Stadt gewesen. Da ist ein reicher Mann gestorben, dem hielt man ein Seelamt[1] und gab Spenden, und es war schrecklich kalt.« Da sprach Eulenspiegel zu den Blinden: »Es ist wirklich sehr kalt, ich fürchte, ihr friert euch zu Tode. Seht her, hier habt ihr 12 Gulden. Geht wieder hin in die Stadt, und zwar zu der Herberge, aus der ich geritten komme« – und er beschrieb ihnen das Haus –, »und verzehrt diese 12 Gulden um meinetwillen, bis dieser Winter vorbei ist und ihr wieder wandern könnt, ohne zu frieren.« Die Blinden standen und verneigten sich und dankten ihm eifrig. Und der erste Blinde meinte, der zweite habe das Geld, der zweite meinte, der dritte habe es, der dritte meinte, der vierte habe es, und so fort bis zum letzten, der glaubte, der erste habe es.

Also gingen sie in die Stadt zu der Herberge, wohin sie Eulenspiegel gewiesen hatte. Als sie in die Herberge kamen, sprachen die Blinden: ein guter Mann sei an ihnen vorbeigeritten und habe ihnen aus Barmherzigkeit 12 Gulden geschenkt. Die sollten sie um seinetwillen verzehren, bis der Winter vorüber sei. Der Wirt war gierig nach dem Gelde, nahm sie dafür auf und dachte nicht daran, sie zu fragen und nachzusehen, welcher Blinde die 12 Gulden hatte. Er sprach: »Ja, meine lieben Brüder, ich will euch gut bewirten.« Er schlachtete, bereitete zu und kochte für die Blinden und ließ sie so lange essen, bis ihn dünkte, daß sie 12 Gulden verzehrt hätten. Da sprach er: »Liebe Brüder, wir wollen abrechnen, die 12 Gulden sind fast ganz verzehrt.«

1 Feierliche Messe für die Seele eines Verstorbenen.

Die Blinden sagten ja, und jeder fragte den andern, ob er die 12 Gulden habe, damit der Wirt bezahlt würde. Der erste hatte die Gulden nicht, der zweite hatte sie auch nicht, der dritte wiederum nicht, der vierte desgleichen; der letzte wie der erste hatten die 12 Gulden nicht. Die Blinden seufzten und kratzten sich die Köpfe, denn sie waren betrogen, und der Wirt desgleichen. Er saß da und dachte: läßt du die Blinden gehen, so wird dir die Kost nicht bezahlt; behältst du sie, so fressen und verzehren sie noch mehr, und da sie nichts haben, erleidest zu zweifachen Schaden. So trieb er sie hinten in den Schweinestall, sperrte sie darin ein und legte ihnen Stroh und Heu vor.

Die 88. (71., 2. Teil) Historie sagt, wie Eulenspiegel für die Blinden einen Bürgen stellte[1].

Eulenspiegel dachte, es sei an der Zeit, daß die Blinden das Geld verzehrt hätten. Er verkleidete sich und ritt in die Stadt zu dem Wirt in die Herberge. Als er in den Hof kam und sein Pferd im Stall anbinden wollte, sah er, daß die Blinden im Schweinestall lagen. Da ging er in das Haus und sagte zu dem Wirt: »Herr Wirt, was denkt Ihr Euch dabei, daß die armen blinden Leute so in dem Stall liegen? Erbarmt es Euch nicht, daß sie essen, wovon ihnen Leib und Leben weh tut?« Der Wirt sprach: »Ich wollte, sie wären dort, wo alle Wasser zusammenlaufen[2]. Wenn nur meine Kost bezahlt wäre!« Und er erzählte ihm alles, wie er mit den Blinden betrogen worden sei. Eulenspiegel sagte: »Wie ist es, Herr Wirt, können sie keinen Bürgen bekommen?« Der Wirt dachte: O hätte ich jetzt einen Bürgen! und sprach: »Freund, könnte ich

1 Da die hier als 88. H abgedruckte Geschichte der 2. Teil der 71. H der Frühdrucke ist, steht die Überschrift nicht im Volksbuch. Sie stammt von mir.
2 D. h. im Meer.

229

einen sicheren Bürgen bekommen, den nähme ich und
ließe die unseligen Blinden laufen.« Eulenspiegel sagte:
»Wohlan, ich will in der ganzen Stadt herumhören und
sehen, daß ich für Euch einen Bürgen finde.«

Da ging Eulenspiegel zu dem Pfarrer und sprach: »Mein
lieber Herr Pfarrer, wollt Ihr wie ein guter Freund handeln? Mein hiesiger Wirt ist in dieser Nacht von einem
bösen Geist besessen worden. Er läßt Euch bitten, ihm
diesen wieder auszutreiben.« Der Pfarrer sagte: »Ja,
gern, aber er muß einen Tag oder zwei warten, solche
Dinge kann man leicht übereilen.« Eulenspiegel entgegnete: »Ich will gehen und seine Frau holen, damit Ihr es
zu ihr selber sagt.« Der Pfarrer sprach: »Ja, laß sie her-
kommen.«

Da ging Eulenspiegel wieder zu seinem Wirt und sagte zu
ihm: »Ich habe Euch einen Bürgen besorgt, das ist Euer
Pfarrer. Der will dafür gutsagen und Euch geben, was Ihr
haben sollt. Laßt Eure Frau mit mir zu ihm gehen, er will
ihr das zusagen.« Der Wirt war damit einverstanden und
froh darüber, und er sandte seine Frau mit Eulenspiegel
zu dem Pfarrer. Da hob Eulenspiegel an: »Herr Pfarrer,
hier ist die Frau. Sagt ihr nun selber, was Ihr mir zugesagt
und gelobt habt!« Der Pfarrer sprach: »Ja, meine liebe
Frau, wartet einen Tag oder zwei, so will ich ihm helfen.« Die Frau sagte ja, ging mit Eulenspiegel wieder
nach Hause und sagte das ihrem Ehemann. Der Wirt war
froh, ließ die Blinden gehn und sprach sie ihrer Schuld
ledig. Eulenspiegel aber machte sich reisefertig und ver-
schwand unauffällig.

Am dritten Tag ging die Frau zum Pfarrer und mahnte
ihn wegen der 12 Gulden, die die Blinden verzehrt hatten. Der Pfarrer sagte: »Liebe Frau, hat Euch Euer Mann
das so geheißen?« Die Frau bejahte. Da sprach der Pfarrer: »Das ist der bösen Geister Eigenschaft, daß sie Geld
haben wollen.« Die Frau sagte: »Das ist kein böser Geist;
bezahlt ihm die Kost!« Der Pfarrer sprach: »Mir ist ge-

230

sagt worden, Euer Ehemann sei vom bösen Geist besessen. Holt mir ihn her, ich will ihn davon befreien mit
Gottes Hilfe.« Die Frau sagte: »Das pflegen Schälke zu
tun, die zu Lügnern werden, wenn sie bezahlen sollen. Ist
mein Mann vom bösen Geist gefangen, so sollst du das
heute noch zu spüren bekommen.«

Und sie lief nach Hause und erzählte ihrem Ehemann,
was der Pfarrer gesagt hatte. Der Wirt nahm Spieß und
Hellebarde[3] und lief damit zum Pfarrhof. Der Pfarrer
wurde dessen gewahr, rief seine Nachbarn zu Hilfe, bekreuzigte sich und sprach: »Kommt mir zu Hilfe, meine
lieben Nachbarn! Seht, dieser Mensch ist besessen von
einem bösen Geist!« Der Wirt sagte: »Pfaffe, gedenke
deiner Worte und bezahle mich!« Der Pfarrer stand und
bekreuzigte sich wieder. Der Wirt wollte auf den Pfarrer
einschlagen, die Bauern aber kamen dazwischen und
konnten die beiden nur mit großer Mühe auseinander-
bringen.

Und solange der Wirt und der Pfarrer lebten, mahnte der
Wirt den Pfarrer wegen der Kosten. Der Pfarrer sprach,
er sei ihm nichts schuldig, sondern der Wirt sei vom bösen Geist besessen, und er wolle ihn bald davon befreien.
Das währte, solange die beiden lebten.

Die 89. (17.) Historie sagt, wie Eulenspiegel in einem Spital an einem Tage alle Kranken ohne Arznei gesund machte.

Einmal kam Eulenspiegel nach Nürnberg, schlug
große Bekanntmachungen an die Kirchtüren und an
das Rathaus an und gab sich als einen guten Arzt für alle
Krankheiten aus. Und da war eine große Zahl kranker
Menschen in dem neuen Spital[1], wo der hochwürdige,
heilige Speer Christi mit anderen bemerkenswerten Stük-

---

3 Hieb- und Stoßwaffe des Fußvolkes im späteren Mittelalter.

ken aufbewahrt ist. Der Spitalmeister wäre einen Teil der kranken Menschen gerne losgeworden und hätte ihnen die Gesundheit wohl gegönnt. Deshalb ging er zu Eulenspiegel, dem Arzt, und fragte ihn, ob er nach den Bekanntmachungen, die er angeschlagen habe, seinen Kranken helfen könne. Es solle ihm wohl gelohnt werden. Eulenspiegel sprach, er wolle viele seiner Kranken gesund machen, wenn er 200 Gulden anlegen und ihm die zusagen wolle. Der Spitalmeister sagte ihm das Geld zu, wenn er den Kranken hülfe. Eulenspiegel war damit einverstanden: der Spitalmeister brauche ihm keinen Pfennig zu geben, wenn er die Kranken nicht gesund mache. Das gefiel dem Spitalmeister sehr gut, und er gab ihm 20 Gulden Vorschuß.

Da ging Eulenspiegel ins Spital, nahm zwei Knechte mit sich und fragte einen jeglichen Kranken, welches Gebrechen ihn plage. Und zuletzt, bevor er den Kranken verließ, beschwor er jeden und sprach: »Was ich dir jetzt offenbaren werde, das sollst du als Geheimnis bei dir behalten und niemandem verraten.« Das schworen ihm dann die Siechen mit großer Beteuerung. Darauf sagte er zu jedem einzelnen: »Wenn ich euch Kranken zur Gesundheit verhelfen und euch auf die Füße bringen soll, kann ich das nur so: ich muß einen von euch zu Pulver verbrennen und dies den andern zu trinken geben[2]. Das muß ich tun! Den Kränkesten von euch allen, der nicht gehen kann, werde ich zu Pulver verbrennen, damit ich den anderen damit helfen kann. Um euch alle zu wecken, werde ich den Spitalmeister nehmen, mich in die Tür des Spitals stellen und mit lauter Stimme rufen: ›Wer da nicht krank ist, der komme sogleich heraus!‹ Das verschlafe nicht! Denn der letzte muß die Zeche bezahlen.« So sprach er zu jedem allein.

1 Vermutlich ist an das 1331 gestiftete Heilig-Geist-Hospital gedacht, vgl. Lappenberg S. 238 und Walther S. 60.
2 Vgl. 2. Mose 32, 20.

Auf diese Rede gab jeglicher wohl acht. Und am angesagten Tage beeilten sie sich mit ihren kranken und lahmen Beinen, weil keiner der letzte sein wollte. Als Eulenspiegel nach seiner Ankündigung rief, begannen sie sofort zu laufen, darunter einige, die in zehn Jahren nicht aus dem Bett gekommen waren. Als das Spital nun ganz leer und die Kranken alle heraus waren, begehrte Eulenspiegel von dem Spitalmeister seinen Lohn und sagte, er müsse eilig in eine andere Gegend reisen. Da gab er ihm das Geld mit großem Dank, und Eulenspiegel ritt hinweg.
Aber nach drei Tagen kamen die Kranken alle wieder und klagten über ihre Krankheit. Da fragte der Spitalmeister: »Wie geht das zu? Ich habe ihnen doch den großen Meister hergebracht! Er hat ihnen geholfen, so daß sie alle selbst davongegangen sind.« Da sagten sie dem Spi-

talmeister, womit er ihnen gedroht hatte: wer als letzter
zur Tür hinauskäme, wenn er zur festgesetzten Zeit riefe,
den wolle er zu Pulver verbrennen.
Da merkte der Spitalmeister, daß er von Eulenspiegel
betrogen war. Aber der war hinweg, und er konnte ihm
nichts mehr antun. Also blieben die Kranken wieder wie
zuvor im Spital, und das Geld war verloren.

Die 90. (89.) Historie sagt, wie Eulenspiegel in Mariental[1] die Mönche in der Messe zählte.

Zu der Zeit, als Eulenspiegel alle Lande durchlaufen
hatte und alt und verdrossen geworden war, kam
ihn eine Galgenreue[2] an. Er gedachte, in ein Kloster ein-
zutreten, arm wie er war, seine ihm noch verbliebene Zeit
geduldig zu ertragen und Gott sein ferneres Leben zu
dienen für seine Sünden, damit er nicht verloren sei,
wenn Gott über ihn gebote.
So kam er in dieser Absicht zu dem Abt von Mariental
und bat ihn, daß er ihn als Mitbruder aufnehme, er wolle
dem Kloster all das Seine hinterlassen. Der Abt war Narren wohl gesonnen und sagte: »Du bist noch gut bei
Kräften, ich will dich gerne aufnehmen, wie du gebeten
hast. Aber du mußt etwas tun und ein Amt übernehmen,
denn du siehst, daß meine Brüder und ich alle etwas zu
tun haben, und jedem ist etwas befohlen.« Eulenspiegel
sprach: »Ja, Herr, gern.« »Wohlan in Gottes Namen«,
sagte der Abt, »du arbeitest nicht gern, du sollst unser
Pförtner sein. Da bleibst du in deinem Gemach und
brauchst dich um nichts weiter zu kümmern, als Kost
und Bier aus dem Keller zu holen und die Pforte auf- und
zuzuschließen.« Eulenspiegel sagte: »Würdiger Herr, das
vergelte Euch Gott, daß Ihr mich alten, kranken Mann so
wohl bedenket! Ich will auch alles tun, was Ihr mich

1 Zisterzienserkloster, 4 km nördlich von Helmstedt.   2 Verspätete Reue.

heißet, und alles lassen, was Ihr mir verbietet.« Der Abt sprach: »Sieh, hier ist der Schlüssel! Du sollst aber nicht jedermann[3] einlassen, sondern nur jeden dritten oder vierten laß hereinkommen! Denn wenn du zu viele einläßt, so fressen sie das Kloster arm.« Eulenspiegel sagte: »Würdiger Herr, ich will es ihnen recht tun.«
Und von allen, die da kamen, ob sie ins Kloster gehörten oder nicht, ließ er immer nur den vierten ein und nicht mehr. Darüber wurde vor dem Abt Klage geführt. Der sagte zu Eulenspiegel: »Du bist ein auserlesener Schalk! Willst du die nicht hereinlassen, die hier hereingehören?« »Herr«, sagte Eulenspiegel, »jeden vierten habe ich hereingelassen, wie Ihr mich geheißen habt, und nicht mehr. Damit habe ich Euer Gebot vollbracht.« »Du hast gehandelt wie ein Schalk«, sprach der Abt und wäre ihn gern

3 Gemeint sind Reisende, die im Kloster um Unterkunft bitten.

235

wieder losgeworden. Und er setzte einen anderen Beschließer ein, denn er merkte wohl, daß Eulenspiegel von seiner alten Sinnesart nicht lassen konnte.

Da gab er ihm ein anderes Amt und sagte: »Sieh, du sollst die Mönche nachts in der Messe zählen. Und wenn du einen übersiehst, so mußt du weiterwandern.« Eulenspiegel sprach: »Das ist für mich schwer zu tun, doch wenn es nicht anders sein kann, muß ich es machen, damit das Beste daraus werden mag.« Und des Nachts brach er einige Stufen aus der Treppe. Nun war der Prior ein guter, frommer, alter Mönch und allezeit der erste in der Messe. Der kam still zur Treppe, und als er glaubte, auf die Stufen zu treten, trat er durch und brach sich ein Bein. Er schrie jämmerlich, so daß die anderen Brüder hinzuliefen und sehen wollten, was mit ihm war. Da fiel einer nach dem andern die Treppe herab. Eulenspiegel sprach zu dem Abt: »Würdiger Herr, habe ich nun mein Amt richtig versehen? Ich habe die Mönche alle gezählt.« Und er gab ihm das Kerbholz, in das er sie alle geschnitten hatte, als einer nach dem andern herunterfiel. Der Abt sprach: »Du hast gezählt wie ein verworfener Schalk! Geh mir aus meinem Kloster und lauf zum Teufel, wohin du willst.«

Also kam Eulenspiegel nach Mölln, da wurde er von Krankheit befallen, so daß er kurz danach starb.

Die 91. (90.) Historie sagt, wie Eulenspiegel in Mölln krank wurde, dem Apotheker in eine Büchse schiß, wie er in den »Heiligen Geist«[1] gebracht wurde und seiner Mutter ein süßes Wort zusprach.

Elend und sehr krank wurde Eulenspiegel, als er von Mariental nach Mölln kam. Da zog er zu dem Apotheker in die Herberge, um der Arznei willen. Nun war der Apotheker dort auch ein wenig schalkhaftig und listig und gab Eulenspiegel ein scharfes Abführmittel[2]. Als es auf den Morgen zuging, begann das Abführmittel zu wirken, und Eulenspiegel stand auf und wollte seines Kotes ledig werden. Das Haus war jedoch allenthalben verschlossen, und ihm wurde angst und bange. Er kam in das Apothekenzimmer, schiß in eine Büchse und sprach: »Hier kam die Arznei heraus, hier muß sie wieder hinein. So verliert auch der Apotheker nichts, ich kann ihm ja doch kein Geld geben.«

Als das der Apotheker merkte, fluchte er Eulenspiegel und wollte ihn nicht länger im Hause haben. Er ließ ihn in das Spital (es hieß »Zum Heiligen Geist«) bringen. Da sagte Eulenspiegel zu den Leuten, die ihn hinbrachten: »Ich habe sehr danach getrachtet und Gott allezeit gebeten, der Heilige Geist möge in mich kommen[3]. Jetzt schickt Gott mir das Gegenteil: ich komme in den Heiligen Geist. Er bleibt außer mir und ich komme in ihn.« Die Leute lachten über seine Worte und gingen fort.

Und wie eines Menschen Leben ist, so ist auch sein Ende. Es wurde seiner Mutter kundgetan, daß er krank sei. Die war bald zur Reise gerüstet, kam zu ihm und glaubte, von ihm Geld zu erhalten, denn sie war eine alte, arme Frau[4]. Als sie zu ihm kam, begann sie zu weinen und sprach: »Mein lieber Sohn, wo bist du krank?« Eulenspiegel sagte: »Hier zwischen der Bettstelle und der Wand!« »Ach, lieber Sohn, sag mir doch ein süßes Wort!« Eulenspiegel sprach: »Liebe Mutter, Honig, das ist ein süßes Wort.« Die Mutter sagte: »Ach, lieber Sohn, gib mir doch noch eine gute Lehre, bei der ich deiner

---

1 Ein Hospital »Zum Heiligen Geist« in Mölln wird bereits vor 1289 erwähnt, vgl. Lappenberg S. 287. Heute steht auf den Fundamenten des Hospitals das Möllner Stadtarchiv (Seestraße), vgl. Friedrich/Nissen/Sielaff/Ude S. 22.
2 In den Frühdrucken steht »Purgatz«.
3 Anscheinend absichtlich an ähnlich klingende Stellen des Johannis-Evangeliums angelehnt (Lindow Fn. 6).
4 Vgl. H 3 ff.

237

gedenken kann.« Eulenspiegel sprach: »Ja, liebe Mutter, wenn du deine Notdurft verrichten willst, kehre den Arsch von dem Winde weg, dann kommt dir der Gestank nicht in die Nase.«

Die Mutter sagte: »Lieber Sohn, gib mir doch etwas von deinem Gut!« Eulenspiegel sprach: »Liebe Mutter, wer nichts hat, dem soll man geben, und wer etwas hat, dem soll man etwas nehmen[5]. Mein Gut ist verborgen, so daß niemand etwas davon weiß. Findest du etwas, was mir gehört, so magst du es nehmen; ich gebe dir von meiner Habe alles, was krumm und was gerade ist.«

Unterdessen wurde Eulenspiegel sehr krank, so daß die Leute ihm zuredeten, er solle beichten und das Abendmahl nehmen. Eulenspiegel willigte darein, denn er merkte wohl, daß er von diesem Lager nicht mehr aufstehen werde.

Die 92. (91.) Historie sagt, wie Eulenspiegel seine Sünden bereuen sollte und wie ihn dreierlei Schalkheit reute, die er nicht getan hatte.

Reue und Leid wegen seiner Sünden sollte Eulenspiegel während seiner Krankheit empfinden, damit ihm das Abendmahl gegeben werden könne und er desto süßer sterben könne – so sagte ihm eine alte Begine[1]. Zu ihr sprach Eulenspiegel: »Dies geschieht nicht, daß ich süß sterbe, denn der Tod ist bitter. Und warum soll ich heimlich beichten? Was ich in meinem Leben getan habe, das ist in vielen Landen vielen Leuten bekannt. Wem ich et-

5 Umkehrung des Bibelspruchs Matthäus 13,12.
1 Beginen = Frauen, die sich ohne bindendes Gelübde zu einem klosterähnlichen Gemeinschaftsleben zusammenfanden. Die Beginengemeinschaften entstanden zu Beginn des 12. Jh., ihre Blütezeit war das 13. und 14. Jh. Einzelne Beginenhöfe haben sich in Belgien (z. B. in Brügge und Lier) und in den Niederlanden bis heute gehalten. – Beginen werden auch in H 95 (94) und H 96 (95) erwähnt.

238

was Gutes getan habe, der wird es mir wohl nachsagen. Habe ich einem etwas Böses getan, der wird das trotz meiner Reue nicht verschweigen. Ich bereue dreierlei, und es tut mir leid, daß ich es nicht getan habe und nicht tun konnte.« Die Begine sprach: »Du lieber Gott! Ist es etwas Böses, das Ihr gelassen habt, so seid doch froh darüber! Laßt Euch Eure Sünden leid tun!« Eulenspiegel sagte: »Frau, mir ist leid, daß ich dreierlei nicht getan habe und auch nicht dazu kam, es zu tun.« Die Begine sprach: »Was sind das für Dinge? Sind sie gut oder böse?«

Eulenspiegel sprach: »Es sind drei Dinge, und das erste ist das: Wenn ich in meinen jungen Tagen sah, daß ein Mann auf der Straße ging, dem der Rock lang unter dem Mantel heraushing, ging ich ihm nach. Ich meinte, der Rock werde ihm herunterfallen, so daß ich ihn aufheben könnte. Wenn ich dann näher zu ihm kam, sah ich, daß ihm der Rock nur zu lang war. Darüber wurde ich zornig und hätte ihm gern den Rock so weit abgeschnitten, wie er unter dem Mantel hervorhing[2]. Daß ich das nicht konnte, das ist mir leid.

Das zweite ist dies: Wenn ich jemanden sitzen oder gehen sah, der mit einem Messer in seinen Zähnen stocherte: daß ich ihm nicht das Messer in den Hals schlagen konnte[2]. Auch das tut mir leid.

Das dritte ist: daß ich nicht allen alten Weibern, die über ihre Jahre hinaus sind, ihre Ärsche zuflicken konnte, auch das ist mir leid. Denn diese Frauen sind zu nichts nütze mehr auf Erden, als daß sie das Erdreich bescheißen, worauf die Frucht steht.«

Die Begine sprach: »Ei, behüte uns Gott! Was sagt Ihr da? Ich höre wohl: wenn Ihr gesund genug wäret und die Möglichkeit hättet, Ihr würdet mir mein Loch auch zunähen, denn ich bin eine Frau wohl von 60 Jahren.« Eulenspiegel sagte: »Es tut mir leid, daß es noch nicht gesche-

2 Vgl. dazu Anm. S. 325.

hen ist.« Da sprach die Begine: »So behüte Euch der
Teufel!«, ging von ihm fort und ließ ihn liegen.
Und Eulenspiegel sagte: »Es ist keine Begine so fromm,
daß sie nicht, wenn sie zornig wird, ärger ist als der
Teufel.«

Die 93. (92.) Historie sagt, wie Eulenspiegel sein Testament machte und ein Pfaffe dabei seine Hände besudelte.

Merkt euch, geistliche und weltliche Personen, daß
ihr eure Hände nicht an Testamenten verunrei-
nigt, wie es bei Eulenspiegels Testament geschah!
Ein Pfaffe wurde zu Eulenspiegel gebracht, damit er ihm
beichten solle. Als er nun zu Eulenspiegel kam, da dachte
der Pfaffe bei sich: er ist ein abenteuerlicher Mensch gewesen und hat damit viel Geld zusammengebracht; es
kann nicht fehlen, er muß eine bedeutende Summe Gel-
des haben; die solltest du ihm abnehmen, da es mit ihm
zu Ende geht, vielleicht bekommst du auch etwas davon.
Als nun Eulenspiegel dem Pfaffen zu beichten begann
und sie ins Gespräch kamen, sagte unter anderem der
Pfaffe zu ihm: »Eulenspiegel, mein lieber Sohn, bedenkt
Eurer Seele Seligkeit bei Eurem Ende! Ihr seid ein abenteuerlicher Gesell gewesen und habt viele Sünden began-
gen. Die bereuet jetzt! Und habt Ihr etwas Geld: ich
würde das zur Ehre Gottes geben und auch armen Prie-
stern, wie ich einer bin. Das rate ich Euch, denn es ist
nicht immer ehrlich gewonnen. Und wenn Ihr solches tun
wollt, mir das offenbart und mir dieses Geld gebt: ich
will es dann einrichten, daß Ihr damit in die Ehre Gottes
kommt. Und wollt Ihr mir selbst auch etwas geben, so
werde ich Euer all mein Lebtag gedenken und für Euch
Totengebete[1] und Seelenmessen lesen.« Eulenspiegel

1 Die Frühdrucke haben hier und in H 94 (93) und 95 (94) »Vigilien« u. ä. Das
bedeutet: Totengebete (insbesondere nächtliche) und allgemein die Totenfeiern,
die christlichen Zeremonien über einen Verstorbenen.

sagte: »Ja, mein Lieber, ich will Euer gedenken. Kommt nachmittags wieder, ich will Euch selbst ein Stück Gold in die Hand geben. Dessen könnt Ihr gewiß sein.«

Der Pfaffe war froh und kam nach dem Mittag wieder gelaufen. Und während er fort war, nahm Eulenspiegel eine Kanne, die füllte er halbvoll mit Menschendreck. Darauf legte er ein wenig Geld, so daß das Geld den Dreck bedeckte. Als der Pfaffe wiederkam, sprach er: »Mein lieber Eulenspiegel, ich bin hier. Wollt ihr mir nun etwas geben, wie Ihr es mir versprochen habt, so will ich es in Empfang nehmen.« Eulenspiegel sagte: »Ja, lieber Herr, wenn Ihr bescheiden zugreift und nicht gierig sein wollt, so will ich Euch einen Griff aus dieser Kanne gestatten, damit Ihr meiner gedenken sollt.« Der Pfaffe sprach: »Ich will es nach Euerem Willen tun und hineingreifen, so wenig ich kann.« Da machte Eulenspiegel die Kanne auf und sagte: »Seht hin, lieber Herr, die Kanne ist ganz voll Geld. Tastet hinein und nehmt Euch daraus eine Handvoll, aber greifet nicht zu tief!« Der Pfaffe sagte ja, und ihm wurde ganz feierlich zumute. Die Habgier verführte ihn, er griff mit der Hand in die Kanne und wollte eine gute Handvoll greifen. Als er mit der Hand in die Kanne fuhr, merkte er, daß es naß und weich unter dem Gelde war. Schnell zog er die Hand wieder zurück, aber die war schon bis zu den Knöcheln mit Dreck besudelt.

Da sprach der Pfaffe zu Eulenspiegel: »O, was bist du für ein hinterhältiger Schalk! Du betrügst mich noch in deinen letzten Stunden, da du schon auf deinem Totenbette liegst! Da dürfen sich diejenigen nicht beklagen, die du in deinen jungen Tagen betrogen hast.« Eulenspiegel sagte: »Lieber Herr, ich warnte Euch, Ihr solltet nicht zu tief greifen! Verführte Euch nun Eure Gier und beachtetet Ihr meine Warnung nicht, so ist das nicht meine Schuld.« Der Pfaffe sprach: »Du bist ein Schalk, auserlesen aus

241

allen Schälken! Du konntest dich in Lübeck[2] vom Galgen reden, so antwortest du wohl jetzt auch mir.« Und er ging und ließ Eulenspiegel liegen.

Eulenspiegel rief ihm nach, er möge warten und das Geld mit sich nehmen. Aber der Pfaffe wollte nicht hören.

Die 94. (93.) Historie sagt, wie Eulenspiegel sein Gut in drei Teilen vergab: einen Teil seinen Freunden, einen Teil dem Rat von Mölln, einen Teil dem Pfarrer daselbst.

Als Eulenspiegel immer kränker wurde, setzte er sein Testament[3] auf und vergab sein Gut in drei Teilen: einen Teil seinen Freunden, einen Teil dem Rat von Mölln und einen Teil dem Kirchherrn von Mölln. Er gab dazu jedoch folgende Weisung: Wenn Gott der Herr über ihn gebäte und er stürbe, so solle man seinen Leichnam in geweihter Erde begraben und für seine Seele sorgen mit vielen Totengebeten[4] und Seelenmessen nach christlicher Ordnung und Gewohnheit. Und nach vier Wochen sollten sie einhellig den Inhalt der schönen Kiste, die er ihnen zeigte, wohl verwahrt mit kostbaren Schlüsseln – und sie sei noch erst aufzuschließen –, untereinander teilen und sich gütlich darüber einigen. Das nahmen die drei Parteien an, und Eulenspiegel starb.

Als nun alle Dinge nach dem Wortlaut des Testaments vollbracht und die vier Wochen abgelaufen waren, kamen der Rat, der Kirchherr und Eulenspiegels Freunde und öffneten die Kiste, um den hinterlassenen Schatz zu teilen. Als sie geöffnet war, fand man nichts anderes darin als Steine. Einer sah den andern an, und alle wurden zornig. Der Pfarrer meinte: da der Rat die Kiste in

2 Vgl. H 56 (58).
3 Testamente dieser Art waren in der 1. Hälfte des 14. Jahrhunderts möglich und üblich; Näheres bei Lappenberg S. 288.
4 Vgl. H 93 (92) Fn. 1.

242

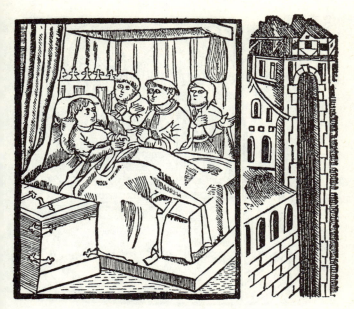

Verwahrung genommen habe, habe er den Schatz heimlich herausgenommen und die Kiste wieder zugeschlossen. Der Rat meinte: die Freunde hätten den Schatz während seiner Krankheit herausgenommen und die Kiste mit Steinen wieder gefüllt. Und die Freunde meinten: die Pfaffen hätten den Schatz heimlich davongetragen, als Eulenspiegel beichtete und jedermann hinausgegangen war. Also schieden sie in Unfrieden voneinander.

Da wollten der Kirchherr und der Rat Eulenspiegel wieder ausgraben lassen. Als sie zu graben begannen, war er schon so verwest, daß niemand bei ihm bleiben wollte. Da machten sie das Grab wieder zu, und Eulenspiegel blieb in seinem Grab liegen. Und zu seinem Gedächtnis wurde ein Stein auf sein Grab gesetzt, den man noch heute sieht[5].

5 Vgl. H 96 (95).

Die 95. (94.) Historie sagt, wie Eulenspiegel starb und die Schweine während der Totenfeier[1] seine Bahre umwarfen, so daß er herunterfiel.

Nachdem Eulenspiegel seinen Geist aufgegeben hatte, kamen die Leute in das Spital, beweinten ihn und legten seinen Sarg in die Diele auf eine Bahre. Die Pfaffen kamen, wollten ihm Totengebete[1] singen und fingen damit an. Da kam die Sau des Spitals mit ihren Ferkeln, ging unter die Bahre und begann, sich daran zu kratzen, so daß Eulenspiegel von der Bahre fiel. Die Frauen und die Pfaffen wollten die Sau mit den Ferkeln wieder zur Tür hinausjagen, aber die Sau war störrisch

1 Vgl. H 93 (92) Fn. 1.

und wollte sich nicht vertreiben lassen. Die Sau und die jungen Ferkel liefen kreuz und quer im Spital umher, sie sprangen und rannten über die Pfaffen hinweg, über die Beginen, über die Kranken und Gesunden und über den Sarg, in dem Eulenspiegel lag. Davon erhob sich ein Gerufe und Geschrei von den alten Beginen, so daß die Pfaffen die Geräte für die Totenfeier stehen ließen und zur Tür hinausliefen. Die anderen verjagten zuletzt die Sau mit ihren Ferkeln.

Da kamen die Beginen und legten den Sarg wieder auf die Bahre. Aber dabei kam Eulenspiegel umgekehrt zu liegen, so daß er den Bauch gegen die Erde und den Rücken nach oben kehrte. Als die Pfaffen weggingen, sprachen sie: wenn die Beginen ihn begraben wollten, so hätten sie nichts dagegen; sie aber würden nicht wiederkommen.

Also nahmen die Beginen Eulenspiegel und trugen ihn auf den Kirchhof – verkehrt herum, da er auf dem Bauch lag, weil der Sarg umgedreht war. So setzten sie ihn am Grabe nieder.

Da kamen die Pfaffen doch zurück und sprachen, welchen Rat sie auch dazu geben würden, wie man ihn begraben solle: er würde doch nicht wie die anderen Christenmenschen im Grabe liegen wollen. Dabei wurden sie gewahr, daß der Sarg umgedreht war und daß Eulenspiegel auf dem Bauche lag. Da begannen sie zu lachen und sagten: »Er zeigt selber, daß er verkehrt liegen will. Danach wollen wir handeln.«

Die 96. (95.) Historie sagt, wie Eulenspiegel von Beginen begraben wurde; denn er wollte weder von Geistlichen noch von Weltlichen begraben werden.

Bei Eulenspiegels Begräbnis ging es wunderlich zu. Denn als sie alle auf dem Kirchhof um den Sarg

245

standen, in dem Eulenspiegel lag, legten sie ihn auf die
beiden Seile und wollten ihn in das Grab senken. Da riß
das Seil, das am Fußende war, und der Sarg schoß in das
Grab, so daß Eulenspiegel in dem Sarg auf die Füße zu
stehen kam. Da sprachen alle, die dabeistanden: »Laßt
ihn stehen! Wunderlich ist er gewesen in seinem Leben,
wunderlich will er auch sein in seinem Tod.« Also warfen sie das Grab zu und ließen ihn aufrecht auf den Füßen
stehn.

Und sie setzten ihm einen Stein oben auf das Grab. Auf
die eine Hälfte hieben sie eine Eule und einen Spiegel, den
die Eule in ihren Klauen hält, und schrieben oben auf den
Stein:

»Disen Stein sol nieman erhaben[1]. Hie stat Ulenspiegel
begraben. Anno domini MCCCL jar[2].«

---

1 »Erhaben« beruht auf der mnd. Form »erhaven« = erheben, hier im Sinne von
aufheben, wegnehmen.
2 Im Jahre des Herrn 1350. – Über die in den Frühdrucken folgende »96. Historie« vgl. Anm. zu H 96 (95), S. 329.

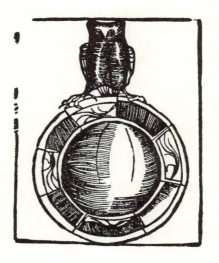

Anmerkungen

Titel

Über die beiden ältesten Ausgaben des Volksbuches (S 1515
und S 1519), die vollständig erhalten sind, und über das Kleine
Fragment vgl. S. 9, über das 1975 aufgetauchte Große Fragment vgl. S. 20 Fn. 2.

Der Originaltitel lautet in S 1515 und S 1519:

Ein kurtzweilig Lesen von Dyl[1] Ulenspiegel, geboren uß dem
Land zu Brunßwick. Wie er sein Leben vollbracht hatt[1]. XCVI
seiner Geschichten[2].

Vorrede

Die am Anfang der Vorrede erwähnte Jahreszahl »1500« als
Beginn der Sammlungs- und Bearbeitungstätigkeit Botes ist
glaubhaft. Sechs bis sieben Jahre für die Herstellung des Manuskriptes, zwei bis drei Jahre für die Überarbeitung und den
Druck in Straßburg erscheinen angemessene Zeiträume für das
Werk (vgl. Honegger S. 125 f.).

Die Angabe, Eulenspiegel habe sein Wesen auch in »welschen«
Landen getrieben, trifft nach dem Inhalt des Buches zu. H 23
spielt in Dänemark, H 24 in Polen, H 34 in Rom, H 85 (86) in
Antwerpen. Nach H 27 war Eulenspiegel in Flandern, nach
H 22 (63) in Brabant. Die Charakterisierung Tills als »behend,
durchtrieben und listig« ist treffend.

Botes Behauptung, er sei des Lateinischen nicht mächtig, ist
richtig (vgl. Cordes, Festschrift Wolff S. 292). Wenn sich trotzdem eine ganze Reihe lateinischer Wörter (rd. 55) im Text befindet (darunter das berühmte »Hic fuit«, vgl. H 41 (40)), so
widerlegt das nicht diese Feststellung. Bei den lateinischen Ausdrücken handelt es sich zu einem großen Teil um damals bereits
eingebürgerte Fremd- oder Lehnwörter. Darüber hinaus wird
der Verfasser umfangreicher Weltchroniken und der »niedere
Landrichter« Bote (vgl. S. 9) mit Sicherheit einige weitere lateinische Wendungen beherrscht haben. Und schließlich mag der
Straßburger Bearbeiter (vgl. S. 11) lateinische Wörter eingefügt
haben (etwa in H 28).

1 S 1519: »Dil« und »hat«.
2 Die Zahl »96« ist falsch, da die 42. Historie fehlt.

Für etwa 10 aus dem Griechischen, Französischen und Italienischen stammende Wörter gilt im wesentlichen das gleiche.

Der Schluß der Vorrede (er lautet in den Erstdrucken wörtlich: ». . . mit Zulegung etlicher Fabulen des Pfaff Amis und des Pfaffen von dem Kalenberg.«) ist wiederholt als Zusatz (des Straßburger Bearbeiters oder des Setzers) angesehen worden (vgl. Scherer S. 32; seitdem überwiegende Meinung, vgl. Kadlec S. 12, 183; Flood, Wigoleis S. 159). H 27–29, 31 und 89 (17) weisen zwar unverkennbare Ähnlichkeiten mit dem »Pfaffen Amis«, H 16 (14) und 23 mit dem »Kalenberger« auf (vgl. über den »Pfaff von Kalenberg« u. a. Henning und den zusammenfassenden Aufsatz von Görlich). Aber jeder unbefangene Leser glaubt doch bei der Ankündigung einer »Zulegung« (= Hinzufügung, Zusatz, vgl. Grimm »Zulegung«), daß außer Eulenspiegel-Historien auch Amis- und Kalenberger-Streiche im Buche gebracht werden, was aber nicht geschieht. In den angeführten Schlußworten der Vorrede einen Hinweis auf zwei Quellen des Buches sehen zu wollen, erscheint nicht haltbar, da Bote auch sonst keine Hinweise auf die von ihm benutzten Quellen gibt. Warum sollte er es gerade beim Amis und beim Kalenberger tun? Vgl. im übrigen zur Quellenfrage S. 14 ff.

Möglicherweise wollte Botes Verleger Grüninger ursprünglich dem Eulenspiegel-Volksbuch noch einige andere Geschichten anhängen (»zulegen«), was aber schließlich (aus nicht bekannten Gründen) unterblieb, ohne daß der Schluß der Vorrede wieder berichtigt wurde.

Flood, Wigoleis, hat wahrscheinlich gemacht, daß Botes Vorrede eine Nachahmung der Vorrede zur Prosaauflösung des Versromans »Wigalois vom Rade« von Wirnt von Grafenberg (der zu Beginn des 13. Jahrhunderts schrieb) ist. Die Prosafassung, deren Bearbeiter unbekannt ist, erschien 1493 unter dem Titel »Wigoleis vom Rade«. Flood meint, Bote habe die Wigoleis-Vorrede nachgebildet, weil er anonym bleiben wollte, vgl. auch oben S. 11.

1. Historie

Sie paßt vorzüglich zu einer Schwank-Biographie (vgl. S. 14; Debus S. 12; Hilsberg S. 13). Obwohl kein Schwank, zeigt H 1 doch schwankhafte Züge und reizt zum Lachen durch das Mißgeschick der »Badmuhme« (wohl zugleich ein Wortspiel). Schließlich zeigt sie Till schon gleich nach der Geburt als einen besonderen Erdenbürger: im Gegensatz zu einem »normalen Christenmenschen« wird er nicht einmal, sondern dreimal »getauft«. Auch der Gedanke der frühen Rettung vor Gefahr (vgl. z. B. das Schicksal des Kindes Moses, 2. Mose 2) spielt offenbar eine Rolle: Eulenspiegel wäre »fast erstickt«. Über das ungefähre Geburtsjahr Tills (um 1300) vgl. Anm. zu H 91 (90).

Zu einer Biographie gehören Angaben über die Eltern des »Helden«. Wir lernen sie genau mit ihren Namen kennen (daß Tills Vater ein Bauer war, also damals dem untersten Stand angehörte, steht in der Vorrede). Außerdem erfahren wir den Namen des Taufpaten, nach dem Eulenspiegel seinen Vornamen erhält. Die Schreibung des Vornamens schwankt in den Frühdrucken stark: Dyl, Dil, Thiel, Thyl usw. Ich habe mich für die heute allgemein gebräuchliche Schreibweise »Till« entschieden. Näheres über den Vornamen Till bei Lappenberg S. 227 und Walther S. 4 ff.; über den Namen von Tills Mutter vgl. Hansen-Ostfalen. Die Familie von Uetzen ist im 14. und 15. Jh. auf Schloß Ampleben nachweisbar, allerdings kein »Till von Uetzen« (Näheres bei Lappenberg S. 225 f., Krogmann, Nd. Ausg. S. 293 und Wiswe Bd. 52/1971 S. 5 f.; über Ampleben vgl. auch Tillmann).

Wichtig ist der Name des Helden. »Alle großen Dichter von Shakespeare bis Busch haben längst erkannt, daß Namen keine zufällige Äußerlichkeit, sondern ein geheimnisvolles Etikett des Schicksals sind« (nach Friedell S. 1253). Die Frühdrucke bringen den Namen des Helden durchgehend in der niederdeutschen Form »Ulenspiegel« (in unterschiedlicher Schreibweise). Die hochdeutsche Form »Eulenspiegel« taucht erstmalig im Frankfurter Druck des Verlegers Weygand Han (1557/1563) auf (vgl. Schröder S. 20) und hat sich schon lange im allgemeinen Sprachgebrauch völlig durchgesetzt. Auch ich habe mich in diesem Buche ausschließlich dieser Namensform bedient.

Der seltsame und symbolträchtige Name »Eulenspiegel« hat zu vielfältigen Deutungen Anlaß gegeben. Die wichtigsten Erklärungsversuche seien kurz aufgeführt. »Spiegel« wird als nachgesetzter Wortteil eines Buches, etwa im Sinne von »Lehrbuch«, das dem Leser gewisse Eigenschaften, Personen o. ä. vorführt, im Mittelalter häufig gebraucht (z. B. Sachsenspiegel – ein berühmtes Rechtsbuch aus dem 13. Jahrhundert, vgl. Anm. zu H 25 –; Frauenspiegel; Trostspiegel). Die übertragene Bedeutung von »Eule« schwankt in der älteren Zeit. Nimmt man mit einer von Walther (S. 10) für die Zeit des ausgehenden 16. Jh. nachgewiesenen Stelle das niederländische wl (= ul = Eule) als »Dummkopf«, so würde »Eulenspiegel« »Spiegel der Dummköpfe« bedeuten können – eine (wie Honegger S. 130 meint) erschöpfende Inhaltsumschreibung des Volksbuches (vgl. ferner Honegger, Todsünden S. 19). Dem steht entgegen, daß nicht Botes Buch »Eulenspiegel« heißt, sondern der Held des Buches, und daß schon Tills Vater (wie H 1 berichtet) mit Nachnamen Eulenspiegel hieß. Dazu kommt, daß eine »Frau Ulenspiegel« in den Urkundsbüchern der Stadt Braunschweig aus den Jahren 1335, 1337 und 1355 nachweisbar ist (vgl. Fricke; wertvoll ist die dortige Dokumentation, die Folgerungen Frickes sind als Scherz aufzufassen), woraus hervorgeht, daß in der 1. Hälfte des 14. Jh. der Name Eulenspiegel in seiner niederdeutschen Form durchaus vorkam. Krogmann (Nd. Jb. und Nd. Ausg. S. 294 ff.) hat die recht nüchterne, aber einleuchtende Erklärung vorgeschlagen, daß der 1. Träger des Namens Eulenspiegel ein Antlitz gehabt haben müsse, das dem einer Eule ähnelte. – Die weitaus beliebteste und bekannteste Namensdeutung hat Jeep gegeben: »Ul'n spegel« = fege den Spiegel (Spiegel im Sinne der Jägersprache = Hinterteil), was auf die bekannte Aufforderung Götz von Berlichingens hinausläuft (vgl. hierzu Frenken und Sielaff S. 52). Zum ganzen Fragenkomplex in eingehender Zusammenfassung Honegger S. 129 ff., der (dem Sinne nach) zu Recht auf folgendes hinweist: bei der Vorliebe Botes für Mehrdeutigkeiten sei nicht auszuschließen, daß er bei der Namenswahl bewußt den Namen Eulenspiegel ausgesucht (er hatte ihn bereits vorgefunden, vgl. S. 15) und das Seinige dazu beigetragen habe, die Vielfalt der möglichen Deutungen zu unterstreichen. Weitere Spezialliteratur, die sich mit dem Namen Eulenspiegel auseinandersetzt, bei Debus S. 104; vgl. ferner Roloff S. 49 ff. und Lussky. Weiter werden wir in H 1 mit Ort, Land und Landschaft von Tills Geburt bekannt gemacht: am Elm, im Lande Sachsen, in

254

Kneitlingen wird Eulenspiegel geboren. Kneitlingen liegt etwa 3 km nordwestlich der Stadt Schöppenstedt (diese liegt 25 km südöstlich von Braunschweig) und gehört heute zur niedersächsischen Samtgemeinde Schöppenstedt.

Über Kneitlingen findet sich folgender Text in Matthäus Merians Topographie der Herzogtümer Braunschweig und Lüneburg von 1654 (Faksimile-Ausgabe 1971 im Bärenreiter-Verlag, Kassel) S. 182 zu »Samptleben« (heute Sambleben, 2 km nordöstlich Schöppenstedt): »Der Ort grentzet mit der Statt Scheppenstett / und dem Dorf Kneitlingen / so ein Filial hiesiger Pfarr ist / und woselbsten der / wegen seiner thörichten Klugheit / oder klugwitzigen Thorheit gnugsam berühmeter Eulenspiegel gebohren worden / massen sein Hauß allda noch zu sehen / seine Abbildung auch auff einem Stein in diesen nechst entwichenen Kriegesjahren noch gezeiget endlich aber / wegen deß zu grossen Anlauffs der zu sehen begierigen Kriegsleute / umb Gefahr und Schaden zu verhüten / weggethan worden / damit dieser in seinem ganzen Leben gewesener Schadenfroh / nicht auch längst nach seinem Tode noch Schaden anrichten / und verursachen möchte.« Vgl. hierzu Krogmann, Nd. Ausg. S. 291f.

Näheres über die Eulenspiegel-Tradition in Kneitlingen (insbesondere über den sog. Eulenspiegelhof) bei Schattenberg, Stichel und Wiswe (Bd. 52/1971).

Ein Bach und ein Steg darüber sind zwischen Kneitlingen und Ampleben nachgewiesen. Sie wurden im Volksmunde »Eulenspiegelspring« und »Eulenspiegelsteg« genannt. Beide verschwanden 1854 im Zuge einer Flurbereinigung (Roloff S. 15).

Eine geschichtliche Einzelheit hören wir über Eulenspiegels Taufort Ampleben (heute ein Ortsteil der Gemeinde Kneitlingen, 1 km westlich davon gelegen): vor 50 Jahren wurde das »Raubschloß« Ampleben zerstört (vgl. Lindow Fn. 9; Näheres bei Lappenberg S. 223ff.).

Der Abt Arnolf Pfaffenmeier (oder Arnold Papenmeyer) ist als Abt des Klosters St. Ägidien in Braunschweig von 1501-1510 nachweisbar, vgl. Rosenfeld, Muttersprache S. 12.

Bote versteht es, durch die Fülle konkreter Angaben gleich zu Anfang seines Buches eine Atmosphäre der Unmittelbarkeit, des »historisch Echten«, hervorzurufen. Er will Till Eulenspiegel als »Person«, als »geschichtliche Gestalt« von Anfang an klar vor unsere Augen stellen (vgl. auch S. 18). Daher die Fülle von Namen in H 1, nämlich »Elm, Sachsen, Kneitlingen, Claus Ulenspiegel, Ann Wibcken, Ampleben, Till von Uetzen, Magdeburg, Pfaffenmeier, St. Ägidien«, alles in den ersten 6 Sätzen. Eine solche Namensanhäufung gibt es nirgends sonst im Volksbuch. Das schließt nicht aus, daß Bote seinen Helden im Verlaufe der Durchführung des Buches als sein Sprachrohr betrachtet, durch das er sich mit seiner Zeit auseinandersetzt. Im Gegenteil: je deutlicher Till im Buch als historische Gestalt in Erscheinung tritt, um so unauffälliger kann ihm Bote seine eigenen (für seine Zeitgenossen nicht gerade schmeichelhaften) Meinungen usw. in den Mund legen.

2. Historie

Nur bis zu seinem 3. Lebensjahr ist Till bei seinen Altersgenossen (und wohl auch bei älteren Kindern) beliebt, weil er ein lustiges, geselliges und zu Scherzen aufgelegtes Kind ist. Danach jedoch, also schon in seinem 4. Lebensjahr, zeigt er seinen besonderen Charakter, als er sich »aller Schalkheit befleißigt«.

Die Bezeichnung »Schalk« für den kleinen Eulenspiegel kommt in H 2 (i. d. F. der Frühdrucke) sechsmal vor. »Schalk«, »Schalkheit« und davon abgeleitete Worte gebraucht Bote im Volksbuch überaus häufig, insgesamt fast hundertmal! In der Zeit vor und nach 1500 macht das Wort »Schalk« (und seine Ableitungen) einen Bedeutungswandel durch. Aus (etwa) »arglistiger, boshafter, ungetreuer Mensch« erwächst (etwa) »mutwilliger, zu losen Streichen aufgelegter Mensch«. In dieser zweiten Bedeutung verwenden auch wir heute noch das Wort. Bei Bote finden wir beide Bedeutungen (und Zwischenstufen) nebeneinander (vgl. Hilsberg S. 21 ff.; Könneker S. 266 Fn. 61). Die vorliegende Übertragung konnte auf »Schalk« und seine Ableitungen nicht verzichten, der Sinn im Einzelfall ergibt sich aus dem Zusammenhang. Gelegentlich wurde das Wort allerdings »übersetzt«, z. B. »Schalkheit« durch »Bosheit«. Vgl. zum Problem auch Roloff S. 130 f. und Steiner, Exegese S. 261 und S. 274 Fn. 24 sowie Grimm, Schalkheit.

H 2 lebt von der Situationskomik. Eulenspiegel sagt kein Wort und täuscht doch den Vater, der ihn für unschuldig hält und verwundert sagt: »Du bist freilich in einer unglückseligen Stunde geboren«, ein Wort, das Eulenspiegel in H 12 (64, 2. Teil) wieder aufnimmt.

Nur in H 2 tritt der Vater als Schwankperson auf; er sagt lediglich zwei Sätze.

Schon hier zeigt sich die Vertrautheit Eulenspiegels mit Pferden, die in vielen späteren H eine große Rolle spielt (vgl. Anm. zu H 19 (21)). Zu Zeiten Botes gehörten gute Kenntnisse über Pferde ebenso zur »Allgemeinbildung« wie heute die Kenntnisse von Automarken und -typen. Fortbewegungsmittel standen schon immer im Mittelpunkt des Interesses der Menschen.

3. Historie

Der 1. Absatz der 3. H steht in den Frühdrucken am Schluß von H 2 – eine Nachlässigkeit des Bearbeiters oder Setzers, die bereits Lappenberg (S. 5) rügte.

Warum Eulenspiegels Vater von Kneitlingen in das Heimatdorf seiner Frau umzog, wird nicht gesagt. Der Name des Ortes fehlt. Mit einleuchtenden Gründen hat Hansen-Ostfalen jedoch wahrscheinlich gemacht, daß es sich um den heute nicht mehr vorhandenen Flecken Hohendorf bei Calbe (rd. 25 km südöstlich von Magdeburg) handelt. Ein späterer Wohnungswechsel von Tills Mutter – sie hatte in dem Dorf ein Haus – wird im Volksbuch nicht erwähnt. Damit verliert die gelegentlich erwogene Meinung, die in den Braunschweiger Urkunden (vgl. Anm. zu H 1) genannte »Frau Ulenspiegel« sei Tills Mutter gewesen, viel an Wahrscheinlichkeit (vgl. auch Lindow, H 1 Fn. 4).

Nach dem Tode seines Vaters ist Till etwa 16 Jahre alt und will »kein Handwerk lernen«. Dafür lernt er – entgegen dem ausdrücklichen Willen seiner Mutter – »mancherlei Gauklerei«, und vor allem das Seiltanzen, in dem er es zu beträchtlicher Fertigkeit gebracht haben muß. Er wagt es, ein Seil über die Saale zu spannen und darüber zur Bewunderung der Dorfbewohner hin- und herzulaufen.

Als er in den Fluß fällt und ausgelacht wird, zeigt sich an ihm ein Charakterzug, den er sein Leben lang behält: er ist empfindlich (teilweise überempfindlich) gegen Spott und schlechte Behandlung und läßt dies niemals ungestraft (vgl. auch Anm. zu

H 17 (15) und 37). Das kalte Bad macht ihm dagegen nichts aus.

In H 3, also schon sehr früh, ist Eulenspiegel zunächst der »Hereingefallene« (sogar im doppelten Sinne des Wortes) – was ihm später noch öfter geschieht (vgl. Anm. zu H 41 (40)).

4. Historie

Eulenspiegel rächt sich schnell für den Spott, den er in H 3 ertragen muß. Geschickt und listig nutzt er seinen Ruf als guter Seiltänzer sowie die Vertrauensseligkeit der Jungen aus, indem er sich von ihnen ihre linken Schuhe geben läßt. Ein Teil der Jungen ahnt, nachdem Till auf das Seil geklettert ist, bereits Böses und hätte die Schuhe gern wiedergehabt.

Wie häufig, stimmen die Angaben in der Überschrift (vgl. dazu auch S. 331) und im Text auch hier nicht überein. Die Überschrift spricht von »etwa 200 Paar Schuhen«, der Text von 120 linken Schuhen. Beide Zahlen müssen stark übertrieben sein. Derartige Übertreibungen sind aber in den Volksbüchern häufig (Mackensen, Volksgut S. 93f.)

Über den gelungenen Streich lacht nicht nur Eulenspiegel. Auch einige der Betroffenen zeigen Humor genug, um mitzulachen (vgl. auch Anm. zu H 11 (64, 1. Teil)).

Der Schluß der Geschichte ist bisher nicht befriedigend gedeutet worden (vgl. Mackensen, GRM S. 248). Eulenspiegel darf sich wegen seines Streiches 4 Wochen lang nicht auf der Straße sehen lassen. Er sitzt deshalb zu Hause und flickt »Helmstedter Schuhe«, worüber seine Mutter sehr erfreut ist, weil sie darin einen Anfang sieht, daß Till doch noch ein Handwerk lernen will. Es ist aber ganz unwahrscheinlich, daß der Mutter der wahre Grund für Tills »Häuslichkeit« verborgen geblieben ist. Lindow (Fn. 11) vermutet in dem »Flicken Helmstedter Schuhe« eine heute nicht mehr verstandene Redensart im Sinne von: »einer sinnlosen Beschäftigung nachgehen«. Eine andere Deutung wird bei Honegger S. 97f. erwähnt (zurückgehend auf Koppmann). Lappenbergs Meinung (S. 229f.), daß Till für einen Helmstedter Schuhflicker tätig war, kann nicht richtig sein, wenn man mit Hansen-Ostfalen (vgl. Anm. zu H 3) Hohendorf bei Calbe als Eulenspiegels Wohnort ansieht: Calbe und Helmstedt liegen 50 km voneinander entfernt!

5. Historie

Hier liegt kein »Schwank« vor (vgl. S. 14). Vielmehr handelt es sich um ein Gespräch zwischen Mutter und Sohn Eulenspiegel, das nicht ohne einen gewissen geistigen Tiefgang zu sein scheint, dessen Bedeutung im einzelnen jedoch nicht ganz klar ist.

Die Mutter, ermutigt durch Eulenspiegels erzwungene häusliche Arbeit, bedrängt ihren jetzt etwa 17 Jahre alten Sohn Till erneut, doch ein Handwerk zu lernen. Eulenspiegel schweigt zunächst. Auf abermaliges Zureden der Mutter aber sagt er nur einen kurzen sprichwortartigen Satz, der seine grundlegende Meinung wiedergibt, die er sich wohl genau überlegt hat (der Mutter Drängen ist ihm ja nicht neu, vgl. H 3 und 4): »Womit sich einer abgibt, davon wird ihm sein Lebtag genug.« Er meint damit etwa, bezogen auf seine persönliche Lage und die Ermahnungen der Mutter: wenn ich erst einmal ein Handwerk gelernt habe, komme ich mein Leben lang davon nicht wieder los. Und ein solches Schicksal will Eulenspiegel unter keinen Umständen erleiden. Die Aussicht, sein Leben als Handwerker zu verbringen, widerspricht völlig seinem inneren Streben und seinem Lebensgefühl. Er weiß zwar noch nicht, wie er sein Leben meistern wird. Eines aber ist für ihn sicher: er wird kein Handwerker.

Die abweichenden Deutungen der Antwort Eulenspiegels durch Lappenberg (S. 230) und Lindow (Fn. 3) vermögen mich nicht zu überzeugen. Vgl. für meine Ansicht auch Grimm, »begeben« Sp. 1281; vgl. ferner das ähnliche Sprichwort bei Agricola Nr. 11.

Die strikte Ablehnung Tills, ein Handwerk zu lernen, hat Bote hier ganz bewußt herausgestellt. Eulenspiegel mußte frei und unabhängig von allen Bindungen sein – ein Zustand, der in damaliger Zeit fast unmöglich zu erreichen war. Aber nur dann hatte der Dichter die Möglichkeit – wie er es beabsichtigte –, Till mit allen Ständen in Verbindung kommen und sich mit ihnen in Widerspruch setzen zu lassen (vgl. oben S. 13 und Honegger S. 110 Fn. 282). Die Freiheit, die sich Eulenspiegel im Laufe seines Lebens erringt, ist »unerhört«, ja »beängstigend« und »unheimlich« (Sommerhalder S. 16 und 29). Ein Mensch mit solchen beispiellosen Eigenschaften mußte sehr bald eine

259

»außerordentliche Teilnahme« erwecken (Jünger S. 62; vgl. auch von Hippel S. 358 und Könneker S. 267, 276).

Friedell (S. 88) weist übrigens auf die heute fast heiter klingende Erkenntnis hin, daß die mittelalterliche Welt noch von der gesunden Empfindung durchdrungen war, Arbeit sei kein Segen, sondern eine Last und ein Fluch (in Übereinstimmung mit der Bibel, vgl. 3. Mose 17-19)!

Die Mutter läßt sich auf Eulenspiegels allgemeine Lebensansichten nicht ein: sie hebt hervor, daß sie schon seit vier Wochen kein Brot mehr im Hause hat.

Eulenspiegel weist zunächst den Hinweis der Mutter zurück: das sei keine Antwort auf seine Worte. Und wieder bringt er dann eine Art Sprichwort, freilich eine Binsenweisheit, deren kurzgefaßter Inhalt ist: wer nichts hat, soll am Fastentag fasten; wer aber etwas hat, feiere am Feiertag (so auch Suchsland S. 346). Der durch Fasten begangene Sankt-Nikolaustag (Todestag des Papstes Nikolaus I., 858-867) fällt auf den 13. November. Er darf nicht verwechselt werden mit dem heute noch gefeierten »Nikolaustag«, dem 6. Dezember, an dessen Vorabend die Eltern ihren Kindern Süßigkeiten u. a. in die Schuhe legen. Dieser »Nikolaustag« geht auf einen Kirchenheiligen des 4. Jh. namens Nikolaus aus Myra in Lykien zurück (er ist u. a. der Schutzpatron der Schüler). Der Nikolausabend (5. Dezember) wird in H 61 (19) erwähnt (vgl. auch die dortige Anm.). Der mit Schmausereien (Martinsgans!) gefeierte Sankt-Martinstag (zu Ehren des Bischofs Martin von Tours, 316/17-397) fällt auf den 11. November (vgl. auch H 76 (77), in der ebenfalls der Martinstag erwähnt wird; Lappenberg S. 230; Lindow Fn. 6; vgl. auch Moser S. 71 f.).

6. Historie

Eulenspiegel nutzt hier die Leichtgläubigkeit eines Bäckerjungen aus, um sich durch einen Betrug Brot zu verschaffen. Bote versucht jedoch, den Unrechtsgehalt der H in einem möglichst milden Licht erscheinen zu lassen. Der Beweggrund für Tills Tat ist die in H 5 von der Mutter vorgebrachte Klage über das fehlende Brot. Er handelt also aus Fürsorge für seine Mutter. Und ausdrücklich erwähnt Bote, daß der Bäcker »reich« ist – er kann also für 10 Schillinge Brot verschmerzen. Als Eulenspiegel

seiner Mutter das Brot gebracht hat, nimmt er noch einmal
seine Schlußsentenz aus H 5 auf und sagt dem Sinne nach:
»Jetzt iß, weil du etwas hast; wenn du nichts hast, faste.«

7. Historie

Tills Gegenspieler, ein »Meier« (so in den Frühdrucken), d. h.
ein Gutspächter, ein Oberbauer mit richterlichen Befugnissen
(vgl. Lindow Fn. 3) wird – offenbar zur Motivierung von Eulenspiegels Rache in H 8 – von Bote mit stark negativen Zügen
gezeichnet: geizig, rücksichtslos, ja grausam. Und auf Till hat es
der Meier ganz besonders abgesehen, da er dessen »Bübereien«
(so die Frühdrucke) natürlich kannte. Im Mittelpunkt dieser Geschichte steht nicht Eulenspiegel, sondern der geizige Bauer –
allerdings als Vorbereitung für die nächste H, in der Till von
der passiven Rolle zur aktiven wechselt. Eulenspiegel ist auch
hier zunächst derjenige, der eine Niederlage erleidet (vgl. Anm.
zu H 3). Der Leser ist gespannt, was er daraufhin tun wird.

8. Historie

H 8 beginnt mit einer Begegnung des geizigen Meiers mit Eulenspiegel. Dessen Antwort auf die höhnische Frage des Bauern
zeigt, daß er schon als Jugendlicher die Worte trefflich zu setzen
weiß. Der Bauer versteht die rätselhafte Antwort nicht und
spottet weiter. Till läßt den Meier stehen. Geduldig wartet er
die richtige Zeit ab und führt dann seinen Vergeltungsplan aus.
Über das Ergebnis schweigt die Geschichte, der Schaden des
Bauern war aber sicher beträchtlich, wenngleich die Zahl von
200 Hühnern gewiß wiederum übertrieben ist (vgl. Anm. zu
H 4).

9. Historie

Mit diesem gelungenen und erheiternden Streich enden die
Kindheitsjahre Tills im Heimatdorf seiner Mutter (vgl. Anm. zu
H 3), wo er über 10 Jahre seines Lebens zugebracht haben
dürfte. Zum vorläufig letzten Mal (bis zu H 91 (90), der Geschichte von der zum Tode führenden Erkrankung Eulenspiegels) tritt hier seine Mutter auf, die den jungen Burschen – er
mag jetzt 18 bis 20 Jahre alt sein – zu einer Kirmes in ein
Nachbardorf mitnimmt.

261

Als ihn die Diebe von dannen tragen wollen, hört Eulenspiegel ihre Pläne und erfaßt augenblicklich die günstige Gelegenheit zu einem Schelmenstreich. Bote benutzt den langen nächtlichen Marsch der Diebe dazu, Till von seiner Heimat räumlich zu entfernen. Als er aus dem Immenstock kriecht, weiß Eulenspiegel nicht, wo er ist. Er geht »seiner Nase nach« in die große Welt und in ein selbständiges Leben hinein, unbeschwert und offenbar guten Mutes. Seine eigentliche Laufbahn hat begonnen.

Es ist wohl kaum ein Zufall, daß Bote den Übergang von der Kindheit zum Jünglingsalter und von diesem zum Mannesalter (H 20 (88)) jeweils durch einen Rausch Eulenspiegels einleitet (vgl. Honegger S. 115 Fn. 286). Sonst aber hören wir im Volksbuch nichts von übermäßigem Alkoholgenuß Tills, obwohl er gern in Gesellschaft war (vgl. Anm. zu H 19 (21)) und natürlich in vielen H »Essen und Trinken« eine große Rolle spielen, vgl. etwa H 10, 11 (64, 1. Teil), 13 (11), 21 (22), 33, 37, 58 (60), 59 (61), 65 (67), 69 (72), 74 (44)-76 (77), 79 (80), 81 (82), 84 (85), 85 (86).

10. Historie

H 1-9 geben u. a. eine biographische Schilderung des Heranwachsens Eulenspiegels. Ab H 10 beginnen nach Honegger (S. 111) die Streiche, die in Tills Jünglingsalter spielen. Seine Kenntnisse der »Welt« sind noch gering (Senf ist ihm unbekannt!), seine Handlungsweise wirkt teilweise naiv (er befürchtet, mit Senf gebunden zu werden!). Aber bereits ab H 10 scheint mir Botes Absicht, alle Stände satirisch zu beleuchten, erkennbar zu sein (nicht erst ab H 20 (88), wie Honegger S. 114 anscheinend meint; vgl. auch S. 12 f.).

Eulenspiegels 1. Abenteuer als Jüngling zeigt schon eine Reihe von Merkmalen, die in den späteren Geschichten häufig wiederkehren. Da ist zunächst das (nicht gerade geistvolle) Wortspiel einer Verwechslung von »Hennep« und »Sennep«, das nur im Niederdeutschen möglich ist, nicht jedoch im Hochdeutschen, wo sich »Hanf« und »Senf« gegenüberstehen (darauf ist wiederholt hingewiesen worden, vgl. z. B. Roloff S. 69; Lindow Fn. 2; Näheres über die Wortspiele bei Bote in Anm. zu H 11 und 12 (64)).

Ein weiteres Kennzeichen der Eulenspiegel-Geschichten ist der Mut, mit dem Till seinen Dienstherren entgegentritt. Er wendet sich mit seinen Streichen nur gegen Personen, die mächtiger sind als er (hier der Schloßjunker) oder die ihm gleichstehen, nie gegen »Untergebene«. Häufig riskiert er mindestens einen Hinauswurf, oft auch Schlimmeres. Der Junker z. B. nimmt einen Knüppel und will ihn verprügeln. Meist hilft ihm in solchen Fällen nur (wie auch hier) die schleunige Flucht (vgl. Anm. zu H 15 (13)).

Charakteristisch ist ferner, daß die Geschichte nach unseren heutigen ästhetischen Begriffen ziemlich »schmutzig« ist und wir deshalb kaum darüber lachen können. Das ausgehende Mittelalter aber empfand hier anders, worauf bereits Flögel (S. 460) aufmerksam machte (vgl. auch A. Schultz S. 354 und Petzoldt). Auf S. 19 f. ist auf das allgemeine mittelalterliche Lebensgefühl hingewiesen worden, das von dem heutigen stark abwich. Besonders eindrucksvoll läßt sich die Abweichung auf dem Teilgebiet der Lebensäußerungen nachweisen, die man »natürliche Bedürfnisse« nennen kann. Die Entleerungsvorgänge des menschlichen Körpers wurden im Mittelalter mit einer Unbefangenheit betrachtet, die uns heute kaum verständlich ist. Zwar gab es in oder bei den Häusern zur Zeit Botes durchaus schon (jedenfalls teilweise) »geheime Gemächer« (vgl. ihre Erwähnungen in H 41 (40) und 44 (46)). Aber ohne Hemmungen benutzte man auch nahezu jeden Ort, an dem man sich gerade befand, zu einer Entleerung vor den Augen anderer, wenn man ein Bedürfnis dazu verspürte, z. B. Straßen, Höfe, Mauerecken, ja Treppen und Zimmerecken in Schlössern. Man sprach auch ungehemmt darüber (vgl. Elias Bd. 1 S. 183 ff.). Erasmus von Rotterdam (um ein Beispiel zu nennen) schreibt in seinem Buch »De civilitate morum puerilium« (»Über die Zivilisierung der Knabensitten«), 1530: »Es ist nicht zivilisiert, denjenigen zu grüßen, der sein Wasser läßt oder seinen Unterleib entleert . . .« (Der lateinische Text ist abgedruckt bei Elias Bd. 1 S. 175). Hierbei ist zu beachten, daß die Schrift des Erasmus einen »merklichen Vorstoß der Schamgrenze, verglichen mit der vorangehenden Zeit, darstellt« (Elias Bd. 1 S. 181). Auch bei Erasmus erweckt es offenbar noch keine Peinlichkeitsgefühle, wenn jemand bei den natürlichen Entleerun-

263

gen beobachtet wird. Aber der »feine Anstand« verlangt es nach seiner Meinung, daß man den Betreffenden bei seinen Verrichtungen dann wenigstens nicht auch noch grüßt! Wir sind geneigt, ironisch zu denken: welch zarte Rücksichtnahme! Aber damit beweisen wir nur, daß wir uns in die Empfindungslage des mittelalterlichen Menschen nicht zurückzuversetzen vermögen und daß unsere Scham- und Peinlichkeitsschwelle (wahrscheinlich kaum mehr änderbar) viel tiefer als im Mittelalter liegt. – Das gebrachte Beispiel aus Erasmus ließe sich leicht um Gegenstücke vermehren. Es sei hier jedoch nur auf Roloff S. 87 ff., Mackensen, GRM S. 267 Fn. 145, Jäckel S. 192, Petzoldt S. 5, Honegger S. 122 und Cordes, Festschrift Wolff S. 294 verwiesen. Cordes schreibt (im Zusammenhang mit Botes »Köker«): »Wer das Alltagsleben der Zeit in seiner ganzen Mannigfaltigkeit erfassen wollte, kam um diese Dinge . . . der Stoffwechselfolgen nicht herum, und die Zeit bezog nun einmal diese Dinge in die Literatur ein[1].«

Ähnliches gilt für die Sprache (vgl. Friedell S. 128). Die heute mit (in neuerer Zeit etwas gelockertem) Tabu belegten Ausdrücke »Arsch«, »Scheiße«, »Furz« u. ä. wurden im Mittelalter nicht als anstößig empfunden. Luther gebraucht z. B. Arsch unbedenklich in seiner Bibelübersetzung (vgl. Müller-Jabusch S. 141). Bote benutzt zwanglos »Scheiße« neben »Kot« und »Dreck« (vgl. z. B. H 10 und 17 (15)), »Arsch« neben »Hintern« (vgl. H 2 und 35; ich habe in meiner Übertragung im allgemeinen die Wortwahl Botes insoweit beibehalten).

Nach alledem muß der heutige Leser von Botes Dichtung die häufig darin vorkommenden Erzeugnisse der menschlichen Verdauung und ihre Begleiterscheinungen (samt der entsprechenden Darstellungsweise) als unvermeidliche Thematik von Botes Zeit betrachten und nicht etwa als Ausdruck »unflätiger« und »schmutziger« Gesinnung oder Absichten Botes oder seines Helden[2].

1 Sommerhalder S. 27 schreibt: »Die Leser des 16. Jahrhunderts . . . waren ungemein neugierig auf alle Möglichkeiten des schälkischen Tuns, und sie lachten selbst dort, wo wir zum Mitleid neigen oder nur das Eklige sehen«; Borst (S. 238) meint, daß man sich über fäkalische Scherze »im Mittelalter halbtot lachen konnte« (diese uns heute fremde Grundeinstellung berücksichtigen Hildebrandt, Wiswe und Haug nicht). – Auch heute werden ja die »natürlichen Bedürfnisse« aus der Literatur keineswegs ausgeklammert. Man lese z. B. S. 80ff. des Bandes I von James Joyce' »Ulysses« (Deutscher Taschenbuch Verlag, München, 1966),

264

Ganz allgemein müssen wir bei jeder literarischen Wertung des »Eulenspiegel« bedenken, daß Botes Buch rd. 470 Jahre alt ist und wieviel sich im letzten halben Jahrtausend verändert hat. Teilweise beschreibt Bote auch nicht die Verhältnisse seiner Zeit, sondern schildert die Zustände der in seinem Buch angegebenen Lebenszeit Tills, also die 1. Hälfte des 14. Jh.; beispielhaft ist diese H 10, die zur Zeit des Raubrittertums im 14. Jh. spielt.

Beachtlich für die Entwicklung Eulenspiegels ist es, daß er in H 10 zwar als »Hofjunge« beim Rauben und Stehlen helfen muß, er sich dadurch aber nicht anstecken läßt. Nicht Gewalt ist die Waffe, mit der er sich durchs Leben schlägt. Seine Hilfsmittel sind Geist, List, Mutterwitz und Einfallsreichtum.

Über die Bedeutung der Todesstrafe durch den Strang in der damaligen Zeit vgl. Lappenberg S. 231; über die Frage, in welcher Burg sich Till in H 10 aufgehalten haben könnte, vgl. Hansen-Ostfalen.

11. (64., 1. Teil) Historie

Diese H, deren Anfang Botes gute Ortskenntnisse von Hildesheim erkennen läßt, ist zweiteilig aufgebaut. Sie enthält zunächst die Geschichte, in der sich Eulenspiegel bei einem Kaufmann als Küchenknabe oder Koch verdingt (die Einleitung wird verhältnismäßig lang ausgesponnen) und den Braten »kühl« legt.

Sodann berichtet sie von einer Wagenfahrt von Hildesheim nach Goslar (40 km Entfernung), bei der Eulenspiegel dreimal die Anweisungen des Kaufmanns zwar wörtlich, nicht aber dem Sinne nach ausführt. Till bedient sich auch sonst bei seinen Streichen des Mittels des Wortspieles, des Wortwitzes, der Wortverdrehung (derartige Wortspiele lagen der Zeit, in der Bote lebte, sehr, vgl. Mackensen, GRM S. 253). Diese eng verwandten Begriffe sind kaum genau zu bestimmen und gegeneinwo der Unterleibs-Entleerungsvorgang sehr viel eingehender beschrieben wird als bei Bote!

2 Wer sich für skatologische Literatur (zu der Botes Buch aus den angegebenen Gründen nicht zu rechnen ist, gelegentlich jedoch fälschlich dazu gezählt wird) interessiert, sei auf die 9-bändige Bibliographie von Hayn/Gotendorf, auf Englisch und auf vielfältige neuere Veröffentlichungen dieser Art verwiesen. Über den skatologischen Witz vgl. Röhrich, Witz S. 151 ff.

265

ander abzugrenzen (womit auch nur wenig gewonnen wäre). Immerhin wird man sie (vereinfacht) als Formen des Witzes bezeichnen können, deren Pointe im Wort wurzelt, besonders in der Doppeldeutigkeit vieler Worte oder Wendungen (vgl. Grimm, Wortspiel, Wortwitz; F. H. Mautner; Julius Schultz; Lindow S. 293 f.; über den Witz allgemein vgl. Strassner S. 13 f. und Röhrich, Witz, besonders S. 41 ff.). Ein Ausdruck wird im übertragenen Sinne (metaphorisch, bildlich) gebraucht und gemeint, Eulenspiegel aber nimmt ihn wörtlich, versteht damit den Sprecher (absichtlich) »falsch« und führt ihm damit die Unschärfe der Sprache handgreiflich vor Augen. Goethe (Maximen und Reflexionen aus dem Nachlaß. Cottasche Jubiläumsausgabe, Bd. 38 S. 285) bemerkt in diesem Zusammenhang zum Volksbuch: »Alle Hauptspäße des Buches beruhen darauf, daß alle Menschen figürlich sprechen und Eulenspiegel es eigentlich nimmt.« Charakteristisch für Tills Wortspielkomik aber ist es, daß er bei seinem Gegenspieler den Gedanken an die etwaige Doppeldeutigkeit des Wortes gar nicht erst aufkommen läßt, sondern sofort der offensichtlich nicht gemeinten Bedeutung des Wortes entsprechend handelt (Hilsberg S. 25). Vgl. über Wortwitze im Volksbuch auch Anm. zu H 12 (64, 2. Teil).

Eulenspiegel fällt hier erstmalig durch seine »seltsame Kleidung« auf (später noch in H 22 (63) und 33). Was darunter zu verstehen ist, bleibt bei Bote unklar. Die 87 hier abgedruckten Holzschnitte (einschließlich Titelbild und Schlußvignette) von S 1515 (über einige Abweichungen der Holzschnitte von S 1519 gegenüber S 1515 vgl. Honegger S. 20 ff.) zeigen Till nicht etwa in einem Narrenkleid (er trägt z. B. keine Narrenkappe, ist vielmehr auf allen Holzschnitten barhäuptig). Der Titelholzschnitt (S. 25 dieser Ausgabe) und andere Schnitte der Frühdrucke zeigen ihn vielmehr in der sog. Zaddeltracht, einer in der 2. Hälfte des 15. Jh. häufig anzutreffenden Modekleidung (vgl. Lindow S. 283 f.; Scherr S. 116 f.; Roloff S. 32). Honegger (S. 133 Fn 351) meint, daß diese Zaddelkleidung, die Ende des 15. Jh. aus der Mode kam und deshalb wohl an Landfahrer verschenkt wurde, bei Eulenspiegel auffällig wirkte. In Narrenkleidung erscheint Till auf Bildern erstmalig in der von Melchior Sachse in Erfurt gedruckten Ausgabe von 1532 (vgl. u. a. die Beschreibung der Sachse-Drucke durch Martin von Hase). Vgl. im übrigen zur Bebilderung dieser Ausgabe und allgemein zu Fragen der Illustrationen der Volksbuchdrucke S. 333. Über die Frage, ob Eulenspiegel als »Narr« anzusehen ist, vgl. Anm. zu H 16 (14); über den Namen »Bartholomäus – Doll« vgl. Stieler, Eul.-Jb. 1976, 28.

Erstmalig ist in H 11 (64, 1. Teil) eine Frau (jedenfalls teilweise) Tills Gegenspielerin. Das wirft grundsätzlich die Frage des Verhältnisses oder der Beziehungen Eulenspiegels zum weiblichen Geschlecht auf. Lappenberg (S. 265) meint, daß (von wenigen Ausnahmen abgesehen) die Frauen in Till »sogleich den widerwärtigen Gesellen erkennen und ihre Abneigung ausdrücken«. Untersucht man jedoch die etwa 30 H, in denen Frauen die Geprellten sind oder in sonstiger Weise eine (einigermaßen) wichtige Rolle spielen, etwas näher, so zeigt sich, daß Lappenbergs Ansicht in der von ihm niedergelegten Form nicht zu halten ist. Unbeliebt (bzw. mit Argwohn und Mißtrauen betrachtet) ist Eulenspiegel bei 9 einzelnen Frauen und bei den Milchfrauen in Bremen (vgl. H 11 (64, 1. Teil), 13 (11) bis 15 (13), 27, 36, 50/51 (52/53), 68 (70), 73 (74), 81/82 (82/83), 83 (84), 92 (91)). Aber bei fast ebensoviel Frauen (nämlich bei 8) ist er beliebt (vgl. H 31, 34, 39 (16), 42 (41), 72 (87), 84 (85), 86 (75)). In 3 Fällen verhalten sich die Frauen Till gegenüber gleichgültig (vgl. H 41 (40), 65 (67), 88 (71, 2. Teil)). Und bei 7 Frauen schlägt im Laufe der Erzählung die anfängliche Sympathie in Antipathie (oder umgekehrt!) um – eine Folge des jeweiligen Handelns Eulenspiegels (vgl. H 30, 33, 37, 38, 45 (47), 64 (66), 75 (76)). Die Geschichten mit Tills Mutter (H 3-6, 9, 91 (90)) sind hier nicht berücksichtigt.

Über Bürgergärten im Mittelalter vgl. Lappenberg S. 265 und A. Schultz S. 95; über das im Mittelalter berühmte Einbecker Bier vgl. meinen Aufsatz im Eul.-Jb. 1962/63.

Heinrich Hamenstede, Kaplan in Volkersheim bei Bockenem (20 km südöstlich von Hildesheim) und von 1474-1509 (seinem Todesjahr) Pfarrer in Goslar, ist urkundlich nachweisbar, vgl. statt vieler Rosenfeld, Muttersprache S. 12. Vermutlich hat Bote den Pfarrer Hamenstede gekannt.

Bote bezeichnet es in der Vorrede als den Zweck seines Buches, »ein fröhliches Gemüt zu machen«. Das ist ihm gelungen. Aber

267

nicht nur wir lachen über Eulenspiegels Geschichten, auch im Volksbuch selbst wird in nicht weniger als 33 H gelacht, manchmal mehrfach und von mehreren Personen, u. a. auch in unserer H 11 (64, 1. Teil)). Eulenspiegel selbst lacht (meist über die von ihm Hereingelegten) 15mal (vgl. H 4, 9, 10, 16 (14), 18, 21 (22), 27, 30, 37, 38, 71 (45), 76 (77), 80 (81), 83 (84), 85 (86)). Andere Leute lachen (auch meist über die von Eulenspiegel Gefoppten) 19mal – Till gelingt es also, in seiner Umgebung häufig Heiterkeit zu verbreiten (vgl. H 11 (64, 1. Teil), 12 (64, 2. Teil), 13 (11), 17 (15), 24, 25, 27, 38, 47 (49), 48 (50), 59 (61), 68 (70), 72 (87), 77 (78), 85 (86), 91 (90), 95 (94)). Nicht ganz selten, nämlich 7mal, lachen auch die »Opfer« Eulenspiegels über den an ihnen begangenen Streich (oder sie lachen jedenfalls mit) – ein Zeichen, daß sie Humor besitzen (vgl. H 4, 11 (64, 1. Teil), 13 (11), 16 (14), 23, 30, 72 (87)). Und schließlich läßt Bote es viermal zu, daß man sogar über seinen Helden als den (zunächst) Geprellten lacht (vgl. H 3, 64 (66), 71 (45), 85 (86)). Die Bedeutung des Lachens und des »Lachenmachens« durch Eulenspiegel betont auch Mackensen, Volksbücher S. 131; ähnlich Spriewald S. 318; über die positive Bedeutung, die im Mittelalter dem Scherz und dem Lachen beigelegt wurde, vgl. Schmitz, Physiologie S. 75 ff., 144 ff., 271 f. und Borst S. 242.

12. (64., 2. Teil) Historie

Über das von Bote offensichtlich geliebte komische Spiel mit den mehrfachen Bedeutungsmöglichkeiten eines Wortes oder Ausdruckes vgl. allgemein Anm. zu H 11 (64, 1. Teil) und zu H 46 (48). In unserer H z. B. beruht der Witz auf der zweifachen Bedeutung des Wortes »räumen«, das »weggehen« oder »leermachen« heißen kann.

Die Wortwitze sind eine hervortretende Eigentümlichkeit des Volksbuches, insbesondere bei den Handwerkergeschichten (vgl. darüber Anm. zu H 40 (39)), sie stellen aber keineswegs, wie gelegentlich zu lesen ist, das Hauptmerkmal der Eulenspiegel-Schwänke schlechthin dar. Bote steht noch eine ganze Anzahl anderer Möglichkeiten zur Verfügung, um seine satirischen und satirisch-komischen Absichten zu verwirklichen. Zu den H, in denen Wortspiele (die gelegentlich nicht ganz leicht zu durchschauen sind) vorkommen, sind zu rechnen: H 10-14 (12), 21 (22), 23, 25, 26, 30, 33, 39 (16)-41 (40), 43, 45 (47), 46 (48), 49 (51), 51 (53), 52 (54), 54 (56), 57 (59), 58 (60), 60 (62), 62 (20), 64 (66), 65 (67), 67 (69), 71 (45), 73 (74)-75 (76), 78 (79), 80 (81)-82 (83), 90 (89)-92 (91). Das sind 39 H, also 40% aller H. Die Gesamtzahl der im Volksbuch enthaltenen Wortwitze ist jedoch beträchtlich höher, nämlich rd. 65. Das liegt daran, daß in einer Reihe von H mehrfach Wortwitze vorkommen (zwischen 1 und 5; vgl. z. B. H 62 (20) und 49 (51)). Nicht immer ist es Eulenspiegel, der mit Hilfe eines Wortspiels seinen »Gegner« übertrumpft, gelegentlich wird er auch mit seinen eigenen Waffen geschlagen, vgl. H 41 (40), 64 (66), 65 (67), 71 (45).

In unserer H gebraucht Eulenspiegel zum 1. Male eine Redewendung, deren er sich später noch häufiger bedient (in H 10 hat er bereits Ähnliches gesagt). Er stellt mit gespieltem Erstaunen fest: »Ich tue alles, was man mich heißt, und kann doch keinen Dank verdienen.« Und er nimmt zur scheinbaren Begründung dieser höchst verwunderlichen Tatsache das Wort seines Vaters aus H 2 auf: »Du bist freilich in einer unglückseligen Stunde geboren.« In insgesamt 21 H beruft sich Till darauf, er tue nur, was man ihn geheißen habe, vgl. noch H 13 (11), 23, 40 (39), 43, 45 (47), 46 (48), 49 (51), 52 (54), 54 (56), 60 (62), 61 (19), 62 (20), 64 (66), 73 (74)-75 (76), 78 (79), 81 (82), 90 (89).

13. (11.) Historie

Der Pfarrer verspricht Eulenspiegel bei der Einstellung als Knecht ein Doppeltes: er solle so gut verpflegt werden wie seine Haushälterin und er habe nur leichte Arbeit (halbe Arbeit) zu tun. Das sind die Stichworte für Tills Verhalten und seine hier recht harmlosen Scherze. Freilich verdreht er ein wenig die (teilweise doppeldeutigen) Worte und Tatsachen, aber wenn er gefragt oder gerügt wird, redet er so viel, schnell und gewandt, daß Pfarrer und Köchin keine Zeit zu langem Nachdenken verbleibt. Als »verschmitzter Anwalt« (Lappenberg S. 232) gelingt es ihm jeweils, im entscheidenden Augenblick den Pfarrer zum Lachen zu bringen – und damit hat er gewonnen. Bei der Haushälterin freilich hat er verspielt, da er seinen Spott ihr gegen-

über nicht zügeln kann. Sie stellt den Pfarrer vor die Wahl: er
oder ich. Nur ungern läßt der Pfarrer Eulenspiegel gehen und
verschafft ihm sogar noch die Stelle eines Küsters in seinem
Dorfe Büddenstedt (7 km südlich von Helmstedt[1]), wodurch er
weiter in enger Verbindung mit ihm bleibt (vgl. die beiden folgenden H).
Die Anstellung Tills als Küster durch die Bauern entspricht dem
katholischen Kirchenrecht Norddeutschlands im ausgehenden
Mittelalter (Lappenberg S. 232; Lindow Fn. 13).
Bote läßt Eulenspiegel hier erstmalig mit einem Pfarrer in en-
gere Berührung kommen (wenn man von dem in H 11 (64,
1. Teil) vorkommenden Heinrich Hamenstede absieht, der dort
als Fahrgast von Tills Dienstherr auftritt). In 14 weiteren H
treten Pfarrer oder sonstige Geistliche auf (in sehr unterschiedlicher »Rolle«, häufig als von Eulenspiegel hereingelegte Gegenspieler; vgl. H 14 (12), 15 (13), 31, 37, 38, 65 (67), 66 (68), 84
(85), 88 (71, 2. Teil), 90 (89), 93 (92)-96 (95)). Außerdem
finden wir Till dreimal bei Bischöfen (vgl. H 17 (15), 22 (63),
72 (87)), einmal spricht er sogar mit dem Papst (H 34). Eulenspiegel hat also häufig mit der Kirche, ihren Einrichtungen und
den sie tragenden Personen zu tun. Wie denkt Bote (er schrieb
seinen »Eulenspiegel« vor der Reformation!) über die Kirche,
diese überaus wichtige Institution, deren äußere Machtstellung
im Mittelalter weit größer war als heute? Zusammenfassend ist
festzustellen, daß er – auch sonst konservativ eingestellt,
vgl. Roloff S. 159 ff. – durchaus auf dem Boden der katholischen Kirche und ihrer Lehre steht (im Ergebnis ähnlich Könneker, Narrenidee S. 369). Das hindert ihn freilich nicht, auch die
kirchlichen Würdenträger in den »Ständespiegel« des Volksbuches einzubeziehen und ihre Schwächen satirisch – zuweilen mit
Schärfe – zu behandeln (vgl. über die »Verachtung des Klerus«
im Mittelalter Friedell S. 137). Aber von einer Kirchenfeind-
lichkeit Botes (oder seines Helden Eulenspiegel) ist nichts zu
spüren. Schon der äußere Lebensweg Tills wird, wenn wir die
nicht umfangreichen biographischen Daten betrachten, von den
gewöhnten kirchlich-sakramentalen Umständen begleitet: Eulenspiegel wird getauft (H 1); als er krank wird, nimmt er das

1 Die Einwohner Büddenstedts mußten von 1939-1948 dem Aufschluß eines
Braunkohlentagebaus weichen und wurden etwa 1 km nördlich der alten Ortslage
auf kohlefreiem Gebiet in »Neu-Büddenstedt« wieder angesiedelt.

Abendmahl, beichtet (H 91 (90), 93 (92)) und wird nach seinem Tod in geweihter Erde begraben (H 94 (93)). In H 14 (12) und H 15 (13) hat Till ein kirchliches Amt inne (Mesner). In H 37 geht Eulenspiegel zweimal zum Gottesdienst, in H 72 (87) betet er in der Kirche. Bei Pfarrern ist er beliebt, teilweise sogar ein gern gesehener und geschätzter Gast (vgl. H 37, 38, 65 (67), 84 (85)). Dies alles sind Züge, die Bote seinem Helden verliehen hat, die aber m. W. bisher nicht hervorgehoben worden sind. Dafür, daß Bote als »gläubiger Christ« (so Lindow, Vortrag) die christliche Lehre nicht bekämpfen wollte, lassen sich noch weitere Stellen anführen, vgl. z. B. die Vorrede; den Anfang von H 28; die Angaben, daß Eulenspiegels Gegenspieler in die Kirche gehen (H 12 (64, 2. Teil); 49 (51); 76 (77)). Freilich hat das alles nicht verhindern können, daß das Volksbuch zeitweilig auf den »Index« gesetzt wurde, d. h. in das Verzeichnis derjenigen Bücher aufgenommen wurde, deren Lektüre kraft päpstlicher Entscheidung nicht erlaubt ist (vgl. Mackensen, Volksbücher S. 38; Arendt S. 16 f.; Röcke bei Cramer S. 32).

14. (12.) Historie

Diese Geschichte ist gewiß nicht »stubenrein« (vgl. auch Anm. zu H 10). Der Pfarrer wird hier – wie auch sonst die Geistlichen im Volksbuch – von der rein menschlichen Seite gesehen (vgl. Kadlec S. 185; oben S. 14 und Anm. zu H 13 (11)). Er und der Küster benehmen sich unbefangen. Freilich wird man in Botes gekonnter Erzählung den ironisch-satirischen Einschlag nicht übersehen können. Eulenspiegel antwortet schlagfertig und witzig auf des Pfarrers unziemliches Geräusch und erfaßt dann augenblicklich den Doppelsinn des Wortes »mitten«.
Zum 1. Mal bedient sich Till hier bei einem Streich des Mittels der Wette (weitere Wetten, die er alle gewinnt, in H 34, 59 (61), 66 (68), 72 (87)).

15. (13.) Historie

Die verlorene Wette (H 14 (12)) hat das gute Einvernehmen zwischen dem Pfarrer und Eulenspiegel offensichtlich nicht getrübt. Der Pfarrer überträgt seinem Küster die Einübung des im Dorfe üblichen Osterspiels. Das benutzt Till, um wieder einmal seiner Spottlust zu frönen und seiner alten Widersacherin, der Pfarrersköchin, eins auszuwischen. Dazu braucht er diesmal

271

(erstmalig im Buche) einen Helfer und findet ihn in einem der
beiden Bauern, die zusammen mit ihm die drei Marien am
Grabe (Maria, die Mutter Jesu; Maria Magdalena; Maria, die
Mutter des Jacobus; so auch Suchsland S. 347) darstellen (Gehilfen benötigt Eulenspiegel noch in 9 weiteren H, nämlich in
H 17 (15), 27, 28, 31, 37, 66 (68), 72 (87), 77 (78), 89 (17)).
Till werden hier einige Lateinkenntnisse zugeschrieben. Denn
erstens lehrt er den einen Bauern seine Verse auf lateinisch (was
jedoch für den weiteren Verlauf des Schwankes unerheblich
ist), und zweitens weiß er, was die beiden lateinischen Wörter
»Quem quaeritis« (»Wen suchet Ihr«) bedeuten (vgl. über Botes Lateinkenntnisse die Anm. zur Vorrede). Die auf deutsch
gegebene Antwort des einen Mariendarstellers, die ihm Eulenspiegel anstatt der richtigen Antwort beigebracht hat (sicher
zum großen Spaß des Bauern), läßt an Deutlichkeit nichts zu
wünschen übrig. Die erwartete Wirkung tritt ein: die erboste
Köchin (Bote schiebt zwar – wie mir scheint – mit feiner Ironie
ihre Empörung allein auf den Spott über ihre Einäugigkeit)
wird handgreiflich.
H 15 (13) ist ein bedeutsames kultur- und theater-historisches
Denkmal. Näheres bei Lindow Fn. 1 und 4 und vor allem in der
ausführlichen Abhandlung von Max Herrmann.
Nach gelungenem Streich entzieht sich Eulenspiegel allen weiteren Folgen durch die Flucht – ein Verhalten, das sich als durchaus erfolgreich für Till erweist. Er macht deshalb von dem Mittel rechtzeitigen Verschwindens häufig Gebrauch, nämlich
20mal: vgl. H 10, 16 (14), 27, 28, 30, 32, 36, 41 (40), 44 (46),
51 (53), 54 (56), 62 (20), 68 (70), 71 (45), 73 (74), 76 (77), 80
(81), 88 (71, 2. Teil), 89 (17).

16. (14.) Historie

Eulenspiegel, der in Hildesheim und Büddenstedt einige erfolg-
reiche Streiche vollbracht hat, gelingt in Magdeburg der »große
Durchbruch«, wie wir heute sagen würden. Obwohl er nur
wenig über 20 Jahre alt sein dürfte, ist er offenbar selbstsicher
geworden und wagt sich in die »Großstadt« Magdeburg. Sein
Erfolg ist überwältigend: In kurzer Zeit ist sein Name in der
ganzen Stadt bekannt. Die vornehmsten Bürger kommen zu
ihm und bitten ihn um ein besonderes »Abenteuer«. Schließlich

läßt er sich erweichen und verspricht, vom Rathaus zu fliegen. H 16 (14) ist in mehrfacher Hinsicht bemerkenswert. Zunächst zieht sie ihre Wirkung nicht mehr nur aus der Schwankkomik. Sie hat »tiefere Bedeutung«, also einen zeitlosen Sinn und will zum Nachdenken anregen. Dasselbe beabsichtigt Bote (jedenfalls teilweise) in einer ganzen Reihe weiterer Geschichten, etwa in H 17 (15), 22 (63), 27-29, 48 (50), 63 (65), 66 (68), 70 (73), 79 (80), 91 (90), 92 (91).

In H 16 (14) läßt der Dichter seinen Helden erstmalig in einer Rolle auftreten, die in vielen weiteren H für ihn charakteristisch ist. Till bezeichnet sich selbst als »Toren oder Narren«. War Eulenspiegel ein Narr? »Der Narr oder Tor des Mittelalters war der seiner Sinne nicht voll mächtige Geisteskranke oder Schwachkopf, der für seine Handlungen nicht verantwortlich gemacht werden konnte« (Honegger S. 132). Ein solcher »Narr« war Eulenspiegel zweifellos nicht. Aber schon früh wird als Narr (oder Tor) auch diejenige Person bezeichnet, die den Narren (im Sinne eines Unvernünftigen oder Einfältigen) bewußt spielt, ohne es zu sein; die unter dem Schein der Narrheit (lachend) die Wahrheit sagt (gleichbedeutend etwa mit Spaßmacher, Spötter, Schalksnarr, Hofnarr; vgl. Grimm, Narr; Honegger S. 133; Könneker, Narrenidee S. 24 f.). In diese Rolle des scheinbaren Narren, des bewußten und weisen Narren (vgl. Schmitz, Physiologie S. 268 ff.), des »narrendenden Narren« (Mackensen, Volksgut S. 73) schlüpft Till in unserer H und verspottet die Magdeburger. In gleicher Eigenschaft (ein Mensch, der unter der Maske des Narren den Leuten die Wahrheit sagt und sie damit zur Selbsterkenntnis und zu besserer Einsicht bringen will) und als Hofnarr (mit teilweiser Abwandlung in die Gestalt eines Spaßmachers) tritt uns Eulenspiegel (manchmal nur andeutungsweise) u. a. in folgenden H entgegen: 17 (15), 20 (88), 22 (63), 23-26, 34, 38, 48 (50), 55 (57), 70 (73), 72 (87), 76 (77), 86 (75). Tills »Narrenweisheit« ist »ein bunt schillerndes, fesselndes und höchst aufregendes Spiel, in dem die Welt der Erscheinungen durcheinander gewirbelt wird und die Dinge plötzlich auf dem Kopf stehen« (Könneker, Narrenidee S. 369). Heinrich (S. 95) hat Eulenspiegel als einen Zyniker bezeichnet, »boshaft und geistreich, ohne die Sicherungen des Odysseus im Hintergrund« (mit Odysseus ist Eulenspie-

273

gel auch sonst wiederholt verglichen worden). Gleichzeitig weist Heinrich (S. 194 Anm. 2 = Eul.-Jb. 1975, 9 Fn. 4) auf religionsgeschichtliche Zusammenhänge zwischen der gefährlich-gefährdeten Narrenrolle, kosmischer Bedrohung und Totenkult hin. Vgl. ferner von Hippel, Bodensohn Bd. 1 S. 115 ff., 148 und Willeford S. 540 ff.

»Narr« ist die Bezeichnung für einen Menschen mit bestimmten Eigenschaften, jedoch kein »Beruf« (abgesehen vom Hofnarren; vgl. darüber Flögel). Welcher Beschäftigung ging Eulenspiegel nach? In der ganz überwiegenden Zahl der Volksbuch-Historien, nämlich in 71, hat Till keinen bestimmten Beruf. 56 H sagen überhaupt nichts über seine Tätigkeit (gelegentlich nimmt er – vorübergehend – einen »Beruf« auf, vgl. z.B. H 90 (89), in der er »Klosterbruder« wird). Die Möglichkeiten, seine Stellung in der Gesellschaft für diese 56 H zu kennzeichnen, sind groß. Am besten und umfassendsten ist vielleicht der Ausdruck »Landfahrer« und die eng verwandten Bezeichnungen Fahrender, Held der Landstraße, fahrender Gesell, Landläufer, Abenteurer (im selben Sinne, wenn auch mit gewissen Bedeutungsschattierungen, kann man u.a. die Ausdrücke Gaukler und Spielmann auffassen). Hierher rechne ich auch diejenigen 6 H, in denen Eulenspiegel am Hof eines »großen Herrn« als »Hofmann« (vgl. H 23 Fn. 4) oder sonst als Angehöriger des »Hofgesindes« auftritt (vgl. H 17 (15), 22 (63), 23, 24, 38, 72 (87))[1]. In diesen 62 H gibt sich der Landfahrer Till 6mal für etwas aus, was er nicht ist, nämlich als Arzt, Gelehrter, Maler und Priester (vgl. H 17 (15), 27–29, 31, 89 (17)). Und schließlich gehören die 9 Kindheitsgeschichten zu dieser Gruppe, zu der also folgende H zählen: H 16 (14)–34, 36–39 (16), 42 (41), 47 (49), 48 (50), 53 (55), 55 (57)–59 (61), 63 (65)–72 (87), 75 (76)–94 (93). Bote selbst gibt Eulenspiegel eine Bezeichnung im hier erörterten Sinne nur zweimal: »Abenteurer« in H 27 (S 1519) und »Landtor« (H 48 (50)). Eine Tätigkeit bzw. einen Beruf übt Till dagegen nur in 23 H aus: über seine Arbeit als Handwerksgeselle (in 15 H) vgl. Anm. zu H 40

---

1 Im Einzelfall kann man über die Zuordnung zu einer dieser Gruppen unterschiedlicher Meinung sein. H 38 z.B. läßt sich als »Hofmann«- oder als »Landfahrer«-Geschichte einordnen. In H 20 (88) und 75 (86) wird nur nebenbei erwähnt, daß Eulenspiegel an einem »Hofe« war bzw. zu einem »Hof« reiten wollte.

(39). Daneben wird er in 8 H tätig als Hofjunge, Küchenknabe (Koch, Kutscher), Knecht, Küster und Kaufmann (vgl. H 10, 11 (64, 1. Teil)-15 (13), 35, 44 (46)).

Bemerkenswert an H 16 (14) ist ferner: Läßt man die Kindheitsgeschichten außer acht (vgl. H 2-4), so hat Eulenspiegel es hier zum 1. Male nicht mit einer Person zu tun, die es zu übertrumpfen gilt, sondern mit einer großen Zahl von Menschen, einer Masse (hier einer ganzen Stadtbevölkerung), der gegenüber er sich behaupten muß. Doch bereits sein erster »Großauftritt« gelingt ihm glänzend. Er ist zu jeder Zeit Herr der Lage: seine Rede vom Rathaus ist kurz, klar, einprägsam und von kräftigem Spott. Sogar die leichtgläubige und blamierte Menge muß zugeben: er hat die Wahrheit gesagt. Später hat es Till noch häufig mit mehr oder weniger großen »Massen« zu tun, aber immer ist er erfolgreich (vgl. H 28-31, 48 (50), 56 (58), 68 (70)-70 (73), 76 (77), 89 (17), 90 (89), 94 (93)).

Und schließlich erhält Eulenspiegel, der regelmäßig seine Streiche aus eigenem Antrieb durchführt, hier erstmalig einen entsprechenden Auftrag, was sich nur in 7 weiteren H wiederholt: H 17 (15), 23, 24, 38, 72 (87), 74 (44), 77 (78).

In unserer H ist zu spüren, daß sich Tills innere Entwicklung auch nach seinem Auszug in die Welt (H 9) fortgesetzt hat.

Über die Frage, ob auf dem Magdeburger Roland eine Eulenspiegelfigur zu sehen war, vgl. meinen Aufsatz im Eul.-Jb. 1960. Über das Eulenspiegel-Denkmal in Magdeburg vgl. Anm. zu H 61 (19).

17. (15.) Historie

Eulenspiegels aufsehenerregendes Auftreten in Magdeburg trägt alsbald Früchte: er wird vom Magdeburger Bischof auf dessen Burg Giebichenstein (etwa 4 km nördlich des Stadtzentrums von Halle/Saale; Näheres bei Lappenberg S. 236 f.; Lindow Fn. 2 und Tillmann) eingeladen. Erstmalig wird Till hier für sein Tun entlohnt: der Bischof gibt ihm Kleidung und Geld. Auch später verdient Till mit seinen Späßen und Streichen nicht selten eine Menge Geld, vgl. H 23, 24, 27, 29, 31, 34, 35, 44 (46), 61 (19), 63 (65), 69 (72), 72 (87), 89 (17).

Wir können den Kneitlinger Bauernsohn in unserer H als eine Art Hofnarren ansehen, beliebt beim Bischof, aber auch beim

275

gesamten Hofgesinde (vgl. auch Anm. zu H 16 (14)). Auch in einigen früheren und in vielen späteren H ist Eulenspiegel durchaus beliebt, jedenfalls bei einem Teil der darin vorkommenden Personen (vgl. Roloff S. 29 f.).

Tills Gegenspieler ist hier ein hochmütiger »Doktor«, wobei unklar bleibt, um was für einen Doktor es sich handelt (Lappenberg S. 237 hält ihn für einen »Doktor der Rechte«; Makkensen, GRM S. 260 und Rosenfeld, Muttersprache S. 11 halten ihn für den Leibarzt des Bischofs; Lappenbergs Deutung ist der Vorzug zu geben). Er ist am ganzen Hofe unbeliebt. Eulenspiegel sucht ihn sich nicht als Widerpart aus. Die Hofleute, einschließlich des Bischofs selbst, bitten Till, den Weisheitsdünkel des Doktors zu bestrafen. Und Eulenspiegel läßt sich natürlich etwas einfallen. Freilich ist er reichlich grob in der Wahl seiner Mittel. Aber er schont auch sich selbst nicht. Denn er kann in der gemeinsam mit dem Doktor verbrachten Nacht kaum weniger »gelitten« haben als sein Opfer. Hier zeigt sich bereits in Ansätzen eine individuelle Steigerung seines Witzes und seiner Streiche bis in dämonische Bereiche (vgl. Benz, Volksbücher S. 43; Roloff S. 112, 163; Jünger S. 62; Sommerhalder S. 30)[1]. In späteren H wird dies noch deutlicher. Zu denken ist etwa an H 24; an H 55 (57) und 56 (58): für einen guten Streich wagt Eulenspiegel sein Leben; H 82 (83); H 91 (90)-93 (92): noch auf dem Totenbette kann Till von seiner Art nicht lassen; der letzte Streich Eulenspiegels vollendet sich sogar erst nach seinem Tode (H 94 (93)).

Gewiß, Eulenspiegels »Kur«, um den dünkelhaften Hochmut des Doktors zu bestrafen, ist für unsere Begriffe schmutzig und unflätig (vgl. jedoch Anm. zu H 10). Aber alle Kommentatoren des Volksbuches übersehen darüber, welche beachtlichen Gedanken Bote in dieser (übrigens gut und mit viel Ironie erzählten) H über das Narrentum im allgemeinen und über das Hofnarrentum im besonderen bringt (vgl. auch die Anm. zu H 16 (14)). Der Doktor vertritt die Meinung: Ein Narr gehört zu Narren, ein Weiser zu Weisen; die Fürsten lernen von Narren nur närrisches Zeug, von klugen Leuten jedoch Klugheit. Das läßt sich zunächst durchaus hören. Aber einige Hofleute wen-

---

1 »Das Dämonische ist dasjenige, was durch Verstand und Vernunft nicht aufzulösen ist.« (Goethe)

den ein: Wer ist denn klug? Wer entscheidet darüber, was Klugheit ist? Sollen die Fürsten nicht lieber alle Arten Volks um sich haben, um sie kennen und verstehen zu lernen? Stehen nicht die angeblichen Narren mit den Füßen auf der Erde und vertreiben Phantasiegebilde, die die angeblich Klugen um den Fürsten errichten?

Am Schluß ziehen die Hofleute unter Benutzung von Tills Streich die Schlußfolgerungen ihres Theorienstreits über das Narrentum: Niemand ist so klug und weise, daß er nicht noch von Narren etwas lernen könnte; und wenn es keine Narren gäbe, woran soll man Weise erkennen?

Bote erzählt hier auf Eulenspiegels Art ein »Lob der Narrheit«!

In H 17 (15) wird zum 1. Male im Volksbuch von Bote in voller Schärfe herausgearbeitet, daß Till mit seinen Streichen u. a. die Absicht verfolgt, schlechte Eigenschaften seines Gegenspielers zu bestrafen (vgl. bereits H 8). Zu diesem Zweck zeigt Bote häufig bereits am Anfang einer H die unangenehmen Charakterzüge von Tills Widerpart auf – ein tragendes Aufbauelement des betreffenden Schwankes. Hierher sind zu rechnen (teilweise ist das Bestrafungsmotiv nur Nebenzweck, bei mehrteiligen H tritt es oft nur in einem Teil hervor): H 30, 35, 37, 38, 40 (39), 41 (40), 43, 46 (48), 47 (49), 49 (51), 50/51 (52/53), 55 (57), 58 (60)-63 (65), 67 (69), 70 (73), 72 (87), 76 (77), 77 (78), 80 (81), 81 (82), 83 (84)-85 (86), 87/88 (71), 91 (90)-93 (92). Insgesamt spielt also bei mindestens 35 H das Bestrafungsmotiv eine wichtige Rolle (Honegger, Todsünden S. 31 ff. zählt weitere H auf). Eulenspiegel fühlt sich offenbar nicht selten als »Richter der Menschheit« (Klabund S. 124 f.; vgl. auch Arendt S. 112).

18. Historie

Diese Geschichte fällt in gewisser Weise aus dem sonstigen Rahmen des Volksbuches heraus. Sie ist kein Schwank (vgl. S. 14), was auch von H 5, 19 (21), 22 (63) und 42 (41) gilt. Eulenspiegel tritt allein auf und wird nur von einem Hund und einer Sau mit 10 Ferkeln »begleitet«.

Bote legt hier eine besinnliche Pause in dem sonst sehr unruhigen Leben seines Helden ein. Er schickt ihn nach Halberstadt und läßt ihn über Sprichwörter nachdenken und nachhandeln, und siehe da, die Worte erweisen sich als falsch (vgl. über Wortspiele usw. auch Anm. zu H 11 und 12 (64)). Das erstaunt Eulenspiegel, der mit der Sprache umgehen kann, wie er bewiesen hat, nicht. Was tut er also, als sie ihn diesmal im Stich läßt? Das, was seine Gegenspieler am besten täten, es meistens aber nicht tun: er lacht, sich selbst ironisierend. Und er lobt schmunzelnd den sinnvollen Namen der Stadt, in der ihm solches geschieht: in »Halber«-Stadt ist alles nur »halb« – teils gut, teils schlecht (vgl. Lappenberg S. 24 und Lindow Fn. 7). Das Bier und das Essen z. B. schmecken in Halberstadt gut. Aber die Geldbeutel sind da aus Sauleder gemacht, d. h. aus ihnen schwindet das Geld bald – wie Eulenspiegels Brote vor dem Dom (Lappenberg S. 239; Lindow Fn. 8 bemerkt zu »Sauleder«: »Schweinsleder, häufig als Schimpfwort gebraucht«; Lexer übersetzt das mittelhochdeutsche Verbum »suledern« (= saulern) mit »Zoten reißen«). Von dem Geld, das der Bischof in H 17 (15) Till gegeben hat, war offenbar nichts mehr übrig geblieben (vgl. auch Steiner, Exegese S. 255 f.).

Bote liebt es, bisweilen seinen Geschichten ein Sprichwort oder eine redensartliche Betrachtung gewissermaßen als Leitmotiv voranzustellen, vgl. neben H 18 die H 34-36, 39 (16), 83 (84), 93 (92). Zu dem Sprichwort in der Überschrift und dem gleichlautenden im Text vgl. das Bibelwort Matthäus 13,12: »Wer hat, dem wird gegeben« (in ganz ähnlicher Fassung gebraucht Bote das Sprichwort im »Köker« Vers 1136). Das Sprichwort am Anfang der H ist (in mehreren Formen) vielfach belegt, vgl. Wander, Treue, Brot.

Das Motiv, daß eine Sau mit Ferkeln auftaucht und Gegenstände umwirft, kehrt in H 95 (94) wieder; vgl. auch H 48 (50), wo Schweine zum Gelingen eines Streiches beitragen.

Der Halberstädter Dom ist St. Stephan geweiht, wie Bote richtig bemerkt.

Über die Jahreszeiten, in denen die Geschichten spielen, macht Bote in einer Reihe der H ausdrückliche Angaben, in anderen Fällen lassen sie sich aus den Umständen erschließen. Am häufigsten wird der Winter erwähnt, beginnend mit H 18. Der Winterzeit (Eulenspiegel sucht dann häufig Unterschlupf bei einem Handwerker, hält es aber nie lange aus) sind ferner folgende 12 H zuzuordnen: 39 (16)-41 (40), 44 (46), 50 (52)-54

278

(56), 77 (78), 87/88 (71). Im Frühling spielen H 15 (13)-17 (15), 30; im Sommer wohl H 3, 11/12 (64), 20 (88), 21 (22), 94 (93)-96 (95); im Herbst wohl H 5-8, 61 (19), 66 (68), 72 (87), 76 (77).

19. (21.) Historie

Honegger S. 112 bezeichnet diese Übergangshistorie als einen Kunstgriff Botes: Eulenspiegels Neigungen und Abneigungen werden als feststehend hingestellt, womit der Jüngling Till zum Erwachsenen gestempelt wird.

Daß Eulenspiegel gern in Gesellschaft ist, bestätigen (abgesehen von einigen Kindheitsgeschichten) die folgenden 17 H: 14 (12), 15 (13), 20 (88), 22 (63)-26, 37, 64 (66), 65 (67), 69 (72), 70 (73), 72 (87), 76 (77), 79 (80), 86 (75).

Die Stelle, daß Till kein graues, sondern immer ein falbes Pferd reitet, ist unklar. Zunächst weichen nach der heutigen offiziellen Bezeichnung die Pferdefarben »falb« (fahl) und »grau« nicht voneinander ab. Grau wird allenfalls als Unterart von falb angesehen (vgl. Meyer/von Kummer/Dencker S. 29; Meyers Enzyklopädisches Lexikon, 1973, Stichwort falb). Das mag im Mittelalter anders gewesen sein. Aber selbst bei klarer Unterscheidungsmöglichkeit der beiden Farben bleibt der Sinn der Stelle dunkel. Man hat auf Sprichwörter verwiesen, wonach »auf einem fahlen (falben) Pferde reiten« soviel bedeutet wie: lügen oder auf einer Untat ertappt werden (Belege bei Grimm, fahl; Wander, Pferd Nr. 655, 870). Röhrich, Pferd, bezeichnet die Deutung als schwierig und erwähnt dem Sinne nach die Meinung von Lindow Fn. 2: Eulenspiegel ritt Falben, um aufzufallen, da diese etwas Besonderes sind.

Pferde werden im Volksbuch häufig erwähnt (vgl. bereits Anm. zu H 2). Die Titelblätter von S 1515 und S 1519 zeigen Eulenspiegel zu Pferde, Eule und Spiegel in den erhobenen Händen haltend. Eine entscheidende oder jedenfalls wesentliche Rolle spielen Pferde in H 2, 23, 25, 38, 42 (41), 63 (65), 65 (67). Darüber hinaus ist Till in 16 weiteren H beritten (bzw. fährt er mit Pferden), nämlich in H 10, 11 (64, 1. Teil), 24, 26, 31, 39 (16), 64 (66), 72 (87), 76 (77), 77 (78), 80 (81), 81 (82), 86 (75), 87 (71, 1. Teil)-89(17). Es zeugt von Botes Sorgfalt, daß Eulenspiegel in den Handwerkergeschichten nicht beritten ist (abgesehen von H 42 (41), die aber ohnehin von den übrigen Handwerkerschwänken dadurch absticht, daß niemand übertrumpft wird; eine unklare Stelle bezüglich Tills Pferd steht in H 50 (52)).

Eulenspiegels Abneigung gegen Kinder leuchtet ein: Sie stehlen ihm die Schau, wie man heute sagen würde. Kinder kommen indessen (abgesehen von den Kindheitserzählungen) im Volksbuch nur selten vor: vgl. noch H 30, 39 (16) und 80 (81), wo deutlich auf H 19 (21) angespielt wird.

Daß bei einem allzu freigebigen Wirt und der sich bei ihm sammelnden Gesellschaft für Till nichts zu »holen« ist, erscheint etwas weit hergesucht.

Die im Text folgenden »Geistreicheleien« (so Lindow Fn. 7) über Speise, Glück und Trank kann man sich immerhin im Munde Tills vorstellen.

20. (88.) Historie

Mit dieser H beginnt das Mannesalter Eulenspiegels (vgl. S. 12). Erstmalig im Volksbuch handelt Till hier ausgesprochen boshaft. Bote zeigt, wozu Eulenspiegel u. U. fähig ist: zu abstoßender Hinterlist gegenüber einem alten und hilfsbereiten Mann. Till wird dadurch zwar nicht liebenswerter, aber lebensechter. Er ist (um mit Conrad Ferdinand Meyer zu reden, vgl. dessen »Huttens letzte Tage«) durchaus »kein ausgeklügelt Buch«, sondern »ein Mensch mit seinem Widerspruch« (vgl. über die »Notwendigkeit des Widerspruchs« Friedell S. 50).

Die Widersprüche in der Wesensart Eulenspiegels sind sogar außergewöhnlich groß. Einerseits zeigt er eine Reihe positiver Eigenschaften: er ist fürsorglich zu seiner Mutter, gesellig, beliebt bei den Leuten, mutig, hat Freude am Lachen und Spaßmachen, zeigt Mutterwitz und Schlagfertigkeit, bestraft Ungerechtigkeit usw. In anderen Fällen aber ist er rachsüchtig, roh, boshaft, spottlustig, gewinnsüchtig, unverfroren, voller Schadenfreude usw. Honegger S. 116 ff. meint, diese uneinheitliche Charakterisierung Tills sei darauf zurückzuführen, daß Bote bei der Gestaltung des Eulenspiegel-Stoffes eine verhältnismäßig große Zahl von Quellen (andere Schwanksammlungen u. ä.) benutzt hat. Ich glaube das nicht. Wie Kadlec an vielen Stellen seiner Arbeit nachgewiesen hat, hat Bote die von ihm benutzten

Quellen stets so umgeformt, daß sie in seinen Gesamtplan paßten. Es wäre ihm ohne Schwierigkeiten möglich gewesen, das von ihm vorgefundene und benutzte Material so umzugestalten, daß dabei ein »einheitlicher« Eulenspiegel herausgekommen wäre. Bote hat das aber nicht getan. Er hat seinen Helden ganz bewußt mit verschiedenartigen, ja gegensätzlichen Charaktereigenschaften ausgestattet (vgl. z. B. die kleine Zusammenstellung der Bezeichnungen Eulenspiegels bei Lindow S. 275, die sich mühelos verfünfzigfachen läßt). Der Dichter wollte Till zu einer in allen Farben schillernden und vieldeutigen Gestalt machen – im Guten wie im Bösen. Hier dürfte auch eins der Geheimnisse liegen, denen das Volksbuch seinen überragenden Erfolg verdankt. Bote läßt seinen Lesern genügend Spielraum für ihre eigene Phantasie, sich einen Eulenspiegel (fast) nach ihrer Wahl vorzustellen und die entsprechenden Züge dem Volksbuch zu entnehmen und fortzuentwickeln. Dies ist auch der Grund für die nahezu unendliche Wandlungsfähigkeit der Gestalt Eulenspiegels, wie sie uns durch die Jahrhunderte hindurch in den Werken der Künstler aller Art entgegentritt. Treffend schreibt Könneker, Narrenidee (S. 368): »(Eulenspiegel erschien) geradezu als die sinnfällige Verkörperung des vielfarbigen, widerspruchsvollen und in mannigfachen Spielarten sich repräsentierenden Lebens selbst, das über jeden Versuch einer Einengung und Begrenzung triumphiert, aller Normen und Gesetze spottet und sich aufs entschiedenste gegen jede Verfestigung gleich welcher Art zur Wehr setzt . . . In ihm hat . . . die zu allen Zeiten gültige Wahrheit erstmals konkrete Gestalt angenommen, daß das Lebendige als das ewig Wandelbare, nie Greifbare und Proteushafte notwendig und immer mit dem Normativen, scheinbar Endgültigen und Starren in Konflikt gerät und diesem, auf die Dauer gesehen, den Sieg abgewinnt.« Ähnlich äußert sich Sommerhalder S. 17 ff. Auf die großen Widersprüche in der Auffassung Eulenspiegels durch Literaturhistoriker usw. weisen Steiner, Exegese S. 255 ff. und Rusterholz hin; vgl. ferner Spetzler und Anm. zu H 96 (95).
Doch zurück zu unserer H: Gemildert werden Tills häßliche Taten durch folgendes: auch der Bauer begeht nach mittelalterlicher Auffassung dadurch ein Unrecht, daß er seine Pflaumen teurer als gewöhnlich verkaufen will (vgl. Honegger, Todsün-

281

den S. 31 f.). Ferner führt Bote einen Entschuldigungsgrund für Eulenspiegel an: Dieser hatte sich auf einem der Herrenhöfe völlig »überfressen und betrunken« (man hatte ihn dorthin wohl anläßlich des Turniers zur Erheiterung der Teilnehmer geholt). Als ihn der Bauer findet, gleicht, wie Bote hervorhebt, Till mehr »einem toten Menschen als einem lebendigen«. Und schließlich hat der Dichter sicherlich nicht ohne Grund die Episode mit dem neugierigen »Marktschleicher« (so Kadlec S. 175) eingeschoben: dieser jedenfalls hat die kleine Strafe der beschmutzten Finger verdient.

Trotz alledem: Eulenspiegel spricht sich am Ende der nach unseren Begriffen schmutzigen Geschichte selbst das richtige Urteil: »Der Schuft verdiente Prügel.« Boshafte Züge Eulenspiegels treten auch in einigen anderen H zutage, etwa in H 32, 44 (46), 45 (47), 81 (82), 83 (84), 90 (89). Röcke bei Cramer S. 37 ff. urteilt m. E. zu einseitig.

Über das Eulenspiegel-Denkmal in Einbeck vgl. Anm. zu H 45 (47).

21. (22.) Historie

Diese H zeigt wieder eines der von Bote bevorzugten Wortspiele, die auf der Doppeldeutigkeit eines Wortes beruhen: »Feinde anblasen« = durch Blasen anzeigen, daß Feinde da sind; oder = Feinde heranblasen, durch Blasen heranlocken. Die Geschichte ist mehrteilig aufgebaut: einmal bläst Eulenspiegel nicht, obwohl er blasen müßte; einmal bläst er, obwohl er nicht blasen durfte. Er treibt ein gewagtes Spiel, und der Graf spricht auch bereits von »Verräterei«. Er setzt den Turmbläser ab und Till muß, sehr zu seinem Mißvergnügen, eine Weile Soldat (»Fußknecht«) spielen. Aber er versteht es, durch sein auffälliges Benehmen die Aufmerksamkeit des Grafen wieder auf sich zu lenken und schließlich von ihm entlassen zu werden.

Der vielgewandte Eulenspiegel zeigt sich hier einmal von der musikalischen Seite: er besitzt die Kunstfertigkeit, das trompetenähnliche Instrument zu spielen, das die Illustrationen der Erstdrucke zeigen.

Obwohl H 21 (22) keinen Ort nennt, wurde sie schon früh in Bernburg lokalisiert. Dort heißt der romanische Schloßturm seit Jahrhunderten »Eulenspiegel«. Über die reiche Eulenspie-

282

gel-Tradition in Bernburg vgl. ausführlich Stieler in Eul.-Jb. 1968-1971. Seit 1959 hat Bernburg ein Eulenspiegel-Denkmal, vgl. Anm. zu H 61 (19).

Nach Schröder S. 36 liegt der Turmbläser-Geschichte ein historisch nachweisbares Ereignis aus dem Jahre 1410 zugrunde, dessen Held ein Türmer in Hildesheim namens Cord Tornemann gewesen ist.

22. (63.) Historie

Diese H schlägt in einem satirischen Dialog eine scharfe Klinge gegen die Bestechlichkeit aller »großen Herren« bei der Rechtspflege und gegen die Überheblichkeit und mangelnde Ausbildung der Geistlichen. Eulenspiegel hält hier seine längste Rede im ganzen Buch.

Frankfurt am Main war im Reichsgrundgesetz der Goldenen Bulle von 1356 zum Ort der Königswahlen bestimmt worden. Die Wetterau ist eine nach dem Fluß Wetter (Nebenfluß der Nidda) benannte Landschaft bei Friedberg (25 km nordöstlich von Frankfurt).

»Durch die Finger sehen« bedeutet: etwas wie unbemerkt oder ungerügt hingehen lassen (vgl. Grimm, Finger Sp. 1654). Wander zählt unter »Finger« fast ein Dutzend Sprichwörter in dieser Bedeutung auf. Vgl. auch Röhrich, Finger.

Brillen wurden gegen Ende des 13. Jh., wahrscheinlich zuerst in Venedig, entwickelt. Im 14. Jh. entstand ein bedeutendes Brillengewerbe in Flandern, worauf in unserer H durch die Erwähnung von Brabant angespielt wird.

Über Eulenspiegels »seltsame Kleidung« vgl. Anm. zu H 11 (64, 1. Teil).

23. Historie

Eulenspiegels Ruhm als »Hofmann« (oder »Gaukler«, vgl. H 23 Fn. 4) hat sich ausgebreitet, und Till steht sich offenbar gut dabei. Die »Fürsten und Herren« geben ihm Pferde, Kleidung und Kost. Nachdem er 2 Bischöfen gedient hat (vgl. H 17 (15) und 22 (63)) kommt er nunmehr zu einem König ins Ausland (Dänemark). Eulenspiegel – und das ist hier die Besonderheit – benutzt die ihm (eigentlich) für ein gutes »Abenteuer« versprochene Belohnung, nämlich den »allerbesten Hufbeschlag« dazu, um darauf einen Streich zu gründen.

Der König als Hereingelegter hat Humor genug, um über Tills Einfall zu lachen. Und Eulenspiegel bleibt am dänischen Hof bis zum Tode des Königs. Es muß ihm also dort sehr gut gefallen haben – vielleicht zeigt er auch einen Anflug von Treue, eine Eigenschaft, die sonst bei ihm nicht zu beobachten ist.

24. Historie

Wieder ist Eulenspiegel an einem Königshof, diesmal beim König von Polen. Er trifft hier auf einen anderen »Abenteurer«, der beim König wohl gelitten und ein »Spielmann« ist (er beherrschte die Fiedel). Als der König ihre Rivalität bemerkt, kommt er auf den naheliegenden Gedanken, beide zu einem Wettstreit um die Meisterschaft in der »Schalkheit« aufzufordern und einen hohen Preis auszusetzen. Lange bleibt der Kampf (zum Ergötzen des Königs und seiner Ritter) unentschieden. Aber dann zeigt sich der fast ans Dämonische reichende Ehrgeiz Eulenspiegels (vgl. auch Anm. zu H 17 (15)). Er *muß* seinen Nebenbuhler besiegen, und es gelingt ihm unter Einsatz seiner »letzten Reserven« – allem Ekel, den er selbst empfindet, zum Trotz. Vgl. hierzu auch Sommerhalder S. 29 f.

25. Historie

Eulenspiegel zeigt hier neue, beachtliche Eigenschaften: obwohl ihm der Herzog von Lüneburg bei Todesstrafe sein Land verboten hat, kehrt Till sich nicht daran. Er hat also Mut und offenbar genügend Selbstvertrauen, mit Hilfe eines Einfalls wieder davonzukommen, wenn er doch einmal ergriffen würde. Freilich wissen wir nicht aus H 25 (und erfahren es auch später nicht), wegen welchen »abenteuerlichen Schalksstreichs« der Herzog ihm den Tod angedroht hatte.

Die Gelegenheit für Eulenspiegel, seinen Einfallsreichtum zu beweisen, kommt schnell. Er begegnet dem Herzog. Rasch überdenkt er seine Möglichkeiten. Ihm fällt der alte deutsche Rechtsspruch ein, daß jedermann in seinen vier Pfählen Frieden habe (Glosse zum Sachsenspiegel, dem berühmtesten deutschen mittelalterlichen Rechtsbuch, verfaßt zwischen 1220 und 1235 in niederdeutscher Sprache von dem sächsischen Ritter Eike von Repgow; vgl. Lappenberg S. 243; Röhrich, Pfahl; Winkler S. 158). Die Begleiter des Herzogs erkennen Till sogleich. Aber

284

dieser hat richtig auf die Neugierde des Herzogs spekuliert und antwortet ihm in scheinbarer Zerknirschung. Er trifft damit genau die richtige Tonlage, denn der Herzog lacht und ermuntert den Schalk sogar: »Bleib, wie du bist!«

Eulenspiegels Freude über den guten Ausgang des gefährlichen Zusammentreffens scheint aufrichtig. Voller Mitgefühl hält er seinem toten Pferde eine kleine Dankesrede.

Celle war seit 1378 Residenz des Fürstentums Lüneburg.

26. Historie

Bote nimmt in H 26 das Grundmotiv von H 25 noch einmal in abgewandelter Form auf. »Wie in seinen vier Wänden hat der Freie auch vollen Frieden auf seinem Lande, in seinem Erb und Eigen, es mag aus Gebäuden oder uneingehegten Feldern bestehen« (Lappenberg S. 243).

Eulenspiegel hat ein neues Pferd und gedenkt, mit dem Herzog noch einmal ein ähnliches Spielchen durchzuproben, mit dem er beim 1. Male Erfolg hatte. Aber diesmal hat sich Till verrechnet, jedenfalls teilweise. Der Herzog lacht nicht mehr über ihn (im Gegensatz zu H 25), sondern läßt ihn barsch abfahren und sagt ihm unzweideutig: Beim nächsten Male hängst du, und zwar – wie er mit scharfem Sarkasmus hinzufügt – »mit Pferd und Karren«. Eulenspiegel verschwindet schleunigst – und kommt wohlweislich nicht wieder. Sein »Erdreich« läßt er vor der Brücke in Celle liegen.

»Nach dem Schluß der Erzählung«, schreibt Lappenberg (S. 243), »sollte man zu Celle eine Tradition über Eulenspiegels Erdreich suchen«. Doch scheint sie sich nach Lüneburg, dem 2. Hauptsitz des Fürstentums, verschoben zu haben. J. C. Sachse, von Goethe als »Deutscher Gil Blas« bezeichnet, berichtet 1822 (S. 137) von einem Eulenspiegelstein in der Nähe Lüneburgs, der dort (wohl im Zusammenhang mit H 26) gestanden haben muß.

27. Historie

Das Grundmotiv dieser Geschichte, das die Fragwürdigkeit allen menschlichen Erkennens zum Gegenstand hat und darum voll »tieferer Bedeutung« ist, ist sehr alt und taucht in der Weltliteratur immer wieder auf (vgl. z. B. Andersens Märchen »Des Kaisers neue Kleider«; vgl. auch Kadlec S. 17 ff.).

Till ist in seiner Heimat, im »Lande Sachsen«, bereits so bekannt, berühmt und berüchtigt, daß er sich dort mit seinen Streichen nicht mehr ernähren kann. Er weicht also ins benachbarte Hessen aus. Aber auch dort kennt man ihn anscheinend schon. Denn der Landgraf (dessen »Ahnenreihe« frei erfunden ist, vgl. Lindow Fn. 13) verbietet ihm am Schluß sein Land und gesteht resigniert (ähnlich wie der »Doktor« in H 17 (15)): »Mit Eulenspiegel habe ich mich nie befassen wollen usw.« Dabei bleibt unklar, woher der Landgraf überhaupt wußte, daß es Eulenspiegel war, der ihn betrogen hatte. Es hätte nahegelegen, daß Till hier die Eule und den Spiegel an die Wand gemalt und darunter sein »Hic fuit« (»Er ist hier gewesen«) geschrieben hätte – aber davon hören wir erst in H 41 (40). Der Landgraf, ein Freund der »Alchimie«, gesteht sich als letzter den Betrug ein. Noch kurz vor der Aufklärung des Schwindels erhofft er sich einen Vorteil von dem »magischen« Bild: Er will mit dessen Hilfe einige Lehen seiner Ritterschaft einziehen! Um so mehr gönnen wir ihm den Reinfall.

Seine Gehilfen schickt Eulenspiegel fürsorglich rechtzeitig fort, bevor seine Täuschung entdeckt wird.

In Flandern, wo Till seine »Malproben« gekauft hatte, stand zur Zeit Botes die Malerei in hoher Blüte. Damals lebten z. B. die Maler Memling, Bosch, van Leyden.

28. Historie

Hermann Bote gibt hier eine glänzende Satire gegen die letztlich sinnlose Disputationssucht auf den mittelalterlichen Universitäten. Der Rektor bemüht sich, Eulenspiegel möglichst »schwere« Fragen zu stellen. Aber je spekulativer, spitzfindiger und angeblich tiefsinniger die Fragen in scholastischer Manier (»Wie viele Engel haben Platz auf einer Nadelspitze?«) gestellt werden, desto leichter sind sie für eine mit natürlichem Mutterwitz und gesundem Menschenverstand ausgestattete Person zu beantworten und gleichzeitig lächerlich zu machen. Der Dichter beschreibt in eindrucksvollen Worten, die sehr bewußt als künstlerisches Ausdrucksmittel eingesetzt werden (viele aus dem Lateinischen stammende Fremdwörter; gehäufte Verwendung zweigliedriger Ausdrücke), die gestelzte Feierlichkeit des damaligen Universitätsbetriebes. Bezeichnend ist auch, daß Eulen-

286

spiegel »aus Angst vor randalierenden Studenten« (so Lindow Fn. 17) nicht *allein* vor der Universität erscheint, sondern seinen Wirt, andere Bürger und »etliche gute Gesellen« mitbringt. Nach seinem gelungenen Auftritt befürchtet Till, »sie würden ihm etwas zu trinken geben«, und schnell verläßt er Prag.

Das Motiv der Erzählung (»Der kluge Rätsellöser«) war schon zu Botes Zeiten altbekannt und weitverbreitet (Näheres bei Kadlec S. 23 ff.).

Die Universität Prag war 1348 von Kaiser Karl IV. als 1. deutsche Hochschule gegründet worden (vorher gab es Universitäten in Italien, Frankreich, Spanien und England).

John Wiclif (1328-1384), Theologieprofessor in Oxford, war der bedeutendste Vorläufer der Reformation. Auf seine Lehre stützte sich der tschechische Reformator Johannes Hus (um 1369-1415), der zeitweilig Rektor der Prager Universität war.

29. Historie

Auch der Stoff dieser 2. Universitäts-Geschichte kehrt in seinem Grundmotiv häufig in der Weltliteratur wieder (Näheres bei Kadlec S. 30 ff.). Der Universitätsbetrieb in Erfurt (Universitätsstadt von 1392-1816) wird hier zwar sehr viel schlichter als der in Prag geschildert. Die Satire gegen die hochgestochenen Professoren ist jedoch unverkennbar: Sie erkennen vor lauter Büchergelehrsamkeit nicht einmal die natürlichen Laute eines Esels. Obwohl die Erfurter Gelehrten von Eulenspiegels »Sieg« in Prag gehört haben, benehmen sie sich bei der Aufgabenstellung in ähnlich törichter Weise wie ihre Kollegen in Prag.

Die ironischen Ausfälle gegen die Erfurter: »Es gibt viele Esel in Erfurt usw.« (und am Schluß der H) mögen auf persönliche Erfahrungen Botes zurückzuführen sein. Konkrete Anhaltspunkte dafür gibt es freilich nicht, aber ein Besuch Botes in Erfurt liegt durchaus im Bereich des Möglichen. Dafür würde auch die Erwähnung der Herberge »Zum Turm« (mit ihrem »seltsamen Wirt«) sprechen (vgl. Lappenberg S. 246; Kadlec S. 40 f. und 115; Lindow Fn. 11; Wiswe Bd. 52/1971 S. 20 Fn. 174).

30. Historie

Im 1. Teil der Geschichte hält die Wirtin in Nienstedt (12 km

südöstlich von Sangerhausen) Eulenspiegel für einen Handwerksgesellen. Aber Till bestreitet ausdrücklich diese Meinung
(über Eulenspiegel als Handwerksgeselle vgl. Anm. zu H 40
(39)): er sei vielmehr ein »Wahrheits-Sager«. Und als die Wirtin
antwortet, solchen Gästen sei sie besonders günstig gesonnen,
stellt Eulenspiegel sie und ihre Eitelkeit sogleich auf die Probe,
indem er ihr Schielen erwähnt. Prompt beklagt sich die Wirtin,
und erst als Till darauf verweist, daß er ja von Berufs wegen
nichts verschweigen dürfe, läßt sie sich versöhnen und lacht
schließlich sogar. Lappenberg (S. 246) meint, H 30 widerlege
das Sprichwort »Wer die Wahrheit sagt, verzichte nur auf die
Herberge« (über die »Widerlegung« eines anderes Sprichworts
vgl. H 18). – Der 2. Teil dreht sich um das »Pelzewaschen«.
Die Redensart »Jemandem den Pelz waschen« bedeutet nach
Lappenberg S. 247: jemandem bittere Wahrheiten sagen (ähnlich Röhrich, Pelz). Hier sieht Lappenberg den Zusammenhang
der beiden Teile der Geschichte. Ähnlich betrachtet Lindow
(Fn. 10) die Grundlage des Schwankes. Kennzeichnend für den
Zusammenhang ist, daß Eulenspiegel auch im 2. Teil auf die
Eitelkeit der Frauen spekuliert. Zum Sagen von »Wahrheiten«
vgl. auch H 42(41).
Nach dem Aufsatz von Honegger, Todsünden, begegnet Eulenspiegel in den H 30-36 den sieben Todsünden in der Reihenfolge Superbia (Hochmut, Stolz), Luxuria (Wollust, Unkeusch-
heit), Ira (Zorn), Gula (Völlerei, Unmäßigkeit), Acedia (Träg-
heit), Avaritia (Habsucht), Invidia (Neid). Im einzelnen muß
hier auf den höchst anregenden Aufsatz Honeggers verwiesen
werden, der zu den H 30–36 viel Wissenswertes bringt (zur
Kritik an dem Aufsatz vgl. Virmond S. 250 f.).

31. Historie

Bote bringt hier wieder eine scharfe Satire, diesmal gegen den
Reliquienschwindel (ein damals beliebtes Motiv), daneben gegen die geldgierigen und schlecht ausgebildeten Geistlichen
(vgl. auch Anm. zu H 22 (63)). Der Ausfall gegen die Priester in
Pommern zu Anfang des 2. Absatzes dürfte hier (anders als bei
den Seitenhieben gegen die Erfurter, vgl. Anm. zu H 29) zur
besseren Motivierung des Streiches dienen. Im Stil Botes zeigen

sich hier Anklänge an die Kirchensprache (Steiner, Exegese
S. 266). Der weitbekannte Eulenspiegel muß sich gelegentlich
verkleiden, um nicht erkannt zu werden oder um ein Schelmen-
stück durchführen zu können. Außer in H 31 bedient sich Till
des Hilfsmittels der Verkleidung noch in 5 weiteren H, nämlich
in H 17 (15), 20 (88), 51 (53), 82 (83), 88 (71, 2. Teil).
Der heilige Brandanus, ein irischer Abt, lebte im 6. Jh. Er ist der
Patron der Seefahrer. Die Legende von seinen neunjährigen
abenteuerlichen Irrfahrten auf der Suche nach der Insel der
Seligen entstand als mittelfränkisches Gedicht um 1150. Sie
wurde zu einem beliebten Volksbuch des Mittelalters. Näheres
bei Podleiszek, Schreiber und Dahlberg; vgl. auch Lindow, Gewohnheit S. 26.

32. Historie

Eigentlich wollte Eulenspiegel in Nürnberg sein in H 31 gewon-
nenes Geld in Ruhe verzehren. Aber nach einer gewissen Zeit,
als er alle »Verhältnisse« gesehen hatte, wird es dem unruhigen
Geist offenbar zu langweilig. Bote verleiht ihm hier einen cha-
rakteristischen Zug, der sich später noch öfter auswirkt: Till
»konnte von seiner Natur nicht lassen«, er »mußte eine Schalkheit tun«. Er wird also von innen getrieben, er kann nicht anders handeln. Dieser »innere Drang zur Schalkheit« kommt
(neben einigen Kindheitsgeschichten) besonders in folgenden
38 H als Motivation Eulenspiegels zum Ausdruck: 39 (16), 40
(39), 43, 45 (47), 46 (48), 48 (50)-55 (57), 57 (59)-62 (20), 64
(66), 67 (69)-70 (73), 73 (74), 77 (78), 78 (79), 80 (81)-83 (84),
87/88 (71), 90 (89)-94 (93). Vgl. auch Könneker S. 268.
Der Nürnberger Streich ist grob. Die Körperschäden der Stadtwächter sind beträchtlich, die Spottworte, die Till ihnen zuruft,
treffen empfindlich.
Bote kennt Nürnberg beachtlich gut (Walther S. 61 meint »aus
eigener Anschauung«, da die Ortsangaben dieser H genau mit
dem übereinstimmen, was wir von der damaligen Beschaffen-
heit Nürnbergs wissen). Der Saumarkt hieß später Trödelmarkt
und bildete noch am Ende des vorigen Jahrhunderts »ein Ge-
wirr von Gäßchen, Brücken und Ecken, wo . . . allerlei kleine
Gegenstände des täglichen Gebrauchs feilgehalten« wurden
(Bobertag S. 60; vgl. auch Wiswe Bd. 52/1971 S. 20 Fn. 174).

33. Historie

Bamberg war im Mittelalter für gute Kost bekannt, wie Lappenberg (S. 248) mit dem Sprichwort aus Agricola (Nr. 345) beweist: Wenn Nürnberg mein wäre, wollte ichs zu Bamberg verzehren.

Der gelungene Schwank beruht auf der Doppeldeutigkeit des Ausdrucks »um Geld essen«. Eulenspiegel hatte sich auf seinen Streich anscheinend vorbereitet. Während er sich in den meisten ähnlichen Fällen den Doppelsinn eines unbedachten Wortes seines Gegenspielers zunutze macht, bereitet er hier das Wortspiel selbst vor. Denn er gebraucht den mehrdeutigen Ausdruck zuerst: »Es dient mir wohl, um Geld zu essen.« Die Wirtin ist allerdings unklug genug, das Wort aufzunehmen. Über Eulenspiegels »seltsame Kleidung« vgl. Anm. zu H 11 (64, 1. Teil).

34. Historie

Eulenspiegel, der berufslose Bauernsohn, der sich als Landfahrer mit »Gaukelspiel« u. ä. durchs Leben schlägt, und der Papst, das Oberhaupt der Kirche! Die Gegensätze in der Rangstellung können nicht größer sein (über Botes Einstellung zur Kirche vgl. Anm. zu H 13 (11)). Und doch erreicht Till sein Ziel: Er spricht mit dem Papst, verschafft seiner Wirtin die gewünschte Unterredung und gewinnt die große Summe von 100 Dukaten. Nebenbei teilt Bote einige spöttische Seitenhiebe gegen Rom aus. Das beginnt bereits mit dem 1. Satz: Eulenspiegel war mit Schalkheit »geweiht« – die Großen in Rom mit den hohen und höchsten Weihen der Kirche versehen. Das »alte Sprichwort« (im 2. Satz) wird in der zeitgenössischen Literatur häufig genannt (vgl. Lindow Fn. 3; Agricola Nr. 719). Ähnliche Sprichwörter sind: »Je näher Rom, je bösere Christen« und: »Wer nach Rom zieht, der sucht einen Schalk, beim 2. Male findet er ihn, beim 3. Male bringt er ihn mit sich« (Pannier S. 67).

Beim Gespräch mit dem Papst spielt Eulenspiegel den Einfältigen und beschwindelt ihn, indem er sich als großen Sünder bezeichnet usw., obwohl er bei dieser geheuchelten Demut nur an seine Wette denkt. Der Schluß der H stellt ironisch fest, daß Till durch die Romfahrt »nicht viel gebessert« wurde (vgl. auch H 83 (84)).

Daß die Anreden Eulenspiegels an den Papst (»Allergnädigster
Vater«; »Knecht aller Knechte« – Übersetzung des dem Papst
u. a. zustehenden lateinischen Titels »servus servorum«,
vgl. 1. Mose 9, 25 und Grimm, Knecht Sp. 1393 –) höhnisch
gemeint sind (so Lappenberg S. 249; Kadlec S. 128; Roloff
S. 241; Lindow Fn. 15), bezweifele ich. Eulenspiegel bedient
sich beim Umgang mit »Großen Herren« auch sonst der damals
in solchen Fällen angebrachten und gebräuchlichen Anreden
(vgl. z. B. H 22 (63), 25-27). Ich vermag auch in H 34 keine
»blutige Satire« (Kadlec S. 187; Roloff S. 140) zu sehen (im
Ergebnis ebenso Mackensen, GRM S. 264). Handlungen und
Reden des Papstes erscheinen der Sachlage durchaus angemessen, vernünftig und maßvoll. Der Papst gibt sich klugerweise
auch mit Tills Erklärung, warum er dem Altar den Rücken
gekehrt habe, zufrieden und entläßt ihn beinahe freundlich.
Ferner glaube ich nicht an eine »höhnische Verwechslung« (so
Lindow Fn. 8) des Wortes »Lateranem« mit »Latronem« =
lateinisch Räuber (vgl. den Anfang des 3. Absatzes von H 34).
S 1515 bringt zwar »in der Capellen . . . Latronen«. S 1519
bietet aber »in der capellen . . . lateran«. »Latronen« in S 1515
halte ich deshalb für einen Druckfehler, nicht für eine beabsichtigte Verdrehung. – Die Basilica St. Johannis im Lateran war
eine der 7 Hauptkirchen Roms, vgl. Näheres bei Walther S. 62.
Auffällig ist, daß Eulenspiegel hier (einmalig im Volksbuch)
zweimal als »schöner Mann« bezeichnet wird. Vgl. darüber
Näheres bei Honegger, Todsünden S. 24 ff.

35. Historie
Die Geschichte ist unappetitlich. Sie ist jedoch geschickt aufgebaut und humorvoll erzählt. Man achte etwa auf folgende
Züge: Eulenspiegel, auf dem Markt umhergehend, stellt selbst-
ironische Betrachtungen an. Während der schlaflosen Nacht
fällt ihm, angestachelt durch einen Floh, seine »Ware« von
selbst zu. Listig fährt Till die Käufer grob an und reizt ihr
Begehren dadurch nur um so mehr. Sarkastisch nennt er seine
eigene Ware »Dreck«!
Nach dem Verkauf der Beere tritt Eulenspiegel in den Hintergrund und überläßt der betrogenen Judenschaft das Feld, »bis
sie das Holz erkannten, auf dem die Beere gewachsen war«.

Die Erzählung ist eine Satire gegen den Wunder- und Aberglauben der Zeit, wobei gleichzeitig die im Mittelalter weit verbreitete Abneigung gegen die Juden zum Ausdruck kommt. Im übrigen aber ist bei Bote von einer antisemitischen Tendenz nichts zu spüren. H 35 ist die einzige, in der Juden auftreten. Natürlich werden sie von Till hereingelegt. Aber das geschieht anderen Menschengruppen (etwa Handwerkern, Geistlichen oder Bauern) weitaus häufiger.

Ort des 1. Teils dieser H ist der Markt, ein von Eulenspiegel oft gewählter Schauplatz der Handlung, vgl. H 16 (14), 18, 20 (88), 36, 47 (49), 62 (20)-64 (66), 66 (68), 68 (70), 72 (87), 73 (74).

Die Frankfurter Messe hatte schon im 14. Jh. europäische Bedeutung, blühte aber besonders im 16. Jh. auf (vgl. Lindow Fn. 3). Virmond S. 175 ff. hat nachgewiesen, daß Bote für H 35 eine Vorlage von Hans Folz benutzt hat.

36. Historie

Diese H beginnt mit einer ironischen Wendung über die Klugheit der Landleute einst und jetzt. Die Geschichte ist eine prächtige Satire auf einfältige Bauersfrauen, die sich selbst für besonders gewitzt und tatkräftig halten. Da es mit Eulenspiegels Geld (vgl. seinen Gewinn in H 35!) nach dem Sprichwort »Wie gewonnen, so zerronnen« geht, erfindet der vielgewandte Schalk eine geistvolle List, die auf die Mentalität der Bauersfrau genau abgestimmt ist. Köstlich sind die scheinbar ernsthaften Ermahnungen, die Till der Frau vor seinem Entschwinden mitgibt: »Frau, Ihr seid kleingläubig usw.«

37. Historie

In dieser H begegnen wir, scharf ausgeprägt, einem Charakterzug Eulenspiegels wieder, der sich bisher nur in 2 Kindheitsgeschichten (H 4 und 8) und (in abgeschwächter Form) in H 21(22) zeigte: seinem Vergeltungsdrang. Till findet sich niemals mit Geringschätzung, Zurücksetzung, Ungerechtigkeit, schlechter Behandlung u. ä. ab. Schon gegen Ironie und Spott ist er hochgradig empfindlich. Stets holt er in solchen Fällen zum Gegenschlag aus und trifft seinen Widersacher meist schwerer, als er selbst getroffen wurde, man vgl. z. B. H 40 (39), 41 (40), 47 (49), 49 (51), 54 (56), 59 (61), 61 (19), 64 (66), 71 (45), 76

(77), 78 (79), 81 (82)–85 (86); vgl. auch Krause-Akidil S. 22. In H 37 ist seine Rache derb. Die Mittel, derer er sich bedient, sind grob (vgl. aber auch Anm. zu H 10).

Freilich hatte ihm der feinschmeckerische Pfarrer zuerst ein Unrecht getan: er aß die gute Wurst auf und ließ ihm Kohl mit Speck vorsetzen. Eulenspiegels Reaktion darauf ist typisch: er schweigt (und wiegt damit seinen Gegner in Sicherheit), aber er vergißt nicht. Auch den wohlgemeinten Wiedergutmachungsvorschlag des Pfarrers, beim nächsten Besuch 2 Würste mitzubringen usw., nimmt er innerlich nicht an. Er sagt nur vieldeutig: »Ich werde Eurer wohl gedenken usw.« Später antwortet er gelassen, treffend und offenbar eindrucksvoll auf den Zornausbruch des Pfarrers, der ihn sogar schlagen will: »Das steht einem frommen Mann nicht wohl an usw.«

Über Tills Beliebtheit bei Pfarrern allgemein vgl. Anm. zu H 13 (11).

Unklar bleibt, warum Bote im 2. Teil der Erzählung einmal ganz kurz (nur in einem Satz) einen Mann einführt, der das Gespräch zwischen dem Pfarrer und der Köchin teilweise mithört.

38. Historie

Eulenspiegel hat hier wieder einmal (vgl. Anm. zu H 16 (14)) einen Auftraggeber, nämlich den Herzog von Braunschweig, dem er sich freilich selbst anbietet. Auffällig ist von neuem die gute Bekanntschaft Tills mit dem Pfarrer, bei dem er »willkommen« ist und bei dem er häufig zu Gast gewesen sein muß (vgl. auch Anm. zu H 13 (11)).

Bote geißelt satirisch eine ganze Anzahl menschlicher Schwächen des Pfarrers: Bruch des Zölibats (dies freilich sieht Bote recht unbefangen als nahezu selbstverständlich mit der »gar schönen Köchin« an); Besitzstreben (über das Bedürfnis eines Pfarrers weit hinausgehende Pferdeliebhaberei); Neugierde; Eifersucht; körperliche Züchtigung der Köchin; Bruch des Beichtgeheimnisses, das schwere Kirchenstrafen nach sich zog (vgl. Lappenberg S. 253).

H 38 ist eine der ganz wenigen Geschichten, in denen sexuelle Dinge im Volksbuch eine gewisse Rolle spielen (vgl. noch H 42 (41), 65 (67), 92 (91)), jedoch ohne Beigeschmack des Schlüpfrigen oder gar Zotigen.

Die Asseburg (heute Ruine, etwa 3½ km ostsüdöstlich von Wolfenbüttel; Näheres bei Tillmann), Schloß und Gerichtssitz (in dessen Bezirk Kissenbrück, rd. 4 km südöstlich von Wolfenbüttel, lag), war vor 1354 vom Herzog von Braunschweig an die Stadt Braunschweig verpfändet worden. Deshalb hatte der Herzog keine Gerichtsbarkeit über den Pfarrer von Kissenbrück (der kirchlich dem Bischof von Halberstadt unterstand; Näheres bei Lappenberg S. 252 f.).

Am Schloß von Wolfenbüttel befindet sich seit 1967 eine Eulenspiegel-Plakette von Erich Schmidtbochum, vgl. Eul.-Jb. 1968, 50 und 1969, 29.

39. (16.) Historie

Eulenspiegel kann hier wieder einmal seinen Hang zu Wortspielen nicht unterdrücken. Er nutzt den Doppelsinn von »zu Stuhl gehen« in »anrüchiger« Weise aus. Ganz wohl ist ihm offenbar nicht dabei, denn als die ihm gut bekannte und freundliche Wirtin ihn bittet, sie die »Kunst« zu lehren, weicht er aus und reitet bald davon.

Der angehängte Schluß hat keinen Zusammenhang mit dem vorausgehenden Inhalt der H. Anscheinend haben lediglich die geographischen Verhältnisse Bote bewogen, das kurze Wortspiel hier anzubringen.

40. (39.) Historie

Erst in dieser H tritt Eulenspiegel in die Dienste eines Handwerkers. Schon das beweist, daß die oft aufgestellte Behauptung, das Volksbuch beschäftige sich vornehmlich mit Foppereien von Handwerkern und stelle die »Rache« des Bauernsohnes an den Städtern dar, nicht richtig ist. Das Volksbuch enthält jedoch immerhin 27 Handwerkerhistorien (= 28% aller H). Diese verhältnismäßig große Zahl ist sicherlich nicht zufällig. Die Abneigung Botes gegen die Handwerkergilden und -zünfte wurde bereits erwähnt (S. 10). Er beleuchtet im Volksbuch den Handwerkerstand besonders eingehend und deckt dessen Schwächen mit den Mitteln der Satire schonungslos auf.

Unter Handwerkerhistorien werden hier solche Geschichten verstanden, die in Handwerkerkreisen spielen. Bote, der aus einer Handwerkerfamilie stammte und vermutlich u. a. deshalb gute Kenntnisse über das Handwerk hatte, führt uns 15 verschiedene Handwerkerberufe vor (mitgezählt sind hier Pfeifendreher, Bader und Barbier, bei denen es zweifelhaft sein kann, ob sie unter die Handwerker zu rechnen sind, da sie – jedenfalls vor Botes Lebzeiten – zu den »unehrlichen Leuten« gerechnet wurden, vgl. Danckert S. 64 ff., 88 ff., 214 ff.). In den Handwerkerschwänken übertrumpft Eulenspiegel – von einigen Ausnahmen abgesehen – regelmäßig einen Handwerksmeister.

Eine durchgehende Reihe von 15 Handwerkerschwänken bilden H 40 (39) bis H 54 (56). Nach den beiden Lübecker Historien (H 55 (57) und 56 (58), die keine Handwerkerschwänke sind), folgt dann eine weitere Reihe von 6 Handwerkergeschichten (H 57 (59)-62 (20)). Die restlichen 6 Handwerkerhistorien sind H 6, 64 (66), 67 (69), 71 (45), 73 (74) und 74 (44). Als Handwerksgeselle tritt Eulenspiegel in 15 H auf, er beherrscht dabei (mehr oder weniger gut) die Fertigkeiten von 10 Handwerksberufen, nämlich (nach dem Alphabet): Bäcker, Barbier, Bierbrauer, Gerber, Kürschner, Schmied, Schneider, Schreiner, Schuhmacher, Wollweber. Das ist einigermaßen erstaunlich, da sich Till in H 3 und 5 beharrlich geweigert hat, ein Handwerk zu erlernen.

Bei den Handwerkerschwänken kehrt das Grundmotiv, daß Eulenspiegel durch wörtliche Ausführung eines Befehls dem Meister das Arbeitsmaterial verdirbt oder ihm sonst einen Schaden zufügt, häufig wieder. Bote führt es aber in den einzelnen Geschichten so abwechslungsreich durch, daß sie nicht langweilig werden (vgl. auch Bodensohn Bd. 1 S. 116 f.). Über Wortwitze allgemein vgl. Anm. zu H 11(64, 1. Teil).

Die vorliegende H weist 3 inhaltlich selbständige Teile auf: im 1. Teil führt Eulenspiegel eine Redensart des Meisters wörtlich aus, obwohl der Schmied (was Till wußte) es nicht so meinte. Der Meister ist verärgert, weil er das zugeben muß. Er sinnt auf Vergeltung und kommt auf den s. E. klugen Gedanken, seine Gesellen nachts arbeiten zu lassen, weil dies »seine Weise« sei usw. Damit beginnt der 2. Teil der Geschichte. Natürlich kommt der Meister mit seinem Einfall bei dem ihm geistig überlegenen Eulenspiegel nicht weit. Till holt elegant zum Gegenschlag aus und führt die »Weise« des Schmiedes durch seine eigene »Weise« ad absurdum. Sie soll dem Meister zeigen, daß seine Anordnung (5 bzw. 8 Nachtschichten) sinnlos und ungerecht ist. Das führt zu einer Zornreaktion des Meisters, die Till wiederum geschickt ausnützt (3. Teil, Ausstieg aus dem Dach). Unklar bleibt, woher der andere Schmiedegeselle am Schluß der Erzählung weiß, daß Eulenspiegel im Hause war. Man wird annehmen können, daß Till es ihm vor seinem »Ausstieg« gesagt hat.

41. (40.) Historie

Eulenspiegel bleibt (im Anschluß an H 40 (39)) in der Gegend von Rostock und wandert durch den kalten Winter, vielleicht in Richtung Wismar (wo er in der nächsten H auftaucht) »in ein Dorf«. Er erhält nach erheblichen Schwierigkeiten Arbeit wiederum bei einem Schmied. Bei den Verhandlungen über seine Einstellung begeht der hungrige Till einen Fehler, den er schon in Kürze zu bereuen hat. Er sagt nämlich dem Meister, daß er essen werde, was sonst niemand essen wolle. Mit dieser mehrdeutigen Redensart gibt er dem offenbar ganz gewitzten Schmied Gelegenheit, Eulenspiegel mit dessen eigenen Waffen zu schlagen (obwohl der Schmied Till nicht kennt). Der Meister nimmt Eulenspiegel beim Wort. Till, vor dem Abtritt stehend, ist selbstkritisch genug um einzusehen: Solches und Schlimmeres habe ich vielen Leuten angetan.

Im 1. Teil der Geschichte ist also Eulenspiegel wieder einmal zunächst der Übertrumpfte (vgl. H 3, 7, 18, 37). Auch in späteren H erleidet Till bisweilen zuerst eine Niederlage, im Gegenzug bleibt er aber regelmäßig Sieger, vgl. H 47 (49), 64 (66), 71 (45), 78 (79), 85 (86), 91 (90). Nur in H 65 (67) verliert Eulenspiegel gegen eine alte Bäuerin endgültig die Partie.

Die höhnische Tat des Schmiedes, ihn vor den Abtritt zu führen, ärgert Eulenspiegel maßlos (vgl. Anm. zu H 37). Äußerlich bleibt er gelassen und »schweigt still«, innerlich aber zittert er förmlich vor Vergeltungsdrang (dreimal kurz hintereinander betont Bote, daß Till ständig an seine Rache denke). Seine guten Vorsätze (»Leide, was du leiden kannst«) sind wie weggeblasen.

Die Vergeltung fällt dann freilich milder aus, als nach Eulenspiegels Gemütsverfassung zu erwarten war: Schäden am Handwerkszeug und am Material des Schmiedes. Aber Till bleibt am Ende des 2. Teils »Sieger im Wörtlichnehmen«, und das ist für ihn wohl die Hauptsache.

Nicht immer freilich ist der Schaden, den Eulenspiegel anrichtet, so harmlos wie hier. Oft trifft er Tills Gegenspieler sehr empfindlich, vgl. H 8, 30-32, 36, 38, 43, 44 (46), 51 (53), 52 (54), 54 (56), 57 (59), 66 (68), 68 (70), 71 (45), 73 (74), 89 (17).

Der 3. Teil der Geschichte ist einmalig im Volksbuch: Eulenspiegel malt sein »Wappen« über die Tür mit dem »Hic fuit« (vgl. auch Fn. 3 zum Text von H 76 (77) und H 96 (95) sowie den am Schluß der Erstdrucke befindlichen Holzschnitt (Schlußvignette), der eine Eule zeigt, die einen Spiegel in den Krallen hält, abgebildet S. 249. Beides verstehen weder Schmied noch Magd, und erst der Pfarrer löst das Rätsel. Bezeichnend ist wieder, daß der Pfarrer bereits viel von Eulenspiegel gehört hat und er ihn gern kennengelernt hätte (vgl. auch Anm. zu H 13 (11)). Auch in der folgenden H 42 (41) ist der »berühmte« Eulenspiegel ein gesuchter Gesprächspartner.

42. (41.) Historie

Eulenspiegel ist von Rostock nach Wismar gezogen, wo er im Gegensatz zu H 40 (39) und 41 (40) beritten erscheint und die Reihe seiner Erlebnisse mit Schmieden abschließt. Beachtenswert ist hier die bedeutende Rolle, die Frauen (vor allem die Frau des Schmiedes) spielen. Kennzeichnend dafür ist der Anfang der H: Till sieht bei seiner Ankunft in Wismar vor der Schmiede die »hübsche Frau« des Schmiedes samt ihrer Magd stehen. Daraufhin beschließt er, in der der Schmiede gegenüber liegenden Herberge einzukehren. Er muß sich also seiner Anziehungskraft auf Frauen (die auch sonst gelegentlich zu beobachten ist, vgl. Anm. zu H 11) bewußt gewesen sein und wird in seinen Erwartungen nicht enttäuscht. Der Schmied und seine Hausangehörigen drängen sich danach, mit dem berühmten Eulenspiegel ins Gespräch zu kommen und erwarten von ihm augenscheinlich bedeutungsvolle »Wahrheiten« (auch in H 30 tritt Till als »Wahrheits«-Sager auf). Ihr erster Wunsch wird erfüllt. Eulenspiegel unterhält sich bereitwillig mit allen vier Personen. Der Ausspruch freilich, den Till dem Schmied auftischt, ist ein Gemeinplatz, der wegen seiner Oberflächlichkeit und Banalität schon fast wieder komisch wirkt (vgl. Lappen-

297

berg S. 254). Bei den Sprüchen, die Eulenspiegel dem Gesellen und den beiden Frauen sagt, liegt es wohl ein wenig anders. Lindow (Fn. 7) meint, der Sinn der an die Frau des Schmiedes gerichteten Worte sei: eine Frau, die allen Männern nachschaut, wird ihnen bei passender Gelegenheit auch folgen. Dann aber enthalten Eulenspiegels Worte in verdeckter Form eine Schmeichelei für die Frau (»Wenn du den Männern nachschaust, werden sie wünschen, daß du ihnen folgst«) und zugleich vielleicht eine Warnung, ihre Reize zu oft und zu sehr auszuspielen. Jedenfalls dürfte die Frau Eulenspiegels »Wahrheit« nicht ohne Vergnügen gehört haben. Ähnliches gilt für die Magd. Lindow (Fn. 8) hält Tills Spruch für eine »offensichtliche versteckte erotische Anspielung« (ähnlich Walther S. 46). Dasselbe gilt möglicherweise auch für den Spruch an den Gesellen (vgl. M. Haupt S. 266; Goedeke, Archiv S. 3; Laßberg, 3. Bd. S. 205). Erotische Anspielungen aber reizen meist zum Lachen oder werden jedenfalls nicht ungern gehört. Der Geselle und die beiden Frauen werden durch die »Wahrheiten« Eulenspiegels also wohl auf ihre Kosten gekommen sein.

Bote, in erotischen Dingen für seine Zeit außerordentlich zurückhaltend (Boccaccios Decamerone war bereits 1348/53 geschrieben worden; die von Botes Zeitgenossen Heinrich Bebel herausgegebenen und lateinisch geschriebenen »Facetien« bezeichnet Roloff S. 86 als »frivol, lasziv und obszön«; vgl. auch Virmond S. 135), deutet dies alles nur an (vgl. auch Anm. zu H 38 und 65 (67)). Seine Absicht, Eulenspiegel in dieser H eine gewisse Ausstrahlungskraft auf Frauen zuzuschreiben, ist m. E. dennoch unverkennbar.

Eine weitere Eigenart von H 42 (41) ist es, daß Till die ersten 3 »Wahrheiten« in Versen gibt. Möglicherweise war auch sein 4. Spruch ein Vers, der jedoch von dem Straßburger Bearbeiter (vgl. S. 11) zerstört wurde.

In Wismar besteht eine verhältnismäßig alte Eulenspiegel-Tradition auf Grund des sog. Eulenspiegelsteins in der Wismarer Marienkirche, in den eine Eule bzw. ein eulenähnlicher Mensch eingebrannt war. Der Stein stammte etwa aus dem Jahre 1353 (vgl. ausführlich Lappenberg S. 317 ff., der auch eine Abbildung bringt; Roloff S. 234 f., ebenfalls mit Abbildung; Krogmann, Nd. Ausg. S. 292 f.). Er ist leider im 2. Weltkrieg beim

298

Brand der Kirche vernichtet worden (mündliche Mitteilung des Fernsehregisseurs Friedel Zscharschuch, der im Jahre 1975 in Wismar war, um den Stein für seinen am 30. 9. 1975 gesendeten Fernsehfilm »Ein kurzweilig Film von Dil Ulenspiegel« aufzunehmen).

43. Historie

Den 3 Schmiedegeschichten folgt eine H, in der Eulenspiegel als Schuhmachergeselle auftritt (und zwar wieder in Wismar, wie sich aus H 44 (46) ergibt). Dreimal hintereinander prellt Till in diesem Schwank seinen Meister in gewohnter Weise. Nach dem 2. Streich Eulenspiegels in dieser H äußert der Meister die durchaus richtige Ansicht über Tills Handlungen: »Du tust nach den Worten, nicht nach der Meinung« (vgl. Anm. zu H 11 (64, 1. Teil)).

Doch schnell vergißt der Schuhmacher seine eigene Erkenntnis und gibt Eulenspiegel wieder einen Auftrag, der ihm – wörtlich ausgeführt – neuen Schaden bringt. Als der Meister Schadensersatz verlangt, verläßt Till kurzerhand das Haus – nicht ohne sich mit einer gewissen Eitelkeit zu verabschieden: »Ich bin hier gewesen« (wohl auch eine Anspielung auf den Schluß von H 41 (40)). Es bleibt offen, ob der Meister wußte, wer ihn mehrmals hereingelegt hatte. Möglicherweise erfuhr er es erst bei der nächsten Begegnung (H 44 (46)).

44. (46.) Historie

Man kann nicht umhin, Eulenspiegels Motive für diesen Streich ganz überwiegend als Bosheit, Schadenfreude und Gewinnsucht zu bezeichnen (vgl. auch Anm. zu H 20 (88)). Zugleich jedoch macht sich Bote über die kaum noch zu verstehende Dummheit des Meisters lustig: dreimal ist er von Till bereits geprellt worden (H 43), aber prompt fällt er ein 4. Mal auf ihn herein.

45. (47.) Historie

Auch in dieser Geschichte spielt Eulenspiegel keine rühmliche Rolle. Wir empfinden es als eine Roheit, daß er um eines Wortspieles willen den Hund »Hopf« anstelle des Hopfens siedet. Aber die Menschen des ausgehenden Mittelalters, für die Bote schrieb, fühlten anders (vgl. S. 19 und S. 263 ff.) und waren nicht so »empfindlich« wie wir. Einziges Motiv ist wieder ein-

299

mal Tills »innerer Drang zur Schalkheit« (vgl. Anm. zu H 32), dem er nicht wiederstehen kann. Er spricht das hier ganz unverblümt aus: »Was willst du nun diesem Brauer für eine Schalkheit antun?«

Über die Bedeutung Einbecks als Bierstadt, die dortige Eulenspiegel-Tradition und das dortige Eulenspiegel-Denkmal vgl. meinen Aufsatz im Eul.-Jb. 1962/63. Sonstige Literatur über die Eulenspiegel-Denkmäler in Anm. zu H 61 (19).

Über den Hundenamen Hopf und die damit zusammenhängenden Probleme der H 45 (47) vgl. Rosenfeld.

46. (48.) Historie

Wieder einmal führt Eulenspiegel Aufträge seines Meisters wörtlich aus und beruft sich darauf, der Schneider habe es ihn so geheißen (vgl. Anm. zu H 11 (64, 1. Teil)). Beim 3. Mal versucht der Meister eine schwache Entschuldigung seiner mehrdeutigen Anweisung: »Ich meinte das nicht so.« Aber Till fertigt ihn überlegen ab und enthüllt damit die Brüchigkeit dieser Argumentation auch für spätere Fälle: »Pflegt Ihr ein Ding anders zu nennen, als Ihr es meint?« Zugleich zeigt Eulenspiegel die Fragwürdigkeit und Unzulänglichkeit der Sprache des Schneiders auf – und wo die Sprache, das Ureigenste des Menschen, nicht (mehr) in Ordnung ist, kann auch der Mensch selbst nicht in Ordnung sein. Sprachkritik ist Menschenkritik. Wenn Till die Menschen »beim Wort nimmt«, zeigt er ihnen meist auch die Unsinnigkeit ihrer Verhaltensweise. Über weitere Sprachprobleme im Volksbuch vgl. z. B. Heinrich S. 92 ff. (= Eul.-Jb. 1975, 11 ff.); Sommerhalder S. 17 ff.; Meiners S. 132 f.; Bodensohn Bd. 3 S. 125, 229; Könneker S. 274 f.; Mackensen, Volksgut S. 70 f., der auf folgendes hinweist: im Volksbuch vom Eulenspiegel werde gezeigt, daß die Sprachgläubigkeit des Mittelalters zerbrochen sei. Daß Gott das Wort sei, rette den Menschen nicht mehr vor dem Fluch der Mißverständnisse. Till habe diese Tragik erkannt, erstrebe ihre Überwindung durch den Geist und versuche, durch sein Leben ihrer Herr zu werden: das sei Humor, den er uns als erster vorlebe. Vgl. ferner Bobertag Vorwort S. III; Knost S. 15 ff.; Steiner, Exegese S. 256; Brunkhorst-Hasenclever S. 2; Arendt S. 128 f.; Wunderlich, Gemüt und Anm. zu H 11 und 12 (64).

47. (49.) Historie

Nach mehreren Geschichten, in denen das »Wörtlichnehmen«
Eulenspiegels die Pointen abgibt, bietet Bote hier zur Abwechs-
lung Situationskomik, verbunden mit einer kräftigen Satire ge-
gen den Stand der Schneider, der schon im Mittelalter häufig
Anlaß zu ironischen Aussagen gegeben hat. »Kein Volk« ist an
Scherzen über die Schneider so reich wie das deutsche«, sagt
Lappenberg (S. 257).
Ort der Handlung ist Bernburg, was erst durch das Kleine Frag-
ment eindeutig geklärt werden konnte (vgl. Honegger S. 38).

48. (50.) Historie

Wiederum eine ganz andere Szenerie führt uns Bote in dieser
glänzenden Satire gegen einen ganzen Berufsstand vor – ein
ergötzlicher Schwank! Eulenspiegel tritt hier als berühmter Al-
lerweltskerl auf, der seinen Streich in großem Stile vorbereitet.
Wieder einmal (vgl. Anm. zu H 16 (14)) steht er einer großen
Menschenmenge gegenüber und muß sich mit ihr auseinander-
setzen – was ihm ohne Schwierigkeiten gelingt. Diese im Volksbuch angelegte Fähigkeit Tills haben sich spätere Bearbeiter des
Eulenspiegelstoffes häufig zunutze gemacht (vgl. z. B. Vershofen und Hauptmann).
Der Erfolg von Eulenspiegels »Sendschreiben« hing von der
Zugkraft seines Namens und von seinem Bekanntheitsgrad ab.
Ein wenig mißtrauisch scheinen die Schneider zunächst gewesen zu sein, denn sie schreiben sich gegenseitig, was ihre Meinung zu Tills Einladung sei. Aber alle sind der Ansicht, man
solle nach Rostock reisen. Als sie die ironischen Gemeinplätze
Eulenspiegels hören, werden sie ärgerlich, müssen aber sogar
noch die schnöden Sarkasmen Tills einstecken: wenn ihnen
seine Worte nicht zu Willen und Dank seien, so sollten sie sie
eben mit Unwillen und Undank aufnehmen. Die Schneider aus
Rostock aber lachen und lehren ihre Zunftgenossen die Wahrheit des alten Spruches: Wer den Schaden hat, braucht für den
Spott nicht zu sorgen.
Gemeinsame Zusammenkünfte und Beratungen einzelner
Zünfte, wie sie hier beschrieben werden, waren im Raum der
Hanse durchaus üblich. Die Hanse war in einzelne Quartiere
(Bezirke) eingeteilt, dessen bedeutendstes das wendische Quar-

tier unter der Leitung Lübecks war; ihm war das sächsische angegliedert. Beide Quartiere zusammen umfaßten etwa den östlich der Elbe liegenden Einflußbereich der Hanse. Die am Anfang unserer H aufgezählten Städte und Landschaften stellen nur eine Auswahl dar. Absprachen mehrerer Orte für solche Versammlungen (sie entsandten häufig nur einen Vertreter) sind zahlreich belegt (nach Lindow Fn. 1, 3, 7, 8; vgl. ferner Lindow, Gewohnheit S. 27).

49. (51.) Historie

Die Wollweber-Geschichte bringt nicht weniger als 5 Wortwitze in typischer Eulenspiegel-Art. Der 1. Streich beruht allerdings nicht auf der Doppeldeutigkeit eines Ausdrucks, sondern Till befolgt nur den Befehl des Meisters, die ganze Woche durchzuarbeiten. Der Wollweber vergißt, Eulenspiegel auf einen kirchlichen Feiertag hinzuweisen (Arbeit an Feiertagen wurde im Mittelalter schwer bestraft, vgl. Lindow Fn. 10), was Till sofort ausnutzt. Die Anlage dieses Schwankes ist auch insofern bemerkenswert, als Eulenspiegel hier nicht (wie sonst meist) den Auftrag in Abwesenheit des Meisters falsch ausführt. In der Abendunterhaltung lobt der Meister zunächst die Arbeit Eulenspiegels. Nur: er müsse die Wolle ein wenig »höher schlagen«. Wie Till diese Worte versteht und befolgt, ist klar ersichtlich (2. Streich). Was aber hat der Meister wirklich gemeint? Darüber habe ich in der reichhaltigen Eulenspiegel-Literatur nichts finden können. Eine briefliche Äußerung von Dr. Honegger, dem Verfasser des »Ulenspiegel« (1973), brachte folgende einleuchtende Erklärung: Die auf der Darre liegende Wolle wurde mit einem Stab, einer Rute oder mit einem Bogen geschlagen, um sie zu reinigen und gleichzeitig geschmeidiger und lockerer zu machen. Das Umgehen mit den Schlagwerkzeugen war offenbar nicht ganz einfach. Nur wenn der Schlag federnd geführt wurde, wurde die Wolle lockerer und damit »höher« (Näheres über die Wollzubereitung bei de la Platière, speziell über das Schlagen S. 28 f.). Nach Meinung des Meisters fehlte Eulenspiegel also noch der letzte »Dreh« oder »Pfiff« beim Schlagen.

Das 3. und 5. Wortspiel (beide sind recht derb) bedürfen keiner näheren Erklärung. Das 4. jedoch ist wieder nicht ohne weiteres

verständlich. »Scheiß in die Darre« bedeutet nach Lindow
(Fn. 19) einen (wohl nur bei Wollwebern üblichen) »starken
Fluch« (nach Grimm, Scheißen Sp. 2467 eine »derbe Verwünschung«), den Eulenspiegel wörtlich ausführt.
Bote hat wohl nicht ohne Absicht diesen Schwank nach Stendal
verlegt, eine Stadt, die in der Handelsgeschichte des Mittelalters
durch ihre Wollweberei und Tuchbereitung bekannt war (Lappenberg S. 257). Auch andere Handwerkerschwänke läßt Bote
nicht selten an Orten spielen, die wegen dieses Handwerks bekannt waren (Lappenberg S. 258 f.).
Über die Frage, ob auf dem Stendaler Roland eine Eulenspiegel-
Figur zu sehen ist, vgl. meinen Aufsatz in Eul.-Jb. 1960.

50. (52.) Historie

Bisher bewies Eulenspiegel bei den Meistern, die ihn beschäftig-
ten, daß er ihr Handwerk verstand (vgl. Anm. zu H 40 (39) ff.).
Beim Kürschner in Aschersleben (40 km südwestlich von Magdeburg) aber muß Till zugeben, daß er diesen Beruf nicht beherrscht (obwohl er gut nähen kann, wie der Meister am Schluß
der H bemerkt). Vor allem ist ihm der Geruch der Felle ausgesprochen lästig. Er versucht deshalb, »ein Übel durch ein anderes zu vertreiben« (ein bekanntes Sprichwort; vgl. Wander, Ue-
bel, und Lindow Fn. 8). Das sich daran anschließende Zwiege-
spräch zwischen dem Kürschner und Eulenspiegel ist durchaus
witzig und spaßhaft: Till verbreitet sich darin u. a. über die
physikalischen Eigenschaften eines Furzes. Man darf sich nur
nicht an dem Thema stoßen! Aber es gibt ja heute ganze Bücher
z. B. über »Götzens groben Gruß« (vgl. Müller-Jabusch und
Anm. zu H 10).
Der 1. Absatz der Erzählung (über die Winterszeit usw.) erinnert stark an den Anfang von H 41 (40). Die Schwankhandlung
selbst geht in H 51 (53) weiter (vgl. die Anm. dort). Aschersleben war im Mittelalter wegen seines Pelzhandels berühmt (Lappenberg S. 259). Die Erwähnung von Eulenspiegels Pferd ist
unklar, zumal am Schluß von H 51 (53) von einem Pferd nicht
die Rede ist (über Till als Reiter vgl. Anm. zu H 19 (21)).

51. (53.) Historie

Sie ist die unmittelbare Fortsetzung von H 50 (52) und gehört zu den schwächeren Erzählungen Botes. Das Wortspiel mit den »4 Nächten« ist bei näherem Zusehen eine gesuchte und ungenaue Wortklauberei. Mit Recht nennt daher der Kürschner Eulenspiegel einen Lügner: Till kann sich diesmal nicht darauf berufen, der Meister habe es ihn so geheißen. Falsch ist auch insoweit die Überschrift.

Erst der Schluß der H weist ein gewisses Maß von Spannung auf. Hier beweist Eulenspiegel einmal mehr seinen Einfallsreichtum und seine Fähigkeit zum blitzschnellen Erfassen der Lage: als Frau und Magd ihn an der engen Treppe aufhalten wollen, ruft er »heftiglichen« (wie die Frühdrucke schreiben): »Mein Meister hat das Bein gebrochen usw.«, womit ihm die Flucht gelingt.

52. (54.) Historie

Diese H bringt im wesentlichen nur eine Abwandlung von H 46 (48), die ebenfalls in Berlin spielt. Beide Male versteht Eulenspiegel absichtlich die Bedeutung des Wortes »Wolf« falsch.

Warum Bote am Beginn der Geschichte einen Ausfall gegen die Schwaben macht, ist nicht ersichtlich. Die Sätze ähneln seinem Angriff gegen die Priester in Pommern (H 31). Das zur Begründung der großen Nachfrage nach Wolfspelzen hier erwähnte Turnier erinnert an H 20 (88). Nach Lindow (Fn. 4) sind Turniere zur Winterszeit in Norddeutschland häufig belegt, Näheres bei Lindow, Gewohnheit S. 30 f.

53. (55.) Historie

Die hier erzählte Geschichte hat sich in Braunschweig auf dem Bohlweg im Jahre 1446 tatsächlich abgespielt. Der »Held« war ein städtischer Büchsenschütze namens Ernst Bock (vgl. Walther S. 52; Schröder S. 35 f.). Die Erzählung steht in ganz ähnlicher Form bereits im »Schichtbuch« Botes (vgl. Honegger S. 91, 127). Die Redensart »Eine Katze im Sack kaufen« (= etwas ungesehen, ungeprüft erwerben) dürfte auf den Eulenspiegelschwank zurückgehen (vgl. Röhrich, Katze). In der 1. Hälfte dieses ansprechenden Schwankes stehen Eulenspiegel als Verkäufer und ein Kürschner als Käufer im Vordergrund, in der 2. Hälfte der Kürschner und seine Zunftgenossen, deren Zusammenkunft anschaulich geschildert wird. Heiter wirkt die listig-einfache Überlegung Tills: der Kürschner in Berlin hat dir nichts für deine Arbeit gegeben usw. Besonders komisch ist die H auch dadurch, daß Eulenspiegel in der Kürschnerstadt Leipzig (Roloff S. 109) ausgerechnet den fellkundigen Kürschnern eine Katze für einen Hasen verkauft.

54. (56.) Historie

Zum 1. Male läßt Bote hier eine H in seiner Vaterstadt Braunschweig spielen (in Braunschweig begeht Eulenspiegel noch 2 weitere Streiche: H 61 (19) und H 71 (45)). Der Anfang der Geschichte mit der jahreszeitlichen Angabe des Winters und Tills Gedanke: »Du sollst es bei diesem Gerber aushalten usw.« erinnert an die Anfänge von H 41 (40) und H 50 (52). In keinem dieser Fälle führt jedoch Eulenspiegel seine Absicht, den Winter über beim Meister zu bleiben, aus: immer ergibt sich für ihn bereits nach einigen Tagen die Gelegenheit zu einem Streich, der er nicht widerstehen kann. Und dann muß er natürlich weiterwandern.

Eulenspiegels Ausnutzung der Worte des Gerbers über das Brennmaterial ist nach unseren Begriffen nicht sehr gelungen und läuft auf eine Wortklauberei hinaus, die kaum als witzig zu bezeichnen ist.

Tills Ruf, alles wörtlich auszuführen, »was man ihn heißt«, muß bis zum Gerbermeister gedrungen sein, denn er schließt aus den Handlungen seines Gesellen (mit Recht) auf die Person Eulenspiegels.

Lindow (Fn. 9) weist darauf hin, daß Vergehen solcher Art, wie sie Till hier (und in anderen H) begeht, im Mittelalter rechtlich schwer zu fassen waren. Näheres bei Lappenberg S. 259, der u. a. schreibt: »Daß alle diese Erzählungen von seinen Bübereien immer ohne Andeutung einer Bestrafung oder auch nur Rechtsverfolgung schließen, deutet darauf, daß die Zeit ihrer Entstehung an die Bestrafung solcher kleiner Vergehen noch nicht dachte und wohl gar ihre heimliche Freude an denselben hatte.« Vgl. auch Arendt S. 110 f.

Über die Frage, ob ein Standbild im Dom zu Braunschweig

305

früher eine Eulenspiegelfigur getragen hat, vgl. meinen Aufsatz
im Eul.-Jb. 1960.

55. (57.) Historie

Diese H (und die mit ihr zusammengehörende H 56 (58)) zählt
zu den besten und spannendsten Geschichten des Volksbuches.
Bote weist gleich am Anfang auf die Strenge des Lübecker
Stadtrechts hin (das seit 1226 aufgezeichnet wurde und Vorbild
für viele Städte im Ostseeraum geworden war; Näheres bei
Lappenberg S. 259 f. und Ebel S. 24 ff.), eine der Voraussetzun-
gen der beiden genannten H. Aber Eulenspiegels Vorsicht, nur
ja nicht mit diesem gefürchteten Recht in Konflikt zu kommen,
endet sofort, als er von dem Hochmut und dem Dünkel des
Weinzäpfers hört: (Da) »konnte er den Schalk nicht länger verbergen . . .«. Bewußt geht Till das hohe Risiko einer strengen
Bestrafung ein, um zu beweisen, daß er klüger und listiger als
der Weinzäpfer ist. Hier zeigt sich wieder einmal (vgl. Anm. zu
H 17 (15)) der ins Dämonische gesteigerte Drang Eulenspiegels, »Schalkheiten« zu begehen, wenn seine Umwelt ihn dazu
herausfordert: für einen guten Streich wagt er sein Leben. Und
er kann es sogar nicht lassen, den Weinzäpfer seine Überlegenheit fühlen zu lassen: nach dem gelungenen Betrug mit dem
Wein macht er ihn mit spöttischen Worten darauf aufmerksam!
Die Strafe folgt freilich auf dem Fuß (Anfang von H 56 (58)),
denn einfältig oder auch nur träge ist der Weinzäpfer keineswegs. Er ist in sein verhältnismäßig verantwortungsvolles Amt
als Verwalter des Ratsweinkellers (vgl. Lappenberg S. 260 und
Lindow Fn. 1) sicherlich nicht ohne entsprechende Eignung gekommen. Der Name Lambrecht (vgl. den Anfang von H 56
(58)) als Inhaber dieses Amtes ist in Lübeck nicht nachweisbar
(Lappenberg S. 260).

56. (58.) Historie

Diese und die vorhergehende H sind von besonderem kultur-
und rechtshistorischem Interesse. Bote hat sie in meisterhafter
Weise gestaltet. Mit knappen, aber anschaulichen Worten malt
er das Bild der alten Hansestadt Lübeck und gibt damit den
beiden Geschichten einen pomphaft-großzügigen Hintergrund,
gebildet von der ganzen Stadtbevölkerung. Die Aufregung in

der Stadt über die Gefangennahme Eulenspiegels und den Hereinfall des Weinzäpfers; die Empfindungen der Bürger für und gegen den Schalksnarren (»Aber der größte Teil gönnte ihm, daß er frei würde«); das harte Urteil: Tod durch den Galgen (vgl. dazu Lappenberg S. 260f. und Lindow Fn. 7); die Unruhe und der Volksauflauf am Richttage – all das wird mit wenigen Sätzen, aber sehr erregend und faßbar beschrieben. Eulenspiegels Verhalten überrascht die Zuschauer: er spricht während der Fahrt auf dem Armesünderkarren kein Wort und scheint zerknirscht und verzweifelt. Erst in letzter Minute, schon unter dem Galgen, tut er den Mund auf und äußert eine »letzte Bitte«. Geschickt versteht er es (er hat sich gedanklich sicher gut vorbereitet!), etwaige Bedenken seiner Richter vorweg zu zerstreuen, und sein Ruf als allbekannter Schalksnarr und Gaukler kommt ihm zugute: sogar ein Teil der Ratsherren wird neugierig, um was er wohl bitten werde. Als er die grundsätzliche Zustimmung des Rates erhalten hat, geht er keck einen Schritt weiter und sichert sich ab: Der Rat muß ihm die Erfüllung der Bitte mit »Hand und Mund« bekräftigen. Wie der Fortgang der Geschichte zeigt, tut er gut daran, denn als die Ratsherren ausspucken und von »unziemlicher Bitte« sprechen, kann er mit bereits wieder deutlichem Spott erwidern: »Ich halte den ehrbaren Rat von Lübeck für so redlich . . .«

Den Inhalt der Bitte Eulenspiegels hat Bote mit ziemlicher Sicherheit nicht selbst erfunden, sondern dem 1470 gedruckten lateinischen Buch »Mensa philosophica« entnommen (vgl. Kadlec S. 70f.). Honegger (S. 64f.) hat wahrscheinlich gemacht, daß der 1. Volksbuchdruck von 1510/11 noch eine »Steigerung« der Bitte enthielt, nämlich: nicht der Weinzäpfer und der Henker sollen Eulenspiegel küssen, sondern der gesamte Rat von Lübeck, und zwar der Bürgermeister zuerst und ihm folgend die Ratsherren (a. A. Rosenfeld, Muttersprache S. 10). Das 1975 aufgetauchte Große Fragment (vgl. S. 20 Fn. 2) wird die Frage vielleicht klären.

57. (59.) Historie

Bote und Eulenspiegel lieben die Abwechslung. Kaum dem Lübecker Galgen entronnen, finden wir Till in Helmstedt, wo er einen verhältnismäßig harmlosen Streich (wenngleich dem Ta-

schenmacher ein nicht unbeträchtlicher Sachschaden entsteht)
vollführt: er läßt sich mehrere Taschen anfertigen, eine immer
größer als die andere – große Taschen waren damals »mo-
dern«, wie uns das Volksbuch versichert. Aber Eulenspiegel
genügen sie alle nicht, und er zieht sich am Ende auf die Mehr-
deutigkeit des Wortes »groß« zurück: »Räumlich groß« und
»Großes Leben durch Reichtum führen, da in der Tasche stets
Geld ist« – ein nicht ganz leicht einsehbares Wortspiel, das der
Taschenmacher ganz bestimmt nicht ahnen oder verstehen
konnte. Über eine Eulenspiegel-Tradition in Helmstedt vgl.
Kahmann.

58. (60.) Historie

Auch dieser Streich ist vergleichsweise harmlos: der Schaden
des Metzgers besteht nur in seinem Braten. Eulenspiegel bestraft hier den Eigennutz und die Habgier eines Metzgers, der
seinen Mitbewerbern die Kunden wegzulocken pflegte.
Man beachte, wie gewiegt Till vorgeht: der Metzger fragt ihn
zunächst ganz passend, ob er etwas »kaufen« wolle. Erst Eulenspiegels Gegenfrage: »Was soll ich mit mir nehmen?« enthält
den Fallstrick, in dem sich der Metzger verfängt.

59. (61.) Historie

Der hereingefallene Metzger (H 58 (60)) möchte Eulenspiegel
seine Niederlage gern heimzahlen. Er empfängt ihn deshalb mit
Spottreden, als Till wieder einmal an den Fleischbänken vorbei-
kommt. Eine derartige Herausforderung nimmt Eulenspiegel
natürlich sofort an. Er schließt eine Art Wette mit dem Metzger
ab, und der törichte Mann läßt sich zum 2. Mal übertölpeln –
eine Satire auf die Dummheit!

60. (62.) Historie

Diese H bringt wieder einen typischen Wortwitz Eulenspiegels,
beruhend auf der Doppeldeutigkeit des Ausdrucks »in den
Leim bringen«. Bote ironisiert hier seinen Helden selbst (was
nicht häufig geschieht, vgl. etwa noch H 2 und 35), indem er
ihn als »braven Gesellen usw.« bezeichnet.
Daß sich im Eingangssatz Till »aus dem Lande Hessen« nach

Dresden begibt, wird ein Fehler des Setzers gewesen sein (richtig: Sachsen; vgl. Honegger S. 128 Fn. 336a; S. 137). Der Zusatz »vor dem Böhmerwald« deutet darauf hin, daß Dresden zu Botes Zeiten noch nicht sehr bekannt war (vgl. Näheres bei Lappenberg S. 263; Lindow Fn. 2).

In dieser Erzählung werden erneut Zweifel an Eulenspiegels Handwerkskenntnissen angemeldet (vgl. auch H 50 (52)): »Hast du auch das Schreinerhandwerk gelernt?« Till weicht der Frage aus.

61. (19.) Historie

Diese H ist eine der bei jung und alt beliebtesten Volksbuchgeschichten. Neu ist der sympathisch berührende Zug, daß Eulenspiegel durch die wörtliche Befolgung einer ironisch gemeinten Anweisung des Meisters das »Material« – im Gegensatz zu den meisten vorhergehenden Handwerkergeschichten – nur scheinbar verdirbt und dem Bäcker keinen Schaden zufügt. Beim Verkauf der Backwaren wird Till durch den St. Niklausabend begünstigt, an dem Schülerfeste stattfanden (vgl. Anm. zu H 5; Lappenberg S. 239; Walther S. 52; Lindow, Gewohnheit S. 25). St. Niklaus war in Braunschweig eine Kapelle geweiht. Vor ihr wird Till gestanden und sein lustiges Backwerk an die Jugend verkauft haben. Und der Braunschweiger Hermann Bote mußte es wissen, wenn er (dem Sinne nach) ironisch schrieb: in Braunschweig kann man sogar mit den ausgefallensten Dingen noch einen Gewinn erzielen.

Über ein Haus in Braunschweig mit dem Namen »Zum wilden Mann« vgl. Walther S. 52.

Der heute am Bäckerklint (wo die spätere Lokaltradition das Haus des Bäckers suchte, vgl. Walther S. 51) in Braunschweig stehende Eulenspiegelbrunnen erinnert an unsere Erzählung. Er war das 1. Eulenspiegeldenkmal, das in Deutschland errichtet wurde (1906), ein Werk des Bildhauers Arnold Kramer, gestiftet von Bernhard Meyersfeld (Näheres bei Schattenberg S. 4ff.; Roloff S. 236).

In Braunschweig wurde freilich nicht das 1. Eulenspiegel-Denkmal überhaupt aufgestellt. Vorausgegangen war die Brüsseler Vorortgemeinde Elsene (franz. Ixelles), die 1894 Charles de Coster und gleichzeitig dem flämischen Eulenspiegel ein Denk-

309

mal setzte. Denn das Werk zeigt eine Eulenspiegel-und-Nele-Gruppe, die der flämische Bildhauer Charles Samuel geschaffen hat (Näheres bei Roloff S. 208; Peleman S. 107, 158). Eulenspiegel-Denkmäler wurden ferner errichtet in Eisenach (1926; von Adolf Brütt; Näheres bei Sichtermann, Eul.-Jb. 1967); wiederum in Elsene, diesmal als Grabmal de Costers (1927; von Edouard de Valeriola; Näheres bei Segers); im Olympischen Dorf bei Berlin – Elsgrund – (1936; von Barbara von Kalckreuth); in Einbeck (1942; von Kurt Bauer; vgl. Literatur in Anm. zu H 45 (47)); Kneitlingen (1947; von Theo Schmidt-Reindahl; Näheres bei Schmidt-Reindahl und Grunow); Mölln (1950; von Karlheinz Goedtke); Knokke in Flandern (1952; von Charles Samuel; das Denkmal gleicht dem Werk Samuels von 1894); Bernburg (1959; von Paul Bölecke; vgl. Franz Stieler im Eul.-Jb. 1970, 30f.); Schöppenstedt (1963; von Erich Schmidtbochum; vgl. Eul.-Jb. 1964, 32); Damme in Flandern (1963; von Koos van der Kaay; Näheres bei Warmoes); Hamburg (1963; von Ursula Querner; Näheres bei Engler); Stelle bei Hamburg (1965; von Lou Manche; Näheres bei Eleman); Espelkamp, Kreis Minden-Lübbecke, Westfalen (1967; von Rudolf Weber; Näheres bei Sichtermann, Eul.-Jb. 1970); Rupelmonde, Flandern (1969; von Sophia Scheltjens-Smit; Näheres bei Peeters); Magdeburg (1970; von Heinrich Apel; Näheres bei Stieler, Eul.-Jb. 1973, 40ff.; 1974, 45); Schöppenstedt (1973; von Karl-Henning Seemann; Näheres im Eul.-Jb. 1975, 32ff. und bei Hedergott); Knesselare, Flandern (1976; von Buyse/Schelstraete/Hooft); Veldhoven (Niederlande), 1978 (von Lou Manche; Näheres bei Eleman); Damme, Flandern (1979; von Jef Claerhout; Näheres im Eul.-Jb. 1980, 60.).
Insgesamt gibt es also 21 Eulenspiegel-Denkmäler in Deutschland, Flandern und in den Niederlanden (davon 13 in Deutschland, 7 in Flandern und 1 in den Niederlanden).

62. (20.) Historie

Der Uelzener Bäcker ist ein für Eulenspiegel besonders geeignetes »Opfer«. Immer wieder (viermal) sagt er Dinge, die bei wörtlicher Auffassung zu den bekannten »Fehlleistungen« Tills führen. Der lebhafte und abwechslungsreiche Dialog zwischen dem Meister und seinem Gesellen ist lustig und anregend zu lesen. Überlegen fertigt Eulenspiegel den als geizig, unbeherrscht und gedankenlos geschilderten Bäcker ab und läßt ihn am Schluß bloßgestellt stehen – nicht ohne ihm noch Spottworte nachzurufen. Einmal mehr bestraft Till die Untugenden seines Meisters.

In Uelzen ist auch heute noch eine gewisse Eulenspiegel-Tradition vorhanden. Seit 1958 gibt der Verkehrsverein Uelzen monatlich einen Kultur- usw. -Anzeiger unter dem Titel »Der Uhlenspiegel« heraus.

63. (65.) Historie

Eulenspiegel tritt uns hier unter einem ganz neuen Blickwinkel entgegen: er kämpft (natürlich mit seinen Mitteln, nämlich mit listiger Schlauheit) gegen den Aberglauben des Pferdehändlers und der von ihm »angesteckten« Bewohner Wismars, »damit der Irrtum aus dem Volk kommt«. Till will also uneigennützig der Volksaufklärung dienen (vgl. Lindow Fn. 7). Damit wird eine Seite von Eulenspiegels Charakter gezeigt, die für die Auffassung späterer Bearbeiter des Eulenspiegel-Stoffes von großer Bedeutung wurde (z. B. für die Coster).

Unter der »schwarzen Kunst« ist die Zauberkunst (Magie) zu verstehen. Schon in H 27 wird Till vom Landgrafen gefragt, ob er ein »Alchimist« sei (Mackensen, GRM S. 258 hält Alchimie für gleichbedeutend mit schwarzer Kunst), was er jedoch verneint. In H 56 (58) traut ihm ein Teil der Bürger Lübecks zu, daß er sich mit Hilfe der schwarzen Kunst vom Galgen befreit (Eulenspiegel wählt jedoch einen anderen Weg!). In unserer H werden jedoch Till eindeutig Kenntnisse in der schwarzen Kunst (die zweimal ausdrücklich erwähnt wird) zugesprochen. Er nutzt sie auch aus, um seinen Streich durchzuführen, wobei es sich um einen Taschenspielertrick gehandelt haben dürfte. Dies ist jedoch das einzige Mal, in dem Eulenspiegel in etwa auf den Spuren Dr. Fausts wandelt (der im übrigen ein wesentlich jüngerer »Bruder im Geist« des Kneitlinger Schalkes ist, geb. um 1480, gest. 1536 oder kurz vor 1540, während Till laut H 96 (95) im Jahre 1350 starb). Man hat Eulenspiegel und Faust oft miteinander verglichen, vgl. z. B. Brües. Ein letztes Mal wird im Volksbuch die schwarze Kunst in H 72 (87) erwähnt, wo Till überflüssigerweise betont, daß er seinen Trick

311

ohne diese Kunst durchgeführt habe. Der fest auf dem Boden der Wirklichkeit stehende Eulenspiegel liebt das Übernatürliche ersichtlich nicht.

Den Zeitgenossen Botes klang wohl die Wismarer Pferdehändler-Geschichte nicht unwahrscheinlicher als die anderen Erzählungen des Volksbuches (vgl. Kadlec S. 179). Die Art, in der Eulenspiegel sein Pferd verkauft, erinnert an den Verkauf der Prophetenbeere in H 35.

In der Überschrift der Frühdrucke steht »Paris« statt Wismar und »Franzose« statt Kaufmann – vermutlich eine Fehlleistung des Bearbeiters oder Setzers (vgl. auch S. 331; a. A. Virmond S. 252).

64. (66.) Historie

Wieder einmal bringt der erfindungsreiche Bote in Thematik und Aufbau etwas Neues: Spiel und Gegenspiel, und das ganze doppelt! Zuerst foppen sich in diesem heiteren Schwank der Pfeifendreher und Eulenspiegel gegenseitig mit gelungenen Wortspielen (denen freilich Taten folgen), dann nur noch mit »Taten«. Wie schon gelegentlich früher (vgl. Anm. zu H 41 (40)), wird Till hier zuerst hereingelegt. Geschickt gesteht er aber seine Niederlage sofort ein und bedankt sich sogar dafür, daß er etwas hinzugelernt habe. Damit schläfert er die Wachsamkeit seines Gegenspielers ein. Aber sogleich erfaßt er die Situation, als ihn der Pfeifendreher zum 2. Male einlädt. Ohne Mühe erfindet er einen glaubhaften Grund, Frau und Magd aus dem Hause zu locken.

Eulenspiegel und sein Widerpart, der Pfeifendreher, sind sich im Grunde recht ähnlich: beide sind »Landfahrer«, beide wissen mit Worten und Taten andere zu übertrumpfen. Genau wie Till ist der Pfeifenmacher sehr empfindlich, wenn er der Unterlegene ist. Er gibt nicht auf, als Eulenspiegel ihn aus seinem Hause ausschließt: »Ich zahle es dir wieder heim!« Till, im sicheren Gefühl seiner Überlegenheit, faßt das Ganze als eine Art Wettstreit auf (vgl. auch H 24): »Wer es am besten kann, der sei der Meister.«

Auf den groben Keil des Pfeifendrehers, ihm den Abdecker (der sicherlich als ruppig und grobschlächtig bekannt war) auf den Hals zu schicken, antwortet Eulenspiegel mit dem noch gröbe-

312

ren Klotz einer Gebärde, die an das Götz-Zitat denken läßt (vgl. Frenken und Lindow Fn. 14). Obwohl der Abdecker Till nicht kennt (sonst wäre er wohl nicht erst zur Herberge gefahren), muß ihn die Person und das Auftreten Eulenspiegels doch so beeindruckt haben, daß er es vorzieht, nicht mit ihm anzubinden. Der Abdecker hält sich lieber an seinen enttäuschten Auftraggeber, den Pfeifendreher, und geht vor Gericht. Die Strafe (10 Gulden) fällt empfindlich hoch aus (Näheres bei Lappenberg S. 267f.).

Das am Anfang der H erwähnte »Lotterholz« war ein zum Wahrsagen und zu Taschenspielereien gebrauchtes Rundholz von 20-30 cm Länge, vgl. Danckert S. 218.

65. (67.) Historie

Über Eulenspiegel als beliebten Gast von Pfarrern vgl. Anm. zu H 13 (11). In unserer H werden Till 2 Eigenschaften beigelegt, die ihn bei angesehenen Gastgebern noch besonders willkommen machen: er ist modisch gekleidet (denn er trägt Gürtel und Tasche, »die man zu dieser Zeit zu tragen pflegte«) und erweist sich als ein vorzüglicher Reiter, dem der Probst von Ebstorf sogar seinen jungen Hengst anvertraut.

Der 1. Teil der Geschichte, in der Till nicht auftritt, ist eine deutliche Satire auf die Eß- und Genußsucht der damaligen Geistlichen. Hier schreckt der Pfarrer nicht davor zurück, mit völlig aus der Luft gegriffenen Behauptungen die Einladung zu einem Festschmaus zu erwirken, zu der er dann noch andere »Prälaten und Pfaffen« bittet. Und der gebetene Probst lädt wiederum Eulenspiegel ein!

Bote verschont hier mit seiner Satire auch seinen Helden nicht: Eulenspiegels Angeberei mit seiner Reitkunst wird ausgerechnet von einer alten Bäuerin bestraft, was Bote im vorletzten Absatz sogar besonders hervorhebt.

Auf das obszöne Wortspiel der Bäuerin mit der »Tasche« geht Eulenspiegel sofort ein. Aber seine modische Gürteltasche ist er los – und merkt nicht einmal, daß und wie er geprellt wird.

H 65 (67) ist die einzige Erzählung des Volksbuches, die deutlich ins Zotige weist, vgl. auch Anm. zu H 38 und 42 (41).

Eine Lokaltradition, wie sie nach dem Schluß der H möglich wäre, hat sich in Gerdau (10 km westlich von Uelzen, an dem

313

Flüßchen Gerdau gelegen) nicht feststellen lassen (vgl. auch Lindow, Gewohnheit S. 26). Roloff S. 67 f. spricht von einem heute nicht mehr verstandenen Lokalwitz auf die Frauen von Gerdau. Ebstorf liegt 12 km nordwestlich von ·Uelzen, etwa 7 km nördlich von Gerdau.

66.(68.) Historie

Bote verwendet hier das Motiv vom Sinnentrug und der engen Verwobenheit von Schein und Sein. Es gehört zu den ältesten, die er im Volksbuch gestaltet hat. Bereits in der altindischen Fabelsammlung Pantschatantra (entstanden zwischen 300 und 500 nach Chr.) kommt es in anderer Einkleidung vor (vgl. Kadlec S. 93; Lappenberg S. 268 f.). Bote ist jedoch auch hier (wie durchgehend bei der Benutzung bekannter Stoffe) durchaus eigenständig und stattet die Geschichte mit originellen Zügen aus, die vortrefflich auf Eulenspiegel und seine Zeit zugeschnitten sind. Die Befragung des Schottenpfaffen durch den Bauern und Till bildet ein stilistisches Glanzstück. Des Mönches scheinbare Widerwilligkeit, sich mit so törichten Fragen befassen zu sollen, machen seine schließliche Aussage um so glaubwürdiger. Bei Wander, Schottenpfaffe, findet sich (ohne Quellenangabe) folgendes Sprichwort: »Wer einem Schottenpfaffen glaubt, der ist seiner fünf Sinne beraubt.«
Lappenberg S. 269 weist nach, daß die Verlegung des Streiches nach Uelzen (vgl. H 62 (20) Fn. 2 und Anm. S. 303) mitten in das heute noch so genannte Wendland (jetzt im wesentlichen gebildet aus dem Grenzkreis Lüchow-Dannenberg) historisch durchaus gerechtfertigt ist: die Ausfuhr von Tuch aus London war lange Zeit ein Streitpunkt zwischen den Engländern und der Hanse. In Uelzen waren bis 1597 englische Kaufleute ansässig.

67. (69.) Historie

Das Wortspiel in dieser H liegt in der (freilich etwas gesuchten) Auffassung Eulenspiegels von einer »Reinigung«. Er versteht darunter eine Reinigung von außen und innen und handelt dementsprechend. Seine Absicht ist es, die Eitelkeit und den Hochmut des Baders, wie sie in der gespreizten Ausdrucksweise »Haus der Reinheit« (statt »Badstube«) erscheinen, zu bestrafen. Besonders zum Lachen reizend wirken die spöttischen Abschiedsworte Tills, die der Meister nicht versteht.

Das Motiv eines zusammenlegbaren Klapptisches (solche Tische wurden im Mittelalter häufig benutzt, vgl. A. Schultz S. 69) usw. kehrt in H 78 (79) wieder.

68. (70.) Historie

Diese Geschichte (sie erinnert an H 4) gehört zu den bekanntesten und beliebtesten H des Volksbuches. Eulenspiegel handelt hier offenbar ohne jeden Nebenzweck aus reinem Vergnügen an einem Streich. Auch die übrigen Marktbesucher ergötzen sich an der Szene, lachen und loben Till dafür. Der Streit der Marktfrauen ist stilistisch hervorragend geschildert.

Über die Frage, ob an dem berühmten Roland vor dem Bremer Rathaus eine Eulenspiegel-Figur zu sehen ist, vgl. meinen Aufsatz im Eul.-Jb. 1960.

69. (72.) Historie

Der in H 68 (70) begangene und die Marktbesucher sehr erheiternde Streich trägt Früchte (vgl. das ähnliche Verhältnis von H 16 (14) zu 17 (15)): Eulenspiegel wird in ganz Bremen beliebt und berühmt, man reißt sich um seine Gesellschaft. Verständlich, daß er »lange in der Stadt bleibt«! Eine offenbar angesehene Kaufmannsvereinigung, deren Mitglieder abwechselnd die anderen Mitglieder zu einem Mahl einladen müssen, nimmt ihn in ihre Reihen auf. Freilich sind die Kaufleute ein wenig mißtrauisch, als Till an der Reihe ist und sie einlädt. Sie fürchten, von dem überall bekannten, aber auch berüchtigten Spaßvogel bei dieser Gelegenheit selbst hereingelegt zu werden – nicht zu unrecht, wie sich zeigt. Eulenspiegel aber erhält die »Zeche«.

Die Geschichte ist einer der unsaubersten Possen, die Bote erzählt (vgl. aber Anm. zu H 10). In nahezu allen Auswahl-Ausgaben des Volksbuches wird sie (neben H 24) weggelassen.

Zu den »Bremer Marktpreisen« vgl. Lappenberg S. 273 f.; Lindow (Weser-Kurier vom 21./22. 2. 1976) hält das in unserer H erwähnte traditionelle Kaufmannsmahl für das »Schaffermahl«, das heute noch jährlich in Bremen gefeiert wird.

70. (73.) Historie

In Bremen bleibt Eulenspiegel zu lange: die Leute werden seiner und er wird ihrer überdrüssig. Er verabschiedet sich daher in gespielter Einfalt mit einem Streich, bei dem er wohl damit rechnet, hinausgeworfen zu werden: er beginnt, Schälke zu säen, da »redliche Leute hier nicht aufgehen«.

Nach seiner Ausweisung aus Bremen wandert Eulenspiegel 10 Meilen in Richtung Dithmarschen. Seine »Saat« nimmt er in einem Sack mit sich. Die Kunde von seinem »Schälkesäen« eilt ihm voraus. Als er sich Stade nähert, muß er geloben, durch die Stadt ohne Essen und Trinken hindurchzuziehen. Beim Verladen auf das Schiff aber reißt der Sack entzwei und bleibt mit der Narrensaat liegen – wo sie natürlich aufgehen wird! Dieser Ausklang erinnert an den Schluß von H 26, wo Tills Erdreich in Celle verbleibt.

H 70 (73) ist die einzige Geschichte, von der wir wissen, daß sie in der »Eulenspiegel-Schrift«, die 1411 Niem und Stalberg vorlag (vgl. S. 15), stand (vgl. meinen Aufsatz im Eul.-Jb. 1971). Über ein Flugblatt aus dem Jahre 1606, das sich mit dem Motiv der H aus politischen Gründen beschäftigt, vgl. Hinz; Lindow Fn. 13; Honegger S. 20 Fn. 35.

Botes Satire richtet sich hier gegen das spießbürgerliche Leben mancher Bevölkerungskreise in den Städten.

Es liegt hier kein »Schwank« vor. Denn die erzählte Begebenheit reizt nicht zum Lachen, sie atmet eher eine gewisse Melancholie. Sie will aber zum Nachdenken anregen (vgl. Roloff S. 145) und hat nach Mackensen (GRM S. 267) auf Luther einen starken Eindruck gemacht. Eulenspiegels Rolle als philosophischer Volksaufklärer, wie sie viele Bearbeiter des Volksbuches später verwenden, ist hier vorgezeichnet und angelegt (vgl. auch Anm. zu H 63 (65)).

71. (45.) Historie

Im 1. Teil der H wird Eulenspiegel wieder einmal zunächst mit seinen eigenen Waffen geschlagen (vgl. Anm. zu H 41 (40)). Der Knecht des Stiefelmachers kennt Tills Verhaltensart, das zu tun, was man ihn heißt, und narrt ihn in durchaus gelungener Weise. Eulenspiegel nimmt dies äußerlich mit Humor auf, lacht und lobt den »tüchtigen Meister«. Aber er kann natürlich seine Niederlage nicht ungerächt lassen.

Über die Redensart »den Schlupf abschneiden« (vgl. Fn. 4 und 5 zum Text) vgl. Walther S. 47 f. und Schiller/Lübben, Stichwort slippe (mnd.), das Rockschoß, Rockzipfel bedeutet. Ein von Schiller/Lübben angeführtes Sprichwort besagt dem Sinne nach: wer von einem Schalk am Rockzipfel gefaßt wird, soll ihn sich abschneiden, um den Schalk loszuwerden, auch um den Preis des zerschnittenen Rockes (vgl. auch das Sprichwort bei Wander, Schalk Nr. 115). Walther S. 47 verweist ferner auf Botes »Köker« (Vers 711 ff.).

72. (87.) Historie
Der in Hofkreisen beliebte Eulenspiegel kehrt hier noch einmal in seine alte Rolle als Hofnarr zurück (vgl. Anm. zu H 16 (14)). Lustig ist, daß er dem Bischof damit »droht«, er wolle lieber in die Kirche gehen (und es auch tut), statt Scherze zu treiben. Ausgerechnet der hohe Geistliche muß Till mit Spottreden davon abbringen! Lindow (Vortrag) sieht in unserer H eine Satire auf das »lockere vorreformatorische Treiben am Sitz des Erzbischofs von Bremen«.
Der Taschenspielerstreich, den Eulenspiegel dem Bischof vorsetzt, ist anscheinend eine Erfindung Botes, denn eine Quelle dafür ist nicht nachzuweisen (Lappenberg S. 280). Die gewonnene Wette bringt Till 30 Gulden und einen Ochsen ein – ein schöner Gewinn. Dem Bischof als Verlierer hilft er die Summe (sogar doppelt) wieder hereinzubringen.
Im 2. Teil der H tritt Eulenspiegel ganz zurück, der Bischof rückt in den Vordergrund. Anschaulich geschildert wird der Ärger der von ihm hinters Licht geführten Ritter usw., die so tun, als sei alles nur ein Scherz gewesen. Über die Erwähnung der schwarzen Kunst vgl. Anm. zu H 63 (65).

73. (74.) Historie
Nach seinem Abstecher als Hofnarr beim Bischof von Bremen finden wir Eulenspiegel in Hamburg als Handwerksgeselle, diesmal bei einem »Bartscherer«. Dreimal nimmt Till die Anweisungen des Meisters wörtlich – typische Wortwitze unseres Helden. Am Schluß muß er sein Heil in schleuniger Flucht suchen.
Über das Eulenspiegel-Denkmal in Hamburg vgl. Anm. zu H 61 (19).

74. (44.) Historie

Dies ist eine schwache Erzählung, der Wortwitz ist fade. Die Eingangsworte lassen auf einen Streich Eulenspiegels gegenüber seinem Meister, dem Schuhmacher, schließen. In plumper und unschöner Weise benachteiligt aber wird der Bauer. Der Schuhmacher lacht, lobt Till und spricht verächtlich von dem Bauern.

75. (76.) Historie

Auch diese H gehört nicht zu den besten und geistreichsten Erzählungen des Volksbuches. Die Bäuerin kennt Eulenspiegel, begrüßt ihn freundlich und will seinen Wunsch erfüllen. Um so unsympathischer wirkt Tills unappetitliche und unverfrorene Handlungsweise. Dieser Eindruck wird nur wenig dadurch gemildert, daß Bote zweimal erwähnt, Eulenspiegel sei hungrig. Auch Tills Wortklauberei macht die Sache nicht besser. Dem Motiv nach erinnert diese H an H 69 (72).
Der letzte Halbsatz der H steht fast wörtlich als Sprichwort bei Agricola (Nr. 42) und soll nach dessen Erläuterung bedeuten: er stellt sich, als habe er es nicht getan.

76. (77.) Historie

Da sich Eulenspiegel so beeilte, nach Nürnberg (das er gut kannte, vgl. H 32) zu kommen, ist anzunehmen, daß ihm der Beginn der dortigen »Einladungs-Saison« (Mitte November) bekannt war. Er erlebt freilich (jedenfalls bei einer Gelegenheit) eine Enttäuschung: denn der neben seiner Herberge wohnende reiche Mann pflegte Gaukler und Spielleute nicht einzuladen. Till, wie immer hochempfindlich, wenn er geringgeschätzt wird (vgl. Anm. zu H 37) beschließt sofort, sich an dem hochmütigen Mann zu rächen. Sein Plan ist derb und grobkörnig, aber wirkungsvoll. »Überzeugt« wird allerdings der Reiche nicht – er findet im Gegenteil seine Ansicht über die Spielleute usw. bestätigt (im Gegensatz zum Doktor in H 17 (15), an die der Streich erinnert). Eulenspiegels Wirt zieht die Lehre, daß man Schälke in ein helles Licht stellen soll.
Vortrefflich schildert Bote die Ratlosigkeit der Gäste, als es plötzlich zu stinken beginnt und einer den anderen verdächtigt.

77. (78.) Historie

In dieser breit erzählten H tritt Eulenspiegel verhältnismäßig
spät auf. Der Beweggrund seines Handelns ist die Absicht, den
im Grund feigen Wirt seine Prahlsucht, Aufschneiderei und
Spottlust abzugewöhnen, was ihm auch in vollem Umfang gelingt. Daß er sich von den Kaufleuten, die die Zielscheibe des
Spottes des Wirtes bilden, freihalten läßt, wird ihm niemand
verübeln. Eine neue Eigenschaft Tills lernen wir kennen: er ist
Jäger und erlegt einen Wolf. Der Wirt ist sehr nach dem Leben
gezeichnet (vgl. Walther S. 59).
Das wiederholte Schimpfen des Wirtes über die Trunksucht der
Sachsen entbehrte wohl nicht jeder Grundlage, da die Sachsen
in dem Ruf der Trinkfreudigkeit standen, vgl. Lappenberg
S. 276 mit Nachweisen.

78. (79.) Historie

Der Kölner Wirt, ein Mann nicht ohne Witz und Verstand,
behandelt Eulenspiegel äußerst grob, als er merkt, daß dieser
ihn verlassen will. Was der Wirt da als Bettlaken, Kopfkissen
usw. bezeichnet und Till zur Verfügung stellt, ist beleidigend.
Dazu kommt noch der Hohn: »Lege sie mir auf einen Haufen!«
Es erstaunt zunächst, daß Eulenspiegel daraufhin die ungastli-
che Herberge nicht sofort verläßt. Aber vielleicht war es
schwierig, noch am gleichen Abend eine andere Unterkunft zu
bekommen. Vermutlich sieht Till auch sogleich die Möglichkeit
einer saftigen Vergeltung für die Grobheit des Wirtes und will
sie sich nicht entgehen lassen. Dafür nimmt er eine unbequeme
Nacht auf der Bank in Kauf und gibt sich zunächst zum Schein
geschlagen. Aber am Morgen rechnet er mit der gleichen drasti-
schen Münze ab und legt weisungsgemäß das Bettzeug auf einen »Haufen« (vgl. wegen des Klapptisches auch Anm. zu H 67
(69)). Die Spottreden, die er dem Wirt durch die Tür zuruft,
sind scharfzüngig und eine treffende Antwort auf die Worte des
Wirtes am Abend zuvor.
Der Wirt ist zwar rüde, aber er versteht Spaß. Das bezeugt sein
Ausspruch am Schluß und die Tatsache, daß er Eulenspiegel
zurückholen läßt und sich mit ihm aussöhnt.

79. (80.) Historie

Die zum Lächeln reizende Komik dieses »trefflichen Schwankes« (Lappenberg S. 277) liegt in dem Vergleich von Duft und Klang, also von 2 wesensverschiedenen Sinneswahrnehmungen, denen nur die »Stofflosigkeit« gemeinsam ist. Das Grundmotiv der Erzählung war schon im Altertum bekannt und weit verbreitet, vgl. die eingehenden Nachweise bei Kadlec S. 85 ff.

Eulenspiegel weist hier einen ungerechtfertigten Anspruch des Wirtes auf elegante Weise zurück und will – einmalig im Volksbuch – vor Gericht gehen. Dem Wirt aber ist das Wagnis eines Prozesses zu groß.

80. (81.) Historie

Diese H (und die folgende) ist wieder unter die schwächeren Erzählungen Botes einzureihen. Er zeichnet zwar mit wenigen treffenden Strichen die ganze Trostlosigkeit des verwahrlosten Gasthauses und läßt Eulenspiegel zu Anfang seines Gespräches mit dem verarmten Wirt eine überraschende Bemerkung machen, die von Tills scharfer Beobachtungsgabe zeugt. Aber das nachfolgende Wortspiel wirkt gesucht. Seine komische Wirkung ist gering.

Auffällig ist die Empfindlichkeit Eulenspiegels gegenüber der unsauberen Verhaltensweise der Kinder, obwohl er selbst in diesen Dingen keineswegs zurückhaltend ist (vgl. auch Gath S. 39).

81. (82.) Historie

Vgl. zunächst Anm. zu H 80 (81). Das komische Grundmotiv der Erzählung, einem Gläubiger eine ihm selbst gehörende Sache als Pfand zu geben, ist bereits in H 36 in einer weit besseren Einkleidung verwandt worden. Ferner wollen uns Eulenspiegels Beweggründe für seine nach unserem Empfinden rohe Tat (Bestrafung der Wirtin für die übertriebene Verhätschelung ihres Schoßhündchens und dessen Unarten) nicht recht gefallen und einleuchten. Die beiden Wortspiele erscheinen matt und ledern.

82. (83.) Historie

In dieser H treten erneut 2 bezeichnende Wesenszüge Eulenspiegels besonders hervor: sein starkes Selbstbewußtsein (»Ich bin es.«) und sein ihm selbst unwiderstehlicher Hang, Streiche zu vollführen. Um das Wortspiel »Er liegt auf dem Rad« vollziehen zu können, scheut er keine Mühe: er verkleidet sich und kehrt in das Dorf zu der Wirtin aus der vorigen H zurück, bei der er sicherlich damals bereits das Rad bemerkt hatte.

Nach Lappenberg S. 278 liegt das Komische des Schwankes auch in dem Mißverhältnis der Strafe des Rades (vgl. Fn. 3 zum Text von H 82 (83)) und Tills Handlung in H 81 (82).

Honegger S. 89 sieht eine Verbindung zwischen unserer H und Botes »Radbuch«.

83. (84.) Historie

Bote blendet hier zur Romfahrt Eulenspiegels (H 34) zurück. Wieder zeigt sich Tills überaus große Empfindlichkeit gegen jede Mißachtung seiner Person (vgl. Anm. zu H 37), auch wenn die Wirtin ausdrücklich nur das wiedergibt, was sie »von den Leuten gehört« hat (allerdings ungeprüft). Trotz Eulenspiegels Warnung: »Hat er Euch je ein Leid getan?« bleibt sie bei ihrer Aussage, und das läßt Till nicht ungestraft. Seine Vergeltung ist grob und roh, seine anschließenden Spottreden sind schonungslos.

Im Schlußsatz: »Also soll man die Romfahrt vollbringen« sehen Kadlec (S. 187) und Roloff (S. 129) einen scharfen Angriff auf die Kirche. Dem kann ich mich nicht anschließen (vgl. Anm. zu H 13 (11)).

84. (85.) Historie

Erneut können wir gute Beziehungen Eulenspiegels zu einem »Pfaffen« feststellen (vgl. Anm. zu H 13 (11)). Beide wandern, essen und schlafen gemeinsam. Die Wirtin aber setzt Till deutlich zurück, was er natürlich nicht verträgt (vgl. Anm. zu H 37) und auf seine Weise rächt. Bote stellt die Personen der Handlung sehr lebendig dar.

85. (86.) Historie

Wohl nicht ohne Absicht läßt Bote seinen Helden gerade hier »ein wenig krank« sein: Eulenspiegel ist nicht mehr der jüngste, das Alter kündigt sich an (wenn diese Meinung richtig ist, nimmt Bote hier die ab H 16 (14) kaum noch zu bemerkenden biographischen Züge wieder auf und setzt sie bis zum Ende des Buches fort).

Aber sonst meistert Till die Lage wie eh und je. Er wird zwar zunächst von dem zudringlichen und unverschämten Holländer arg gehänselt, doch klug lacht er mit den anderen Gästen über seine Niederlage. Wieder wiegt er seinen Gegner in Sicherheit, der wenig später in die listige Falle tappt und dann von Eulenspiegel verspottet wird.

Die Geschichte erinnert an H 37 und 76 (77), wo beide Male die »Brech-Wirkung« erreicht wird.

86. (75.) Historie

Diese H bietet weder einen Wortwitz noch Situationskomik. Sie dient anscheinend im wesentlichen zur Charakterisierung des alternden Eulenspiegels (vgl. auch Anm. zu H 85 (86)) in zweifacher Hinsicht: zunächst zeigt sie, daß er immer noch gern »zu Hofe« ritt, wie er es vorher oft getan hatte (vgl. z. B. H 10, 17 (15), 20 (88), 22 (63)-24): er erreicht allerdings nicht sein Ziel, weil sein Pferd zu hinken anfängt. Sodann zeigt Eulenspiegel hier einen fast übertrieben wirkenden Ekel vor dem Nasenschleim der Bäuerin (vgl. auch Anm. zu H 80 (81)) – obwohl er sonst keine Zurückhaltung zeigt, wenn es um die Ausscheidungen des menschlichen Körpers geht (vgl. z. B. H 75 (76)). Über Eulenspiegel als »widersprüchliche« Gestalt vgl. Anm. zu H 20 (88).

87. (71., 1. Teil) Historie

Bei H 87/88 (71) handelt es sich um einen alten und weitverbreiteten Erzählstoff (vgl. Kadlec S. 47 ff.), dessen Übertragung auf Eulenspiegel Bote bruchlos gelingt. Till schädigt übrigens – was gelegentlich übersehen wird – die Blinden nicht, sondern verschafft ihnen für eine Weile Unterkunft und Verpflegung, allerdings auf Kosten des Wirtes, der als habsüchtig und rücksichtslos gekennzeichnet wird.

88. (71., 2. Teil) Historie

Es berührt sympathisch, daß Eulenspiegel die Blinden nicht ihrem Schicksal überläßt, sondern sie mit einem 2. Streich aus ihrer mißlichen Lage befreit. Der habgierige Wirt trägt endgültig den Schaden. Bote zeichnet die Gestalten des Wirtes, seiner Frau und des Pfarrers sehr wirklichkeitsnah und schildert ihre Gespräche mit viel Witz.

89. (17.) Historie

Über die guten Ortskenntnisse Botes von Nürnberg vgl. Anm. zu H 32 (vgl. für Nürnberg auch Anm. zu H 76 (77)).
Warum Eulenspiegel 2 »Knechte« in das Hospital mitnimmt, bleibt unklar, da sie für den Gang der Handlung keine Rolle spielen. Wahrscheinlich wollte sich Till durch die Mitnahme von Gehilfen lediglich den Anschein größeren Ansehens geben.

90. (89.) Historie

Mit H 90 (89) beginnen die eigentlichen Altersgeschichten Eulenspiegels (vgl. aber bereits Anm. zu H 85 (86)). Der 1. Satz dieser H gibt in einprägsamen Worten den Grund an, warum Till für die letzte Zeit seines Lebens ein Klosterbruder werden will. Seine Galgenreue ist allerdings nur vorübergehend. Kaum hat ihn der Abt, der ihn jedenfalls dem Namen nach gekannt haben muß, im Kloster aufgenommen, nimmt er mit ersichtlichem Vergnügen sein altes Treiben wieder auf: den Pförtnerauftrag führt er wörtlich aus, und als ihn der ahnungsvolle Abt (»er wäre ihn gern wieder losgeworden«) eine anscheinend ganz harmlose neue Weisung erteilt, wird Eulenspiegel boshaft. Mit Sicherheit weiß er, daß der Abt ihn daraufhin hinauswirft. Das nimmt Till in Kauf.
An eine Verwechslung des Klosters Mariental mit dem 2 km nördlich von Mölln liegenden Kloster Marienwohlde (was Lindow Fn. 1 erwägt) glaube ich nicht, da Marienwohlde ein Nonnenkloster (Birgittenkloster) war. In Mariental wurden noch um 1760 Erinnerungen an Eulenspiegel gezeigt (Lindow Fn. 1). Die Anlagen des Klosters (gegründet 1138, säkularisiert 1569) dienen heute unterschiedlichen Zwecken: teils als evangelische Kirche; teils als Wohnhaus; Refektorium und Kapitelsaal sind restauriert worden.

91.(90.) Historie

Der schwerkranke Eulenspiegel wird hier zum letzten Mal selbst genarrt: Möllns listiger Apotheker gibt ihm ein scharfes

323

Abführmittel. Doch Till weiß sich auch hier zu helfen, und seine begleitenden Spottworte zeigen, daß sein Geist durchaus noch auf der Höhe ist.

Dasselbe gilt für seine humorvollen Bemerkungen über den »Heiligen Geist« und für die Antworten, die er seiner Mutter gibt. Sie zeigen noch einmal Eulenspiegels diebische Freude am Wortwitz. Sogar auf dem Totenbette bleibt er der Schalk, der er immer war – ein ans Dämonische heranreichender Zug (vgl. Anm. zu H 17 (15)). Till weiß, daß er die Krankheit nicht überstehen wird, aber er zeigt keine Furcht vor dem Tode. Wenn er den Tod in H 92 (91) als »bitter« bezeichnet, so vor allem deshalb, um sich auch dort das Wortspiel nicht entgehen zu lassen. »Eulenspiegel und der Tod« ist ein von vielen Bearbeitern des Eulenspiegelstoffes gewähltes Thema geworden.

Seine Mutter behandelt Till zwar nicht sehr liebevoll, aber das hatte sie wohl auch nicht erwartet: sie kannte ja ihren Sprößling. Zudem wird ein nüchterner Grund ihrer Reise ausdrücklich genannt: sie hofft, von ihrem berühmten Sohn Geld zu erhalten. Diese Hoffnung geht freilich nicht in Erfüllung, da Till kein Geld hat, was er bereits im Hinblick auf die »Pflege« des Apothekers gesagt hat. Mir scheint jedoch, daß Bote den etwas dunklen Ausspruch: »Mein Gut ist verborgen usw.« Eulenspiegel nicht ohne Grund an dieser Stelle in den Mund gelegt hat. Der Satz wird besagen wollen: irdische Güter habe ich nicht angesammelt, mein Vermächtnis an die Nachwelt sind meine allseits bekannten Worte und Taten – auch dies ein Keim für Ausdeutungen der Eulenspiegel-Gestalt, von dem Dichter und Künstler reichlich Gebrauch gemacht haben.

Im übrigen jedoch muß sich die Mutter längst damit abgefunden haben, daß Till kein Handwerk lernen wollte (vgl. H 3 ff.), sondern u. a. als »Wahrheitssager« (vgl. H 30 und 42 (41)) durch die Lande zog. Das zeigt ihre Bitte: »Gib mir doch noch eine gute Lehre.«

Aus dem Besuch der alten Mutter, die eine beschwerliche Fahrt gemacht haben muß und nach ihrem Besuch im Hospital offenbar bald wieder zurückreist, ergibt sich, daß Eulenspiegel selbst nicht sehr alt geworden sein kann, vielleicht etwa 50 Jahre. Dann aber läßt sich aus seinem Todesjahr 1350 (vgl. H 96 (95)) erschließen, daß er um das Jahr 1300 geboren wurde.

Bote hat eine Überlieferung, daß Eulenspiegel in Mölln gestorben ist, bereits vorgefunden (vgl. die Erwähnung von Tills Tod in Mölln in Botes Halberstädter Handschrift oben S. 15 und S. 21 Fn. 27). Möglicherweise entnahm er die Angabe der »Eulenspiegel-Schrift«, die bereits 1411 vorlag (vgl. oben S. 15). Über das Eulenspiegel-Denkmal in Mölln vgl. Anm. zu H 61 (19).

92. (91.) Historie

Eulenspiegel bleibt auf dem Sterbebett nicht nur ein Schalk (vgl. Anm. zu H 91 (90)), sondern auch ein Einsamer, der keine Hilfe braucht und keine Hilfe haben will (vgl. auch Scherf, Volksbuch S. 6, und Jäckel S. 190 ff.). In H 91 (90) bedeutet ihm die Anwesenheit seiner Mutter keinen Trost. In unserer H versucht die angeblich fromme, in Wirklichkeit aber hier nur neugierige, Begine den »berühmten« Eulenspiegel zum Reden zu bringen – natürlich vergeblich. In noch größerem Maße als in den vorigen H aber kommt Tills stark ausgeprägtes Selbstbewußtsein und der Stolz auf seine Bekanntheit und seinen Ruhm ein letztes Mal zum Ausdruck. Knapp, klar und überzeugend legt er dar, warum er nicht »heimlich« beichten will, und geht sogar davon aus, daß er einigen Menschen »Gutes« getan hat (davon ist freilich im Volksbuch nur wenig zu spüren, immerhin kann man Ansätze in H 6, 23, 27, 63 (65), 87 (71, 1. Teil) erkennen).

Wenn er dann doch »beichtet«, so ist das eine »Eulenspiegel-Beichte«: er bereut, was er *nicht* getan hat. Die Begine kann das kaum begreifen und stellt die von ihrem Standpunkt aus berechtigte Frage, ob es gute oder böse Dinge waren, die er unterlassen hat.

Die ersten beiden Unterlassungen Tills sind überraschend und nicht ohne weiteres verständlich. Mit dem (unerfüllten) Wunsch Eulenspiegels, den zu langen Rock abzuschneiden, will Bote die Modetorheit der langen Kleider geißeln (vgl. Fischart, Vers 12635 ff.; Brant, Kapitel 4 mit Anm. von Zarncke). Ein Messer war im Mittelalter in erster Linie eine Waffe. Richtete man es – wenn auch nur zu einem harmlosen Zweck – gegen sich selbst, erweckte das beim Zuschauer Unlustgefühle, vergleichbar etwa der Empfindung eines heute lebenden Menschen, wenn sich jemand zum Scherz eine geladene Pistole an die Schläfe hält (vgl. Elias Bd. 1 S. 83, 164 ff.)[1]. Vgl. auch Virmond S. 154.

Die 3. Unterlassung Tills ist ausgesprochen unflätig und hat sogar einen Anflug ins Zotige (vgl. Anm. zu H 65 (67)). Sie dient Eulenspiegel dazu, die Scheinheiligkeit der Begine zu entlarven (vgl. den letzten Satz der H) und sie von seinem Lager zu vertreiben.

93. (92.) Historie

Nach dem mißglückten Versuch der Begine kommt ein Priester zu Eulenspiegel, um ihm die letzte Beichte abzunehmen, was bereits am Ende von H 91 (90) angekündigt wird. Till zeigt sich insoweit also durchaus als guter Christ. Wer bald nach Beginn der Unterredung auf Eulenspiegels Geld zu sprechen kommt, ist nach dem Text unsicher. Der Leser mag sich ausmalen, wer die treibende Kraft ist. Als man erst einmal bei diesem Gesprächsthema ist und der aufdringliche Pfarrer eine (von Bote sehr humorvoll gestaltete) »erbauliche Ermahnungsrede« (Kadlec S. 76) hält, weiß der Menschenkenner Till, daß er einen habgierigen Mann vor sich hat und daß ihm sein letzter Streich, dessen Ausgang er miterlebt, glücken wird. Der Rest ist für Eulenspiegel eine Kleinigkeit.

Der Priester zeigt, nachdem er betrogen worden ist, bemerkenswerte Einsichten. Er erkennt die unbeirrbare Schalksnatur Eulenspiegels, die ihn nicht einmal auf dem Totenbette verläßt (so die Worte des Pfarrers). Er sieht in Till den »Schalk aller Schälke« und zieht zu Recht einen Vergleich mit Eulenspiegels Streich unter dem Lübecker Galgen (vgl. H 56 (58)) – eine Geschichte, die in ihrem Gehalt Tills drei letzten Schalkheiten ähnelt.

Der Eingang der Erzählung erinnert an Eulenspiegels Brandrede gegen die Bestechlichkeit der »Hohen Herren« in H 22 (63).

94. (93.) Historie

Bote kommt es in dieser H hauptsächlich auf den posthumen Streich mit dem Testament an. Eulenspiegel erreicht mit der

---

1 Die hier gegebene Deutung der beiden ersten Unterlassungen Eulenspiegels verdanke ich einer Mitteilung von Herrn Dr. Peter Honegger, Zürich.

geschickt aufgesetzten letztwilligen Verfügung dreierlei: zunächst wird er, der Gaukler und Landfahrer, in geweihter Erde nach christlicher Ordnung begraben. Daran scheint ihm durchaus gelegen zu sein (vgl. auch Anm. zu H 13 (11)). Zweitens bleibt er sich bis zum Lebensende selbst treu und erreicht es, daß sich noch nach seinem Tode eine prächtige Schalkheit vollendet, die er erdacht hat. Und drittens verhindert er durch die »Vier-Wochen-Klausel«, daß ihn der verärgerte Möllner Pfarrer bzw. der enttäuschte Rat wieder ausgraben lassen.
Der Leser weiß bereits aus H 91 (90), daß Till kein irdisches Gut hinterläßt. Wer die »Freunde« sind, die Eulenspiegel mit einem Drittel seines Nachlasses bedenkt, sagt Bote nicht. Man wird an »alte Bekannte« Tills in der Umgebung Möllns zu denken haben (etwa in Lübeck, Lüneburg, Ebstorf, Uelzen).
Mit nur 3 Worten meldet Bote den Tod seines Helden, sagt jedoch nicht, daß Till an der Pest gestorben ist, was bis in die neueste Zeit merkwürdigerweise immer wieder behauptet wird (vgl. z. B. Hildebrandt S. 105). Auch das Krankheitsbild Eulenspiegels entspricht keineswegs dem der Pest.
Über den Gedenkstein vgl. Anm. zu H 96 (95).

95. (94.) Historie
Natürlich muß es auch beim Tode eines Schalkes vom Range Eulenspiegels ungewöhnlich zugehen. Bote greift hier das frühe Motiv von H 18 (Sau mit Ferkeln) wieder auf und schildert anschaulich die turbulenten Szenen im Spital. Ergebnis: der Sarg wird verkehrt herum am Grabe niedergesetzt, Till liegt mit dem Rücken nach oben. Die Priester und die Beginen deuten das lachend als einen Wink Eulenspiegels: er *will* verkehrt liegen.
In den Frühdrucken steht für Sarg »Totenbaum« oder »Baum« (ebenso auch in H 96 (95)), ferner werden die Worte »Leich« und »Stock« dafür verwendet. Bei dem Totenbaum handelte es sich ursprünglich um einen ausgehöhlten Baumstamm (vgl. von Hentig, Strafe S. 226 ff.). Die Bezeichnung Totenbaum blieb für den aus Brettern gezimmerten Sarg bestehen, vgl. Näheres bei Lappenberg S. 289, Grimm, Totenbaum, und Lindow Fn. 5 und 7.

96. (95.) Historie
I

»Bei Eulenspiegels Begräbnis ging es wunderlich zu.« Mit diesen bündigen Worten leitet Bote die vortreffliche Szene ein, in der Till (seinem »verkehrten« Leben entsprechend) stehend begraben wird – ein bedeutsames dichterisches Bild (vgl. Steiner, Exegese S. 273). Dreimal benutzt Bote hier das Eigenschaftswort »wunderlich« – und mit Sicherheit setzt er es am Schluß seines Buches zu einer zusammenfassenden Charakterisierung seines Helden bewußt ein. Eindrucksvoll schreibt Könneker (S. 266): »Wunderlich – das ist tatsächlich eine Bezeichnung, die der Vieldeutigkeit und Unbestimmbarkeit von Eulenspiegels Wesen gerecht wird. Denn wunderlich ist selbst ein unbestimmter und zugleich vieldeutiger Ausdruck, in dem ebensoviel Mißbilligung wie – halb ängstliche und unfreiwillige – Bewunderung enthalten ist, so wie auch die Opfer Eulenspiegels auf seine Streiche meist mit einer merkwürdigen Mischung von Ärger, Betroffenheit und Verblüffung reagieren, die sich je nach Charakter und sozialer Stellung in Zorn oder Gelächter äußert. Es ist ein Ausdruck, der letztlich auf eine Außenseiter- und Ausnahmeexistenz zielt . . .« (vgl. auch B. Haupt S. 88 ff.; Schmitt, Kommentar S. 18; H. Sichtermann S. 11; Mayer).

Im kurzen 2. Teil der H wird der bereits in H 94 (93) erwähnte Grabstein beschrieben, der Eulenspiegel gesetzt wird. Grabsteine wurden in Deutschland im 13./14. Jh. allgemein üblich (Lindow Fn. 2). Das Buch Botes schließt wirkungsvoll mit der humoristisch angehauchten (»steht«) Inschrift auf dem Stein.

Der Möllner Grabstein (er wird jetzt jährlich von rd. 70 000 Menschen besucht!) hat viele Rätsel aufgegeben. Wahrscheinlich wurde er erst einige Zeit nach dem Erscheinen des Volksbuches, als sich die Möllner der vielen Nachfragen nicht mehr erwehren konnten, gesetzt (um 1530). Aus der reichhaltigen Literatur über den Grabstein seien Krogmann, Jaacks und Ude genannt (vgl. auch meine redaktionelle Notiz im Eul.-Jb. 1970 S. 33 f. nebst 2 Abbildungen der Rückseite des Steins). Über 2 lateinische Grabschriften auf Eulenspiegel aus dem Jahre 1513 vgl. meinen Aufsatz im Eul.-Jb. 1971.

II

Die Frühdrucke bringen nach H 96 (95) noch folgende »96. Historie«, die (in Übertragung) lautet:

»Die 96. Historie sagt, wie Eulenspiegels Epitaphium[1] und Inschrift in Lüneburg auf seinem Grab gehauen steht.

Epitaphium.
Dissen stein sol niemans erhaben[2]
Ulenspiegel stat hie begraben.«

Folgt man der Neuordnung der H, wie sie Honegger vorgeschlagen hat und wie sie in dieser Ausgabe angewandt wurde (vgl. oben S. 12 und S. 21 Fn. 17), so ist diese »96. Historie« überzählig. Sie wiederholt (zusammen mit dem ihr beigegebenen Bild, vgl. S. 247 und Anm. zu H 41 (40)), nur den Schluß von H 96 (95). Bereits Walther (S. 67) hielt es für möglich, daß H 96 (95) den ursprünglichen Schluß des Buches bildete. Und mit Recht weist Honegger (S. 109 Fn. 279) darauf hin, daß die »96. Historie« »nun wirklich keine Historie ist« (vgl. auch Kadlec S. 198). Zudem setzt sie das Akrostichon der H 91 (90)- 96 (95) (vgl. S. 11) nicht fort. Läßt man sie also weg, lohnen die (häufig angestellten) Untersuchungen, wie hier das Auftauchen von »Lüneburg« zu erklären ist, nicht. Lindow (Fn. 1) hält eine Verwechslung mit Lauenburg (Name des Herzogtums, in dem Mölln liegt) für wahrscheinlich.

---

1 Grabmal mit Inschrift.
2 S 1519 hat hier »erheben«, womit der offenbar beabsichtigte Reim zerstört wird.

Zur Übertragung und zu den Anmerkungen und Illustrationen

Wiederholt ist auf folgende erstaunlichen Tatsachen hingewiesen worden: Das Volksbuch vom Eulenspiegel kam von Anfang an und dann durch die Jahrhunderte hindurch nur in sehr unzulänglichen Ausgaben voller Druckfehler, Unklarheiten, Verkürzungen, verbösernder Abänderungen, unechter Zusätze usw. auf den Markt. Trotz dieser unvollkommenen Formen erwies es sich als ungemein erfolgreich (vgl. S. 17) und als unverwüstlich – ein Beweis für den hohen Rang des Boteschen Werkes. Auch neuere Bearbeitungen haben teilweise nicht allzu viel geklärt oder gebessert. Simrock und Pannier wagten im 19. Jh. nicht einmal, ihren Lesern den gesamten Text des Buches vorzusetzen, schamvoll ließen sie H 24 und 69 (72) weg[1]. Rüttgers gab nur eine Auswahl von 51 Historien. Richard Benz[2] vertrat 1913 die Ansicht: um die Volksbücher als Dichtungen begreifen zu können, genüge es, sie in die heutige Schriftsprache »umzuschreiben«, wobei Satzbau und Worte der Originale erhalten bleiben müßten. Der Text müsse »nur noch (eben) zu verstehen sein«. Alle »Erklärungen« seien fortzulassen, um »die Dichtung rein und ungestört zur Wirkung zu bringen[3].« Diese Grundsätze mögen für die Zeit vor dem 1. Weltkrieg richtig gewesen sein. Heute gelten sie nach meiner Meinung nicht mehr[4]. Wir stehen dem Urtext zu fern. Deshalb entsprechen die nach dem 2. Weltkrieg erschienenen und für eine breite Leserschicht bestimmten Vokksbuchausgaben, die fast sämtlich in der Nachfolge von Benz stehen (etwa die Ausgaben von Wiemken, Jäkkel, Vosseler, Suchsland) m. E. nicht mehr den heutigen Anforderungen. Sie bleiben auf der »Benz'schen Mitte« zwischen dem Hochdeutsch des beginnenden 16. Jahrhunderts und dem heutigen Deutsch. Durchweg sind die in ihnen gegebenen Erläu-

1 Vgl. zur Kritik an Simrock z. B. Benz, Volksbücher S. 51; Scherf, Eul.-Jb. 1972, 7.

2 Benz, Volksbücher S. 53.

3 Vgl. seine Ausgaben des Eulenspiegel-Volksbuches von 1912, Jena: Diederichs (3. Aufl. 1924); Deutsche Volksbücher (darunter Eulenspiegel), Heidelberg: Schneider (1956); Drei deutsche Volksbücher (darunter Eulenspiegel), Köln und Olten: Hegner, 1969.

4 Vgl. auch Mackensen, Volksgut S. 79.

terungen (womit sie die Richtsätze Benz' schon ein wenig verlassen) zu knapp. Lediglich die Ausgabe von Gerhard Steiner kommt in ihrer sprachlichen Gestaltung meinen nachstehend dargelegten Grundsätzen sehr nahe.

Der vorliegenden Übertragung wurden die Frühdrucke[5] zugrunde gelegt. Bei Abweichungen zwischen S 1515 und S 1519 bin ich meist S 1519 gefolgt, das dem Kleinen Fragment (und damit der Ausgabe von 1510/11) besser entspricht als S 1515. Mit Recht bedauert Honegger[6], daß sich die heutigen Neuausgaben ausnahmslos S 1515 zur Vorlage genommen haben (von dem Druck S 1515 erfuhr die deutsche germanistische Wissenschaft erst 1868, also 14 Jahre nach der Herausgabe des Druckes S 1519 durch Lappenberg; vgl. jetzt auch die Faksimile-Ausgabe von 1519, s. Ergänzungs-Literaturverzeichnis Schmitt, Kommentar).

Das Ziel meiner Übertragung war es, dem heutigen Leser Botes Text in einer Form darzubieten, die keine Verständnisschwierigkeiten bereitet[7] und die seinem Manuskript möglichst nahe kommt. Daher habe ich die Reihenfolge der Historien nach dem Vorschlag Honeggers umgestellt, vgl. S. 12 und S. 21 Fn. 17. Die Textvarianten, die das Große Fragment erwarten läßt, konnten nicht berücksichtigt werden, da es noch nicht veröffentlicht ist. Soweit es das genannte Ziel erlaubte, wurden Botes Wortwahl, Darstellungsweise und Ausdrucksart beibehalten. Dennoch erwiesen sich nicht selten Wort- und Satzumstellungen als unumgänglich. Offenbare Druckfehler wurden in der Regel stillschweigend berichtigt. Natürlich wurde der Sinn des Textes nirgends verändert, in Zweifelsfällen Erläuterungen gegeben. Die Unterteilung des Textes in Absätze stammt von mir.

Die (mit übertragenen) Überschriften stammen mit ziemlicher Sicherheit nicht von Bote, sondern von dem Straßburger Bearbeiter[8]. Mehr als 40 Überschriften geben den Inhalt der H ungenau, widersprüchlich, unvollständig oder falsch wieder, sind

5 Vgl. die Begriffsbestimmung im Abkürzungsverzeichnis.
6 S. 26 Fn. 42; auch Flood, Wigoleis (S. 165), weist auf den hohen textkritischen Wert von S 1519 hin.
7 Über die besonderen Schwierigkeiten einer Übertragung aus dem Frühneuhochdeutschen vgl. Moser S. 167 ff.
8 Vgl. z. B. Schröder S. 22; Roloff S. 151; Arendt S. 74.

331

also mit Vorsicht zu lesen und geben für die Klärung von Zweifelsfragen des Inhalts wenig her.

Die im Text angebrachten Fußnoten beschränken sich im allgemeinen auf Worterklärungen und geographische Erläuterungen.

Wer eine Vertiefung der vielfältigen Fragenkreise wünscht, die sich um das Werk Botes und die Gestalt Eulenspiegels auch nach dem Erscheinen der Untersuchungen Honeggers ranken, findet in den Anmerkungen weiterführende Literaturhinweise. Den Anmerkungen waren vom Umfang her verhältnismäßig enge Grenzen gesetzt. Sie sollten gemäß der Anlage und dem Zweck dieses Buches den Text Botes nicht »überwuchern« und mußten sich daher auf die wichtigsten Problemkreise (manchmal nur andeutungsweise) beschränken. Z. B. konnte auf die zum Teil noch ungeklärten Fragen der Verwendung (und Bedeutung) von Sprichwörtern durch Bote und auf Fragen, die mit den reichhaltig gebrachten Münzbezeichnungen zusammenhängen[9], nicht eingegangen werden. Während Lappenberg in seinen Anmerkungen noch so ziemlich das gesamte Wissen seiner Zeit über das Eulenspiegelbuch zusammenfassen konnte, würde ein gleichartiger Versuch heute dazu führen, daß die Anmerkungen umfangmäßig ein Vielfaches des Boteschen Textes umfassen müßten[10].

Der Textkritiker muß für das Kleine Fragment (vgl. S. 9) auf Honegger, für S 1515 auf Knust, die Faksimile-Ausgabe von Schröder und auf die leicht zugängliche (mit reichhaltigen Anmerkungen und einem ausführlichen Nachwort versehene) Edition von Lindow, für S 1519 auf Lappenberg und die Faksimile-Ausgabe von Schmitt verwiesen werden. Es wäre jetzt an der Zeit, die Frühdrucke und die Fragmente in einer synoptisch-kritischen Ausgabe herauszugeben. Darüber hinaus sollte jedenfalls ein Teil von Botes Werken (etwa das »Radbuch«, das

9 Ansätze bei Walther S. 56 f. und Sielaff S. 58 f.
10 In den letzten 2–3 Jahren ist eine Fülle von Sekundärliteratur über das Volksbuch und über Eulenspiegel erschienen. Sie konnte aus drucktechnischen Gründen in dieser 2. Auflage nur sehr sparsam berücksichtigt werden. Aber auch die Schriftsteller haben den Eulenspiegelstoff wieder entdeckt. Insgesamt kann man von einer »Eulenspiegel-Renaissance« sprechen. Für Nachweise im einzelnen muß auf die letzten Eulenspiegel-Jahrbücher (vgl. Literaturverzeichnis) verwiesen werden.

»Schichtbuch« und der »Köker«) einem breiteren Publikum in Übersetzungen zugänglich gemacht werden. Eine Eulenspiegel-Bibliographie wird vorbereitet.

Der Welt größte Spezialsammlung der Eulenspiegel-Literatur (und darüber hinaus der Werke bildender Kunst, der Tonkunst usw., die mit Eulenspiegel zusammenhängen) befindet sich im Eulenspiegel-Museum in Schöppenstedt[11]. Dessen Literaturbestände sind in dem von Walter Hinz bearbeiteten »Katalog der Eulenspiegelliteratur im Eulenspiegel-Museum zu Schöppenstedt« (1973), der 1139 Nummern verzeichnet, erfaßt (die Zahl stieg inzwischen auf über 1800).

Die 87 Holzschnitt-Illustrationen (einschließlich Titelbild und Schlußvignette) des Druckes S 1515 sind in die vorliegende Ausgabe (leicht verkleinert) übernommen worden. 6 Holzschnitte erscheinen doppelt (und unterscheiden sich nur in den Seitenstücken; vgl. die Bilder zu H 36 und 65 (67); 39 (16) und 50 (52); 48 (50) und 53 (55); 52 (54) und 77 (78); 58 (60) und 59 (61); 71 (45) und 81 (82)), so daß 81 verschiedene Schnitte vorhanden sind. Davon gehen 12 Holzschnitte über die ganze Satzspiegelbreite (vgl. die Bilder zu H 2, 3, 4, 7, 9, 15 (13), 23, 29, 32, 56 (58), 11/12 (64), 66 (68)). 67 Holzschnitte bestehen aus einem Hauptstück, das regelmäßig ein Motiv aus dem Inhalt der Historie wiedergibt, und Seitenstücken, die in 63 Fällen aus einer Architekturansicht und in 4 Fällen aus figürlichen Darstellungen bestehen (Frauenfigur, Ritter, Mann mit Brokatmantel; vgl. H 13 (11), 14 (12), 70 (73), 86 (75)). Titelbild und Schlußvignette weisen keine Seitenstücke auf. Die Holzschnitte der Ausgabe von 1519 stimmen bis auf die Schnitte zu H 39

---

11 Das Eulenspiegel-Museum wurde 1940 von dem Essener Apotheker Erich Leimkugel, einem Sohne der Stadt Schöppenstedt gegründet. Er schenkte es kurz vor seinem Tode (1947) seiner Vaterstadt. Im Sommer 1950 wurde die 600. Wiederkehr des Todesjahres Eulenspiegels in seinem Geburtsort Kneitlingen und im nahen Schöppenstedt mit einer Festwoche gefeiert. An deren Ende wurde der »Freundeskreis Till Eulenspiegels« gegründet, der seitdem das Eulenspiegel-Museum betreut und seit 1960 das »Eulenspiegel-Jahrbuch« herausgibt. Der erste Vorsitzende des Freundeskreises wurde Professor Ernst August Roloff (Braunschweig), sein Nachfolger (seit 1953) ist Diplom-Landwirt Otto Buhbe, Schöppenstedt. Näheres über die Geschichte des Freundeskreises im Aufsatz von Ohlendorf und im Eul.-Jb. 1976, 51 ff. 1979 wurden in Damme (bei Brügge; Belgien) und in Veldhoven (bei Eindhoven; Niederlande) je ein weiteres Eulenspiegel-Museum gegründet, vgl. Näheres im Eul.-Jb. 1980, 59.

333

(16), 71 (45), 56 (58) und 65 (57) mit den Bildern der Ausgabe von 1515 überein. Die Seitenstücke sind jedoch vielfach verschieden (vgl. Näheres bei Schmitt, Kommentar S. 42 f.; zu den Illustrationsproblemen vgl. auch Sodmann, Eul.-Jb. 1980, 3). Die Bebilderung der Frühdrucke (und auch der späteren Volksbuchdrucke im 16. Jh.) ist bisher noch nicht systematisch untersucht worden, was bereits Schröder (S. 7) rügte (vgl. ferner Honegger S. 17 ff. und 30). Einen guten Überblick gibt Lindow S. 283 ff.; die bisher umfassendste Darstellung über Eulenspiegel in der bildenden Kunst bieten Thöne/Poensgen.

Perseke hat nachgewiesen, daß 9 Holzschnitte des Druckes S 1515 mit hoher Wahrscheinlichkeit von Hans Baldung Grien (1484/85 - 1545) stammen (vgl. auch Oldenbourg). Es sind dies das Titelblatt und die Schnitte zu H 1, 5, 6, 8, 10, 13 (11), 14 (12) und 21 (22). Vgl. zum Titelbild auch Wolfram S. 8 ff., Jacobj S. 10 und Sielaff S. 56.

Neben dem Eulenspiegel-Museum, das mir aus seinen Beständen mehrfach schwer zugängliche Literatur zur Verfügung stellte, bin ich den Herren Dr. Peter Honegger (Zürich) und Dr. Wolfgang Lindow (Bremen), die mir bereitwillig mehrere Anfragen über Text und Auslegung des Volksbuches beantworteten, zu großem Dank verpflichtet. Ferner danke ich auch hier noch einmal Herrn Dr. Virmond, Berlin, für eine Reihe von Hinweisen, die meine Übertragung verbesserten. Schließlich danke ich meiner Frau, ohne deren unermüdliche Mitarbeit mir die Herausgabe der Schrift nicht möglich gewesen wäre.

Mit der 1. Auflage dieses Buches (1978) wurde zum ersten Mal eine vollständige Ausgabe des »Eulenspiegel« vorgelegt, die Hermann Bote als Verfasser nennt[12].

---

12 Vorausgegangen war 1973 die für die Jugend bestimmte Auswahl von Walter Scherf (vgl. Bote/Scherf im Literaturverzeichnis).

Gegenüberstellung der Historien-Bezifferung

»Neuordnung« bedeutet: Bezifferung der Historien in dieser Ausgabe nach dem Vorschlag von Honegger S. 110 ff.; vgl. auch S. 12 und S. 21 Fn. 17 dieser Ausgabe.
»Frühdrucke« bedeutet: Bezifferung der Historien in den Ausgaben S 1515, S 1519 und im Kleinen Fragment.
Im Text dieser Ausgabe ist die Historien-Ziffer der Neuordnung vorangestellt, die Ziffer der Frühdrucke folgt in Klammern, soweit sich die Ziffern nicht gleichen. Beispiel: H 61 (19) bedeutet die 61. Historie dieser Ausgabe = 19. Historie der Frühdrucke.
Gleichen sich Ziffern der Neuordnung und der Frühdrucke, wird nur diese eine Ziffer gesetzt. Beispiel: H 25 bedeutet, daß die Ziffer dieser Historie in den Frühdrucken und nach der Neuordnung gleich sind (das ist der Fall bei H 1–10, 18, 23–38, 43).

Neuordnung		Frühdrucke	Neuordnung		Frühdrucke
H 1	=	H 1	H 26	=	H 26
H 2	=	H 2	H 27	=	H 27
H 3	=	H 3	H 28	=	H 28
H 4	=	H 4	H 29	=	H 29
H 5	=	H 5	H 30	=	H 30
H 6	=	H 6	H 31	=	H 31
H 7	=	H 7	H 32	=	H 32
H 8	=	H 8	H 33	=	H 33
H 9	=	H 9	H 34	=	H 34
H 10	=	H 10	H 35	=	H 35
H 11	=	H 64, 1. Teil	H 36	=	H 36
H 12	=	H 64, 2. Teil	H 37	=	H 37
H 13	=	H 11	H 38	=	H 38
H 14	=	H 12	H 39	=	H 16
H 15	=	H 13	H 40	=	H 39
H 16	=	H 14	H 41	=	H 40
H 17	=	H 15	H 42	=	H 41
H 18	=	H 18	H 43	=	H 43
H 19	=	H 21	H 44	=	H 46
H 20	=	H 88	H 45	=	H 47
H 21	=	H 22	H 46	=	H 48
H 22	=	H 63	H 47	=	H 49
H 23	=	H 23	H 48	=	H 50
H 24	=	H 24	H 49	=	H 51
H 25	=	H 25	H 50	=	H 52

Neuordnung		Frühdrucke	Neuordnung		Frühdrucke
H 51	=	H 53	H 74	=	H 44
H 52	=	H 54	H 75	=	H 76
H 53	=	H 55	H 76	=	H 77
H 54	=	H 56	H 77	=	H 78
H 55	=	H 57	H 78	=	H 79
H 56	=	H 58	H 79	=	H 80
H 57	=	H 59	H 80	=	H 81
H 58	=	H 60	H 81	=	H 82
H 59	=	H 61	H 82	=	H 83
H 60	=	H 62	H 83	=	H 84
H 61	=	H 19	H 84	=	H 85
H 62	=	H 20	H 85	=	H 86
H 63	=	H 65	H 86	=	H 75
H 64	=	H 66	H 87	=	H 71, 1. Teil
H 65	=	H 67	H 88	=	H 71, 2. Teil
H 66	=	H 68	H 89	=	H 17
H 67	=	H 69	H 90	=	H 89
H 68	=	H 70	H 91	=	H 90
H 69	=	H 72	H 92	=	H 91
H 70	=	H 73	H 93	=	H 92
H 71	=	H 45	H 94	=	H 93
H 72	=	H 87	H 95	=	H 94
H 73	=	H 74	H 96	=	H 95

Frühdrucke		Neuordnung	Frühdrucke		Neuordnung
H 1	=	H 1	H 22	=	H 21
H 2	=	H 2	H 23	=	H 23
H 3	=	H 3	H 24	=	H 24
H 4	=	H 4	H 25	=	H 25
H 5	=	H 5	H 26	=	H 26
H 6	=	H 6	H 27	=	H 27
H 7	=	H 7	H 28	=	H 28
H 8	=	H 8	H 29	=	H 29
H 9	=	H 9	H 30	=	H 30
H 10	=	H 10	H 31	=	H 31
H 11	=	H 13	H 32	=	H 32
H 12	=	H 14	H 33	=	H 33
H 13	=	H 15	H 34	=	H 34
H 14	=	H 16	H 35	=	H 35
H 15	=	H 17	H 36	=	H 36
H 16	=	H 39	H 37	=	H 37
H 17	=	H 89	H 38	=	H 38
H 18	=	H 18	H 39	=	H 40
H 19	=	H 61	H 40	=	H 41
H 20	=	H 62	H 41	=	H 42
H 21	=	H 19	H 42 fehlt		—

Frühdrucke		Neuordnung	Frühdrucke		Neuordnung
H 43	=	H 43	H 70	=	H 68
H 44	=	H 74	H 71, 1. T.	=	H 87
H 45	=	H 71	H 71, 2. T.	=	H 88
H 46	=	H 44	H 72	=	H 69
H 47	=	H 45	H 73	=	H 70
H 48	=	H 46	H 74	=	H 73
H 49	=	H 47	H 75	=	H 86
H 50	=	H 48	H 76	=	H 75
H 51	=	H 49	H 77	=	H 76
H 52	=	H 50	H 78	=	H 77
H 53	=	H 51	H 79	=	H 78
H 54	=	H 52	H 80	=	H 79
H 55	=	H 53	H 81	=	H 80
H 56	=	H 54	H 82	=	H 81
H 57	=	H 55	H 83	=	H 82
H 58	=	H 56	H 84	=	H 83
H 59	=	H 57	H 85	=	H 84
H 60	=	H 58	H 86	=	H 85
H 61	=	H 59	H 87	=	H 72
H 62	=	H 60	H 88	=	H 20
H 63	=	H 22	H 89	=	H 90
H 64, 1. T.	=	H 11	H 90	=	H 91
H 64, 2. T.	=	H 12	H 91	=	H 92
H 65	=	H 63	H 92	=	H 93
H 66	=	H 64	H 93	=	H 94
H 67	=	H 65	H 94	=	H 95
H 68	=	H 66	H 95	=	H 96
H 69	=	H 67	H 96	=	Vgl. S. 329

Literaturverzeichnis

Agricola, Johannes, 750 deutsche Sprichwörter, hrsg. von Mathilde Hain, Hildesheim: Olms (reprografischer Nachdruck der Ausgabe Hagenau 1534), 1970

Amis s. Heiland

Arendt, Dieter, Eulenspiegel. Sprachwitz und Widerstand. In: Kürbiskern, März 1977, München: Damnitz Verlag, S. 108

Bebel, Heinrich, s. S. 298

Beckers, Hartmut, Die Erforschung der niederdeutschen Literatur des Mittelalters. In: Nd. Jb. Bd. 97 (1974) S. 37

Benz, Richard, Die deutschen Volksbücher, 1913; 2. Aufl. 1924 unter dem Titel: Geschichte und Ästhetik des deutschen Volksbuchs (zit. Benz, Volksbücher)

Benz, Richard (Hrsg.), Drei deutsche Volksbücher. Die sieben weisen Meister – Fortunatus – Till Eulenspiegel. Köln und Olten: Hegner, 1969

Beyer, Hildegard, Die deutschen Volksbücher und ihr Lesepublikum, Diss. Frankfurt a. Main, 1962

Bobertag, Felix, Volksbücher des 16. Jahrhunderts. Eulenspiegel. Faust. Schildbürger. Berlin und Stuttgart (um 1887) (= Deutsche National-Literatur, hrsg. von J. Kürschner, 25. Bd.)

Boccaccio, Giovanni, s. S. 298

Bodensohn, Anneliese, Die Provokation des Narren. Bd. I (1972) und III (1975), Frankfurt/Main: Dipa-Verlag

Borst, Arno, Lebensformen im Mittelalter, Frankfurt/Main und Berlin: 1973

Bote, Hermann, Der Köker. Herausgegeben von Gerhard Cordes, Tübingen: Niemeyer, 1963

Bote/Scherf, Hermann Bote, Till Eulenspiegel aus dem Lande Braunschweig. Wie er sein Leben vollbracht hat: Kurzweilig erzählt von Walter Scherf und mit vielen Bildern versehen von Günther Lawrenz, Würzburg: Arena, 1974

Brant, Sebastian, Das Narrenschiff, hrsg. von Friedrich Zarncke, 1854

Brües, Otto, Zwischen Kneitlingen und Knittlingen. Till Eulenspiegel und Faust. In: Eul.-Jb. 1960, 4

Buhbe/Sichtermann, Till Eulenspiegel. Aufnahmen aus dem Eulenspiegel-Museum in Schöppenstedt. Mit einem Geleitwort von Willi Thiele, Wolfenbüttel, 2. Aufl. 1977

Cordes, Gerhard, Eulenspiegel. In: Neue Deutsche Biographie, Berlin: Duncker und Humblot, 4. Bd. 1959 S. 685 (zit. Cordes)

Cordes, Gerhard (Hrsg.), Hermann Bote, Der Köker, Tübingen: Niemeyer, 1963

Cordes, Gerhard, Hermann Bote und sein »Köker«. In: Festschrift für Ludwig Wolff, Neumünster: Wachholtz, 1972, 287

Cordes, Gerhard, Alter Fuchs und weiser Schelm. In: Eul.-Jb. 1978, 3

Coster, Charles de, s. S. 18 und S. 22 Fn. 36

Dahlberg, Torsten, Brandaniana. Kritische Anmerkungen usw. (Göteborger Germanistische Forschungen, Bd. 4), Göteborg, 1958

Danckert, Werner, Unehrliche Leute. Die verfemten Berufe. Bern und München: Francke, (1963)

Debus, Oswald, Till Eulenspiegel in der deutschen Volksüberlieferung, Diss. Marburg 1951

Doderer, Klaus (Hrsg.), Lexikon der Kinder- und Jugendliteratur, Weinheim und Basel: Beltz; Pullach: Verlag Dokumentation, 1. Bd. 1975

Dollmayr, Viktor (Hrsg.), Die Geschichten des Pfaffen vom Kalenberg, Halle 1907

Dumézil, Georges, Loki. Darmstadt: Wissenschaftliche Buchgesellschaft, 1959

Ebel, Wilhelm, Lübisches Recht, Lübeck: Schmidt-Römhild, 1971

Elias, Norbert, Über den Prozeß der Zivilisation, Bern und München: Francke, 2 Bde., 2. Aufl. 1969

Engler, Walter, Zwei Eulenspiegel-Bildwerke in Hamburg. In: Eul.-Jb. 1971, 35

Englisch, Paul, Das skatologische Element in Literatur, Kunst und Volksleben, Stuttgart: Püttmann, 1928

Eulenspiegel-Jahrbuch, Jg. 1960-1966 (1962 und 1963 in einem Bd.), hrsg. vom Freundeskreis des Till-Eulenspiegel-Museums zu Schöppenstedt; ab 1967 hrsg. vom Freundeskreis Till Eulenspiegels, Schöppenstedt. Schriftleitung von 1960-1965: Heinz Ohlendorf; ab 1966: Siegfried Sichtermann

Fischart, Johann, Eulenspiegel reimensweiß. 2. Teil von Johann Fischarts Werken, hrsg. von Adolf Hauffen, Stuttgart (um 1890), Deutsche National-Literatur, hrsg. von Joseph Kürschner, Bd. 18 Abt. 2.

Flögel, Karl Friedrich, Geschichte der Hofnarren, 1789

Flood, John L., Besprechung von Honeggers »Ulenspiegel«. In: Anzeiger für Deutsches Altertum und Deutsche Literatur, Bd. 87 (1976) S. 134 (zit. Flood, Besprechung)

Flood, John L., Der Prosaroman »Wigoleis vom Rade« und die Entstehung des »Ulenspiegel«. In: Zeitschrift für Deutsches Altertum und Deutsche Literatur, Bd. 105 (1976) S. 151 (zit. Flood, Wigoleis)

Frenken, Josef, Till und Götz. In: Eul.-Jb. 1968, 12

Fricke Rudolf, Eulenspiegel als Fahrender, Ehemann und Weiser. In: Eul.-Jb. 1973, 30

Friedell, Egon, Kulturgeschichte der Neuzeit, München: Beck, 1927/31 (zit. aus der ungekürzten Ausgabe in einem Band, 1960)

Friedrich, Wilhelm, Karlheinz Goedtke, München: Delp, 1963

Friedrich/Nissen/Sielaff/Ude, Mölln, der Kneipp- und Luftkurort. Die Stadt Till Eulenspiegels, 3. Aufl. 1977 (hrsg. von der Stadt Mölln)

Geisler, Gisela, Till Eulenspiegel. Nach der Originalausgabe von 1515 übertragen und bearbeitet. Illustriert von Gerhard Oberländer. München: Ellermann, 1971

Goedeke, Karl, Kleine Mitteilungen. In: Weimarisches Jahrbuch usw., Bd. 4, 1856 S. 11 (15), zit. Goedeke

Goedeke, Karl, Eulenspiegel. In: Archiv für Literaturgeschichte, hrsg. von Schnorr von Carolsfeld, 10. Bd., 1881 S. 1 (zit. Goedeke, Archiv)

Görlich, Ernst Joseph, Der »Pfaff vom Kahlenberg«. In: Eul.-Jb. 1968, 26

Görres, Joseph, Die teutschen Volksbücher, Heidelberg, 1807

Goethe, Johann Wolfgang von, s. S. 266

Grimm, Jacob und Wilhelm, Deutsches Wörterbuch, 1854-1971 (zit. Grimm)

Grunow, Heinz, (Über das Eulenspiegel-Denkmal in Kneitlingen). In: Eul.-Jb. 1968, 35

Haack, G., Till Eulenspiegel. In: Lauenburgische Heimat, 14. Jg. 1938 S. 1

Hansen-Ostfalen, Albert, Forschungen um Till Eulenspiegel. In: Eul.-Jb. 1962/63, 34

Hase, Martin von, Die von Melchior Sachse in Erfurt 1532-1544 gedruckten Ausgaben des Volksbuches vom Eulenspiegel. In: Eul.-Jb. 1964, 15

Haug, W.F., Die Einübung bürgerlicher Verkehrsformen bei Eulenspiegel. In: Vom Faustus bis Karl Valentin. Argument-Sonderband 3 (1976), Berlin: Argument-Verlag, S. 4

Haupt, Moritz, Ährenlese. In: Zeitschrift für deutsches Altertum, 15. Bd. 1872 S. 246

Hauptmann, Gerhart, Des großen Kampffliegers, Landfahrers, Gauklers und Magiers Till Eulenspiegel Abenteuer, Streiche, Gaukeleien, Gesichte und Träume, Berlin: Fischer, 1928

Haussig, H. W. (Hrsg.), Wörterbuch der Mythologie, Bd. I, Stuttgart: Klett, 1965

Hayn/Gotendorf, Bibliotheca Germanorum Erotica und Curiosa, 8 Bde., 1912–1914; 9. Bd. (bearb. von Paul Englisch) 1929

Heiland, Karl (Hrsg.), Der Pfaffe Amis von dem Stricker, nach dem Original hrsg., München 1912

Heinrich, Klaus, Versuch über die Schwierigkeit nein zu sagen, Frankfurt/Main: Suhrkamp, 1964

Henning, Wilhelm, Die Geschichte des Pfarrers vom Kalenberg, Hans Clawerts werckliche Historien, Das Lalebuch. München 1962

Herrmann, Max, Das Volksbuch vom Till Eulenspiegel als theatergeschichtliche Quelle. In: Neues Archiv für Theatergeschichte, Berlin 1929, Bd. 1, S. 1

Hildebrandt, Hans-Hagen, Sozialkritik in der List Till Eulenspiegels. In: Projekt Deutschunterricht 1, hrsg. von H. Ide, Stuttgart: Metzler, 1971, S. 104

Hilsberg, Werner, Der Aufbau des Eulenspiegel-Volksbuches von 1515; Diss. Hamburg 1933

Hinz, Walter, Katalog der Eulenspiegelliteratur im Eulenspiegel-Museum zu Schöppenstedt, hrsg. vom Freundeskreis Till Eulenspiegels (zugleich Vorarbeiten zu einer Eulenspiegel-Bibliographie), 1973

Hinz, Walter, Till Eulenspiegel in einer Flugschrift aus dem Jahre 1606. In: Eul.-Jb. 1975, 14

Hippel, Ernst von, Till Eulenspiegel als Symbol der Neuzeit. In: Stimmen der Zeit, 151. Bd. 1952/53 S. 357

Honegger, Peter, Ulenspiegel. Ein Beitrag zur Druckgeschichte und zur Verfasserfrage, Neumünster: Wachholtz, 1973 (zit. Honegger)

Honegger, Peter, Eulenspiegel und die sieben Todsünden. In: Niederdeutsches Wort, Bd. 15/1975 S. 19 (zit. Honegger, Todsünden)

Hucker, Bernd Ulrich, Eine neuentdeckte Erstausgabe des Eulenspiegels von 1510/11. In: Philobiblon (Hamburg: Hauswedell), Jg. XX, Heft II, Juni 1976, S. 78 (zit. Hucker, Philobiblon)

Hucker, Bernd Ulrich, Hermann Bote. In: Niedersächsische Lebensbilder, Bd. 9, Hildesheim: Lax, 1976 S. 1 (zit. Hucker, Bote)

Hucker, Bernd Ulrich, Neue Eulenspiegelforschungen. In: Eul.-Jb. 1977, 3 (zit. Hucker, Eul.-Jb.)

Hucker, B. U., Das hansische Lübeck und Thyl Ulenspiegel. In: Eul.-Jb. 1978, 16

Huizinga, Johan, Herbst des Mittelalters, Stuttgart: Kröner, 10. Aufl. 1969

Jaacks, Günther, Der sogenannte Grabstein des Till Eulenspiegel in Mölln und seine Tradition. In: Nordelbingen, 35. Bd. 1966, S. 9

Jacobj, Gerhard, Das Geheimnis in Till Eulenspiegels Leben. In: Eul.-Jb. 1970, 6

Jäckel, Günter (Hrsg.), Ein kurzweilig Lesen von Till Eulenspiegel, Leipzig: Reclam, 9. Auflage 1968

Jeep, Ernst, Eulenspiegel. In: Mitteilungen des deutschen Sprachvereins, Berlin, 1895, S. 111

Joyce, James, s. S. 264

Jünger, Friedrich Georg, Über das Komische, Frankfurt a. M.: Klostermann, 3. Aufl. 1948

Kadlec, Eduard, Untersuchungen zum Volksbuch von Ulenspiegel. Prag, 1916. Reprographischer Nachdruck. Hildesheim: Gerstenberg, 1973

Kalenberger s. Dollmayr

Klabund, Klabunds Literaturgeschichte, Wien 1930

Knost, Friedrich A., Eulenspiegel. In: Niedersachsen, 1962 S. 14

Knust, Hermann, Till Eulenspiegel. Abdruck der Ausgabe vom Jahre 1515, Halle: Niemeyer (= Neudrucke deutscher Litteraturwerke des 16. und 17. Jahrhunderts, Nr. 55/56), 1884

Könneker, Barbara, Wesen und Wandlung der Narrenidee im Zeitalter des Humanismus, Wiesbaden: Steiner, 1966 (zit. Könneker, Narrenidee)

Könneker, Barbara, Strickers Pfaffe Amis und das Volksbuch von Ulenspiegel. In: Euphorion, 64. Bd. 1970, 242 (zit. Könneker)

Koppmann, K., Zum Eulenspiegel. In: Korr.-bl. 1894/95 S. 18

Krogmann, Willy. Eulenspiegels Grabstein, Hamburg: Hermes, 1950

Krogmann, Willy, Ulenspiegel. Kritische Textausgabe, Neumünster: Wachholtz, 1952 (zit. Krogmann, Textausgabe)

Krogmann, Willy, Ulenspiegel. In: Nd. Jb. Bd. 58/59 (1932/33) S. 104 ff. (zit. Krogmann, Nd. Jb.)

Krogmann, Willy Die niederdeutschen Ausgaben des »Ulenspiegel«. In: Beiträge zur Geschichte der deutschen Sprache und Literatur, 78. Bd. 1956, S. 235 (zit. Krogmann, Nd. Ausg.)

Krywalski, Diether, Handlexikon zur Literaturwissenschaft, München: Ehrenwirth, 1974

Kuckhoff, Adam, Till Eulenspiegel. Spiel in fünf Bildern, Berlin: Universitas Verlag, 1941

Lachmann, Karl, s. Lessing

Lappenberg, Johann Martin, Dr. Thomas Murners Ulenspiegel, Leipzig, 1854 (Fotomechanischer Neudruck Leipzig 1975)

Lassberg, Joseph, Lieder-Saal. Sammlung altdeutscher Gedichte, 1825

Lessings sämtliche Schriften, hrsg. von Karl Lachmann, 3. Aufl. 16. Bd., Berlin 1902

Lexer, Matthias, Mittelhochdeutsches Handwörterbuch, 3 Bde., 1869/1878

Lindow, Wolfgang, »Nun waz ein Gewonheit«. In: Beiträge zur deutschen Volks- und Altertumskunde, 1969 S. 19 (zit. Lindow, Gewohnheit)

Lindow, Wolfgang, Ein kurtzweilig Lesen von Dil Ulenspiegel. Nach dem Druck von 1515. Mit 87 Holzschnitten. Stuttgart: Reclam, (4. Aufl.) 1978 (zit. Lindow; eine hinter »Lindow« angegebene Fn. bedeutet seine Fn. zur betr. H)

Lindow, Wolfgang, Zum Verfasser des Ulenspiegels. In: Korr.-bl. 1973, 31

Lindow, Wolfgang, Besprechung von Honeggers »Ulenspiegel«. In: Eul.-Jb. 1974, 41 (zit. Lindow, Besprechung)

Lindow, Wolfgang, Eulenspiegel in Bremen. Vortrag am 30. 8. 1975 vor der Gesellschaft zur Pflege des Märchengutes der europäischen Völker in Bremen. Maschinenmanuskript, vorhanden im Eulenspiegel-Museum (zit. Lindow, Vortrag)

Lussky, Geo, Was bedeutet der Name Eulenspiegel? In: Zeitschrift für deutsche Philologie, Bd. 63, 1938 S. 235

Mackensen, Lutz, Die deutschen Volksbücher, Leipzig 1927 (zit. Mackensen, Volksbücher)

Mackensen, Lutz, Zur Entstehung des Volksbuches vom Eulenspiegel. In: GRM 1936, 241 (zit. Mackensen, GRM)

Mackensen, Lutz Die deutschen Volksbücher. In: Volksgut im Jugendbuch, Reutlingen: Ensslin und Laiblin, 1953, S. 59 (zit. Mackensen, Volksgut)

Mautner, Franz Heinrich, Das Wortspiel und seine Bedeutung. In: Deutsche Vierteljahrsschrift für Literaturwissenschaft und Geistesgeschichte, 1931, 679

Meyers Enzyklopädisches Lexikon, Mannheim: Bibliographisches Institut, 9. Aufl., ab 1971

Meiners, Irmgard, Schelm und Dümmling in Erzählungen des deutschen Mittelalters, München 1967

Meridies, Wilhelm, Eulenspiegel der Kämpfer für Menschenfreiheit und Menschenrecht. In: Eul.-Jb. 1961, 7

Merker/Stammler, Reallexikon der deutschen Literaturgeschichte, 3. Bd., 1928/1929

Meyer / von Kummer / Dencker, Farbe und Abzeichen bei Pferden, Hannover, 2. Aufl. 1970

Mollenhauer, Heinz, Der Kunstbildhauer Erich Schmidtbochum, Braunschweig: Waisenhaus-Buchdruckerei und Verlag, 1964

Müller, Werner, Der Rankesche Irrtum. In: Scheidewege, Frankfurt/Main: Klostermann, 1973, 430

Müller-Jabusch, Maximilian, Götzens grober Gruß. München: Pohl u. Co., 1956

Murr, Christoph Gottlieb von, Litterarische Nachrichten von Tyll Eulenspiegel. In: (Reichards) Bibliothek der Romane, 4. Bd., Berlin 1779 S. 93

Nadler, Josef, Literaturgeschichte des Deutschen Volkes, Berlin: Propyläen-Verlag, 4 Bd., 4. Aufl. 1939/1941 (1. Bd. S. 575)

Neue Deutsche Biographie, hrsg. von der Historischen Kommission bei der Bayerischen Akademie der Wissenschaften, Berlin, ab 1953

Ohlendorf, Heinz, Der Freundeskreis des Eulenspiegel-Museums. In: Eul.-Jb. 1966, 7

Oldenbourg, Maria Consuelo, Die Buchholzschnitte des Hans Baldung Grien, Baden-Baden/Straßburg: Heitz, 1962

Pannier, Karl, Das Volksbuch von Till Eulenspiegel, Leipzig: Reclam, o. J. (1882)

Peeters, Vital, (Über das Eulenspiegel-Denkmal in Rupelmonde). In: Eul.-Jb. 1970, 39

Peleman, Bert, In het spoor van Uilenspiegel, Hasselt (Belgien): Heideland, 1968

Perseke, Helmut, Baldungs Holzschnitte für den Ulenspiegel. In: Oberrheinische Kunst, Freiburg, 9. Jg. 1940 S. 162

Perseke, Helmut, Hans Baldungs Schaffen in Freiburg, Freiburg 1941

Petzoldt, Leander, Eulenspiegel der paradoxe Held. In: Eul.-Jb. 1971, 3

Pfaffe Amis s. Heiland

Pfaffe vom Kalenberg s. Dollmayr

Platière, Roland de la, Kunst die Wollzeuge zuzurichten und zu drucken. Übersetzt durch Johann Conrad Harrepeter (= Schauplatz der Künste und Handwerke, Bd. 15), Neunburg und Leipzig, 1783

Podleiszek, Franz, Die St. Brandan-Legende. In: Volksbücher von Weltweite und Abenteuerlust (= Deutsche Literatur. Sammlung literarischer Kunst- und Kulturdenkmäler in Entwicklungsreihen, hrsg. von Kindermann; Reihe (12): Volks- und Schwankbücher, Bd. 2), Leipzig 1936

Röhrich, Lutz, Lexikon der sprichwörtlichen Redensarten, 2 Bde., Freiburg/Basel/Wien: Herder, 1973

Röhrich, Lutz, Der Witz. Figuren, Formen, Funktionen. Stuttgart: Metzler, 1977 (zit. Röhrich, Witz)

Roloff, Ernst August, Ewiger Eulenspiegel, Braunschweig 1940

Rosenfeld, Hans-Friedrich, Mnd. rode, röde und Verwandtes sowie der Hundename Hopf. Zugleich ein Beitrag zur Eulenspiegelforschung. In: Niederdeutsche Mitteilungen (hrsg. von Torsten Dahlberg), Lund (Schweden), 1970 S. 5, 1971 S. 5 (zit. Rosenfeld)

Rosenfeld, Hans-Friedrich, Zu Überlieferungsgeschichte des Ulenspegel und zum mittelalterlichen Wortschatz Braunschweigs. In: Muttersprache 1972, 1 (zit. Rosenfeld, Muttersprache)

Rüttgers, Severin, Deutsche Volksbücher, Leipzig: Insel, 1935

Rusterholz, Peter, Till Eulenspiegel als Sprachkritiker. In: Wirkendes Wort, 1977, 18

Sachse, Johann Christoph, Der deutsche Gil Blas. Eingeführt von Goethe. Oder: Leben, Wanderungen und Schicksale Johann Christoph Sachses, eines Thüringers. Von ihm selbst verfaßt. Nach dem Text der Erstausgabe von 1822, München: Winkler-Verlag, 1964

Schattenberg, Karl, Till Eulenspiegel und der Eulenspiegelhof in Kneitlingen, Braunschweig 1906

Scherer, Wilhelm, Die Anfänge des deutschen Prosaromans und Jörg Wickram von Colmar, Straßburg 1877

Scherf, Walter, s. Bote/Scherf

Scherf, Walter, Eulenspiegel und die Jugendbuchexperten. In: Eul.-Jb. 1972, 3

Scherf, Walter, Volksbuch und Jugendliteratur, München: Internationale Jugendbibliothek, 1976 (zit. Scherf, Volksbuch)

Scherr, Johannes, Deutsche Kultur- und Sittengeschichte, Stuttgart: Schuler, 2. Aufl. 1948

Schiller/Lübben, Mittelniederdeutsches Wörterbuch, 1872/1881

Schmidt-Reindahl, Theo, Entstehungsgeschichte und Schicksal des Eulenspiegel-Denkmals in Kneitlingen. In: Eul.-Jb. 1967, 23

Schmitz, Günter, Physiologie des Scherzes, Hildesheim/New York: Olms, 1972 (zit. Schmitz, Physiologie)

Schmitz, Günter, Besprechung von Honeggers »Ulenspiegel«. In: Nd. Jb. Bd. 97 (1974) S. 173 (zit. Schmitz, Besprechung)

Schmitz, Günter, Verschollener Eulenspiegel – Frühdruck wiederentdeckt. In: Eul.-Jb. 1976, 35

Schreiber, G., Der irische Seeroman des Brandan. In: Festschrift Franz Dornseiff zum 65. Geburtstag, Leipzig 1953

Schröder, Edward, Geleitwort zum Faksimiledruck des Eulenspiegel-Volksbuches von 1515 im Inselverlag, Leipzig 1911

Schultz, Alwin, Deutsches Leben im 14. und 15. Jahrhundert, 2 Bände, Prag/Wien/Leipzig 1892

Schultz, Julius, Psychologie des Wortspiels. In: Zeitschrift für Ästhetik und allgemeine Kunstwissenschaft, 21. Bd. 1927, S. 16

Schulz, Hans, Deutsches Fremdwörterbuch, Bd. I, Straßburg 1913

Segers, Guy, Charles de Coster's Grabmal auf dem Friedhof von Elsene. In: Eul.-Jb. 1973, 16

Sichtermann, Siegfried, Rolandstandbilder und Eulenspiegel. In: Eul.-Jb. 1960, 21

Sichtermann, Siegfried, Die Eulenspiegeltradition in Einbeck. In: Eul.-Jb. 1962/63, 26

Sichtermann, Siegfried, Der Eulenspiegel-Brunnen in Eisenach. In: Eul.-Jb. 1967, 25

Sichtermann, Siegfried, (Über das Eulenspiegel-Denkmal in Espelkamp). In: Eul.-Jb. 1970, 31

Sichtermann, Siegfried, Zwei wenig bekannte Eulenspiegel-Nachrichten. In: Eul.-Jb. 1971, 30

Sielaff, Erich, Zur Geschichte und Bedeutung des Volksbuches von Till Ulenspiegel. In: Wissenschaftliche Zeitschrift der Universität Rostock, 6. Jg. 1956/57 S. 27

Simrock, Karl, Ein kurzweilig Lesen von Till Eulenspiegel usw., Frankfurt a. M.: Winter, o. J. (1878)

Sommerhalder, Hugo, Johann Fischarts Werk. Eine Einführung. Berlin: de Gruyter, 1960

Spetzler, Eberhard, Der Rattenfänger von Hameln in einer Gegenüberstellung zu Till Eulenspiegel. In: Eul.-Jb. 1975, 3

Spriewald/Schnabel/Lenk/Entner, Grundpositionen der deutschen Literatur im 16. Jahrhundert, Berlin und Weimar: Aufbau-Verlag, 2. Aufl. 1976 (zit. Spriewald)

Steiner, Gerhard, Zur Exegese des Volksbuchs von Till Eulenspiegel. In: Acta Litteraria, Budapest 1959 S. 251 (zit. Steiner, Exegese)

Steiner, Gerhard, Ein kurzweilig Lesen von Till Eulenspiegel, geboren aus dem Lande zu Braunschweig, wie er sein Leben vollbracht hat. Sämtliche Geschichten nach den ältesten Drucken erzählt und einem geneigten Publikum zu sonderbarem Nutzen unterbreitet. Berlin: Eulenspiegel-Verlag, 5. Aufl. 1978 (zit. Steiner)

Stichel, Wolfgang, Till Eulenspiegel, der Eulenspiegelhof in Kneitlingen und die Familie Stichel, Berlin 1966

Stieler, Franz, Der Bernburger Eulenspiegelforscher Hermann Siebert (Eul.-Jb. 1968, 16); Turmbläser Till Eulenspiegel im Volksbuch und in der Bernburger Überlieferung (Eul.-Jb. 1969, 10); Bernburgs Eulenspiegel einst und jetzt (Eul.-Jb. 1970, 17); Bernburgs Eulenspiegel in anhaltischer Überlieferung, Wissenschaft und Kunst (Eul.-Jb. 1971, 26)

Stieler, Franz, Eulenspiegel in Mecklenburg (II). In: Eul.-Jb. 1976, 26

Straßner, Erich, Schwank. Stuttgart: Metzler, 1968

Stricker, s. Heiland

Suchsland, Peter (Hrsg.), Deutsche Volksbücher. Textrevision von Erika Weber. Bd. 1-3, Berlin und Weimar: Aufbau-Verlag, 2. Aufl. 1975. In Band 2: Tyl Ulenspiegel.

Thiele, Willi, s. Buhbe/Sichtermann

Thöne/Poensgen, Stichwort »Eulenspiegel« in: Reallexikon der deutschen Kunstgeschichte, Bd. VI, Stuttgart: Druckenmüller, 1970

Tillmann, Curt, Lexikon der deutschen Burgen und Schlösser, 4 Bde., 1958/1961

Ude, Rudolf, Eulenspiegels Grabstein. In: Lauenburgische Heimat, 1969, 54

Ude, Rudolf, Eulenspiegel-Gedenkstein. In: Lauenburgische Heimat, 1971, 67

Vershofen, Wilhelm, Till Eulenspiegel. Ein Spiel von Not und Torheit. Jena: Diederichs, 1919

Virmond, Wolfgang, Materialismus aus der Alchemistenküche. In: Berliner Hefte, 2/1977 S. 80 (zit. Virmond, Berliner Hefte)

Vosseler, Martin, Till Ulenspiegel. Das deutsche Volksbuch von 1515, München: Goldmann, o. J. (1971)

Walther, C., Zur Geschichte des Volksbuches vom Eulenspiegel. In: Nd. Jb., 19. Jg. 1893 (1894) S. 1

Wander, K. F. W., Deutsches Sprichwörter-Lexikon, 5 Bde., 1867-1880

Warmoes, F., Das Till-Eulenspiegel-Denkmal in Damme. In: Eul.-Jb. 1967, 44

Wiemken, Helmut (Hrsg.), Die Volksbücher von Till Ulenspiegel, Hans Clawert und den Schildbürgern. Bremen: Schünemann (Sammlung Dieterich), 1962

Willeford, William, Der Narr an der Grenze. In: Antaios, hrsg. von Mircea Eliade und Ernst Jünger, Bd. X Nr. 6, März 1969, S. 539

Winkler, Leonhard, Deutsches Recht im Spiegel deutscher Sprichwörter, Leipzig 1927

Wiswe, Hans, Sozialgeschichtliches um Till Eulenspiegel. In: Braunschweigisches Jahrbuch Bd. 52/1971 S. 3 und Bd. 57/1976 S. 23

Wolfram, Elise, Das Geheimnis von Till Eulenspiegels Leben, Leipzig 1913

Zacharias, Alfred, Till Eulenspiegel erzählt sein Leben. Mit 25 Holzschnitten des Verfassers, München: Heimeran, 1950

Ergänzungs-Literaturverzeichnis zur zweiten Auflage

Arendt, Dieter, Eulenspiegel – ein Narrenspiegel der Gesellschaft. Stuttgart: Klett/Cotta, 1978 (zit. Arendt)

Ariès, Philippe, Geschichte der Kindheit, München/Wien: Hanser, 1975

Brummack, Jürgen, Satirische Dichtung. München: Wilhelm Fink, 1979

Brunkhorst-Hasenclever, Annegrit (Hrsg.), Till Eulenspiegel. Texte zur Rezeptionsgeschichte. Frankfurt am Main/Berlin/München: Diesterweg, 1979

Cramer, Thomas (Hrsg.), Till Eulenspiegel in Geschichte und Gegenwart, Bern: Lang, 1978 (= Beiträge zur Älteren Deutschen Literaturgeschichte, hrsg. von Bumke, Cramer, Kaiser, Wenzel)

Eleman, Ch., Wie nun auch in den Niederlanden Eulenspiegel ein Zuhause gefunden hat. In: Eul.-Jb. 1980, 33

Elschenbroich, Donata, Kinder werden nicht geboren, Frankfurt/Main: Päd. extra, 1977

Gath, Cornelia, Eulenspiegels moral-didaktische Metamorphose ad usum Delphini, Wissenschaftliche Hausarbeit, Gießen 1979 (M)

Hankamer, Paul, Deutsche Literaturgeschichte, Bonn: Bonner Buchgemeinde, 3. Aufl. 1952

Haupt, Barbara, Der Pfaffe Amis und Ulenspiegel. Variationen zu einem vorgegebenen Thema. In: Cramer (s. d.) S. 61–91

Hedergott, Bodo, Schöppenstedter Streich gerät zu Ehren Eulenspiegels. In: Eul.-Jb. 1978, 36

Hentig, Hans von, Die Strafe, Berlin/Göttingen/Heidelberg: Springer, Bd. I, 1954 (zit. v. Hentig, Strafe)

Jordan, Pasqual, Schöpfung und Geheimnis, Oldenburg/Hamburg, 1970

Kahmann, Günther, Helmstedter Eulenspiegel. In: Eul.-Jb. 1980, 53

Kaiser, Stephan, Till lehrt lesen. In: Eul.-Jb. 1978, 26

Knabe, Werner, Till Eulenspiegel im fächerübergreifenden Unterricht der Sekundarstufe I (Deutsch/Geschichte), Berlin: Selbstverlag der Arbeitsstelle für Herman-Bote- und Eulenspiegelforschung, 1979

Krause-Akidil, Inci, Nasreddin Hodscha und Till Eulenspiegel. In: Eul.-Jb. 1980, 21

Kreutzer, Hans Joachim, Der Mythos vom Volksbuch. Stuttgart: Metzler, 1977

Lea, Henry Charles, Geschichte der Inquisition im Mittelalter. Übersetzung von H. Wieck, Bd. 1, Bonn 1905

Le Goff, Jacques, Das Hochmittelalter (Fischer Weltgeschichte, Bd. 11), Frankfurt/Main: Fischer, 1965

Mayer, Hans, Außenseiter, Frankfurt/Main: Suhrkamp, 1975

Moser, Hugo, Karl Simrock, Berlin: E. Schmidt, 1976

Pauli, Johannes, Schimpf und Ernst, 1522

Petzoldt, Leander, Historische Sagen, München: Beck, 1. Bd. 1976, 2. Bd. 1977 (zit. Petzoldt, Historische Sagen)

Petzoldt, Leander, Tradition und Rezeption. Überlegungen zum Wandel des Eulenspiegelbildes in der literarischen und volkstümlichen Tradition. In: Schweizerisches Archiv für Volkskunde, 75 (1979) S. 203–211 (zit. Petzoldt, Tradition)

Röcke, Werner, Ulenspiegel. Spätmittelalterliche Literatur im Übergang zur Neuzeit, Düsseldorf: Bagel, 1978

Röcke, Werner, Der Egoismus des Schalks. In: Cramer (s. d.) S. 29–60 (zit. Röcke bei Cramer)

Rosenfeld, Hans-Friedrich und Hellmut, Deutsche Kultur im Spätmittelalter, Wiesbaden: Akademische Verlagsanstalt, 1978 (zit. Rosenfeld/Rosenfeld)

Schmitt, Anneliese, Die deutschen Volksbücher. Ein Beitrag zur Begriffsgeschichte und zur Tradierung im Zeitraum von der Erfindung der Druckkunst bis 1550, 2 Teile, Diss. Berlin-Ost, 1973

Schmitt, Anneliese (Hrsg.), Ein kurtzweilig lesen von Dil Ulenspiegel. Faksimile des Volksbuches nach der Ausgabe aus dem Jahre 1519. Kommentar der Hrsg. als Beiheft, Leipzig: Insel-Verlag, 1979 (zit. Schmitt, Kommentar)

Segers/Heyneman/De Decker, Uilenspiegel, wie ben jij? Damme: Uilenspiegelvereniging, 1978

Sichtermann, Hellmut, Karl Kerényi und Till Eulenspiegel. In: Eul.-Jb. 1979, 6

Sodmann, Timothy, Uilenspiegel: de oudste bronnen. In: Nederlands Buitengaats, Brüssel, Heft 8/1979 S. 14–17 (zit. Sodmann)

Sodmann, Timothy, Eulenspiegel und seine Illustrationen. In: Eul.-Jb. 1980, 3

Spiess, Werner, Geschichte der Stadt Braunschweig im Nachmittelalter, 2 Bde., Braunschweig: Waisenhaus-Verlag, 1966

Theis, Gottfried, Till Eulenspiegel als Jugendbuchheld, Wissenschaftliche Hausarbeit, Siegen 1977 (M)

Virmond, Wolfgang, Hermann Botes Eulenspiegelbuch und seine Interpreten, Diss. Berlin (FU), 1978 (zit. Virmond)

Wunderlich, Werner, Nur allein, um ein fröhlich Gemüt zu machen ...? In: Praxis Deutsch 22/1977 S. 17–20 (zit. Wunderlich, Gemüt)

Wunderlich, Werner (Hrsg.), Eulenspiegel-Interpretationen. Der Schalk im Spiegel der Forschung 1807–1977, München: W. Fink, 1979

Zijderveld, Anton C., Humor und Gesellschaft. Eine Soziologie des Humors und des Lachens. Aus dem Niederländischen übersetzt von Diethard Zils. Graz/Wien/Köln: Styria, 1976

Zöller, Sonja, Der Schalk in der entfremdeten Gesellschaft. Dil Ulenspiegel als anachronistische Figurg. In: Cramer (s. d.) S. 7–28

Sach- und Namenregister

Abdecker 110, 131, 178, 179, 186, 312, 313
Abendmahl 113, 238, 270
Abenteuer(liches) 58, 75-77, 82, 113, 195, 208, 228, 272, 283
Abenteurer 76, 82, 159, 240, 274, 284; s. auch Landfahrer
Aberglaube 13, 292, 311
Abt 107, 234, 235, 236, 323
Adel 13
Äbtissin s. Abt
Ägidien s. Sankt Ägidien
Akrostichon 10, 11, 20, 328
Alchimie 82, 286, 311; s. auch Schwarze Kunst
Alexandria 104
Aller 81
Alter Eulenspiegels 321, 322, 324
Altersgeschichten Eulenspiegels 12, 323
Amis 16, 22, 28, 252
Ampleben 29 f., 253, 255, 256
Andersen, Hans Christian 285
Anhalt 69
Ann Wibcken 29, 256; s. auch Mutter Eulenspiegels
Antdorf s. Antwerpen
Anthroposophie 23
Antwerpen 224, 251
Apel, Heinrich 310
Apotheker 236, 237, 323, 324
Arzt 60 ff., 149, 231, 232, 274, 276; s. auch Doktor
Aschersleben 146, 303
Asseburg 112, 294
Auftrag an Eulenspiegel 275, 293
Bader 185-187, 295, 314
Bäcker 37, 38, 168-173, 260, 295, 309-311
Bäuerin 30, 96, 107, 109, 179, 182, 187, 188, 203, 292, 296, 313, 318; s. auch Bauer
Baldung, Hans (genannt Grien) 333
Bamberg 99, 290
Barbier 199, 201, 295, 317
Bartholomäus 46, 267
Bartscherer s. Barbier
Bauer 13, 27, 30-33, 40, 49, 54-58, 67, 68, 74, 80, 81, 95, 180-185, 201-203, 224, 231, 253, 261, 270, 272, 281, 282, 290, 292, 294, 318
Bauer, Kurt 310
Bayern 84
Bearbeiter s. Straßburger Bearbeiter
Bearbeitungen des Eulenspiegel-Stoffes 18, 22, 301, 311, 324
Bebel, Heinrich 298
Begine 238, 239, 240, 245, 325-327
Begräbnis Eulenspiegels 242, 245, 246, 327, 328
Beichte 112-115, 238, 240, 243, 270, 325, 326
Beichtgeheimnis 115, 293
Bekanntheit Eulenspiegels 297, 301, 315, 325
Belgien 238; s. auch Flandern
Beliebtheit Eulenspiegels 267, 271, 276, 280, 293, 315
Benediktiner-Mönch 183; s. auch Schottenpfaffe
Berlin 135, 152, 153, 304, 305, 310
Bernburg 138, 282, 283, 301, 310
Berühmtheit Eulenspiegels s. Bekanntheit Eulenspiegels
Berufe Eulenspiegels 274
Bestechlichkeit 13, 283, 326
Bestrafung durch Eulenspiegel 257, 276, 277, 280, 308, 311, 314, 320, 321
Betrug (Eulenspiegels) 37, 60, 63, 64, 86, 97, 108, 159, 177, 183, 198, 229, 234, 241, 260, 286, 306, 326
Bettler 13
Bezahlung Eulenspiegels 275, 283
Bibelstellen, Bibelworte 123, 232, 237, 238, 253, 260, 278, 291
Bienenkorb 41-43, 262
Bier 30, 47, 55, 56, 65, 133, 135, 150, 176, 217-221, 234, 267, 278
Bierbrauer 133-135, 295
Bildende Kunst 18, 22, 333; s. auch Illustrationen des Volksbuches; über Eulenspiegel in der Bildenden Kunst vgl. Thöne/Poensgen und Buhbe/Sichtermann

Biographie Eulenspiegels 12, 14, 253, 262, 270, 275, 322

Bischof 60-63, 72-74, 115, 195-198, 270, 275-278, 283, 294, 317

Blinde 227-230, 322

Boccaccio, Giovanni 298

Bock, Ernst 304

Bockenem 267

Böhmen 86

Böhmerwald 166, 309

Bölecke, Paul 310

Bosch, Hieronymus 286

Bosheit Eulenspiegels 46, 273, 280, 282, 299, 323

Bote, Hermann 9 ff., 20, 22, 251 ff., 330 ff; s. auch Stil Botes

Brabant 72, 251, 283

Brandanus 95, 289

Brauer s. Bierbrauer

Braunschweig 9, 10, 11, 21, 27, 51, 65, 67, 112, 113, 118, 155, 168, 170, 193, 251, 254, 255, 257, 293, 294, 304, 305, 309

Bremen 187-191, 195, 267, 315-317

Brillenmacher 72 ff., 283

Britisches Museum 9

Brotbäcker s. Bäcker

Brügge 238, 310

Brüssel 309

Brütt, Adolf 310

Bruno (Graf von Querfurt) 60

Bücherweisheit der Gelehrten 13, 287

Büddenstedt 51, 54, 270, 272

Bürge 229, 230

Bürgergarten s. Garten

Buhbe, Otto 333

Busch, Wilhelm 253

Buyse, Edgar 310

Calbe 257 f.

Celle 78, 80, 81, 118, 285, 316

Cervantes, Miguel de 16

Charakter und Charakterisierung Eulenspiegels 22, 257, 280, 289, 292, 311, 322, 328

Christ, Christentum 86, 103, 104, 242, 245, 271, 326, 327

Christoffer 193

Christus 56, 58, 231

Chroniken Botes s. Weltchroniken Botes

Cicero 15

Claus Eulenspiegel 29, 32, 256; s. auch Vater Eulenspiegels

Cordes, Gerhard 15; s. auch Literaturverzeichnis

Coster, Charles de 18, 22, 309-311; s. auch Übersetzungen de Costers

Dämonie Eulenspiegels 276, 284, 306, 324

Dänemark 16, 74, 251, 283

Damme 310

Denkmäler für Eulenspiegel s. Eulenspiegel-Denkmäler

Deutschland 17, 309

Deutung des Namens Eulenspiegel 253, 254

Dieb, Diebstahl 159, 172, 210; s. auch Mittelalterliches Recht

Dithmarschen 192, 316

Doktor 60 ff., 87, 276; s. auch Arzt

Don Quichote 16

Doppeldeutigkeit 266, 282, 290, 296, 302, 308

Dresden 166, 308, 309

Dummheit 13, 299, 308

Dummkopf 254

Ebstorf 181, 182, 313, 314, 327

Einbeck 67, 133, 267, 282, 300, 310

Einbecker Bier s. Bier

Eisenach 310

Eisleben 208-210

Eitelkeit (Eulenspiegels) 13, 288, 299; s. auch Selbstbewußtsein Eulenspiegels

Elbe 166

Elm 29, 254, 256

Elsene 309, 310

Elsgrund 310

Eltern Eulenspiegels 253

Empfindlichkeit Eulenspiegels 257, 292, 312, 318, 321

England 86, 287, 314

Entlohnung Eulenspiegels s. Bezahlung Eulenspiegels

Epitaphium Eulenspiegels 329; s. auch Grabstein Eulenspiegels

Erasmus von Rotterdam 263

Erfurt 89, 90, 163, 165, 266, 287, 288
Erotik 298; s. auch Sexualität; Zote
Erstdrucke 20, 21, 50, 54, 67, 101,
118, 128, 144, 148, 155, 185, 195,
198, 217, 224, 229, 237, 240, 246,
251, 253, 256, 257, 261, 266, 282,
297, 329, 331, 335
Espelkamp 310
Eule 124, 168, 169, 170, 207, 246, 254,
279, 286, 297, 298; s. auch Wahrzei-
chen Eulenspiegels; Wappen Eulen-
spiegels
Eulenspiegel als Gefoppter (Geprell-
ter) 258, 261, 268, 269, 296, 312,
316, 322, 323
Eulenspiegel als historische Ge-
stalt 18, 256
Eulenspiegel als Jäger 319
Eulenspiegel als Mythos 19; s. auch
Mythos
Eulenspiegel als Nachname 254
Eulenspiegel als Philosoph 316
Eulenspiegel als »Richter der Mensch-
heit« 277
Eulenspiegel als Soldat 70 f., 282
Eulenspiegel als Zyniker 273
Eulenspiegel-Denkmäler 275, 282,
283, 300, 309, 310, 317, 325
Eulenspiegelhof 253
Eulenspiegel-Jahrbuch 332; s. auch
Literaturverzeichnis
Eulenspiegel-Museum 310, 332 f.
Eulenspiegel-Plakette 294
Eulenspiegels Alter; Altersgeschich-
ten; Begräbnis; Bekanntheit; Belieb-
heit; Berufe; Betrug; Bezahlung; Bio-
graphie; Bosheit; Charakter und Cha-
rakterisierung; Dämonie; Eitelkeit;
Eltern; Empfindlichkeit; Entlohnung;
Epitaphium; Flucht; Freiheit; Fürsor-
ge; Geburt; Geburtsjahr; Geburtsort;
Gedenkstein; Gehilfe; Gewinnsucht;
Grabstein; Innerer Drang zur Schalk-
heit; Jünglingsgeschichten; Kind-
heitsgeschichten; Kleidung; Krank-
heit; Mannesjahre; Mut; Mutter;
Mutterwitz; Name; Rache; Rausch;
Roheit; Schadenfreude; Schweigen;
Selbstbewußtsein; Spottlust und

Spottreden; Taufe; Taufpate; Testament; Tod; Todesjahr; Treue; Vater; Vergeltungsdrang; Verkleidungen; Vieldeutigkeit; Volksaufklä-
rung; Vorname; Wahrzeichen; Wap-
pen; Widersprüchlichkeit; Wörtlich-
nehmen; s. Alter Eulenspiegels; Al-
tersgeschichten Eulenspiegels usw.
»Eulenspiegel-Schrift« 15, 16, 18,
316, 325
Eulenspiegelspring 255
Eulenspiegelsteg 255
Eulenspiegelstein 295, 298
Eulenspiegel-Stoff 17, 18, 280, 301,
311, 324; s. auch Bearbeitungen des
Eulenspiegel-Stoffes
Eulenspiegel-Tradition 285, 300, 309,
313, 325
Exkremente s. Skatologie
Fäkalien s. Skatologie
Fahrender 274; s. auch Landfahrer
Fahrender Gesell 224; s. auch Land-
fahrer
Fastnacht 154
Faust, Dr. 22, 311
Feiertag 125, 143, 260, 302
Flandern 18, 82, 251, 283, 286, 310
Fluch, Fluchen 49, 92, 98, 121, 142,
169, 172, 179, 219, 224, 237, 300,
303
Flucht Eulenspiegels 98, 263, 272,
304, 317
Fragment 9, 251, 331 f., 335; s. auch
Abkürzungsverzeichnis
Frankfurt am Main 72, 74, 104, 105,
283
Frankfurt an der Oder 223
Frankfurter Messe 104, 292
Frankreich 287
Französisch, Franzose 252, 312
Frauen (im Volksbuch) 46 ff., 50 ff.,
56 ff., 85 f., 92 ff., 95 ff., 101 ff.,
107 ff., 112 ff., 117 f., 125 ff., 133,
147 ff., 156, 167 f., 177 f., 179 ff.,
187 ff., 195 ff., 199, 202 ff., 212,
217 ff., 220 ff., 225 ff., 230, 238 ff.,
244 ff., 267, 288, 297 f., 304, 312,
323
Freiheit Eulenspiegels 259

349

Fremdsprachliche Ausgaben des Volksbuches s. Übersetzungen des Volksbuches

Freundeskreis Till Eulenspiegels 332 f.

Friedberg 72, 283

Frühling 279

Fürsorge Eulenspiegels 260, 280, 286

Fürst 60, 67, 73, 74, 76, 79, 80, 83, 85, 86, 113, 116, 151, 276, 277, 283

Galgen 48 ff., 130, 159, 160, 172, 242, 307, 311, 326

Garten 46, 47, 67, 154, 267

Gaukelei, Gaukelspiel, Gaukelrei 32, 58, 65, 76, 94, 138, 157, 290

Gaukler 205, 274, 307, 318, 327; s. auch Landfahrer

Gebet 196, 223, 271

Geburt Eulenspiegels 28 f.

Geburtsjahr Eulenspiegels 253, 324

Geburtsort Eulenspiegels 254 f.

Gedenkstein Eulenspiegels 255; s. auch Grabstein Eulenspiegels

Gehilfe Eulenspiegels 273, 286, 323

Geistlicher 48, 245, 270, 271, 283, 288, 292, 313, 317; s. auch Kirchherr; Pfaffe; Pfarrer; Priester

Geiz 39, 122, 261, 311

Gelächter s. Lachen

Geld 37, 60, 73, 74, 90, 92, 94-101, 106-108, 110, 115, 117, 122, 131-133, 160, 163, 170, 174, 186-188, 201, 209, 214-219, 228-234, 237, 240-242, 275, 278, 290, 292, 324, 326

Geldbeutel 65, 278

Gelehrter 274

Gerber 130, 155, 156, 295, 305

Gerdau (Dorf) 179, 182, 313, 314

Gerdau (Fluß) 181, 314

Gericht 112, 113, 172, 215, 313, 320; s. auch Mittelalterliches Recht

Geschenk 83, 113, 141

Geschichtliche Personen 16

Geselle 47, 83, 86, 92, 119-121, 124-130, 133, 135, 136, 143, 146, 148, 151, 152, 155, 156, 166, 167-171, 183, 185, 193-195, 199, 223, 274, 288, 295-299, 305, 308, 311, 317

Gesellschaft 65, 176, 205, 262, 279, 315

Gewinnsucht Eulenspiegels 280, 299

Giebichenstein 60, 61, 275

Gilde 10, 20, 294

Glöckner 54; s. auch Kirchendiener; Küster; Mesner; Sigrist

Goedtke, Karlheinz 310

Görres, Josef 20; s. auch Literaturverzeichnis

Goethe, Johann Wolfgang von 22, 266, 276, 285

Götz von Berlichingen 254, 303, 313

Götz-Zitat s. Götz von Berlichingen

Gold 75, 76, 82, 96, 241

Goldene Bulle 283

Goslar 48, 265, 267

Gotha 9

Gott 27, 37, 50, 51, 57, 58, 62, 67, 68, 73, 94, 99, 100, 103, 106, 107, 109, 111, 113, 114, 118, 127, 135, 199, 209, 221, 223, 231, 234, 237, 239, 240, 242, 300

Grabstein Eulenspiegels 243, 246, 327, 328, 329; s. auch Gedenkstein Eulenspiegels

Graf 60, 69, 70, 72, 74, 282; s. auch Landgraf

Grafenberg, Wirnt von 252

Griechisch 252

Grien, Hans Baldung s. Baldung

Grieninger, Johannes s. Grüninger, Johannes

Grobheit, »Grobianismus« s. Skatologie

Grüninger, Johannes 9, 252

Gulliver 16

Habgier 13, 241, 308, 322, 326

Halberstadt 64 f., 115, 227, 278 294

Halberstädter Handschrift 21, 325

Halle/Saale 60, 208, 275

Hamburg 140, 199, 310, 317

Hamenstede, Heinrich 48, 267, 270

Han, Weygand 253

Handwerk 32, 36, 72-74, 92, 142, 146, 148, 168, 193, 199, 257-259, 295, 303, 309, 324

Handwerker, Handwerkerstand 10,

85, 278, 292, 294, 295; s. auch Gilde;
Zunft
Handwerkergeschichten, Handwer-
kerhistorien 268, 279, 280, 294,
295, 303, 309
Handwerksgeselle s. Geselle
Handwerksmeister s. Meister
Hannover 118, 185, 227
Hanse 301, 302
Hauptmann, Gerhart 301; s. auch Li-
teraturverzeichnis
Haushälterin 52, 54, 56-58, 111-114,
269; s. auch Köchin; Magd
Hegenbarth, Josef 22
Heimpel, Hermann 14
Heiterkeit 21, 268
Held der Landstraße 274; s. auch
Landfahrer
Helfer s. Gehilfe
Helmstedt 35, 72, 161, 234, 258, 270,
307
Henker 161, 307
Herberge 37, 38, 65, 68, 90, 92, 101,
104, 113, 117, 125, 131, 138, 153,
168, 170, 179, 190, 205, 208, 209,
213-215, 220-224, 228, 229, 236,
287, 288, 297, 313, 318, 319
Herbst 198, 279
Herzog 78-81, 112, 113, 116, 284
285, 293, 294
Hessen 82, 84, 166, 286, 308
Hetlingische Chronik 21
»Hic fuit« 124, 286, 297; s. auch La-
teinisch
Hildesheim 12, 46, 50, 109, 110, 117,
265, 267, 272, 283
Hinz, Walter 333; s. auch Literatur-
verzeichnis
Hochdeutsch 12, 253, 262, 330
Hochmut 13, 157, 276, 288, 306,
314, 318
Hoffest 225, 322; s. auch Turnier
Hofgesinde 60, 71, 86, 274,
276
Hofjunge 43, 44, 265, 275
Hofleute s. Hofmann
Hofmann 45, 60, 62, 63, 69, 74, 76,
274, 276, 283
Hofnärrin 85

Hofnarr 273-276, 317; s. auch Narr;
Tor
Hohendorf 257 f.
Hoheneggelsen 109, 111
Holländer 224, 225, 322
Holstein 140
Holzschnitte des Volksbuches 266,
297, 333; s. auch Illustrationen des
Volksbuches
Homer 19
Honegger, Peter 9 ff., 302, 307, 326,
332 f.; s. auch Literaturverzeichnis
Hooft, Eric 310
Humor 258, 284, 291, 300, 316, 324,
326, 328
Hus, Johannes 87, 287
Illustrationen des Volksbuches 267,
282, 330, 333; s. auch Bildende Kunst
Index 271
Indisch 17
Innerer Drang Eulenspiegels zur
Schalkheit 289, 300, 305, 306, 320
Irland 183, 289
Ironie 13, 51, 264, 271, 272, 276,
278, 287, 290-292, 301, 308, 309
Italien 287
Italienisch 175, 252
Ixelles s. Elsene
Jünglingsgeschichten Eulenspiegels
12, 262
Joyce, James 264
Juden 104 ff., 291, 292
Jugendbuch 16, 17, 22; s. auch Kin-
derbuch
Junker 44-47, 51, 228
Justinian 84
Kaay, Koos van der 310
Kaiser 72-74, 287
Kalckreuth, Barbara von 310
Kalenberger 28, 252
Kardinal 73, 102
Karl IV. 287
Kasimir 76
Katholische Kirche s. Kirche
Kaufmann 46-51, 106, 108, 174, 175,
189, 192, 205, 208-212, 224, 265,
275, 312-315, 319
Kind, Kinder 30, 39, 65, 91, 117, 118,
210, 212, 216, 256, 280

Kinderbuch 16, 22; s. auch Jugendbuch

Kindheitsgeschichten Eulenspiegels 12, 261, 262, 274, 275, 279, 289, 292

Kirche (als Gebäude) 51, 55, 56, 58, 95, 109, 111, 145, 170, 196, 205, 271, 317

Kirche (als Religionsgemeinschaft) 102, 103, 270, 290, 321

Kirchendiener 54; s. auch Glöckner; Küster, Mesner, Sigrist

Kirchherr 48, 124, 125, 242, 243; s. auch Geistlicher; Pfaffe; Pfarrer; Priester

Kissenbrück 112, 113, 294

Klabund 277; s. auch Literaturverzeichnis

Klapptisch 187, 213, 315, 319

Kleidung 46, 60, 74, 77, 78, 275, 283

Kleidung Eulenspiegels 47, 72, 99, 266, 283, 290

Klerus s. Geistlicher; Kirche (als Religionsgemeinschaft)

Kloster 234-236, 323

Klosterbruder 274, 323

Knecht 47, 48, 51, 52, 54, 56, 67, 71, 125-127, 138-140, 143, 166, 197, 198, 210-212, 223, 224, 232, 275, 316, 323

Kneitlingen 29 f., 255, 256, 310, 332

Knesselare 310

Knokke 310

Koch 45-47, 153, 154, 265, 275

Köchin 52-54, 58, 109-116, 271, 272, 293; s. auch Haushälterin; Magd

Köker 10, 316, 332

Köln 213, 214, 319

König 16, 72-78, 83, 283, 284

Koldingen 118

Komik 14, 21, 266, 268, 273, 297, 305, 320, 321; s. auch Situationskomik

Kramer, Arnold 309

Krankheit Eulenspiegels 113, 115, 223, 224, 236-238, 242, 243, 321, 323, 324, 327

Kröllwitz 60

Kubin, Alfred 22

Kuckhoff, Adam 22; s. auch Literaturverzeichnis

Küchenknabe 46, 265, 274

Künstler 82, 85

Kürschner 146-148, 151-154, 295, 303-305

Küster 54, 55, 56, 58, 270, 271, 275; s. auch Glöckner; Kirchendiener; Mesner; Sigrist

Kurfürst 72

Kutscher 275

Lachen 14, 21, 35, 42, 45, 50-54, 59, 63, 65, 69, 76, 77, 80, 85, 92, 94, 104, 111, 114, 140, 142, 166, 177, 193-197, 203, 206, 212, 216, 222, 225, 237, 245, 252, 258, 264, 267 ff., 278, 280, 284, 285, 288, 298, 301, 314-318, 322, 327, 328

Lahmer 13

Lambrecht 159, 306

Landesbibliothek Gotha s. Gotha

Landfahrer 176, 266, 274, 290, 312, 327; s. auch Narr; Tor

Landgraf 82 ff., 286; s. auch Graf

Landrichter 9

Land Sachsen s. Sachsen

Lateinisch 17, 27, 57, 124, 251, 272, 286, 291, 307, 328; s. auch »Hic fuit«

Lateran 102, 291

Lauenburg 329

Lebensgefühl im Mittelalter 19 f.; s. auch Mittelalter

Leimkugel, Erich 332

Leipzig 152, 153, 155, 305

Lessing, Gotthold Ephraim 21; s. auch Literaturverzeichnis

Leyden, Lucas van 286

Lier 238

Lindow, Wolfgang 332 f.; s. auch Literaturverzeichnis

Loki 22

London 9, 182, 183, 314

Lothar III. 72

Lotterholz 177, 313

Lübeck 67, 140, 157, 159-161, 242, 295, 302, 306, 307, 311, 326, 327

Lüchow-Dannenberg 314

Lüneburg 78, 80, 176, 179, 284, 285, 327, 329

Luther, Martin 20, 108, 264, 316
Mackensen, Lutz 19; s. auch Literaturverzeichnis
Magie s. Schwarze Kunst
Magd 52-58, 109-112, 114, 116, 123-127, 133-135, 149, 177-180, 202, 210-212, 297, 304, 312; s. auch Haushälterin; Köchin
Magdeburg 29, 32, 51, 58, 60, 256, 257, 272, 273, 275, 303, 310
Maler 82 ff., 274
Malerei s. Bildende Kunst
Mannesjahre Eulenspiegels 12, 262, 280
Marburg 82, 86
Maria 272
Marienspiel s. Osterspiel
Mariental 234, 236, 323
Marienwohlde 323
Markoldendorf 67
Markt 49, 58, 64, 67, 68, 107, 127, 138, 139, 140, 173, 174, 177, 182, 187-190, 196, 201, 202, 291, 292, 315
Martinstag 36, 206, 260
Masereel, Frans 22
Masse (große Menschenmenge) 275, 301
Mecklenburg 119, 140
Meister 11, 119-121, 127-138, 143-145, 147-152, 162, 167-173, 187, 193-195, 199-201, 233, 295, 296, 299-305, 309, 311, 314, 318
Melancholie 316
Memling, Hans 286
Mensa philosophica 307
Merian, Matthäus 255
Mesner 54, 55, 271; s. auch Glöckner; Kirchendiener; Küster; Sigrist
Messe (kirchliche) 55, 102, 109, 111, 160, 228, 234, 236, 241, 242
Messe s. Frankfurter Messe
Metzger 163-166, 308
Meyer, Conrad Ferdinand 280
Meyersfeld, Bernhard 309
Mittelalter 11, 19, 20, 23, 58, 143, 172, 193, 206, 221, 231, 254, 260, 263, 264, 267, 268, 270, 279, 281, 289, 292, 299, 300, 302, 303, 305,

315, 325; s. auch Lebensgefühl im Mittelalter; Mode im Mittelalter; Stände im Mittelalter
Mittelalterliches Recht 152, 157, 221, 265, 284, 285, 290, 305, 306, 321
Mittelniederdeutsch 12, 246; s. auch Niederdeutsch
Mode im Mittelalter 266, 308, 313, 325; s. auch Mittelalter
Mölln 15, 236, 237, 242, 310, 323, 325, 327-329
Montag 110, 143, 193
Münzbezeichnungen 332
Murner, Thomas 10, 20
Musik 18, 282, 284
Mut Eulenspiegels 263, 280, 284
Mutter Eulenspiegels 29, 32-38, 41, 42, 236-238, 253, 257-261, 267, 324, 325
Mutterwitz Eulenspiegels 265, 280, 286
Mythos 19, 22; s. auch Eulenspiegel als Mythos
Nadler, Josef 9; s. auch Literaturverzeichnis
Name Eulenspiegels 253
Namensdeutung s. Deutung des Namens Eulenspiegel
Narr 59, 60, 63, 64, 76-78, 143, 234, 267, 273-277; s. auch Hofnarr; Tor
Narrenkappe 266
Narrenkleid 266
Narrenstreich, Narretei 50, 60, 64, 76, 77, 145, 170, 196
Narrentum 276, 277
Neu-Büddenstedt 270; s. auch Büddenstedt
Neugierde 293, 325
Nidda 283
Niederdeutsch 12, 15, 253, 254, 262, 284; s. auch Mittelniederdeutsch
Niederländisch 254
Niederlande 238
Niedersachsen 9, 17
Niem (Nieheim), Dietrich von 15, 316
Nienstedt 92, 288
Nikolausabend 170, 260, 309
Nikolaustag 36, 37, 260

Nürnberg 97, 99, 205, 208, 231, 289, 290, 318, 323
Odysseus 273
Österreich 17
Oldenburg 67
Oldendorf 67
Olympisches Dorf 310
Osterling 101
Osterspiel 56, 271
Pantschatantra 314
Papenmeyer, Arnold s. Pfaffenmeier, Arnolf
Papst 73, 101 ff., 270, 290, 291
Paris 312
Patrizier 10
Pegnitz 98, 99
Peine 117, 118
Pest 327
Pfaffe 48-56, 74, 95, 113-116, 179-181, 184, 223, 224, 231, 240-245, 313, 321; s. auch Geistlicher; Kirchherr; Pfarrer; Priester
Pfaffe Amis s. Amis
Pfaffenmeier, Arnolf 29, 255, 256
Pfaffe von dem Kalenberg s. Kalenberger
Pfand 107 f., 218, 219, 320
Pfarrer 48, 51, 55-58, 95, 96, 109-115, 180, 181, 224, 230, 231, 242, 269-271, 293, 294, 297, 313, 323, 326, 327; s. auch Geistlicher; Kirchherr; Pfaffe; Priester
Pfeifendreher 176-179, 295, 312
Pferd 30-32, 37, 48, 49, 65, 68, 74-82, 112, 113, 116, 118, 125-127, 148, 159, 174, 175, 179, 181, 195, 216, 217, 219, 225, 228, 229, 257, 279, 280, 283, 285, 293, 303, 312, 322
Pferdehändler 174, 175, 311, 312
Polen 16, 76, 251, 284
Pommern 95, 140, 288, 304
Prälat 181, 313
Prag 86, 90, 287
Priester 48, 95, 102, 109, 183, 184, 274, 288, 304, 326; s. auch Geistlicher; Kirchherr; Pfaffe; Pfarrer
Prior 236
Probst 181, 182, 313

Quedlinburg 107
Quellen zum Eulenspiegelbuch 14 ff., 18, 22, 252, 280, 317
Querfurt 60
Querner, Ursula 310
Rache Eulenspiegels 224, 258, 261, 280, 293, 296, 316, 321; s. auch Vergeltungsdrang Eulenspiegels
Radbuch Botes 10, 321, 332
Rausch Eulenspiegels 41, 67, 262; s. auch Trunkenheit
Recht s. Mittelalterliches Recht
Redensart 119, 258, 278, 288, 295, 296, 304, 316; s. auch Sprichwort
Reformation 270, 287, 317
Reiter s. Pferd
Reliquienschwindel 13, 95, 288
Repgow, Eike von 284
Rhein 183, 215
Richter 73
Ritter 60-62, 67, 77, 86, 151, 197, 198, 317
Roheit Eulenspiegels 280, 299, 320
Rolandstandbilder 275, 303, 315
Roloff, Ernst August 332; s. auch Literaturverzeichnis
Rom 84, 101, 104, 221, 222, 251, 290, 291, 321
Rosenthal 118
Rostock 119, 122, 140, 141, 215, 296, 297, 301
Rupelmonde 310
Saale 32-34, 257
Sachs, Hans 22
Sachse, J. C. 285; s. auch Literaturverzeichnis
Sachse, Melchior 266
Sachsen 29, 44, 74, 82, 101, 140, 151, 191, 208, 210, 212, 215, 254, 256, 286, 302, 308, 319
Sachsenspiegel 254, 284
Sambleben 255
Samuel, Charles 309, 310
Sangerhausen 92, 288
Sankt Ägidien 29, 255, 256
Sankt-Martinstag s. Martinstag
Sankt-Nikolaustag s. Nikolaustag
Sarkasmus 285, 291, 301
Satire 13, 14, 21, 262, 268-271, 283,

286-288, 291-294, 301, 308, 313, 316, 317

Sauleder 65, 278

Schaden 261, 289, 295-297, 299, 301, 305, 308, 309, 323

Schadenfreude Eulenspiegels 280, 299

Schälkesäen 191, 192, 316

Schaffermahl 315

Schalk, schalkhaftig 30-32, 46-50, 54, 56, 63, 68, 85, 86, 96, 112, 121, 124, 125, 145, 149, 157, 168, 172, 173, 178, 182-184, 191, 192, 195, 201, 204, 207, 208, 213, 220-222, 231, 235-237, 241, 242, 256, 285, 290, 292, 306, 311, 317, 318, 324-327

Schalkheit 30, 70, 78, 89, 90, 94, 97, 99, 101, 112, 134, 159, 161, 163, 174, 178, 189, 193, 195, 201, 203, 214, 215, 221, 223, 238, 256, 284, 289, 290, 300, 306, 326, 327

Schalksnarr 59, 76, 78, 168, 273, 307; s. auch Narr; Tor

Schamschwelle s. Skatologie

Scheinheiligkeit 13, 326

Schelstraete, Roland 310

Scheltjens-Smit, Sophia 310

Scherz 48, 188, 198, 256, 268, 269, 317, 326

Schichtbuch Botes 10, 304, 332

Schiff 192, 201, 316

Schiller, Friedrich von 22

Schlußvignette des Volksbuches 249, 266, 297, 333

Schmidtbochum, Erich 294, 310

Schmidt-Reindahl, Theo 310

Schmied 119-126, 295-299

Schneider 135, 136, 138-142, 295, 300

Schöppenstedt 255, 310, 332 f.

Scholastik 286

Schottenpfaffe 183, 314; s. auch Benediktiner-Mönch

Schreiner 166, 168, 295, 309

Schuhmacher 127, 128, 131-133, 155, 193, 201-203, 295, 299, 318

Schwaben 150, 151, 304

Schwank 14, 21, 60, 76, 252, 259, 272, 273, 277, 288, 290, 299, 301-304, 312, 316, 320

Schwankbiographie 14, 252

Schwarze Kunst 159, 174, 197, 311, 317

Schweigen Eulenspiegels 31, 32, 36, 51, 110, 122, 139, 147, 177, 210, 213, 217, 222, 259, 293, 296

Schweiz 17

Seemann, Karl-Henning 310

Selbstbewußtsein Eulenspiegels 320, 325; s. auch Eitelkeit Eulenspiegels

Setzer s. Straßburger Setzer

Sexualität 288; s. auch Erotik; Zote

Shakespeare, William 253

Sieben Todsünden s. Todsünden

Sigrist 54; s. auch Glöckner; Kirchendiener; Küster; Mesner

Situationskomik 256, 301, 322; s. auch Komik

Skatologie 263-265, 271, 276, 293, 303, 315, 318, 319, 322, 326

Sokrates 15

Sommer 67, 279

Sonntag 109, 111, 143, 180

Spaßmacher 190, 273, 280; s. auch Narr; Tor

Spiegel 124, 207, 246, 254, 279, 286, 297; s. auch Wahrzeichen Eulenspiegels; Wappen Eulenspiegels

Spielmann 76, 205, 207, 274, 284, 318; s. auch Landfahrer

Spott 13, 33, 34, 45, 46, 65, 122, 139, 140, 142, 165, 166, 169, 179, 190, 196, 208, 209, 257, 258, 261, 290, 292, 308, 317, 319

Spottlust und Spottreden Eulenspiegels 45, 52, 57, 58, 166, 173, 269, 271, 272, 275, 280, 289, 307, 311, 314, 319, 321-324

Sprache 264, 278, 300

Sprichwort 64, 70, 101, 108, 208, 212, 259, 260, 277, 278, 279, 288, 290, 292, 317, 318, 332; s. auch Redensart

Stade 192, 201, 316

Stadtoldendorf 67

Städter 13, 294

Ständebuch 13, 262, 270

Stände im Mittelalter 13, 21, 262, 270

Stalberg, Johannes 15, 316

355

Staßfurt 37, 217, 220
Stendal 143, 303
Stettin 140
Stiefelmacher 193, 194, 195, 316
Stil Botes 14, 21, 288 f., 314, 315, 328; s. auch Bote, Hermann
Strafe s. Mittelalterliches Recht
Stralsund 140
Straßburg 9, 11, 12, 251
Straßburger Bearbeiter 11, 170, 251, 252, 257, 298, 312, 331
Straßburger Setzer 11, 170, 252, 257, 308, 312
Strauss, Richard 22
Stricker 16; s. auch Amis
Stubenheizer 46
Supplinburg 72
Swift, Jonathan 16
Taschenmacher 161-163, 308
Taschenspielerei 311, 313, 317
Taufe Eulenspiegels 29, 253, 270
Taufpate Eulenspiegels 29 f., 253
Testament Eulenspiegels 240, 242, 326
Teufel 51, 78, 135, 136, 138, 145, 172, 190, 199, 208, 212, 236, 240
Thüringen 92
»Tiefere Bedeutung« 273, 285, 316
Tiere im Volksbuch: Bock (127 f.); Eber (194 f.); Esel (20 ff., 287); Eule (s. Stichwort Eule); Ferkel (65, 244 f., 278, 327); Gans (59); Hahn (107 ff.); Hase (153 f., 305); Hengst (181 f., 313; s. auch Stichwort Pferd); Huhn (40 f., 47, 52 ff., 107 ff., 180, 261); Hund (40, 65, 133 ff., 154, 217 ff., 221, 277, 299 f.); Kalb (127 f., 162); Katze (153 f., 304 f.); Kuh (69, 127); Meerkatze (168 ff.); Ochse (127 f., 180, 197 f., 317); Pferd (s. Stichwort Pferd); Rabe (80); Sau (65, 110, 112, 194 f., 244 f., 277 f., 327); Schaf (129, 147, 180); Schwein (39, 127 f., 139, 180, 244, 278); Stier (54); Stör (177 f.); Wolf (136, 151 f., 208 ff., 304, 319); Ziege (128)
Titel des Volksbuches 251
Titelbild des Volksbuches 25, 266, 279, 333

Titelblatt des Volksbuches s. Titelbild des Volksbuches
Todesjahr Eulenspiegels 246, 311, 324
Tod Eulenspiegels 12, 236, 238, 242, 244, 246, 261, 270, 276, 324, 325, 327
Todsünden 288
Töpfer 196
Tonkunst s. Musik
Tor 59, 60, 63-65, 85, 143, 158, 198, 207, 273; s. auch Narr
Torheit 32, 60, 77, 173
Tornemann, Cord 283
Treue 46, 64
Treue Eulenspiegels 284
Trier 72
Trunkenheit, Trunksucht 41, 67, 135, 155, 167, 282, 319; s. auch Rausch Eulenspiegels
Tuchmacher 143; s. auch Wollweber
Turmbläser 69, 70, 282, 283
Turnier 67, 151, 282, 304; s. auch Hoffest
Überschriften der Historien 50, 224, 229, 258, 278, 304, 312, 331
Übersetzungen de Costers in Bulgarisch, Dänisch, Englisch, Hebräisch, Italienisch, Litauisch, Niederländisch, Polnisch, Portugiesisch, Rumänisch, Russisch, Serbokroatisch, Tschechisch, Ungarisch: 22
Übersetzungen des Volksbuches in Afrikaans, Amerikanisch, Bengali (indischer Dialekt), Chinesisch, Dänisch, Englisch, Esperanto, Estnisch, Finnisch, Französisch, Hindi (indischer Dialekt), Italienisch, Kroatisch, Lateinisch, Marathi (indischer Dialekt), Neugriechisch, Niederländisch, Norwegisch, Polnisch, Rumänisch, Russisch, Serbisch, Slowenisch, Sorbisch, Spanisch, Schwedisch, Thailändisch, Tschechisch, Ungarisch, Urdu (indischer Dialekt): 17
Uelzen 170, 182, 310, 311, 313, 314, 327
Uetzen, Till von 29, 253, 256
Uetzen, von 253

356

Unehrliche Leute 295
Ungarn 83
Universität 86, 87, 90, 286, 287
Valeriola, Edouard de 310
Vater Eulenspiegels 29-32, 254, 257, 269
Venedig 283
Verein für niederdeutsche Sprachforschung 12
Vergeltungsdrang Eulenspiegels 34, 123, 261, 292, 296, 321; s. auch Rache Eulenspiegels
Verkleidungen Eulenspiegels 61, 68, 94, 95, 154, 220, 229, 289, 321
Verse im Volksbuch 298
Vershofen, Wilhelm 301; s. auch Literaturverzeichnis
Verwünschung s. Fluch
Vieldeutigkeit Eulenspiegels 20, 281, 328; s. auch Widersprüchlichkeit Eulenspiegels
»Vier Pfähle« 80, 284
Volkersheim 267
Volksaufklärung durch Eulenspiegel 174, 311, 316
Vorname Eulenspiegels 253
Vorrede 14, 27, 251-253, 271, 272
Wahr, Wahrheit 52, 59, 85, 87, 88, 92, 125-127, 148, 164, 178, 183, 184, 275, 281, 288, 297, 298, 301
Wahrheitssager 92, 125, 273, 275, 288, 297, 324
Wahrsagen 106, 313
Wahrzeichen Eulenspiegels 207; s. auch Wappen Eulenspiegels
Wappen 74
Wappen Eulenspiegels 125, 297; s. auch Wahrzeichen Eulenspiegels
Weber, A. Paul 22
Weber, Rudolf 310
Wein 28, 54, 97, 157-159, 205, 306
Weinzäpfer 157-159, 161, 306, 307
Welsche Lande 27, 251
Weltchroniken Botes 10, 15, 21, 22, 251
Wenden, Wendland 140, 182, 301, 314
Weser 191

Wette 56, 183, 196, 271, 290, 308, 317
Wetter (Fluß) 283
Wetterau 72, 283
Wibcken, Ann s. Ann Wibcken
Wiclif, John 86, 287
Widersprüchlichkeit Eulenspiegels 280, 281, 322; s. auch Vieldeutigkeit Eulenspiegels
Wigalois vom Rade s. Wigoleis vom Rade
Wigoleis vom Rade 252
Winter 64, 119, 122, 123, 131, 146, 151, 155, 185, 208, 228, 278, 296, 303, 304, 305
Wirnt von Grafenberg s. Grafenberg
Wirt 65, 87, 90, 153, 205-214, 216, 217, 225, 228-230, 280, 287, 318-323
Wirtin 92, 93, 99-104, 117, 217-224, 288, 290, 294, 320, 321
Wismar 125, 131, 140, 174, 296, 297-299, 311, 312
Witz 21, 266, 276, 303, 319, 323
»Wörtlichnehmen« Eulenspiegels 265, 266, 295, 297, 300, 301, 305, 317, 323
Wolfenbüttel 113, 116, 294
Wollweber 143-146, 295, 302
Wortspiel 53, 128, 136, 155, 253, 262, 265, 268, 278, 282, 290, 294, 299, 302, 304, 308, 312, 313, 314, 320, 324
Wortwitz 144, 265, 268, 269, 302, 308, 317, 318, 322, 324
Zaddeltracht 266
Zauberkunst s. Schwarze Kunst
Zisterzienserkloster 234
Zölibat 293
Zote 278, 293, 313, 326; s. auch Erotik; Sexualität
Zscharschuch, Friedel 299
Zunft 10, 20, 193, 294, 301
Zynismus 273

Abkürzungsverzeichnis
(samt einigen Begriffsbestimmungen)

a. A.	= anderer Ansicht
Anm.	= Anmerkung oder Anmerkungen
Eulenspiegel-Schrift	= die Schrift, die Niem und Stalberg 1411 vorlag, vgl. S. 14f.
Eul.-Jb.	= Eulenspiegel-Jahrbuch (Näheres im Literaturverzeichnis)
Fn.	= Fußnote
Fragmente	= s. »Kleines Fragment« und »Großes Fragment«
Frühdrucke	= Zusammenfassende Bezeichnung für S 1515, S 1519 und das Kleine Fragment, vgl. S. 9 und Einleitung Fn. 2 (S. 20)
GRM	= Germanisch-Romanische Monatsschrift
Großes Fragment	= Exemplar des Druckes von 1510/11 mit etwas über 75% des Textes, das Hucker 1975 erwarb, vgl. S. 20 Fn. 2
H	= Historie(n)
Hrsg.	= Herausgeber oder herausgegeben
i. d. F.	= in der Fassung
Jg.	= Jahrgang
Jh.	= Jahrhundert(s)
Kleines Fragment	= 16 Blätter des Eulenspiegel-Druckes von 1510/11, die Honegger 1969 fand, vgl. S. 9
Korr.-bl.	= Korrespondenzblatt des Vereins für niederdeutsche Sprachforschung
(M)	= Vorhanden im Eulenspiegel-Museum in Schöppenstedt (wird nur bei ungedruckten Arbeiten verwendet)
mnd.	= mittelniederdeutsch
Nd. Jb.	= Niederdeutsches Jahrbuch (= Jahrbuch des Vereins für niederdeutsche Sprachforschung)
o. J.	= ohne Jahresangabe
S 1510/11	= Eine der frühesten Ausgaben des Eulenspiegel-Volksbuches von Hermann Bote, erschienen 1510/11 bei Johannes Grüninger in Straßburg, vgl. S. 9; teilweise erhalten im Großen und Kleinen Fragment
S 1515	= Ausgabe des Eulenspiegel-Volksbuches von Hermann Bote, erschienen 1515 bei Johannes Grüninger in Straßburg, vgl. S. 9 und S. 331f.
S 1519	= Ausgabe des Eulenspiegel-Volksbuches von Hermann Bote, erschienen 1519 bei Johannes Grüninger in Straßburg, vgl. S. 9 und S. 331f.
s. d.	= siehe diesen
Sp.	= Spalte
u. a.	= unter anderem oder und andere
Volksbuch	s. Einleitung Fn. 1 (S. 20)
zit.	= zitiert

Insel taschenbücher
Alphabetisches Verzeichnis

Die Abenteuer Onkel Lubins 254
Adrion: Mein altes Zauberbuch 421
Adrion: Die Memoiren des Robert
 Houdin 506
Aladin und die Wunderlampe 199
Ali Baba und die vierzig Räuber 163
Allerleirauh 115
Alte und neue Lieder 59
Alt-Kräuterbüchlein 456
Andersen: Märchen (3 Bände in Kas-
 sette) 133
Andersen: Märchen meines Lebens
 356
Andreas-Salomé, Lou: Lebensrück-
 blick 54
Apulejus: Der goldene Esel 146
Arnim, Bettina von: Armenbuch 541
Arnim/Brentano: Des Knaben
 Wunderhorn 85
Arnold: Das Steuermännlein 105
Artmann: Christopher und Peregrin
 488
Aus der Traumküche des Windsor
 McCay 193
Austen: Emma 511
Balzac: Beamte, Schulden, elegan-
 tes Leben 346
Balzac: Die Frau von dreißig Jahren
 460
Balzac: Das Mädchen mit den Gold-
 augen 60
Baudelaire: Blumen des Bösen 120
Bayley: Reise der beiden Tiger 493
Bayley: 77 Tiere und ein Ochse
 451
Beaumarchais: Figaros Hochzeit
 228
Bédier: Der Roman von Tristan und
 Isolde 387
Beecher-Stowe: Onkel Toms Hütte
 272
Beisner: Adreßbuch 294
Benjamin: Aussichten 256
Berg: Leben und Werk im Bild 194
Berthel: Die großen Detektive Bd. 1
 101
Berthel: Die großen Detektive Bd. 2
 368

Bertuch: Bilder aus fremden Ländern
 244
Bierbaum: Zäpfelkerns Abenteuer
 243
Bierce: Mein Lieblingsmord 39
Bierce: Wörterbuch des Teufels 440
Bilibin: Märchen vom Herrlichen
 Falken 487
Bilibin: Wassilissa 451
Bin Gorion: Born Judas 533
Blake: Lieder der Unschuld 116
Die Blümlein des heiligen Franziskus
 48
Boccaccio: Das Dekameron
 (2 Bände) 7/8
Böcklin: Leben und Werk 284
Borchers: Das Adventbuch 449
Bote: Eulenspiegel 336
Brandys: Walewska, Napoleons
 große Liebe 24
Brecht: Leben und Werk 406
Brentano: Fanferlieschen 341
Brentano: Gockel Hinkel Gackeleia
 47
Brillat-Savarin: Physiologie des
 guten Geschmacks 423
Brontë: Die Sturmhöhe 141
Bruno: Das Aschermittwochsmahl
 548
Das Buch der Liebe 82
Das Buch vom Tee 412
Büchner: Der Hessische Landbote
 51
Bürger: Münchhausen 207
Busch: Kritisch-Allzukritisches 52
Campe: Bilder Abeze 135
Carossa: Kindheit 295
Carossa: Leben und Werk 348
Carossa: Verwandlungen 296
Carroll: Alice hinter den Spiegeln 97
Carroll: Alice im Wunderland 42
Carroll: Briefe an kleine Mädchen
 172
Carroll: Geschichten mit Knoten 302
Caspari: Die Sommerreise 416
Caspari: Wenn's regnet 494
Cervantes: Don Quixote (3 Bände)
 109

Chamisso: Peter Schlemihl 27
Chateaubriand: Das Leben des Abbé
de Rancé 240
Chinesische Liebesgedichte 442
Chinesische Volkserzählungen 522
Claudius: Wandsbecker Bote 130
Cocteau: Colette 306
Cooper: Lederstrumpferzählungen
(5 Bände) 179–183
Cooper: Talleyrand 397
Cortez: Die Eroberung Mexikos 393
Dante: Die Göttliche Komödie
(2 Bände) 94
Daudet: Briefe aus meiner Mühle 446
Daudet: Tartarin von Tarascon 84
Daumier: Macaire 249
Defoe: Robinson Crusoe 41
Denkspiele 76
Deutsche Heldensagen 345
Deutsche Volksbücher (3 Bände)
380
Dickens: David Copperfield 468
Dickens: Oliver Twist 242
Dickens: Weihnachtserzählungen
358
Diderot: Erzählungen und Dialoge
554
Diderot: Die Nonne 31
Dostojewski: Der Spieler 515
Droste-Hülshoff: Die Judenbuche
399
Dumas: Der Graf von Monte Christo
(2 Bände) 266
Dumas: König Nußknacker 291
Eastman: Ohijesa 519
Eichendorff: Aus dem Leben eines
Taugenichts 202
Eichendorff: Gedichte 255
Eisherz und Edeljaspis 123
Enzensberger: Edward Lears kom-
pletter Nonsens I 480
Enzensberger: Edward Lears kom-
pletter Nonsens II 502
Ernst, Paul: Der Mann mit dem töten-
den Blick 434
Die Erzählungen aus den Tausend-
undein Nächten (12 Bände in Kas-
sette) 224
Fabeln und Lieder der Aufklärung
208
Fabre: Das offenbare Geheimnis 269

Der Familienschatz 34
Feuerbach: Merkwürdige Verbre-
chen 512
Ein Fisch mit Namen Fasch 222
Flach: Minestra 552
Flaubert: Bouvard und Pécuchet 373
Flaubert: Lehrjahre des Gefühls 276
Flaubert: Madame Bovary 167
Flaubert: November 411
Flaubert: Salammbô 342
Flaubert: Die Versuchung des heili-
gen Antonius 432
Fontane: Effi Briest 138
Fontane: Der Stechlin 152
Fontane: Unwiederbringlich 286
le Fort. Leben und Werk im Bild 195
France: Blaubarts Frauen 510
Frank: Das kalte Herz 330
Friedrich, C. D.: Auge und Land-
schaft 62
Gackenbach: Betti sei lieb 491
Gasser: Kräutergarten 377
Gasser: Spaziergang durch Italiens
Küchen 391
Gasser: Tante Melanie 192
Gassers Köchel-Verzeichnis 96
Gebete der Menschheit 238
Das Geburtstagsbuch 155
Gernhardt, R. u. A.: Was für ein Tag
544
Gerstäcker: Die Flußpiraten des
Mississippi 435
Geschichten der Liebe aus 1001
Nächten 38
Gesta Romanorum 315
Goessmann: Die Kunst Blumen zu
stecken 498
Goethe: Dichtung und Wahrheit
(3 Bände) 149–151
Goethe: Die erste Schweizer Reise
300
Goethe: Faust (1. Teil) 50
Goethe: Faust (2. Teil) 100
Goethe: Gedichte in zeitlicher Folge
(2 Bände) 350
Goethe: Gespräche mit Eckermann
(2 Bände) 500
Goethe: Hermann und Dorothea 225
Goethe: Italienische Reise 175
Goethe: Das Leben des Benvenuto
Cellini 525

Goethe: Die Leiden des jungen Werther 25

Goethe: Liebesgedichte 275

Goethe: Maximen und Reflexionen 200

Goethe: Novellen 425

Goethe: Reineke Fuchs 125

Goethe/Schiller: Briefwechsel (2 Bände) 250

Goethe: Tagebuch der italienischen Reise 176

Goethe: Trostbüchlein 400

Goethe: Über die Deutschen 325

Goethe: Wahlverwandtschaften 1

Goethe: West-östlicher Divan 75

Goethe: Wilhelm Meisters Lehrjahre 475

Goethes letzte Schweizer Reise 375

Gogh: Briefe 177

Gogol: Der Mantel 241

Gontscharow: Oblomow 472

Grandville: Beseelte Blumen 524

Grandville: Staats- und Familienleben der Tiere (2 Bände) 214

Greenaway: Butterblumengarten 384

Greenaway: Mutter Gans 28

Grimmelshausen: Courasche 211

Grimms Märchen (3 Bände) 112/113/ 114

Grimm, Gebr.: Deutsche Sagen 481

Günther: Ein Mann wie Lessing täte uns not 537

Gundert: Marie Hesse 261

Gundlach: Der andere Strindberg 229

Hauff-Märchen (2 Bände) 216/217

Hawthorne: Der scharlachrote Buchstabe 436

Hebel: Bildergeschichte vom Zundelfrieder 271

Hebel: Kalendergeschichten 17

Heine: Memoiren des Herren von Schnabelewopski 189

Heine: Buch der Lieder 33

Heine: Reisebilder 444

Heine: Romanzero 538

Heine: Shakespeares Mädchen 331

Helwig: Capri, Magische Insel 390

Heras: Am Anfang war das Huhn 185

Heseler: Ich schenk' Dir was 556

Hesse: Dank an Goethe 129

Hesse: Geschichten aus dem Mittelalter 161

Hesse: Hermann Lauscher 206

Hesse: Kindheit des Zauberers 67

Hesse: Knulp 394

Hesse: Leben und Werk im Bild 36

Hesse: Magie der Farben 482

Hesse: Meisterbuch 310

Hesse: Piktors Verwandlungen 122

Hesse: Schmetterlinge 385

Hesse/Schmögner: Die Stadt 236

Hesse/Weiss: Der verbannte Ehemann 260

Hesse, Ninon: Der Teufel ist los 427

Hexenzauber 402

Hildesheimer: Waschbären 415

Hillmann: ABC-Geschichten 99

Hoban: Der Mausevater und sein Sohn 453

Hölderlin-Chronik 83

Hölderlin: Dokumente seines Lebens 221

Hölderlin: Hyperion 365

Hölderlins Diotima Susette Gontard 447

Hofer. Leben und Werk in Daten und Bildern 363

E. T. A. Hoffmann: Elixiere des Teufels 304

E. T. A. Hoffmann: Das Fräulein von Scuderi 410

E. T. A. Hoffmann: Der goldne Topf 570

E. T. A. Hoffmann: Kater Murr 168

E. T. A. Hoffmann: Meister Floh 503

E. T. A. Hoffmann: Prinzessin Brambilla 418

E. T. A. Hoffmann: Der unheimliche Gast 245

Homer: Ilias 153

Horváth. Leben und Werk 237

Huch, Ricarda: Der Dreißigjährige Krieg (2 Bände) 22/23

Hugo: Notre-Dame von Paris 298

Ibsen: Nora 323

Idyllen der Deutschen 551

Indische Liebeslyrik 431

Jacobsen: Die Pest in Bergamo 265

Jacobsen: Niels Lyhne 44

Jan: Dschingis-Khan 461

Jan: Batu-Khan 462
Jan: Zum letzten Meer 463
Jerschow: Das Wunderpferdchen 490
Kästner: Griechische Inseln 118
Kästner: Kreta 117
Kästner: Leben und Werk 386
Kästner: Die Lerchenschule 57
Kästner: Ölberge, Weinberge 55
Kästner: Die Stundentrommel vom heiligen Berg Athos 56
Kant-Brevier 61
Kaschnitz: Courbet 327
Kaschnitz: Eisbären 4
Kasperletheater für Erwachsene 339
Keller: Der grüne Heinrich (2 Bände) 335
Keller: Hadlaub 499
Keller: Züricher Novellen 201
Kerner: Bilderbuch aus meiner Knabenzeit 338
Kin Ping Meh 253
Kinderheimat 111
Kleist: Erzählungen 247
Kleist: Geschichte meiner Seele 281
Kleist. Leben und Werk 371
Kleist: Die Marquise von O. 299
Kleist: Der zerbrochene Krug 171
Klingemann: Nachtwachen von Bonaventura 89
Klinger. Leben und Werk in Daten und Bildern 204
Knigge: Über den Umgang mit Menschen 273
Kolumbus: Bordbuch 476
Konfuzius: Materialien einer Jahrhundert-Debatte 87
Konfuzius und der Räuber Zhi 278
Kühn: Geisterhand 382
Kühn: Ich Wolkenstein 497
Laclos: Schlimme Liebschaften 12
Lamb: Shakespeare Novellen 268
Das große Lalula 91
Leopardi: Ausgewählte Werke 104
Lesage: Der hinkende Teufel 337
Leskow: Der Weg aus dem Dunkel 422
Lévi-Strauss: Weg der Masken 288
Liebe Mutter 230
Lieber Vater 231
Lichtenberg: Aphorismen 165

Linné: Lappländische Reise 102
Lobel: Die Geschichte vom Jungen 312
Lobel: Maus im Suppentopf 383
Lobel: König Hahn 279
Lobel: Mäusegeschichten 173
Löffler: Sneewittchen 489
Der Löwe und die Maus 187
London, europäische Metropole 322
London, Jack: Ruf der Wildnis 352
London, Jack: Die Goldschlucht 407
Longus: Daphnis und Chloe 136
Lorca: Die dramatischen Dichtungen 3
Märchen der Romantik (2 Bde.) 285
Märchen deutscher Dichter 13
Im Magischen Spiegel I 347
Majakowski: Werke I 16
Majakowski: Werke II 53
Majakowski: Werke III 79
Malory: König Artus (3 Bände) 239
Mandry: Katz und Maus 492
Marc Aurel: Wege zu sich selbst 190
Maupassant: Bel-Ami 280
Maupassant: Das Haus Tellier 248
Maupassant: Mont-Oriol 473
Maupassant: Pariser Abenteuer 106
Maupassant: Unser einsames Herz 357
McKee: Zwei Admirale 417
Meinhold: Bernsteinhexe 329
Melville: Moby Dick 233
Mercier: Mein Bild von Paris 374
Mérimée: Carmen 361
Mérimée: Die Venus von Ille 501
Merkprosa 283
Meyer, C. F.: Novellen 470
Michelangelo: Zeichnungen und Dichtungen 147
Michelangelo. Leben und Werk 148
Minnesinger 88
Mirabeau: Der gelüftete Vorhang 32
Mörike: Alte unnennbare Tage 246
Mörike: Die Historie von der schönen Lau 72
Mörike: Maler Nolten 404
Mörike: Mozart auf der Reise nach Prag 376
Molière: Der Menschenfeind 401
Montaigne: Essays 220
Mordillo: Das Giraffenbuch 37

Mordillo: Das Giraffenbuch II 71
Mordillo: Träumereien 108
Morgenländische Erzählungen 409
Morgenstern: Alle Galgenlieder 6
Morier: Die Abenteuer des Hadji Baba 523
Das Moritatenbuch 559
Moritz: Anton Reiser 433
Moritz: Götterlehre 419
Moskau 467
Motte-Fouqué: Undine 311
Mozart: Briefe 128
Musäus: Rübezahl 73
Die Nase: 549
Nestroy: Stich- und Schlagworte 270
Die Nibelungen 14
Nietzsche: Ecce Homo 290
Nietzsche: Unzeitgemäße Betrachtungen 509
Nietzsche: Zarathustra 145
Novalis. Dokumente seines Lebens 178
Okakura: Das Buch vom Tee 412
Orbeliani: Die Weisheit der Lüge 81
Orbis Pictus 9
Oskis Erfindungen 227
Ovid: Ars Amatoria 164
Das Papageienbuch 424
Paris 389
Pascal: Größe und Elend des Menschen 441
Paul: Der ewige Frühling 262
Paul: Feldprediger Schmelzle 505
Paul: Des Luftschiffers Gianozzo Seebuch 144
Petrarca: Dichtungen, Briefe, Schriften 486
Petronius: Satiricon 169
Petzet: Das Bildnis des Dichters Rilke, Becker-Modersohn 198
Phaïcon I 69
Phaïcon II 154
Platon: Phaidon 379
Platon: Theaitet 289
Pocci: Kindereien 215
Poe: Grube und Pendel 362
Polaris III 134
Pöppig: In der Nähe des ewigen Schnees 166
Poesie-Album 414
Polnische Volkskunst 448

Potocki: Die Handschrift von Saragossa (2 Bände) 139
Praetorius: Hexen-, Zauber- und Spukgeschichten aus dem Blocksberg 402
Prévost: Manon Lescaut 518
Quevedo: Der abenteuerliche Buscon 459
Quincey: Der Mord als eine schöne Kunst betrachtet 258
Raabe: Die Chronik der Sperlingsgasse 370
Raabe: Gänse von Bützow 388
Rabelais: Gargantua und Pantagruel (2 Bände) 77
Rache des jungen Meh 353
Die Räuber vom Liang Schan Moor (2 Bände) 191
Reden und Gleichnisse des Tschuang Tse 205
Richter: Familienschatz 34
Richter: Lebenserinnerungen 464
Rilke: Ausgesetzt auf den Bergen des Herzens 98
Rilke: Das Buch der Bilder 26
Rilke: Die drei Liebenden 355
Rilke: Duineser Elegien/Sonette an Orpheus 80
Rilke: Geschichten vom lieben Gott 43
Rilke: Neue Gedichte 49
Rilke: Späte Erzählungen 340
Rilke: Das Stunden-Buch 2
Rilke: Wladimir, der Wolkenmaler 68
Rilke: Zwei Prager Geschichten 235
Rilke. Leben und Werk im Bild 35
Robinson: Onkel Lubin 254
Römische Sagen 466
Rotterdam: Lob der Torheit 369
Rousseau: Königin Grille 332
Rousseau: Zehn Botanische Lehrbriefe für Frauenzimmer 366
Rumohr: Geist der Kochkunst 326
Runge. Leben und Werk im Bild 316
Sacher-Masoch: Venus im Pelz 469
Der Sachsenspiegel 218
Sagen der Juden 420
Sand: Geschichte meines Lebens 313
Sappho: Liebeslieder 309
Schadewaldt: Sternsagen 234

Scheerbart: Rakkóx der Billionär 196

Schiller: Der Geisterseher 212

Schiller. Leben und Werk 226

Schiller/Goethe: Briefwechsel
(2 Bände) 250

Schlote: Das Elefantenbuch 78

Schlote: Fenstergeschichten 103

Schlote: Geschichte vom offenen
Fenster 287

Schmögner: Das Drachenbuch 10

Schmögner: Ein Gruß an Dich 232

Schmögner: Das unendliche Buch
40

Schneider. Leben und Werk 318

Schopenhauer: Aphorismen zur
Lebensweisheit 223

Schumacher: Ein Gang durch den
Grünen Heinrich 184

Schwab: Sagen des klassischen
Altertums (3 Bände) 127

Scott: Im Auftrag des Königs 188

Sealsfield: Kajütenbuch 392

Sévigné: Briefe 395

Shakespeare: Hamlet 364

Shakespeare: Sonette 132

Shaw-Brevier 159

Sindbad der Seefahrer 90

Skaldensagas 576

Sonne, Mond und Sterne 170

Sophokles: Antigone 70

Sophokles: König Ödipus 15

Spyri: Heidi 351

Stendhal: Die Kartause von Parma
307

Stendhal: Rot und Schwarz 213

Stendhal: Über die Liebe 124

Sternberger: Über Jugendstil 274

Sterne: Yoricks Reise 277

Stevenson: Entführt 321

Stevenson: Dr. Jekyll und Mr. Hyde
572

Stevenson: Die Schatzinsel 65

Stifter: Bergkristall 438

Storm: Am Kamin 143

Storm: Der Schimmelreiter 305

Strindberg: Ein Puppenheim 282

Der andere Strindberg 229

Swift: Ein bescheidener Vorschlag
131

Swift: Gullivers Reisen 58

Tacitus: Germania 471

Taschenspielerkunst 424

Thackeray: Das Buch der Snobs 372

Thackeray: Jahrmarkt der Eitelkeit
(2 Bände) 485

Tillier: Mein Onkel Benjamin 219

Timmermans: Dämmerungen des
Todes 297

Toepffer: Komische Bilderromane
(2 Bände) 137

Tolstoj: Anna Karenina (2 Bde.) 308

Tolstoj: Der Überfall 367

Tolstoj: Die großen Erzählungen 18

Tolstoj: Kindheit, Knabenalter, Jüng-
lingsjahre 203

Traum der roten Kammer 292

Traxler: Es war einmal ein Mann 454

Tschechow: Die Dame mit dem
Hündchen 174

Tschechow: Der Fehltritt 396

Tschuang-Tse: Reden und Gleichnisse 205

Turgenjew: Erste Liebe 257

Turgenjew: Väter und Söhne 64

Der Turm der fegenden Wolken 162

Twain: Der gestohlene weiße Elefant
403

Twain: Huckleberry Finns Abenteuer
126

Twain: Leben auf dem Mississippi
252

Twain: Tom Sawyers Abenteuer 93

Urgroßmutters Kochbuch 457

Varvasovszky: Schneebärenbuch
381

Voltaire: Candide 11

Voltaire: Karl XII. 317

Voltaire: Leben und Werk 324

Voltaire: Sämtliche Romane und Erzählungen (2 Bände) 209/210

Voltaire: Zadig 12

Vom Essen und Trinken 293

Vortriede: Bettina von Arnims
Armenbuch 541

Vulpius: Rinaldo Rinaldini 426

Wagner: Ausgewählte Schriften 66

Wagner, Leben und Werk 334

Wagner: Lohengrin 445

Wagner: Tannhäuser 378

Walser, Robert: Fritz Kochers Auf-
sätze 63

Walser, Robert. Leben und Werk 264

Walser, Robert: Liebesgeschichten 263

Das Weihnachtsbuch 46

Das Weihnachtsbuch der Lieder 157

Das Weihnachtsbuch für Kinder 156

Weng Kang: Die schwarze Reiterin 474

Wie man lebt und denkt 333

Wilde: Die Erzählungen und Märchen 5

Wilde/Oski: Das Gespenst von Canterville 344

Wilde: Salome 107

Wilde. Leben und Werk 158

Wührl: Magische Spiegel 347

Der Zauberbrunnen 197

Zimmer: Yoga und Buddhismus 45

Zola: Nana 398

Zschokke: Hans Dampf in allen Gassen 443